面具之惧

FEAR OF THE MASK

金刚辰尘 著

萨兰教的秘密

ISBN: 978-1-957144-55-9

本书由美国 Asian Culture Press, LLC 出版

Published by Asian Culture Press, LLC

1942 Broadway, Suite 314C,

Boulder, CO 80302,

United States

Published in the United States of America

First paperback edition August 2022

本书 2022 年 8 月 20 日在美国第一次出版

以此献给支持我的妻子，家人以及朋友。

我爱你们！

目 录

前言

红衣漫山遍野，曾经充满喜悦和虔诚，却被一种巨大的暴力所拆散，破坏。纵观人类历史，时常会因所谓“种族”，“群落”亦或是互相界定不同群体而产生的仇视，最终扩大为灾难。

在这个宇宙，乃至其他宇宙，如果没有光，大部分最终会因为“业”而陷入互相缠绕，最终纷争不休。

如果用幻想小说体裁，来写一些这个宇宙曾经的历史会如何，这是我找到的连接点，渗透在大家心里的“模因”。

如同《面具之惧》中的骸族，他们曾经具有的信仰被损害，剥离，而更多的人类带去了仇恨给于他们，最终一起混入一片缠绕的命运中。

在这个黑日宇宙里，曾几何时，人类失却了最重要的心，最终被迫离开表层，从无限梯井进入盖亚核心。

那里是被剥幕控制的大地，他们与骸族人争斗了两千年。

在短暂和平后，大地被图拉真控制，进入前所未有的暴政时代。无论是非人的奴隶制，还是军事侵略，都体现在这个暴君治下。很多人被他制作成了“弃子”大军，撕裂大地。

骸族人真正的领袖，骨燃带领部分混合人群，深入沼泽地。最终获得支持，奋起反击。而他们在其间，也逐渐发现这片大地真正的秘密，和过去地球的关联。

《面具之惧–萨兰教的秘密》是黑日世界整个系列的一部分，2003年就开始构想这个世界，但真正完整开始写这个世界的一角，是从 2017 年。

《面具之惧》的计划是三部，之后会有对应的《绿洲》系列，会讲我们生活的地球和骸族的盖亚做连接，两个宇宙也会连在一起。

而书中那些骨燃写的书，也是真实存在的哦。我会一一伴随骨燃，把这些书籍和故事带到我们的世界。

量子时代即将到来，而之后的宇宙会如何，当未来与过去对话。而骸族人用他们的概念去理解人类，对于盖亚来说，也只是"先住民"和"后住民"的关系。

如果骸族人所处的盖亚，早已是量子时代后的处境，那为何会沦落如此境况，一切在小说中逐渐揭开。

最后，再次感谢我的妻子，没有她的支持，我无法完成《面具之惧 - 萨兰教的秘密》，并继续坚持写下去。

序章

心里的洞，即将成为“世界”

0

他站在集市的中央，突然感觉到一阵寒意。在约定的时间里，对方并没有出现。

他已经接近中年，两鬓都爬满了苍白和无力，这应该是他最后一次任务，之后就会被“释放”。所以，他更加不能出什么差错。此刻，他——纳尔迈·阿齐扎，正在达巴的地下街市，身处一年中唯一一次的“丰饶节”，这是纪念姆神[1]的祭祀活动。

“姆如同大地母亲，孕育了骸族[2]”，这是常见的说法，骸族人很热衷这一天，至于人类是什么时候也开始过这个节日，纳尔迈就不太清楚了。他作为“代言人”，今天只是来完成一些必须的交易，在“丰饶节”才可以的交易。而第三眼的中间人，是约定在这个丰饶节，交易那些东西的人。他没有准时出现，纳尔迈四处张望着，这并不是一个良好的信号，四周的人也给他传递一种危险的气息。

达巴的舞女们穿着火辣，色彩缤纷，在广场中央带领参与庆贺的人群，尽情舞蹈。纳尔迈从热情洋溢的人群中艰难地挤着向外走，这些人情绪越来越高涨，动作也更加激烈，手肘，胸，臀和身体各个部位，都在互相撞击着。他们高呼着骸族语，“A Sanga！ A Sanga！”，一起把手中浸满松油的蓝火把扔向正中

1　旧骸族人信仰的古老神祇之一，代表大地的生命力，他们常在“丰饶节”对其祭祀。
2　The Ossinbus- 骸族：整个族群都跟“我们注定的骸骨”有关，骨纹将我们联系到一起。

的柴堆，人们看着越烧越烈的蓝火堆，扭动身躯，秀着自己的舞姿。人类，骸族以及各种奇异的杂耍和舞蹈，都聚集在此了。

一千多年了，还是没有什么变化。姆神早就放弃你们了，蠢蛋。纳尔迈心里想着，这对他来说习以为常，最重要的是离开人堆。他一边推开狂热的人群，一边向四处快速张望，大部分装束鲜艳之中，隐约看到一些灰黑色的身影，格外突兀，也让纳尔迈更加警惕。人多的地方，从来不是他这个老迈的"代言人"应该多待的。

纳尔迈加快了步伐，以接近小跑的速度离开广场，找到一条僻静的小巷，那可以让他在节日活动前离开这里。小巷两边是黑荆棘花纹涂鸦的墙壁，节日的火光闪烁着，一道道带着铁艺图案的阴影，交叉遍布在地面和墙上。纳尔迈在这些投影所及的地上，小心翼翼地走着，尽量让自己踩在阴影之内，这让他充满力量。他突然停了下来，巷子的另一端，一条长长的影子蔓延过来，正好停在他的脚边。那是一只黑色的大猫，双眼发出橙色的光芒，胡须卷曲，一边梳理毛发，一边看着它。一种充满狂妄感的声音，从猫的身躯中发出来。

"这是，你唯一，会出现的日子。情报正确。"它向前面慢慢走来，每走一步，头部和身体上就出现一只新的眼睛，越来越多的橙色瞳孔，都盯着眼前的纳尔迈。"或者说，你和它，现在是它最弱的时候。"这是纳尔迈熟悉的声音。

纳尔迈向后退了两步，不出他所料，这次的交易信息泄露了。不，应该说是被出卖了！他的秘密也暴露无遗了！他心中一阵恼怒，发出了一种深深的低吼之后，一种黑色的物质充斥了纳尔迈的瞳孔，他的眼睛全部变成了黑色，其中带着焦虑，愤怒，以及恐惧。

"看看你，已经快油尽灯枯了，而它，却还是个沉睡中的宝宝呢。"黑色大猫停了下来，它脑袋呈圆形，额头和腮帮子都很饱满，毛色润泽，如果不是那些突兀的眼睛，这是一只优美的大型猫。纳尔迈抖动着双手，继续往后退着，让自己的身体浸入建筑的阴影之中。他需要更多的影子，来让自己充满力量。

猫站了起来，它变得比刚才更大了，身躯和脸开始逐渐变成人形，这是一张狡猾而俊俏的脸，但并不是纳尔迈预想的那张脸。

“老朋友，不要吃惊，我和别人达成了一个合作，所以，他们会帮我解决你。”猫变成的人形生物笑了，嘴巴那里是一个裂开的倒三角，像是在黑泥巴上劈开的一道口子，却在发出声音。它打了个响指，而那些橙色的眼球，都在它奇异的人脸上继续圆瞪着。

从小巷的黑暗中，出现了五六名带着面具的男子，他们右手持弯刀，左手挎着圆盾般的物件，向纳尔迈逼近。

“就这些家伙，你觉得能打败代言人？”纳尔迈笑了，他漆黑的眼中流出液体，向脸颊两侧流去，并逐渐形成花纹，覆盖了半张他的脸。一些黑烟在地面弥漫着，在那些面具男子的影子里，有些东西站了起来。它们逐渐变成人形，持刀跨盾，和影子的主人们，造型一模一样。

“动手！”纳尔迈一声大喊，所有的影子人形，挥起黑影形成的弯刀，直接刺进男子们的身体！它们连续猛刺！

“我知道你有那该死的投影诅咒。投影将反馈本体所有的力量。”猫人笑了，“不过你想错了。”面具男子们全身被刺了很多刀，血液廉价地喷洒出来，却一个也没有倒下，连肌肉疼痛的痉挛都一丝没有。他们仿佛没有痛觉的反馈，任凭这些影子劈砍自己，即无人倒下，也没有言语。纳尔迈面色大变，他又向后退了几步。投影诅咒并没有对这些面具人造成伤害？不可能，这是什么情况？

“你想不明白的，作为代言人，你该退休了！”猫人大吼一声，他的身躯仿佛变得更高大了。

“动手！”小巷中，两道圆柱形的光束从顶上照射下来，正好照射在猫人和纳尔迈中间的空地上，地面泛着刺眼的白色。

面具人们竖起了手中的圆盾状物件，纳尔迈这才看清楚，那些并不是什么特质的盾牌，而是大型的透镜！透镜都被安装在手持盾形圆框里，他们举着这些透镜，插进了光束之中。光芒随着反射，形成了一个各处遍布的光网，笼罩了纳尔迈的全身！这些人造光束聚焦在一起，闪亮之余，纳尔迈被照射的只有一个隐约的轮廓在白色之中。“你看看你，失去影子，还剩下什么？”猫人狂笑着，橙色的眼球都眯了起来。纳尔迈只感觉身体被灼烧一般的疼，并且难以动弹，这光让他体内的投影力量无法施展……他瞳孔中的黑雾完全消失了，带走了覆盖脸部的纹样，同样带走了与他同在的神力。

“把代言人抓起来！趁内在的没有苏醒！”这是纳尔迈隐约听到的最后声音。他在白色光束中抽搐着，感受到衰老真正降临的效果，力量和勇气在离去，只剩下无力感和筋肉的剧痛。

我作为代言人……时间到了么……

1 始于大坑

汉谟拉比是个好姓氏，似乎是从巴比伦王族就开始传承，虽然家族族谱早已遗失，但疯虎·汉谟拉比却是一直将自己的全名挂在嘴上，一种仿佛来自王朝沙漠帝国时代的豪气一直伴随着他。

“这种豪情伴随着我的姓氏，如同不朽的丰碑，不会消逝。”

直到疯虎被扔进那个大坑，这个想法就变成了随手扔掉的小纸片，飘荡飞散。

绷带，碎裂的肉块，僵硬的触手，腐烂的植物苔藓，以及四处游走的剥幕细胞的枝丫，覆盖充满着这个大坑。

它被称为“弃子试验场”。

它位于剥幕纳尔，暴君-图拉真的行宫之后，被称为“噩梦庭院”的巨大废墟群中。

巨摩，试验体，剥幕细胞，甚至降临者，和一群“弃子”的杀戮场。当然，也是图拉真大帝的游乐场。降临者和剥幕细胞的残骸包裹着骸族特有的尖顶建筑，像是冷却一半的熔岩从上往下覆盖那些伞状的屋顶，腐蚀着，和半坍塌的柱子混一起，形成一幅难以描述的诡异风画面。

这就是图拉真·哈赫特的美学。

作为骸族最有争议的统治者，图拉真大帝统合了金图，骆风和奇藏目三族，并将行宫建在了剥幕纳尔。历来所有骸族有神智的虫师都会远离的地区，这个剥幕[3]细胞侵蚀和降临者从天而降的高发地。高阳族很自然的脱离了新的骸族政体，而一直与图拉真观念不和的骨燃更是在高级议会上直接带走了骸族所有的“狂心”。而巨骸部族与骸族中心地区很多年没有来往，完全没有任何代表来参加图拉真的登基大典。

除去一些政治原因，也和这个统治者的身份有关，而这个大帝更是偷来的。

这个“偷”，原因只有少数骸族长老知道，而秘密已经被隐藏起来了。

这是图拉真大帝统治的时光，这是骸族的强盛时期，也是人类的悲哀时期。

3　Bomru-剥幕：黑日大地上空天体，在骸族人口中的简称。在人类长期研究下，得出其完整名字为“Boson Domus”，即玻色天幕。

噩梦宫殿区域，被戏称为大坑，是因为整体区域接近一个覆盖的大碗形状。整个区域建造在剥幕纳尔的中心，建筑结构使用了人类刚到达黑日大地的多层环绕式梯井结构，四个角各有一个向下的垂链式人工升降井，仅供卫兵押送试验品到坑底。坑底有少量盘旋向上的走廊，但直到大坑三分之一处就截断了。走廊的尽头布满众多粗细不一向下突出的尖刺铁桩，基本没有人可以徒手爬出去。

另三分之二岩壁与大碗上部一样，上紧下宽，除了一些向外凸起的岩刺外，全是光秃秃的岩壁。

这个大坑是图拉真大帝亲自监工完成的，他的行宫和正殿最高处，沿着中央高塔拾阶而上的凉亭，可以完整清晰地迎着流动的黯光，鸟瞰坑内的景色。

那些因为要保全性命，在大坑中竭尽全力挣扎的生灵们，从被关押在噩梦宫殿开始，就被迫服下带有一种寒蛊虫的成虫蛹。它产自寒冷苔原–卡多维那，整个进化过程里有两次蛹化，第一次幼虫阶段，会在零下的温度中会进化为成虫。而第二次成虫阶段的蛹化，会持续三年之久，在蛹内完成巨变。出蛹时会成摩，体型和智慧呈几何增长，最大的接近 200 骸尺，还不包括翅展和口器的长度。摩，骸族语的 Mora，人类称为摩罗，是一种对虫族进化的统称，它们会巨化成摩，也会成为“神”。摩在虫蛹阶段会非常安定，它们只会在一种特殊的音波频率下才会提前破蛹，这个频率早已被骸族的一些驭虫师掌握。

图拉真雇佣了其中的一些成员，他们长期培育这些寒蛊虫，用于逼供，获得情报以及控制那些“弃子”的候选人。而在三年破蛹时间内，定期服用特制的药物，可以延长这些蛊虫破体的时间。

“显然，总是会有一些刺头，妄图逃出我的噩梦宫殿。我也见过不少在优美笛声下，身体砰地炸开的家伙了。”图拉真大帝此时正对着一排俘虏，用他威压的方式，宣说着逃跑的后果。

他宝座的正前方，五花大绑着一排红黑衣着的骸族人，他们面色凝重，闭口不语，只是迫于身后重装的精英卫队，才双膝跪地，半拜在图拉真的面前。

“还不开口么？”图拉真斜坐在宝座上，不耐烦地转动着右手中指的戒指。他环顾左右，大吼道：“这叫做抓捕到骨燃的骨干么？你们是干什么吃的？我要抓的是哪几个屡次截获我重要情报的虫师！ 不是这几个高阳族的莽夫！”他又把左侧的身体转到了正面，右脚快速地搁到左腿上，用右手指撑着自己的脸，摆出一副无奈的样子。

“骨燃那个家伙，从我加入骸族开始，就站到了我的对立面。仿佛是口味完全不同的人，一个不爱吃比湿饼干的苦足乡巴佬，本则人怎么才能去说服他呢？完全不可能。”

“优雅，你们这些东西永远不会明白。”图拉真转动着手中的绿色液体，小嘬一口，自言自语道。绿色液体散发着幽幽的香味和一股掺杂的泥土味，它的成分很特殊，微量的剥幕汁液，大量影木林绿萝茎秆内的粘液，通过露水调制而成。“噩梦绿萝酒”，算是图拉真·哈赫特大帝独创的一种潮流饮料，在骸族贵族中广为流传。它除了本身的口感，还夹带着一丝剥幕汁液的烧灼感，对全身会产生强烈的刺激。

图拉真又小嘬了一口，右手一抬，正欲把晶体制成的酒杯递给身边的女侍。他突然停下了动作，看着女侍。她半个脸被锁在黑色的铁面具下，露出的嘴随着身体微颤着，干涩的嘴唇紫的发黑。图拉真啧了一声，他摇摇头，轻柔地说：“亲爱的，你的嘴唇，哎，如此可怜，是又冷又渴么？”

女侍身体猛颤了一下，举着盘子的手更是不敢一动，茫然地立在大帝面前。许久，她抿了下嘴，微微点了点头。

“你们怎么能这样应付我的这些小可爱？”图拉真对着周围的卫兵吼着，眉头紧皱。

下一刻，他突然狂笑起来，图拉真一把抓住女侍的手臂，拉到身边，粗壮的臂膀环住她弱小的身躯。“美酒，要共同享用！可人儿。”他按住女侍的嘴巴，将酒杯对准嘴唇，猛地倾倒下去！绿萝酒中微量的剥幕汁液极其辛辣，所以每次只能小口饮用，半杯酒这样直接灌入口中，立刻烟雾和烧灼的气味从女侍口中传来！“啊！！呕！”痛苦的呻吟中，女侍捂着嘴，在地上翻滚着。反吐的酒合着血，胃液流淌着，聚成一洼，嘶嘶声烧灼着地板。图拉真的妃子们都纷纷捂住了鼻子，面色惊恐。

“啧，这就无法承受了。”图拉真闷哼着，又说道。“这点痛苦，比起这些家伙，或者坑里那些佐料要承受的，简直是轻微至极。”他用脚挑了挑女侍的脸颊，灼伤的下颚边露出斑驳的肌肉，被碰触后，她更是躯体猛颤了几下，滚向另一边。

“哎。这个完全没用了。”图拉真直了直身躯，吐了口气，朝侍卫轻声说道。“扔出去。”他又看了看被绑的骸族人，汗液布满了他们的脸颊，但没有一丝恐惧占据双瞳。

“啧，算了，这几个全部扔进坑里！”他对着守卫吼道，“带走，我不想再看到这群哑巴！”言语间，图拉真大帝把此前的空酒杯重重地放回右手边放置酒瓶和空杯的独脚台托盘上。他看了眼单脚跪着的女侍，挑了一下自己的下巴，示意拿走。“都退下吧。”

女侍颤抖地整理酒杯，小心地拿起托盘，半跪着慢慢移动，向外退了出去。

这些女侍都不是骸族人，图拉真从战败的人类小族群选择身材好，貌美的优良种，成为噩梦庭院的专用女侍，没有被选中的，就和战败的士兵一起扔进大坑。他偏好肤色偏白的类型，所以更多留下的是人类达巴城的大量俘虏。

图拉真推开缠抱着他的妃子，任她瘫软躺倒在宝座一侧。他披上黑红色的长袍，径自走向长廊。围绕他待的这个雅致凉亭，是环绕状的长廊。长廊四周凸起尖耸的塔柱，塔柱群被熔岩般的巨石包裹，自上而下，将这个皇帝的凉亭托在最上面。

“我的野心，直至剥幕纳尔的顶端。”图拉真双手扶着长廊的扶手边缘，看着剥幕纳尔，这片疯狂土地的夜晚。时间接近深夜，黯光流动加快了，渲染着整个夜空，偏向了妖艳的暗紫色。此前的微风，正在变成“它们”要来临前的狂风。

风开始肆虐，搅动着皇帝的长袍，狂暴地飘向四周。他的妃子们裹着袍衣，缩在宝座的一边。这些人类和寄螺族的女性，并不是没有见识过紫色的黯光，但今夜，即将亲眼目睹“它们”降临，依然被恐惧包裹了全身，流露在双眼之中。

图拉真的身体开始自然从中长出几丁质组织，钻出皮肤后就逐渐坚硬。这些外骨骼间也会融合黏连，最后形成保护他的一套外在甲壳，如同笼罩着他的宝冠和半身的庄严铠甲。能这样快速地生成外骨骼，除了图拉真身体表面纹满骨纹外，还和他是一名“万变”有关。

而在骸族，除了他，只有骨燃拥有如此荣耀和能力。

“你们怕什么，要来了！哈哈哈哈！”图拉真开始变得亢奋，对着夜空狂笑。这并不是这位大帝第一次观赏“它们”的来临，这一次，甚至可以说是迎接。

剥幕纳尔的夜晚从来没有星辰，黯光会随着剥幕的变化和震动，带来不同的“它们”。

骸族称为“Gra’na”，人类称为“降临者”。

降临者尺寸 800 骸尺到 8000 不等，大小和成分差距都很大，外观造型和特质也不同。当剥幕转动时，就会产生降临者核心，随后在每个月的特定时刻，开始向地表发射降临者。

所以剥幕纳尔的本意，在骸族语中，即是“剥幕肆虐之地”。

傍晚时分，剥幕开始发生形态变化，再有 20 个骸族时间，就将进入“霜月”。狂风更加肆虐，暗紫色的夜空深处，黯光们如被何物吸引的发狂生物一般，环绕着剥幕最下层组成结构的切口，从内向外高速旋转。

“哦哦？开始了，开始了！”图拉真的表情中开始流露出癫狂的成分。

如果那些萨兰教疯子给的情报没错，这次降临者着陆的地点，就是噩梦庭院的边缘，那个大坑中心。

他紧盯着剥幕外层开口，那些多边形状结构组件，缓慢向周围打开，天空中传来沉重的摩擦和碰撞声。

剥幕纳尔的夜空变得更加黑暗，所有的紫色都随着涌动的黯光，被吸收回了剥幕下层的开口。伴随着一声巨响，一个黑色卵状巨物从开口冲出，向噩梦宫殿的方向飞来！

“哈哈，坑里的那群材料，估计活不过今晚！”图拉真的狂笑在暴风中四散，跳跃。“要么活下来，成为弃子，要么死去，成为剥幕的一部分。”

疯虎扶着大坑边缘，应该说是被诡异建筑包围成高墙的空间，这个噩梦迷宫的边缘。向上望去，向内刺出的尖刺上燃烧着被降临者屠戮的生灵尸体，一些比湿虫和其他植物已经在死亡的躯壳上开始缠绕，抽取养分。

他本来应该跟某个家伙，在温暖的酒馆喝着美味甜酒，嚼着绿萝饼干，看着那些达巴舞女在光影下婆娑摆动。但现在，疯虎却身处剥幕纳尔的这个深坑之中。

“怎么看都没有暗门和爬上去的可能啊……杰西啊杰西，被你害死了。”

他心里暗暗念叨着，这个混蛋头儿，什么时候才能完成这个疯狂赌约，让他从这个大坑中出去。坑里也开始被头顶的狂风影响，温度急速降低，边缘的尖刺被折断，在空中胡乱飞舞。

“降临者又要来了，啊啊啊……”疯虎龟缩的这个角落，还躲藏着很多其他被扔进大坑的可怜人儿。最靠近火堆的是一位看着很快要油尽灯枯的老者，他死命用单薄的斗篷包裹着自己，枯瘦的手指紧扣着斗篷的两边，非常惧怕这唯一的避体之物被狂风刮走。

“没事的，这点骚动，比起沙漠的罡风[4]来，弱太多了。”老者边上的成年女子反而非常淡定，在火光下，她的轮廓被勾勒的清晰，能看出坚毅眼神和充满污垢的疲倦之下，凹凸有致的身材，是疯虎会在达巴酒馆吹口哨的那种。于是，也许不合时宜，疯虎还是某种感觉上身了，对着女子说道，“罡风？你去过摩多弥撒？”要是现在手上还有一杯卡多维那的特酿，那接下来一定是预想的干杯和热情洋溢的夜晚。这名骸族的成年女子，细长的眉毛会随着表情一直跳动着，暗绿色的瞳孔中带着不屑的神色。她只是快速扫了疯虎几眼，目光就立刻离开了。

女子用绳子绑紧了老者的斗篷，又平稳地坐下了。她看了眼疯虎：“我们对人类男子没有兴趣。”说着，她指了指一堆人中最远处一个庞大的声影。

“你们是巨骸族？”疯虎在恍惚的火光中，试图看清楚那个端坐在人堆中，巍然不动的巨人。从坐高来看，这人起码有 200 骸尺了。显然是巨骸族人没错了。人类和他们相比，哪方面都太小了点……他摸了摸后脑勺，尴尬地接了话。“图拉真怎么把你们

4　骸族大沙漠中穿过巨大石柱群的猛烈飓风，能刮起车队，巨物，需择时躲避。

也扔进来了？”

女子面无表情地看着疯虎，“你觉得这个坑里什么没有？”

两人正要继续说话，人堆中的巨人站了起来。伴随着的是他低沉的声音，“亚西美，情况不对。”

巨人一边安抚周围的人群，一边向外围移动。他靠近了火堆，疯虎得以看清楚了这个巨骸族壮男的面貌。他极具立体感的眉弓阴影完全遮盖了他的眼睛，看不清楚任何表情，下巴和颧骨坚硬的轮廓和粗糙的皮肤搭配出粗狂的虫皮一般的视觉感。但疯虎的双眼无法离开的，却是巨人从面部一直到脖子，粗细优质的花纹。它们密布皮肤，从斗篷和衣服里露出的手臂上也能看见那些泛着蓝光的曲线图案。

“这！是骨纹么！！？”他大声叫起来。疯虎已经很久没有看到骨纹覆盖面积这么大的骸族了。当然，在这巨坑里出现，便更为罕见了。骨纹是骸族特有的一种纹样，它本身具有多种规律和构成方式，具有诅咒，强化，战斗等不同功效。在骸族内，身上带有骨纹的一般是强大的战士或者虫师，或者是雕刻纹样的专家自己–骨纹师。

“所有的黯光都消失了，很久没有那么强的反应了。”亚西美说道，巨人无视了疯虎的惊讶，点了点头。“Gra'na, Grac.[5]”他生硬地说。

疯虎的骸族语并不是特别好，但这简单的单句，他还是马上反应过来了。这是一个巨型的降临者！他们都看着天空，一直在剥幕纳尔飞舞肆虐的黯光，现在丝毫不见。剥幕和贪吃甜食的儿童一般，全部吸气把它们吸收进那个新的开口。

那声巨响，黑色的降临者从开口中猛地冲出，向剥幕纳尔大地冲击而来。

5　巨骸族的口语往往不严谨，省略介词，形容直接放在名词之后。

这一刻，同时看着这份景象的，是狂喜的图拉真大帝，和这群大坑中的人儿们。

萨兰教女巫的推断，完全精确。黑色的巨块直接砸中了剥幕纳尔中间这个大坑，冲击波带来了烟尘，轰鸣，飞溅的岩块和炸飞的塔楼，以及整个噩梦宫殿的震动。黑色的物质包裹着降临者，落地后像个脱离轨道的巨球撞开大坑里的一切，摧枯拉朽，最后在这群避难的人堆前 500 骸尺左右停了下来。

“它停下了！”疯虎对着人群说道。

“别，说话。”巨人捂住了他的嘴，把疯虎往后面推了推。亚西美此时也站了起来，刚才的几位枯瘦老者都已经被安排到了人堆的深处。“都不要发出声音，尽量保持平静。”亚西美压低了声音，说道。她手中握着一个疯虎未曾见过的东西，长度适中，中间手握的地方很细，而两头呈喇叭形向外伸展。

那个黑色的物质静止了，从他们的距离看去，像一个漆黑的金属大球，上边布满了剥幕携带的粘液，滚动中附带的尘土和扎在上面的尖刺与碎块。片刻，它的外表开始发出剧烈的颤动，黑色的外壳开始呈多边形曲折龟裂。一种铁爪勾划金属的刺耳声音从黑色物质内部传来。

“这是什么声音！”疯虎捂着自己的耳朵，向后退了几步。刺耳的声音一直持续着，这比卡帝沼泽里巨摩的吼叫让人难受多了，一种刺穿至灵魂深处的颤动。“这是降临者在重构，准备完全体出来的声音，剥幕细胞在组合它。”巨人说话了。“亚西美，我们准备。”他看了眼疯虎，“人类，要活着就出力，或者躲起来。”

“重构？”疯虎一脸的茫然，那是什么？他作为巴比伦人，其实对降临者一无所知，从跟随杰西开始，一直在骸族商业区域活动，摄取情报。如果不是因为那份合约，他也不会到如此地步。

“每一个降临者，离开剥幕以后，会携带一个黑色的胞衣。就是那个外面的黑硬壳，这保护内部组织安全到达地面。”巨人手指着正在颤动的黑色物质，轻声说道。“你们要注意压低说话的声调，过高的声波都会影响它的注意力。”

“这一只看来破壳会很快……”亚西美神色凝重，她的嗓音被刻意压低后，发出更加沙哑的女中音。

“亚西美！准备！”巨人说道，举起自己的手臂，紧握双拳。疯虎看到，这个巨骸族的骨纹师，身体上所有的蓝色花纹，蛇形和曲线相互环绕的部分，除了光芒闪耀，那些位置的皮肤还开始向外凸起！

骨骼一样的组织从花纹的位置钻出皮肤，向外扩展，将巨人的手臂，肩膀，下颚以及脖子前后都包裹了起来。额头，肩骨的凸起，双拳的骨点都长出坚硬的骨刺。这些白灰色的增生组织，武装了这个肤色偏暗红的巨人，变成疯虎从未见过的生物。这就是骸族的骨纹武装么？

与此同时，黑色物质的外壳向外完全崩开，发出更刺耳的声音，白色的液体和大量的触手直冲而出。这像是从自己翻开的水果里爬出一只折叠的巨虫一样，它抖动着羊水般的粘液，伸展触手，站了起来。

哗啦啦散落的黏液像瞬间溶解的蜡块一般，从它缓缓站起的身躯上，掉落在地面上，同时伴随着腐蚀的燃烧声。所有降临者，在剥幕内部会被细胞群和具腐蚀性的羊水组织包裹，同时压缩结构，最外部的黑色角质保护它们完整掉落在大地的任何角落。撞击之后，角质会被内部的溶液腐蚀，而降临者的结构会快速重构，打开，形成每个不同的它们。

显然，图拉真和这些试验品的预期都错误了，直立的雾月降临者，更加巨大，垂直距离将近2000骸尺了。它的身躯在大坑中，被重新出现的黯光照射着，表皮湿润，并散发白色光泽，显得耀眼而巨大。

雾月降临者，缓慢地甩动它三角锥般的脑袋，眼球如同烧焦的黑洞，向内延伸，看不到眼神。锥形脸上长着硬壳鸟喙般的嘴，头骨向后衍生出数根粗壮扭曲的几丁质外刺，外面包裹着半透明的胶质皮肤和向下流淌的粘液。它微张小嘴，发出摩擦金属声，并逐渐用细长的腿缓慢站起来。它高度变得更加骇人，那四条漆黑，油腻的长腿，像极放大数倍的巨型狼蛛腿，但坚硬如火山岩的关节和大小腿上缠绕流动的剥幕细胞，又提醒你，这是降临者。

亚西美嘴里嘟囔着疯虎无法辨析的快速骸族语，似乎在说着不符合她外表的脏话。降临者还在踉跄着站更高，它的身躯中央是个多重环状的结构，底部连着它的大长腿，还有几条完全没有打开的腿缠抱在它的腰间。

“凯图古利（C'atequil），这头降临者几乎是大焦热级别了。要小心它的特质。”亚西美把手中的奇怪道具举到靠近嘴边，似乎是要准备什么。

凯图古利高达 220 骸尺的身高，在它面前，显得极其渺小。他是巨骸族的骨纹师，在上一次人骸战争中，作为战败队伍中的一员，被图拉真打入大坑。从进入剥幕纳尔巨坑开始，凯图古利就开始了艰难的生存努力，消灭靠近避难人群的剥幕细胞，弱小的降临者，并持续强化自己的骨纹，来增加他们的生还率。这样的时光持续了将近一年，上一批被丢进来的候选者，因为他的缘故，几乎全部存活。

骆风族的亚西美是半年前被扔进来的，她作为和平主义者，一直和人类有着友好关系，过着帮助人类制作收集黯光装置的愉快边境生活。图拉真政权对边境的控制逐渐增强了，在某一次的围剿中，她与人类的一些流浪术师一起被抓到了剥幕纳尔。

骆风族擅长傀儡制作和组装器物，从边境的移动傀儡到随身的精工装备，把破碎的废料和剥幕细胞以及那些残肢组装起来更简单不过。当然了，这些图拉真大帝都不在乎。他当时只看了一眼亚西美随身携带的虫笛，就皱着眉，挥手让卫兵把这个倒霉的使役扔进大坑。

亚西美被卫兵拖走时，她从遮挡在图拉真前的人群缝隙中看到大帝野兽般的眼神，更精确的是空洞而黑暗的凶光。那一刻，她并不觉得图拉真俊美五官下，组织出的表情是属于他的，那该属于那些传说中的黑暗深处。他们以这样的凝视和恐惧看着对方，直到互相从视线中消失。

每每在黑暗中独处，亚西美的心灵深处还会浮现出那个来自深渊的眼神。这一点，凯图古利永远无法理解和体会。

“我该庆幸这个虫笛没被收走呢，还是该继续吐槽图拉真的品味。”亚西美双手按上手中的虫笛，它开始发出一种猛兽呼吸般的声音，长短持续，并且具有穿透力。

“这东西居然是个唤虫笛？”疯虎惊讶间，大喊道。亚西美的唤虫笛虽然是公认的造型奇异，却是骆风族精心改良的产物。它发出的震动次声波对使役豢养的虫族，传达速度要快很多倍，响应时间也更快。疯虎还想继续吐槽它的造型，在亚西美身边已经出现了两个黑色的旋涡，中型大小，快速旋转，内部还发出嗡嗡得声音。

“好快的同调召唤啊！”疯虎心中想着，她是自己见过速度最快的使役了。骸族的虫师都具有超距离召唤豢养虫的能力，使役是级别中最低的一种。在骸族过去的历史里，他们是一类豢养姆虫，促进养殖和农业的职业。要在 200 年前，亚西美这样的使役根本没有上战场的机会，在人类和骸族长期的战争中，不知不觉所有的虫师都双手沾染了鲜血。

黑色旋涡中爬出两只中型尺寸的虫，身色偏棕褐，脑袋呈三角，长有两层口器，獠牙从口器两侧向外翻出，显得格外渗人。它们摆动八条虫足，顺着旋涡周围的空气墙，爬到了亚西美的肩上，用肥大钳子般的前足支撑，半站着。它们的三角头还转动着，用琥珀块一样的复眼到处看，最后锁定在庞大的降临者上。其中一只还像猫一样，用带着犄角的脑袋轻柔地蹭亚西美的脸，表示友好。

这一幕，疯虎突然看的有点恶心，不禁说道，“这扁蟑螂居然还会这些？养的不错啊！“

”什么扁蟑螂！！？这是我豢养的虫王好么？“亚西美瞪圆了双眼，准备肘击这个多嘴的人类。

她的虫王是精挑细选，豢养了 5 年，虫苗和大祭司骨燃常用的突击虫来自一科，都是产自弥耶的赤色角奎！角奎生性好斗，但是容易与虫师链接沟通，是多数虫师都热衷驯养的种类，而且它们本身智商在同类居高，进化成摩的概率也高于其他科目。居然被这个笨蛋叫成扁蟑螂，亚西美气不打一处来。

这时，她的虫发出了咯吱咯吱的尖鸣声！

“好像有点不对啊，这个氛围！”疯虎往后退了几步。眼前的雾月降临者，调节着自己的长腿，鸟喙般的嘴里发出痛苦的鸭鸣，结合着身体颤动，都在吟唱地狱之歌。那些附着在它身上的剥幕细胞向手臂和腿部延伸，露出层叠交叉的环形结构。那些环顺时针绕，又逆时针绕，层叠构成这月轮形的躯干。

雾月降临者过高的身躯让它移动缓慢，但发动攻击的速度却毫不迟疑。它那衔尾蛇样的身躯中间，骨板已打开，内部是水母般的蓝色组织，随着呼吸还剧烈地张合。电火花一样的光芒在这个内部组织中闪烁，一道碗口粗的闪电，从环形中心喷射出来，毫无迟疑地飞向人群！

“我的天哪！ 我的天哪！”疯虎脱口而出，言语中是无法掩饰的恐惧。凯图古利右腿稍作蓄力，向着闪电迎了上去，如一头武装到牙齿的白色巨兽，撞击这颗闪烁着致命光芒的电光！亚西美从侧面一跃，也开始小跑起来，她继续吹着虫笛，而那两只角奎跟随笛声，猛烈地扒起地面的硬土。

闪电撞击到凯图古利身体的瞬间，周围激荡的那些电流，如同露水被沙漠吸干那么迅速，在白色骨铠的表面消失了。电流本身成为了平缓的光泽，从接触面消失，被骨纹铸造的外骨骼铠甲直接吸收了！

“哇塞，你的骨纹胃口不错啊！”疯虎惊讶地看着这一幕，表面电流被骨铠完全吸收后，那道闪电核心露了出来，是一段裸露的剥幕细胞。没有了外壳的它，表面像一段被切下的组织，充满黏液，圆周的每个切面都长着狰狞的嘴巴。凯图古利一把捏住剥幕细胞，左手一撕，给它做了一个四分五裂大分解，扔在一边的地上。剥幕细胞本身的分泌液带有腐蚀性，地面砂土上发出嘶嘶烧灼声，散发出浓烈的硫磺味。

三角头对着夜空吼叫着，继续发出疯鸭子般的声音。

“轨电，雾月降临者里的特殊型，”凯图古利晃动着自己的肩膀，“六年前，在卡多维那冰盖地区见过一次，它会使用电流环绕剥幕细胞，释放电流束或者电球来攻击。”

“电流烧焦身体之后，剥幕细胞能更快地侵蚀么......”疯虎摸了摸下巴，“可怕。”

“之前同样的轨电型，卡多维那出动了八名圆顶祭司，才镇压住。我们今晚可是很危险啊。”凯图古利苦笑了一下。

“不要死哦。”亚西美已经跑到了降临者 - 轨电的另一边。疯虎压低了身体，站在凯图古利身后附近，右手捏着一个球状的道具，左右踱步着。他心中寻思着，从这个大家伙的攻击行为来看，似乎以远程为主，在巨人身后会是受到伤害最小的区域了。

轨电继续向前移动，它看着两边骚动的人群，摇动自己两只细长的手臂。它们是从中央层叠的环装身躯中生长出来的，臂膀肌肉上还带着活动的剥幕细胞。那感觉让疯虎想起他们吃剩的鸡翅上带着飞扬的肉丝一样，而这些抖动的肉丝组织还是活的。光想起这个，他以后都不会吃任何巴比伦的烤鸡翅膀了，这个带着飘荡类鸡肉组织的杀人怪物。疯虎右手紧捏着他口袋里的那个圆球，到底要不要打开，从刚才他就很犹豫，不打开也许会死，打开等于暴露身份。好纠结，好尴尬！ 这个降临者下一波的攻击不知道是什么，如果还是电波炮击的话，在巨人附近就没问题了。疯虎想着，还是再忍耐一下吧。他的目光跟随着亚西美，却突然发现那两只扁蟑螂不见了！

轨电还在蹑手蹑脚向凯图古利移动，两只手臂左右甩动，伴随着震动，臂膀上分离出的剥幕细胞掉留下来，顺着地面向人群游去！凯图古利向后撤了两步，他大喊向人群示意“都向后撤，散开一些，聚拢容易被直接攻击！”

话音未落，那些剥幕细胞已经滑溜地顺着地表，蛇行向人群而去。人群中不乏虚弱的老幼，他们都依仗着凯图古利几人，支撑到现在。

“救命啊！”人群并未像凯图古利预期的那样，分散开来。除了疯虎快速向剥幕细胞群的反方向开始跑动外，其他人并没有移动半步，他们互相依偎的更紧了，仿佛剥幕纳尔的狂风会将他们吹走一般。

疯虎·汉谟拉比向后看了几眼，先前那个瘦弱的老者纹丝未动，身上的外衣裹得更紧了，他那接近柴棒的腐腿几乎失去了任何移动能力。“天哪，谁来救救我们？”“啊，我好怕啊……”这些人神色木讷，而更多的妇女只是抱着怀里的孩子，疯虎从他们脸上看到的只是恐惧和毫无勇气。

疯虎叹了口气，又向人群折返而去，他大喊道："赶快动起来！不要坐以待毙！"

"你们几个，也行动起来。"疯虎从右腿军靴中抽出唯一的匕首，向前空挥了几下，他示意人群中那几个黑红色装束的骸族人。疯虎注意他们已经很久了，一共六名，身高和外轮廓接近，壮实的身板，都戴着黑色面罩，身穿黑色打底，暗红条纹的服装。他们是前天被扔下大坑的，除了和巨人做眼神交换之外，毫无作为。

"如果不做点什么，就要白死在这里了！"疯虎又对着几人喊着："你们的战意呢？被图拉真吓瘫了么？"他停顿了一下，又大声向着人群说："Fameeh![6]"顿时，其中一个骸族人站了起来，疯虎的黑话顿时激怒了他，几个骸族人纷纷从右腿靴边抽出了骨制匕首。疯虎笑了，他说道："不承认自己手无缚鸡之力的话，就一起行动起来。"说着，他微胖的身躯向前突进了几步，用手中的匕首刺中几条靠近人群的剥幕细胞，同时手腕一转，乘势从中间剐开，一把将触手状的细胞残骸甩到远处，动作之快，与疯虎胖乎乎的形象差异巨大。

亚西美正包抄去降临者后侧，她担忧地向人群扫去目光，却发现疯虎挥动匕首，剐杀剥幕细胞的动作，不禁一笑："胖子，动作还挺专业啊！"

轨电驱动长腿，左右迈开向凯图古利而去，更多鸡肉状的丝细胞从它那多重轮盘型的身体中抽拉出来，附着在它诡异细长的上肢表面，形成更为粗壮的臂肌组织。上肢顿时比之前粗壮了数倍，而更多的丝细胞聚集在上肢和身体交接处，形成隆起的触目三角肌。

6 骸族语中的黑话，接近"娘炮"的意思。

“哇塞！”疯虎惊呼，这个怪物是要变成肌肉猛男么！轨电徒增的粗壮上肢，此时和它的三角头，细长的六条长腿拼凑成了一个迥异的怪胎。它从胸口的轨道圈里掏出带电的细胞球，就向凯图古利与人群砸去！

巨人举起双臂，他全身的骨纹发出高亮，臂膀上增生的骨甲继续吸收着电能。失去能量的剥幕细胞团黏在骨甲表面，被他粗大的手用力撕下，扔在地上，用力踩碎。亚西美已经绕到了降临者的右后侧，她朝凯图古利大吼：“要阻止它，必须先让它行动停止！”

凯图古利点了点头，他向前走动了几步，环视四周。轨电与他的四周布满了电球扫过的烧焦轨迹，剥幕细胞的痕迹罩染了大片黑土。他四处扫视，在被剥幕分泌液浸湿的地表上，能隐约看见多条土质稀疏的痕迹，它们以轨电为中心，绕成了一个圆的轨迹。

亚西美的虫子似乎已经挖好了区域。他又看了眼自己的双手，强制吸收骨纹对于电能吸收是有极限的，降临者这样的当量和攻击密度，能量并未完全释放，形成的骨铠并不能坚持太久。

2 米亚

降临者研究报告：

我深刻清楚被剥幕细胞侵蚀的感觉，那冰冷粘稠的东西进入皮下，会快速地分散成细丝，进入神经元，之后在脊椎深处缠绕，深深附着在脊椎神经的中心。

不少拜日教徒和骸族人是被迫让剥幕细胞侵蚀的，降临者的力量无法抵抗。被剥幕选中的地区，降临者会定期着陆。伴随着降临者登陆的，是大量的剥幕细胞，这些细胞会自主选择一切有生命的波动，找寻，侵蚀。

节选自–骨燃·炎嗣《剥幕之光》

“哈哈哈！这群乡巴佬，在那个坑里的一切都那么有趣。”

“是啊，皇上。”伴随图拉真的喜怒无常，他的几位妃子也只能小心翼翼地附和着。

图拉真在山顶的凉亭中远眺着大坑中的骚动，内心却发生了一些变化。这个新的降临者，威力超出了他的预期，这样肆虐下去，会完全摧毁这个他精心打造的弃子挑选场地，不用几天，就被碾压成渣了。

当然了，那些来自人骸各处的候选人，在大坑里的发挥，也是让图拉真耳目一新，想继续看下去的原因。这边是那个巨人，中间的女人，以及那个胖子。我好久没有见过这样的组合了，有趣……他心里那么想着，向自己的一位妃子挥手道，“米亚，过来，跟朕一起看看这个闹剧。”

“怎么皇帝陛下又是叫这个乡下女人。”在妃子堆里很轻地发出了一些鄙夷的呢喃。

米亚怯生生地站起来，走向图拉真。她并不是本则大陆的人，在其他妃子眼中，她来自一个会被图拉真称为乡下的地方–塞纳拉那兹，本则东面的苦足大陆上，一个平原地带。寄螺族，是她们种族的名字。这个种族非常稀少，源于她们的特殊体质，每个寄螺族人都是通过分裂来产生后代的，这样的时间一生只有一次，而她们基本是女性。她们的头冠隐藏着种族的秘密，在大部分平静态都是无法看到她们头冠下的组织的。

图拉真身高 197 骸尺，这在骸族人中，属于中等身材，但按照人类的标准，是相当高大伟岸了。寄螺族人普遍在160骸尺左右，米亚站在图拉真身边显得更加袖珍。米亚曾经谈不上喜欢图拉真大帝，虽然这位疯狂的帝王长相卓越，身材高大健壮，但性格让这些妃子都心怀恐惧。而她对图拉真却有其他的感觉，因为寄螺族的特质，在某些时刻，米亚确实地能感受到这位帝王心灵深处的一些东西。而图拉真也回应了她，为此，每次这样疯狂的聚会，最后留下的一定是她。长久之后，她却成了最能听到一些心里话的女人。

图拉真挥手让其他妃子和守卫都退下，离开这个顶端的凉亭，只留下了他和米亚。显然，那个巨骸骨纹师带着一群乌合之众，在大坑里支撑了数月，而经过这头大焦热级的降临者之后，我也该要有所收获了。

大帝一把拉过米亚，将她搂在怀中，左手轻微地放在米亚的头冠上，抚摸着。寄螺族精致的头冠，属于头骨的一部分，属于一种几丁质和骨质混合的增生结构，头冠对于内部的秘密是很重要的保护。头冠表面细腻，轻触时能感觉到之下的脉冲。而这种天然脉冲，会让图拉真产生一种别样的安宁。

图拉真和米亚就这样并无言语，他只是轻轻抚摸着头冠，感受脉冲与自己心跳的同步感。许久，他示意米亚坐在他的腿上，搂住自己的肩膀，方便自己能反手抱住她。两人有目光交流的同时，图拉真还能看到大坑里发生的事情。

“米亚，今天这只降临者确实很大，你说地下宫殿里塞得下么？”他看着她细腻的皮肤和脸上精细的五官，问道。比起人类女子的骨骼，寄螺族要小巧很多，但是一切的组件又是如此的精巧美丽，像一个微缩的娃娃一般。他并不信仰代表生殖崇拜的姆神，但寄螺族女性较小身形与丰满臀部的差异比例，确是图拉真最喜好的一点。米亚回视着图拉真，此时大帝的右手正在轻柔地抚摸她的臀部，她只能任由摆布，轻轻地回应，“皇帝陛下，你要把这个怪物放地下宫殿干什么？”

黯光在图拉真身边环绕着，仿佛渴求他能吸收它们，解决这些恒古的灵魂无法解脱的命运。图拉真挥手驱赶开这些骚扰的黯光，他曾经具备术师的潜质，为此，这些无法逃脱的灵魂会优先挑选他。在成为万变之前，这也许是个天赋，而现在却是让自己无法清净的问题了。如今的图拉真宁愿轻轻地接触那些黯光，就像用舌头舔食特制的糖果一样，但多余的核，他一定是会吐掉的。

他撇了眼大坑中的光景，又看向米亚。“我的藏品还并不多，米亚。当然，这些都比不上我最爱的藏品！”

米亚的脸上浮现出一丝的惊恐，说到图拉真·哈赫特最爱的藏品，一定是在噩梦宫殿深处的那个恐怖存在。爱好炫耀的图拉真曾让她站在远处眺望过宫殿最底层的机关。米亚站在那个倒金字塔形的边缘，顶部四周的一圈矩形通路，刚好只能通过两个人。通路边缘有三人高的铁质围栏，但站在那里，依然能感受到中间那向下的倒金字塔的深远。它看不到尖端，而能感受到剧烈的空气流动，自上而下的循环。所有的闪晶无影灯都从不同角度照射这个空间。倒金字塔形上还沿着铁质围栏造了一个正金字塔形的水晶外壳，形成一个不可进入的白色空间。

遥望内部，米亚只能看见一片白色，而这个房间被守卫和其他骸族人称为“无影之地”。

绝对不能有任何阴影产生，绝对不能。图拉真曾站在那个位置，举起手指和米亚这样说。“为什么？”米亚记得自己也问过这个问题，只是图拉真再也没有说话，他只是站在无影灯的照射群里，仿佛与那片白色合为一体。

图拉真望着那个倒立金字塔的深处，一直笑着说，“你出不来的，老家伙。哈哈哈哈哈。”

你的力量，只能成为我们的给养。

米亚看着此刻的图拉真，却感觉这是一个小孩在炫耀自己抢来的糖果。当然了，她们这些妃子，侍从，还有所有的面具人，都是他的“糖果”而已。

图拉真感受到了米亚的目光，他转了过来，微微笑着。“而且，我需要更多的降临者核心。这些邪恶的东西，在黑市渠道价格很高，能换到不错的情报，还有商会提供的古代技术。”图拉真抚摸着米亚的脸庞，眼神逐渐变得温和了，“能治疗你的头痛的技术，就快完成了。”

米亚惊讶地看着眼前的男人，她患有“**永暗之熵**”多年，只要在剥幕进入“永暗”[7]阶段的每一天，寄螺族的头颅中，就会持续传来一种剧烈的神经疼痛，牵动全身，严重的还会感受到“幻象”。

图拉真，居然会亲口对自己说这样的话。

大部分时间，米亚可以忍受神经的痛感，那是如同轻微灼烧的感觉，漫长持续。状况开始时，会呼吸困难，太阳穴部位的肿胀感是一个开端，接着是身体和精神长期的折磨。患者会陷入周期性的四肢乏力，昏沉并且依赖睡眠的一段日子，头痛消失后，就是记忆错乱和冗长的做梦。

寄螺族是个遭受过多次战乱的民族，她们过去曾被金图人野蛮侵略，苟延残喘之后，又陷入人骸大战的缝隙之中，颠沛流离。很多次这样的幻梦，都让米亚重新回到了燃烧的赛纳拉那兹，目睹族人死亡，一切崩塌的过去。“永暗之熵”的缘故，她周而复始要感受这些与头疼并行的景象，使得清醒之后依然惆怅万分。

人类最初和骸族的历史，便是被赤色军团席卷的日子。高阳族，作为骸族尚武一族，他们的红黑色旗曾席卷人类所有在黑日大地的避难所。直到第二次人骸大战后，骸族因为分裂，人类才

7　剥幕每九个月进入九天的收缩阶段，它会收回所有黯光，关闭一切细口，整个大地进入极其灰暗状态。

找到反扑的机会，争夺到更大的生存资源。

骨燃上台之后，他的和平政策改变了骸族的外交政策，有越来越多的人在一些中立地区和骸族贸易，甚至成为虫师。直至图拉真突然得到了“万变”的力量，称霸剥幕纳尔之前，人类的日子已经开始太平起来。

骨燃终结了战争，而重启人骸大战的就是“疯狂的图拉真”。而后，便是图拉真带着他强大的弃子部队，横扫剥幕纳尔和周围地区的时代了。人类多个国家大败，索诺恩，巴比伦，达巴的边境小城都被逐渐蚕食。

打败达巴的精英部队和巴比伦的术士议会后，图拉真和他的“弃子”部队就开始名扬本则了。其原因除了彪悍凶狠外，弃子本身有个可怕的特点，所有被编制到这个队伍的，都佩戴着无法拿下的面具，并且全身毫无痛觉。要消灭他们，只有完全地粉碎他们那和面具合二为一的脑袋。而这些面具都来自于苦足大陆，由萨兰教亲自制作，安装。是否能承载痛苦成为弃子，就由大坑中的自然淘汰来做选择。

“皇帝陛下，就这么看着他们和降临者战斗么？”米亚看着津津有味的图拉真，问道。“这样，太可怜了吧。”图拉真并没有回头，他只是淡淡地说：“成为弃子，或者被杀死，哪种更有趣呢？”他停顿了一下，说道，“这是他们过去所有选择的一个节点，这是缠。”

“缠这种东西，并不是你想不接受，逃避，或者哭天喊地，就不用理会的。“图拉真继续说着，”无论是你，我，还是任何在黑日大地的生命，都在一个个不同的缠之中。“

“我相信卡纳维在《落日经》里，说的那句话。“他眼神变得淡然，空洞。“哪句？”米亚问道。

“剥幕在做的，就是让我们永远无法离开这里。”

第一章
弃子之路

心中之孔，成为堤坝崩坏之软肋

1

“他只记得自己叫做撒克，出生在一片浓雾的中心，世界中永远不断的是那些黑影，噩梦和猎杀。男孩是个从不犹豫的性格，他和女孩约好，从梦境的两头挖起，直到挖通，两人相遇的一天。”

骨燃合上书，静静地坐着。他的右手压在书壳上，书封上写着白雾两个字，表面的图画已经模糊，书脚的褶皱都透露了它的年纪。“今天就到这儿了。”骨燃用温和的声音说。

“这就完了？”他身边的女子说道。“今天的部分就讲完了？”她半个身体卧在一条巨大的方毯中，毯面的花纹非常特别，是三个交叉切割，又混为一体的几何图形。三条圆环环绕在图形之上，又互相覆盖。她身体向骨燃倾斜着，浅金色的长发披散在背部，一条胳膊和长而健美的腿露在外面，皮肤白的发光。

“这个睡前故事快讲一个月了，你还没讲完。”女子撩了下头发，蓝色的眼睛看着对方。“讲这么慢不是你的风格哦，而且这本又是古骸族语，我自己还看不了。这个故事，我着急想知道结局啊。”

骨燃半靠着窗口，侧坐着，时而看着窗外。黯光群激烈涌动着，照亮半个夜空。“明天就要出发去剥幕纳尔了，依照我们的计划，克蕊。”他看着床榻上的金发白肤女子，笑着说。“讲完它的时间还有很多呢。”

说着，他探过身子，用左手轻抚女子的脸庞，注视着对方。

金发女子笑了笑，她颇为立体的五官透着一种英气之美，不带一点艳，却有一种冰冷的性感。她抿了下粉色的下唇，缓缓地说道：“我一直不觉得自己，能够抓住多少明天的，骨燃。”

骨燃并未马上说什么，他起身从窗边而下，侧坐在她身边，用鲜红而庞大的右手抱住她，左手摸在她柔顺的金色长发中，静静看着她。

“一切皆有两面，克蕊。我很恨它。”骨燃示意自己的右手，这被称为“露特拉的拇指”的巨大骨手，是他憎恨的来源，也是力量的源头。

此时，他的声音让女子充满了平静。“但我可以用它完全拥抱你。”

2

“在圈养中最后胜出的那些弃子，才是真正能使用的棋子。”

图拉真·哈赫特

剥幕进入第八月龄，笼罩下的黑日世界进入“霜月”时节。

上一个降临者如萨兰教预言的一般，击中了剥幕纳尔的大坑。在那一场狂风与死亡并存的夜晚，这个新的巨型降临者肆虐了“噩梦宫殿”的试验场，也达到了图拉真大帝的真正目的。

萨兰教的预言精确，也赖于他们学习，吸收了金图族的灵言文化。为此，萨兰教的历法也在逐渐建立，并开始取代人类的古历。

黯光依然强劲，但并没有阻挡从本则向苦足大陆运送的速度。

运送的是一批图拉真大帝的死囚。

死囚由图拉真大帝的精英守卫亲自押送，从剥幕纳尔出发，通过藤蔓之路，绕过无眠之海，一直到达本则大陆东边的苦足。

苦足的西部中心是历来神秘的九龙城，以使用剥幕细胞的内在力量，即被称为“龙之力”的巫力，来抵御外敌。当然这支运送队伍会静悄悄的绕过这座大都，进入南部的密林之中。

押送他们的车队开始颠簸起来，与刚离开剥幕纳尔时的路况不同，车队从开始进入密林之后，地表就变得泥泞不堪，地底和沼泽渗透的水直接让路面凹陷，有些地方直接变成半个水坑。车轮间隔一阵就会进入泥水里，呼噜呼噜地带着水草和淤泥减缓了速度。这时候，卫兵们只好踩进水坑里，把车轮慢慢推出来。一急一缓的过程里，疯虎开始变得悠闲起来，从那一夜的惊魂未定里，到现在看着这些图拉真的护卫们，这些带着面具的莽夫们，在泥巴里狼狈地推车，他心里油然升起一种得意。好歹，终于结束了最糟糕的日子，该做点正事儿了。

这一趟车队，一共有六辆囚车，随行的精英卫兵一共十名，包括一名图拉真的高级将领。进入沼泽地形后，车行艰难，他们只能将队伍分为三段，车队前后各有两名卫兵，每一辆囚车单独有一名卫兵看守。

疯虎又眨了眨眼，他透过囚车的铁栏杆看着藤蔓之桥。此刻，这条车队渺小的如同搬运粮食的蚜虫小队一般缓慢前进。黯光正发出幽蓝的光带，勾勒着巨藤上错综交错的植物和隐约出现的比湿们，这条宽粗的自然道路呈曲线形打转向上伸展至最高点，又翻转着向下伸展。

“多么巨大而富有美感的螺旋线。”凯图古利突然说道：“这份优美使我追忆起一些古老的纹样设计，符合完美分割的……那些骸族与人类合作设计的祭坛，自然防护的骨纹。”

“据说这唯一的巨藤是萨克瓦利的发辫所成，在他与露特拉[8]旷日大战之后。”亚西美笑着说，“第二次看到，还是感觉如此震撼。”

8　最古老的虫神，被封印于深渊之中，其名意为：远古的闪电。

“萨克瓦利好像是你们的神么？”赤链此前看天空到出神，他突然问。“其实，我还不太了解骸族风俗，你们好像有不少神？”

“萨克瓦利已是古神了，和姆神一样，现在大部分骸族人更崇拜阿西卡。”亚西美皱着眉，回答道。她轻叹了一口气，如果不是枯搡事件，骸族现在的格局哪会变成这样。失去了姆神的庇护，也失去了太多与它们的感应。

囚车队还在缓慢向前进着，车轮在靠近藤蔓拐弯处变得更加难以挪动，押送的卫兵们开始忍不住抱怨起来。“这什么糟糕的路，我们为什么一定要从这里走？”为首的押送者戴着三角锥形的漆黑色头盔，个头也比其他卫兵要高出个半个身子，他用略带杀意的语调说道，“不走这里，除了海路，就只有穿过奇藏目的领地，然后过卡多维那的冰盖平原。”他手扶了下腰间的大剑，敲了敲囚车的笼门，大吼道：“你们这群懒猪，是想进卡纳维的包围圈么？还是要告诉骨燃我们的位置？如果不想，就闭上你们的嘴！”卫兵们顿时鸦雀无声，继续推拉着囚车。

“萨克瓦利倒下的身躯化为了这个区域，它的头颅应该是在泊泊桑。”亚西美压低了声音。

“等等，神就这样被分尸了？”赤链瞪大了眼睛，惊讶不已。

“恩，这是金图人的传说。”亚西美停顿了一下，她看着凯图古利，点了下自己的下巴，希望得到巨人那里更精准的典故内容。“我们骆风族并不崇拜萨克瓦利。”凯图靠着囚车笼边，用手撑着下巴，略无精神地回答，“恩，据说是被露特拉用利爪，切成了数块，倒下后的植物精华，孕育了苦足大陆。”他侧过头，指着下方浩瀚的地面，说道。“你们看，那些绿色的沼泽，都是萨克瓦利神流淌出的精华而成。”几人顺着手指的方向，看着巨藤下方，透过浓重的雾气，隐约能看到倒纺锤状的建筑群组，它们中间被一些管道，藤蔓和绿色深潭隔开着。深谭的绿色中闪着幽光，还映射一些黯光的蓝色。

“确实好大一片。”疯虎笑了笑，“这里现在几乎是整片的种植区啊。”

“这还没到萨兰教的地盘。”凯图古利继续观察着外边的情况，“这块区域北接卡多维那，南边是无眠之海，可能聚集着金图族残余的小部族在生存吧。”疯虎一副吃惊的表情，“金图不是统治过骸族么？现在才这么点地方？落魄的太快了吧！”亚西美轻咳了一声，她和凯图对视了一眼，含糊地回答着，“那次惨剧之后，金图就一蹶不振，衰亡了。”

“他们流浪在各处，也有不少加入萨兰教的。”

“哪次？惨剧？”疯虎继续追问道。凯图回望了他一眼，眼神里带着苍茫，但两人并没有回答他。囚车逐渐开始顺着巨藤向下移动，脚底的震动变弱了，守卫们又开始加快速度了。亚西美打算闭上眼，小憩一会儿，却听到赤链突然大声叫道：“哪！那是什么！？”囚车大队也停了下来。

这确实是让人震惊的景象。

隔着身后弯曲的巨藤和迷蒙的雾气，他们看见暗蓝调子的黯光环绕着的一张大脸。云雾层叠构成半张巨型的面具，像是半截铁盔，气流旋涡又环绕变化，在云面具中央，形成了消逝的镂空，黯光在其中聚焦，闪耀。那形成了一只窥视世界的蓝眼。

“这，这是萨克瓦利之眼！”囚车内有人大喊起来，他单膝跪了下来，双手在胸前做出各异的手势，最后掌心向外，与头颅一起贴近车底的地面。疯虎呆滞了，人类社会很难看到，这样充满真情的信仰行为。骸族人却能轻易臣服于这种力量，并且无视周围的环境。这时，其他囚车内的一些人也开始严肃地做了起来，气氛顿时凝重了。凯图古利也停下了手中摆弄的工具，他正在雕刻一枚微小的神像，这将注入他骨纹的力量。这个巨人也单膝着地，同样庄重地向着云中的“蓝眼”注目，行礼。

“萨克瓦利之眼代表什么？神为你们指引道路么？”赤链问道，他看着这些骸族人如此认真对待这个景象，仿佛云顶面具会引导这悲惨的行程。

“不。”亚西美完成了行礼的过程，她收拾了下衣摆，看着天空，许久，她回答道。“萨克瓦利的蓝眼代表死亡，他必将带走我们中的一些人。”

“被萨克瓦利带走，胜于成为剥幕的囚徒百倍。”凯图古利淡淡地说。此时车队终于走完这条藤蔓之路，来到与湿地接壤之处，卫兵们也长吁一口气。

天空中，云层开始向外旋转移动，那组成单眼的黯光群不再聚集，而向四周飞散开去，这个神奇的景象结束了。疯虎环视着这些骸族人，脑海里是挥之不去的那句话。

“死亡……必将带走……一些人。”

“你们怎么确认死亡后，属于萨克瓦利了呢？”赤链问道：“我们一旦身死，灵魂不都会被剥幕吸收，进入黯光之流，最终成为珊瑚么？”亚西美侧身看着赤链，她并不反感这个白纸，相反生起了格外的耐心。她回答说：“大部分死亡是这样的，成为黯光的一部分，直到被术师找到，或者在剥幕之中找回记忆。”她停顿了一下，拍了下少年的肩膀，继续说道：“骸族人有很多道可寻，黯光只是一种，萨克瓦利代表的比湿之道是很神奇的。它会让亡者成为特殊的存在。”

赤链露出了怀疑的表情，他擦擦鼻子，继续看着亚西美，“特殊的存在？”

“非常……特殊，如果你有缘看到，就知道了。”她笑着回答。与剥幕的抗争，骸族人从未停止，即使身变为何物，只求灵魂的自由。周围空气变得越来越潮湿了，亚西美鼻子抽动着。已经都能闻到泥土夹杂比湿的腥味儿了。

“我都开始怀念那几个沼泽地的老家伙了，嘴巴里含着泥巴一样的跟你说，好久 ~~ 不 ~ 呵 ~ 见啊 ~” 她大笑地说着，凯图古利也附以微笑。

“是啊，记得我上一次到苦足，是因为九龙城的一单业务，这是第二次来到此地。沼泽，树木，空气还是那些，不过已是在囚笼之中啊。” 他苦笑了一下，转身去随身的包裹中翻找东西。

疯虎靠在囚车的一边，看着外面的风景。他很清楚地记得，从经过藤蔓之路后，之前密集的黯光逐渐变少了，天空从本则特有的暗紫色逐渐变成了淡黄色，一种让他产生短暂温馨错觉的色调，那是达巴城酒馆的炉火颜色，还是他心头萦绕的那个舞女的瞳孔颜色？疯虎自己笑了起来，这些也许不能再体验了。

囚车队进入影木林之后，这些淡黄的色调也消失了，潮湿的空气都带着沼泽的蓝灰色调，一半的天空被参天的影木遮蔽，黯光穿过那些十字形的叶子簇间，投射在地表和囚车上，形成更大的栅格阴影。怎么样都是在更大的囚笼之中啊，他心中暗暗念叨。

狼狈的卫兵们终于把车队带出了最泥泞的一段路程，囚车速度开始恢复，周围的影木更加茂密，更多的树冠向路中间生长，道路被遮挡的逐渐变窄了，走向也被这些影木影响的弯曲蜿蜒起来。黯光透过的空隙更少了，进光量导致周围一切变暗，他们对时间的感知由此变差了，下午瞬间到了傍晚。

卫兵开始点燃火把，行进速度不禁又变慢了起来。此时，远处传来声音，模糊但整齐。

“阿西卡赐予我们力量，让黑暗无法吞噬我们，只会给予我们力量。”

他们越靠近影木林的中心，越能更清晰地听到此起彼伏的念诵声，越来越多的头戴兜帽，眼神凝重的信徒开始聚集，缓慢踱步，向前行进。这些信徒左手扶胸，右手都拿着火把，可能是使用虫脂材料的缘故，都发出爆裂的声音和蓝色的火光。

他们这是要去哪里？赤链心中的疑惑越来越多，刚才提问的他，此时问道。"你居然能活到现在，也是个奇迹啊。少年。"疯虎情不自禁开始了他固有的调侃模式，即使他们都还在这个运送弃子的囚笼之中。他眼前的这个少年并没有和他们一起度过降临者来袭那一晚，"你是打算这么稀里糊涂成为弃子么？"

"他们都是萨兰教的信徒，这是要去朝拜每周的影之仪式。"亚西美瞪了疯虎一眼，缓慢地和赤练说道。"而且，我们应该也是要赶今天的仪式。"

她仔细观察着这个年轻的囚徒，他肤色偏暗，发色苍白，五官轮廓平淡，并不像骸族人那样的分布清晰的骨骼结构。唯一引人注目的是他那暗褐色的瞳孔。于是，亚西美转向那少年，淡淡的说："你完全不了解苦足呢，来，告诉姐姐，你是哪儿人？"

赤练惊讶地盯着这个和自己搭话的女性，他是在上一次人骸战争中，随军的书记官，然后就稀里糊涂地在战争结束后，随着图拉真清算战功和惩罚贻误战机的部队时，随着他的长官一起被扔进大坑。"我是索诺恩人，之前随军参加了剥幕纳尔大战，我们一队都因为贻误军机，被罚进大坑了。"亚西美看着他，点了点头，目测这少年在噩梦宫殿并没有待太久，甚至没有经历降临者之夜的困境，看来是充人数进了这次的运送队伍。不像他们一行，差点死在那个黏糊糊的降临者足下，不过她并没有表露出来，只是微笑地回答道："索诺恩啊，我还有挺多熟人的。"

两人就索诺恩的一些老友展开了细碎的寒暄，这样的聊天当下，亚西美也并没闲着，她和凯特古利，疯虎，正在车厢上铺开毯子，准备玩点有意思的东西。

“**虫骨牌**”，一种骸族人茶余饭后，战争间歇都会摆好桌子，铺上布料，摆上三个虫摩的头骨，开始玩耍的游戏。从剥幕纳尔到苦足的路程很漫长，这个当下，亚西美和其他人决定重新开启这个娱乐来打发时间。显然，从大坑之夜活下来之后，他们的生命又变得重要了，大帝阁下又把尊严和伪装的自由还给了他们。“不能离开车队控制范围，不能随意召唤虫，不能和卫兵讲话，但是可以在途中有一日三餐，休息时间，以及他们喜爱的这种游戏。”当重新拿起虫摩骨头做的骰子的时候，亚西美就没那么讨厌图拉真了。好歹，“虫骨牌”这种娱乐，在骸族的地位和人类的将棋差不多了。大帝也是个有一点点趣味的男人么。不管如何，那个夜晚活下来了，然后作为未来的“弃子”，似乎命运又发生了变化。凯图古利常说的 Karma—— “业[9]”，果然是推动他们所有变化的不可见力量，发挥了作用么？

凯图古利坐在亚西美的左侧，他熟练地从包裹里拿出一大叠纸牌，分成三叠，又交叉把牌洗成一叠，最后从三分之一处分成两叠，放在铺好的花纹毯子上。三个虫摩头骨比拳头略大一些，表面磨损，并且有药物清洗的痕迹，显得很白。骨头表面纹满了骸族的花纹，这看来是凯图古利的收藏了。赤链一副完全没见过世面的表情，即看着这个巨人脸部和身上的花纹，又盯着毯子上的头骨，嘴巴紧抿着，一看就是在思量先问什么的样子。

“哎呀，这个我最喜欢了，以前和老大玩的很多。”疯虎搓搓手，准备拿牌开玩，这个游戏他和自己的老大，也就是“第三眼”的首领杰西，经常会一起玩。一方面是为了每次更好融入骸族人的圈子，只要一开局，之前所有的隔阂都会暂时被抛下，驾驶一铺开，拿起牌，那些好战的骸族人立刻会眉开眼笑，只关注牌桌

9　业：因身口意的造作，潜存于心中，直接影响生命旅程的力量。多数人类已对此不太相信，但骸族人深信不疑，以此为生命警示。

上的局势。杰西即打的一手好牌，又能在牌桌上送东压西，周旋里，刚猛的骸族佬，情报就这么获得了，而贸易单子往往也就拿下来了。另一方面么，骸族人发明的这个粗犷游戏，“虫骨牌”，骸族语又叫“Jénga P Deu”——神的积木，实在是太好玩了。当然，这玩意儿对阿奢丹人，完全无效。

凯图古利一边发牌，一边讲着规则，“既然有新来的，就简单说一下。”他指了指中间的三个头骨，说道，“这三个是胜利的奖励，最后谁拿的最多就赢。”

疯虎开始从中央牌列抽牌，这是参与的人轮流拿取的流程，每人交替，直到拿完为止。凯图古利作为巨人，在囚车中完全无法站立，只能一直盘腿坐着。他用超过其他人数倍的大手举起几张牌，亮给赤链看。“所有的手牌里，一共有傀儡，虫，剥幕，黯光，影子，五种符号，互相之间有相生相克关系。”

赤链一脸茫然，“相生相克关系？这，好像很复杂啊！”亚西美也抓完了手牌，她笑着说，“我们骸族有一首诗，是说这个游戏的，用来记忆特别好。”

“哦？居然还有诗来记录游戏规则？这么高级的雅兴！！”疯虎露出一副崇拜的神情，望着亚西美。他在贸易区会遇到一些骸族的吟游诗人，往往来自金图和骆风部族，这些长相细腻俊美的诗人们，两千年来一直保持着用诗歌的方式记录和传达各种战事，历史以及人们的杂谈。当然，金图族的诗人，疯虎向来是不敢小看的，他们的语言格外能传递美，但要说有携带毒药的文字，那只有金图人能做到。诅咒，痛苦，黑暗，通过他们的“灵言”传达出来，心灵的威力比虫摩要可怕很多。想到这个，他咽了下口水，这让疯虎想到杰西说过的某个故事。

一个关于金图族少女如何用言语让一名国王陷入疯狂的故事。恩……可怕的故事，不过疯虎想着，如果换做是他，貌似也不错啊……所以你做不了国王的，胖子！瞬间，杰西的声音出现在他的脑海里，好吧，老大，他叹了口气。

“剥幕产生黯光，将天分为光暗；

偶儡投下影子，阴影滋养沼泽；

影子强化虫摩，面向黯光增长；

虫摩搏杀傀儡，黯光无法超脱；

黯光操控傀儡，一切终属剥幕。”

不得不说亚西美此时略带唱腔的念诵，叙述了整个游戏的核心，更引起了赤链迷弟般崇拜的注目礼。虽然他还是没搞明白怎么玩，但顿时对骸族人浪漫主义的民族特点再生好感。难怪老大一直泡在骸族地区不肯出来呢，他们确实有点意思啊，而疯虎确实发现这个骸族女人，虽然凶悍，声音却格外好听，他不禁多看了几眼，又立刻被亚西美瞪了回去。

“我来补充解释一下，看这些图案。”凯图古利用粗大的中指点着牌面，“剥幕牌可以等于所有种类其他牌使用，等于是王。其他四种互相克制。虫克制傀儡，傀儡强化影子，影子强化虫，黯光克制虫，黯光强化傀儡，影子和黯光互相克制。就是这样的关系。”他每说到一个互相的关系，就会左右手列出两者的牌。

赤链此时可以更清楚地看到每一种牌面的图案，纸牌本身充满了岁月的折痕和污垢，想来还能使用，在保存上这个巨人也是相当细心。牌面上的图案似乎使用了一种有腐蚀性的墨水，图案的花纹边缘都有轻微烧焦一样的黑晕。而图案本身特色鲜明，剥幕是一个黑色的荆棘圈，傀儡是个黑色头颅的剪影，中间两个白色的圆孔应该是眼睛吧，头颅底部还有藤蔓环绕的设计，想来是描述剥幕细胞的关系么？虫的图案是个可爱的甲虫，黯光由数条柔软的线条组成，线条中心缠绕着一个骷髅，而影子是一个长角的巨大黑影，站立在几条线组成的地面上。

“好有趣的图案，我也想收藏一套了。”赤链看完不同的牌面后，大加赞赏。

“这是扎德绘制的第三版的图案，非常稀有。”亚西美回了一句，凯图古利对这些玩意的收集，可是相当有本事的。

“手牌基本就是这些种类了，我接着介绍一下怎么玩。”凯图古利的表情如同到达主场的某种竞技运动狂热者一般，露出少有的笑容。“我们轮流把这两叠牌全部拿光，之后看自己手中的牌。按照之前讲的分类，同样的种类能够组合起来，比如 5 张傀儡，6 张黯光之类，种族相克等于数量加 1，剥幕可以等于任何其他种类。”

“抱歉打断一下？”赤链看着凯图古利，努力掩饰着笑，“为什么听上去好简单，就是比大小么？”他怀着希望不是如此的表情，环顾四周，同时还心存小视。

“哈哈哈，比大小。你果然是天真的孩子。”亚西美不禁狂笑起来，她看了看对面的两人。凯图古利点了点头，继续说道，“现在说关键的细节，这个时候大家必须把自己不需要的牌扔出来，放在中间，别人也可以拿。”说到这里，他举起食指，“我们也可以抢走你要的，反过来你也可以。最后大家用各种办法，拿到自己想要的组合。交换时，可以语言阻止，最终直到桌面上的牌全部重新分配到每个人。然后开牌，互相克制后分数还是最高的，获得一个摆在中间的头骨。”

赤链斜眼看着自己手中的牌面，陷入了沉思。这，果然是小看了骸族人的游戏。这是摆明了要互相下套啊！！

凯图古利继续说着，“谁最早获得三个头骨，就赢得一局。”

说完，凯图古利开始从自己手中的一堆牌中，向外扔牌。他先扔出了一张傀儡牌，接着看了一圈其他人，嘴角带着微笑：“你们继续。”疯虎盯着自己的手牌，陷入了纠结状态。他手中有三张傀儡，两张黯光，一张影子，两张虫，还有一张剥幕，他的起手并不理想，三种牌都没有太多的数量。从数量上看，显然是组傀儡和黯光会更好，黯光还能让傀儡数量加 1，不过……疯虎拨弄着手里卡牌的边角，开始习惯性地咬起嘴唇。如果他马上去拿这张傀儡，一定会暴露他要组傀儡大龙的想法。目前他还不得而知别人的预期，凯图古利这一手抛砖引玉也是可以啊。

亚西美眯着眼睛，从扇子一般的牌组后面，看着其他三人。她再次扫了自己的卡牌，三张剥幕，三张黯光，一张傀儡，一张虫，一张影子。亚西美的选择显然要多很多，有剥幕这个自由牌，她既可以组合六张黯光的强龙，也可以分散到黯光和傀儡。那这张傀儡拿不拿呢？虫自己一定是不会再花成本去组了，那扔不扔呢？目前只有凯图古利做了反应，扔牌流程还没结束，也许……她眉头一皱，也许有一个人，能很快凑齐虫，那虫对傀儡的克制来说，亚西美的傀儡牌组就会被压制。

赤链看着桌面上的那张傀儡牌，伸出了右手，又停了下来。那个瞬间，他知道暴露了自己的预期，他想要那张牌。这个游戏确实不是一个比大小的游戏，你所有的行为都在暴露你想要什么，接着要做什么。凯图古利会这样做，一定是他只有这一张傀儡，他先扔出来，毫无顾忌，但是其他人不一样。赤链手里有四张傀儡，三张虫，两张剥幕，一张黯光。他的剥幕牌可以让他组合多种可能，双牌组最优的选择，似乎就是五张傀儡和三张虫加两剥幕的可能了，或者……

他把一张黯光牌放到了中间，整齐地摆在傀儡牌的旁边，边角还靠了在一条线上。疯虎和亚西美的眼睛都亮了，他们两人都有组傀儡和黯光的需求，但这小鬼头把黯光扔出来，意思是他是要组虫或者影子流么？疯虎试图盯着对面的赤链眼睛，读出一些信息，赤链只是对视，时而眨眨眼。

真是要打影子流么？还是新手瞎打？或者他剥幕很多？亚西美很想马上拿了其中一张，但是按现在扔出来的牌看，小鬼头和巨人其中一个，必然有较多的虫或影，要防止影子大龙，鉴于互克关系，还有虫和影的互相加强……她扫着自己的牌面，想着，除了增加自己的黯光数量，似乎没有太好的方式……但如果其中一人在后期，把自己的剥幕投入到虫上，目前押宝在傀儡的人，风险好大！

她盯着凯图古利，露出了浅笑，巨人啊巨人，你的心思我想到了。把我们赶到傀儡牌去，你好专心收影子，傀儡大龙多了，还增加你的个数。如果这样……亚西美往桌面上放了一张虫。她此刻的思路开始清晰，那就搅和一下大家的想法吧。我倒要看看，一张小虫，能不能勾引出你们的目的。

凯图古利眼看亚西美打出了一张虫，他内心一阵开心。虫骨牌的特性，就是抓住互相无法琢磨的内心，一旦误导所有人认为牌局会按照一个方式去走，其他人扔出来的牌就会沿着一个方向走，“一个假结局”。

巨人凯图古利在骨纹师里属于孤僻类型，他不像扎德，热爱被人簇拥的偶像感觉，他更喜欢做一个专业的老牌手，即使是图拉真大帝，他也会毫不犹豫地去赢。他最初扔出傀儡牌，一方面是自己的手牌是一张傀儡，四黯光，四影，一张剥幕。自己剥幕特别少的情况下，其他人一定不少。剥幕这个牌很考验牌手的定性，你拿多了，和其他类型组合就多，但变化越多，越不容易控制场上局面，反而可能会被带着走。

凯图古利装作笑了笑，直接拿走了亚西美刚打出来的虫，轻说了一声，“太好了！”这是他手里唯一的虫了，对他来说毫无组合，但这一手对于“一个假结局”来说，至关重要。

一个凯图古利真的要组一套虫和影组合的牌组的结局。

他拿走了虫！疯虎，亚西美和赤链心中一紧。他们陷入了凯图古利定制的“假结局”中，特别是亚西美，深信不疑地确认，自己再也不能放出任何一张虫的牌。

3

“弃子不具备任何痛感，即使切下身躯，也不会完全死亡。切下头颅，才能隔开他们的生命力。”

《剥幕之光》第二章

“他们绝对不能到达重生台，那样一切都晚了。”骨燃盘腿坐在一块灰色的大岩石上，并没有睁眼。他慢慢地说着，“这次我们要扭转局势，需要联合的就有一大堆……”

“莱扎的部队，九龙城的支援，萨兰教的合作……”他扭头看着站在身边的高个女子，说道，“克蕊，我会和老师碰头，希望能让他改变态度。九龙城那里，只有靠你了。”骨燃说完后，只是用左手托着自己的脸颊，温和地看着对方。他那特殊的右手，呈现着平和得普通状态，骨刺和外骨骼都紧紧贴着手本身，没有弹射开来。它一直在散发着红色的光泽，即使靠在身体的一侧，还是如此地显眼。这就是“露特拉的拇指”，让骨燃更加闻名的右手。

高个女子有着浅金色的长发，皮肤白皙，处于一种闪着光芒的洁白状态。她戴着黑色翅膀元素的尖帽子，帽子上面尖，下面宽大，侧面还有剪裁精细的皮质翅膀装饰，有着一种僧侣的庄严加上疯狂黑暗结合的感觉。帽子下面是精致的五官，蓝色的瞳孔中映射着这个她唯一信任的男人。骨燃·炎嗣，维序派的首领，决定聚集各族之力，摧毁图拉真暴政的人。

她用一种很平淡的微笑回应了骨燃，并回答道，“那我们在剥幕纳尔集合。”

骨燃点了点头，左手向克里斯蒂娜微微致意。克蕊是只有他俩之间的称呼，这也和她平时冷漠的状态不同，属于另一种她。克里斯蒂娜弯下腰，用右手微微扶着自己白金一样闪耀的头发，张开水润的嘴唇，深深地吻了骨燃的脸颊。骨燃的左手抚摸了一下她的发丝，回吻了她的额头。两人在细微的距离里，微笑对视了一会儿，这仿佛会让此刻凝固。此时她非利剑，而是轻柔如水。

“好，我出发了。”克里斯蒂娜站了起来，向后撤了几步。她双眼中放出白蓝色的光芒，从她身体内部向外散射出数十条黯光，在克里斯蒂娜背后旋转着。黯光群如同在空气中绘画一般，勾勒出一个两人高，由多种错开同心圆光环组成的一种半透明物。黯光群消逝在这个半透明物中，接着，它们逐渐变成实体感，外表成为光洁金属感，同心圆结构边缘锐利，旋转着。每个同心圆之间刷地向外伸出三角锥般的尖刺，上面闪烁着花藤或者弧形完全的文字。这些结构完全实体化之后，从同心金属圈之间，伴随着“嘭”得响声，三对光斑组成的翅膀张开在克里斯蒂娜的背后。

骨燃笑了，他左手做了个点赞的手势，“很久没有见到珊瑚具象化了，你的尤里埃尔还是那样庞大。”术师是人类的一种专有职业，很多具有天赋者，除了能从剥幕的黯光中获取珊瑚，做为自己的力量使用。当术师具有很高修为，成为“咏叹者”时，他们甚至能将这些黯光中的灵魂，具象出来。

这些灵魂，也就是骸族人所说的珊瑚，有可能是逝去的古神，旧世界的强者，甚至是术师自己的长辈，老师，或者伴侣。“尤里埃尔”又是珊瑚中的特别类型，“光体”，这种珊瑚只有在剥幕的特殊形态结构下，才能在少量黯光中产生，自然，能使用并且具象化的术师更加稀少。珊瑚藏匿着灵魂的精髓，它们和术师互相选择。

“Se'Ya~”克里斯蒂娜用骸族语说道，她身后的尤里埃尔快速转动着，在空气中形成了一道道白色的光晕，它们像是擦拭天空一般，撕开了一个一人高的黑色旋涡。克里斯蒂娜跨了进去，黑色旋涡表面像是具有巨大张力的水面一般，透出内在的景象，一座充满东方意味的城市，一个飞檐般的殿角上晃动着布满龙形花纹的钢球。

克里斯蒂娜在旋涡里，挥了挥手，下一秒，她和旋涡都消逝了。骨燃的面前，回到了巨大岩石所见的唯一景象，那是被紫色雾气包裹的一片巨大的沼泽。

骨燃突然转过了头，看着身后的一块岩石，笑着说，“居然有密探？哦？”

“你听到了什么？”他向那块岩石走去，那是一块略显突兀的灰色巨岩，侧面如同刀削一般平整，也带着一丝非纯天然的感觉。骨燃在岩石前停了下来，在巨岩的黑影中，露出闪亮的双眼。此刻，从他脚底的影子中，“搜”地刺出八把骨制的长矛，它们分成多节，每一节都带着外翻的尖钩，直刺骨燃！

尖钩刺穿了他的胸口，骨燃笑了，“就这样？”他的身躯瞬间化成了多条黑色的大蛇，蛇的头颅两侧长着尖凸的骨刺，双眼是褐色，瞳仁内是旋转的沙漏形。大蛇互相缠绕着，它们身躯上的鳞片闪着油光，都搜地竖立起来，那些长矛伴随着咔擦声，被切成了数段，掉在地上。

黑蛇们又聚集起来，身躯化为了骨燃的形象，张开的几个蛇头变成了他的右手。黑色逐渐褪下，变成暗红色，闪着血光的庞大拳头，每只手指都是覆盖着坚硬骨板的利爪。伴随巨响，骨燃的右手打进了巨岩的深处，岩石发出了痛苦的呻吟，那是人类咽喉被握力卡住的哽咽声。

岩石软化了，在骨燃手中，逐渐变成了一个双脚在空中努力蹬着，咽喉被这只可怕右手牢牢卡住的男子。男子表情痛苦，脖子上下方已经变成了红紫色，显然骨燃的握力，让他变回了原形。

“居然是个塑型者，来刺杀我，也是不惜血本啊。”骨燃笑了，他彻底脱离骸族原本的政治结构后，整整一年，经历了不同类型的暗杀。塑型者作为一种会改变自身形态的虫师，投入到刺杀骨燃的使用中，图拉真也是完全不考虑代价了。“不是朋友，就是敌人。”还真是图拉真的哲学。

塑型者闷哼了一声，他的身体骤然变得软化起来，像融化的糖果，流淌到了地面。到达地表的一瞬，又变硬起来，散开的液态成为了翅膀，塑型者再次变成了长着黑色羽毛的铁嘴鸟类。“哦？还能变成动物？”骨燃表示了礼貌性的惊讶，“有意思，难道是个 M’et？”

M’et 是骸族对人骸混种，或者是有虫族基因的混种人类的统称，他们一般有着单一基因的种族不具备的多项能力。大部分的塑型者，只能拟态一种大类的东西，比如能化成金属的，不能变成木头。

铁嘴鸟挥舞着双翅，在空中旋转了一圈，像是在跳着一种人类的丰收舞一般。羽毛纷飞，化为刀片，铁嘴鸟又变回人形。这个塑型者双手握着弯曲的利刃，翻滚跳跃，让身体和武器呈回转，刀刃翻转，割向骨燃的咽喉，手腕。

刀风凌冽，刺客手法也很娴熟，通过两次变形，躲过了骨燃致命一握之后，妄图反转攻势！

骨燃只是笑着，他巧妙地移动身躯，避过所有的刀锋。在刺客第八个旋转突刺的当下，他右脚向侧一滑，身体就半弧形地在空气里划出了一道自己的残影，到达了刺客的另一边。从骨燃背后伸出一条巨大的尾巴，每一节都有着闪亮的骨板，而尾尖弯曲，在头上长着一个凶神恶煞的突刺。

这个形态变化在瞬间便完成了，骨燃左脚站定的时候，尾巴的尖刺借着这个滑动的动势，带着力量，就刺入了刺客的身躯！尖刺从他的左肋下直接掠过，在胸口拉开一条长口子，鲜血夹带绿色的液体，从切口里喷射出来。

刺客发出了惨叫，双手直接扔开了双刀，在这个死亡舞蹈的半圈里，翻滚倒在地上。他用右手支撑着自己，但视野已经开始模糊。“这……是什么毒……”他还想说些什么，但口中的舌头已经干涩起来，说话像是含着苦恼的石块，无法产生水份，还不能吐掉。

骨燃踢开了地上的刀刃，站在刺客右边，微微弯下半身，轻声说道，“这是一种卡帝沼泽蝎的蛰刺，液体里含有神经毒素。你就别说话了，不然会咬到自己舌头的。”

刺客摇摇头，还想用力向刀爬去。骨燃叹了口气，他打了个响指，地表震动，从砂土下刺出几道骨刺，穿过刺客的腋下，腿间，直接把他架了起来。

“赶紧闭嘴，只要点头，回答完我的问题以后，就给你解毒。”骨燃继续说着。

他看着被架着的刺客，问道：“你是图拉真的人么？”神经毒素已经让刺客全身接近麻痹了，他的下颚微微动了下，做出点头的表示。

“果不其然……”骨燃左手搭在右手上，摆动着手指，陷入了思考。半晌，他继续问，“从上个月开始，刺杀是第三次了。你们是怎么知道我的行踪的？”

“跟踪虫？”刺客下巴左右微晃了一下，表示了否定。

“内应？”刺客又重复了之前的行为。

“萨兰教的线报？”骨燃皱了皱眉，萨兰教女巫的过界查看，确实是一种很麻烦的力量。然而，刺客又重复一次。神经毒素的效果越来越强烈，刺客像一条僵硬的鱼干一般，晾在骨刺上，一动不动。

“啧……”骨燃从背后的口袋中拿出一根细小的瓶子，能看出里面装着浅金色的液体，他使劲晃了晃，让瓶子下方的橙色沉淀物和浅金色混合在一起。瓶子和其他容器不太一样，整体用一种接近水晶的材质制成，表面会有磨砂的模糊感，瓶子除了手持的金属保护壳外，另一边是三角锥尖刺的造型。

“噗！”他把这个瓶子插进了刺客的背部，浅金色的液体慢慢少了下去。

片刻，刺客强烈咳嗽了一阵，身体开始恢复正常，他微侧了自己，让麻痹恢复后的身躯压力得以缓解。骨燃动了下右手，他的几个手指延长了几倍，利爪的尖端变成了锋利的金属片，贴在刺客的脸颊边。

“说吧，你们是如何掌握我的行踪的？”骨燃继续审问着。

这个塑型者缓缓地将右手握住架着他的骨刺，回答道，“哼……你的行踪被隐藏的太好……咳……”他又咳嗽了几声，“如果不是那位先生一直给予我们消息……”

“什么？”骨燃挑了下左边的眉毛，更凑近了塑型者。“那位？是哪位？”

“我们从未见过他，只会及时收到情报……”塑型者继续咳嗽着。

咳嗽持续了一段时间，解药的效果完全传达了全身，塑型者感觉到了好转。他回答道，“不过，他称自己为，噩梦先生。”说着，他的双手一用力，全身开始膨胀，脊椎和身躯都从内向外长出外骨骼，头骨和脖子拉长，身形变大了很多。

他变成了一头周身铺盖外骨骼，皮肤粗糙，泛着黑烟的巨兽–犀摩，一种成年虫摩中的大型猛兽。它一转身，粗壮的四肢同时打击地面，周身的骨板也一起震荡起来，发出一排大鼓表皮爆炸的声音。

骨燃刚困住它的金属尖刺和地上的骨牢同时碎裂！

犀摩更是前肢一蹬，两边胖出来的身躯抖动着，弧线换了一个方向，向骨燃冲去！

骨燃又挑了一下左眉，他捏紧了右手，用很快地速度原地挥舞了一下。这只暗红的右手，在空气中划过，向正面而来的犀摩身躯一侧震荡了一下。它在空中被阻隔了，停在跃起的一刹那。下一刻，庞大身躯的这一边，犀摩的身体骤然少了一个半圆的缺口，无论是血肉，还是外骨骼，骨板，都一起消失了。只剩下那个少了一大半的血红肉体，以及喷射出的鲜血。

“啊！！！啊！！！”疼痛让这个塑型者直接缩回了原始形态，瘦弱的人形掉在地上。他右胸开始到下腹变成了一个边缘整齐，呈现烧焦状态的大坑，里面除了黑烟，什么也没有。惨叫声和喷出体外就化为黑烟的鲜血中，塑型者昏迷了过去。

骨燃甩了甩右手，拳头表面的皮肤在蠕动着，鲜红色里伴随着呼吸的颤抖。他深吸了一口黑烟，什么也没说，静静地又坐在那块来时的岩石上。

此刻有个声音在他心里喃喃细语道，重复着一句话。

“混种，味道……太差了……”

“闭嘴。”骨燃说了一句，又陷入了沉默。“不过，骨燃，多吸收一些这样的，也不错。”

在卡纳维建造的“黑格”中，他曾经感受到“过界”的力量，这让自己更接近神的区域。然而，在平时，没有药物，依然难以找回那种感觉。即使作为“万变”，也无法充分检视幻梦界，这对骨燃内心深处，是一种不小的打击。

骨燃看了眼脚边的塑型者，重伤的他伴随着颤动，慢慢死去了。骨燃叹了口气，向山下走去。

在影木林中，关押凯图古利等一行人的囚车队伍，终于走完了最困难的泥泞地，开始进入经过治理的沼泽湿地道路。

之前的浓雾逐渐散去，伴随着周围密林中连绵不断的咏唱声，亚西美知道，车队即将正式进入萨兰教的领地。

如果说剥幕纳尔是被摧毁过的烂盆景的话，萨兰教的属地就是过于茂盛的自然梦境。萨兰教的领地以影木林外围开始，通过层层环绕的密林，建造起高耸的“双足屋”，这是哨兵和持杖祭司管理范围。密林内环，呈圆周环绕分布的沼泽群落，沿湿地边缘建造的帐篷群，是图腾师们的居所。

大量的普通教众，汇聚在萨兰教的中心城市–Parpa Sag，泊泊桑。但他们会长期参与教派活动和其他日常工作。

泊泊桑据说是由比湿神–萨克瓦利的身躯化成的。它是最初进化成神的比湿。

如果露特拉代表的是力量和毁灭，萨克瓦利本身代表死亡和重生，它躯壳所有的部分都化成了生命和大地的一部分，重新孕育比湿和自然本身。

植物的特性各有不同，在比湿虫的结合上也表露无遗。喜光和不喜光的，热爱潮湿和喜好干燥的，水生和陆地的，在化形成接近人形的状态时，肤色外表，体型也都有不同。比湿虫本身是一种植物与生物结合的生命体，它与其他虫类不同，在进化的历程中，能够获得不同的形态可能，甚至是一些不可想象的变化。

更多的蓝色火把被点燃起来，似乎仪式将近。

两边的影木愈加茂密起来，在影木交叉间，能隐约看到高出密林几倍高的巨影在移动着。押送囚车的卫兵踩过地表，湿地上的藤蔓和蕨类植物，发出水滴溅射和湿透了的木质断裂声。

“我们苦足人如同在泥泞中的虫，被奴役，残害。在影神阿西卡的力量下，我们获得了神圣的力量，这些被“影”庇护的，将获得新生！”而周围，充满激情和一些疯狂的声音越来越多，在经过一个仪式现场时，道路开始逐渐堵塞，车队的速度越来越慢。

“据说啊，只要在萨兰教的重生台，接受新的意识，就能获得全新的生命。”囚车内传来一些人的窃窃私语，不少从未来过苦足大陆的人更是对周围充满了好奇。

“这怕不是在放屁吧？”疯虎包扎着手掌上的裂伤，淤血干燥的表皮如同泡久的虫皮一样，紫黑还散发着腥臭，只有用刀切了再包扎，才能解决这种难受和刺痛。他看着囚车里好像完全松了口气的人群，说道：“你们当是来萨兰教的地方旅游么？”

亚西美透过手中的牌帘，注视着这个人类的胖子，大坑一夜的最后，他表现出了与他人不同的一面，仿佛在市井气息背后，还有着其他的潜质。看疯虎如此的言语，她悄悄笑了一下。

人群中不乏有“恐惧之夜”的幸存者，几个激动的年轻人。此时好像忘记了降临者的可怕，在那个时刻龟缩在一角的瘦弱男人大声说道：“怎么样也比在那个屎烂的大坑里好吧！”

另一个肤色焦黄的中年男人显然还很虚弱，歪靠在囚车框上，一张口就先出了口拙气，闻着像是烧焦腐烂的尸体，周围人立刻捂住了鼻子。“咳……武甲啊，我们要感谢他们……拯救了我们啊。”中年男子似乎是这群落魄人类的首领，亚西美瞟了他一眼，腿的骨骼几乎全折了，多层的绷带和固定板上还凝固着前夜的血浆。

要说生存力，他能到现在，还真是个苟活的奇迹。

“我这身躯啊……不想交给剥幕的话，不如……成为个弃子……”中年男子又咳嗽了几声，说着：“据说，能获得……永生的躯壳吧。”说完，他拍了拍年轻人的肩。“武甲，一定要感谢他们，勇士们……帮我们度过降临者之夜。”说到这，他抬起微颤的右手，挥了挥，向亚西美几人表示由衷的赞美。

“永生？哈哈，幼稚的想法。”亚西美冷笑了一声，又说道：“不过对于你们人类，短暂的生命确实如同烛光啊。”

“你！说什么呢！”被叫做武甲的年轻男人身体向前一倾，显然情绪不稳定的他，变得更加激动。

“哎，武甲！”中年男人咳嗽了声，制止了武甲的再次动作。他继续干笑着，用尘埃般的语调说着：“我们要做的只是感谢！而最终，大家都将成为弃子。”

“我没什么兴趣啊，你起劲个什么？”亚西美的声调也高了起来。

“咣当！”一阵砸击声打断了囚车内的吵闹，卫兵用手中武器敲打笼子，大声呵斥着：“剥幕在上，该死的，都坐下，安静！让你们休息，打牌已经是最大的仁慈，全部闭嘴！”

凯图古利举起粗壮的手指，在嘴上放了一下，并环视周围人，两拨人群逐渐安定下来。参与虫骨牌与观望的自然在这一车内，分成了两片。

4

这是赤链第一次看到这种仪式，这样众多的人参与，并且有着如此强大的凝聚力。为首的是几名女性的祭司，她们被人群簇拥在中间，用激烈的语气宣说着让周围人振奋的内容，大多数是关于“影神阿西卡”的。

“这里还是老样子呢，欢呼雀跃的信徒，簇拥着那些永远离不开面具的祭司。”凯图古利重新放置着大摩头骨的位置，游戏又重置了，显然刚才他又赢了一盘。路途漫长，而虫骨牌永远是一个最适合消遣的活动。他砌好牌堆，沿顺时针分发给亚西美，赤链，疯虎，以及新加入的几人。疯虎和赤链完全没有赢过，反而心情放松，半靠着车笼，随意地聊着天。

“那些在影木林和泥潭区域维护走动的是萨兰教的培育师。她们负责培育影驹孢芽并和青髓一直有贸易往来。”疯虎一边整理着手牌，一边说道。培育师的标准配置就是双角面具，和齐膝的青色长袍，尽管他从未见过任何一个的脸庞，但萨兰教培育师们的白皙长腿，总是从长袍的下摆里，漂亮地露出来，晃着疯虎的眼睛。“都是些年轻的姑娘啊！”他轻轻发出赞叹的声音。终于看到美丽的躯体了，大坑里那些腐烂的风光真是太难受了。

“影驹是什么？”赤链轻轻地询问身边一位年长的中年男子，他是上一盘加入进来的，但略微健谈，似乎曾经是苦足人，也热衷做一些萨兰教传闻的解说。“那是青髓女王的部队主要的坐骑，非常与众不同。”中年男子面容比实际年龄更加苍老，疤痕渗透着血污，布满脸部干燥的表皮。显然，这个年龄，能在噩梦宫殿活着到影木林，是个摧残人身和精神的事情。

“它由很多成分组成，具有摩的攻击性，比湿的狡猾以及生物的本能。”

影驹的制造是一种古老的巫术方式，源自影神阿西卡的祭典中的一种。萨兰教组织盘踞的密林，包括影木林内外圈，影木从把泥潭沼泽分割成数块。内圈的沼泽深处沉积着大量死亡大摩的尸体和腐烂植被，都属于富养沼泽环境。影驹就是在这些富养沼泽群，围圈制造。

“所以，这是萨兰教对外贸易的一块经济来源。而最大的来源么，就是我们了。”疯虎刚好坐在中年男子的对面，他属于环境稍微安定，就要侃侃而谈的人。

作为贸易组织“第三眼”的二号人物，疯虎几乎了解本则与苦足之间大部分的贸易线，包括接头人，运输渠道以及货币汇率，风险控制等等。人类和骸族之间表面征战不息，暗地里却是贸易往来越来越兴盛。青髓的部队需要萨兰教协助制造他们特殊的坐骑影驹，这些和具有无数替身的青髓一样，像是完全一样的定制套餐规格化，让人更加无法分别女王的本体。而图拉真和萨兰教的贸易往来，也早在“第三眼”的情报范围内，只是这条贸易线，让他亲自来体验一番，这个代价真是有点大！当然，疯虎还是不得不佩服首领的大胆。

“第三眼”是一个特殊的贸易组织，表面上他们促成骸族和人类之间的中间贸易促成，比如帮助九龙城采购卡多维那的一种冰盖草，需要中介的原因仅仅是卡纳维本人–卡多维那的首领不喜欢和苦足人打交道；又或者促成骆风族和日落教的一场巨摩载具的合作，疯虎也很赞叹骆风族精巧技术制作的载具使用在日落教人工养殖的运输用巨摩身上的效果。

不过这只是小意思，由“第三眼”的首领，虫眼．杰西建立的情报链才是组织的精髓，在通过组织近百名密探来获取特殊情报，针对其他国家的人遍布了人类和骸族，除了商贾，贵族，军阀，其他也不乏骨燃，锡兰王甚至图拉真大帝这样的角色。想到这里，疯虎的右手快速地摸了一下左边臂膀的上部，那边本来是第三眼那个显眼徽章的位置，他在被迫进大坑前就快手撕掉了。这些天里，其他人也并没有注意到这些细节吧。疯虎微微一笑，不禁撇了一眼周围其他的人，此时有一个人的眼神却快速地和他交汇在了一起，持续了几秒，两人马上都错开了头。

亚西美从大坑一夜后，一直在注意这个人类，外面随和，擅长言谈，不会操控珊瑚，却了解各地风情。著名的掮客组织么？她心中微微带有一些怀疑，为什么这样的人会和他们一批进入大坑。“那亮闪闪的你，是怎么进坑了呢？”亚西美只是略带调侃的说了一句。

“那，是个秘密。”疯虎异常平淡地接完了话。

亚西美此时心中想的已经不是怎么打赢这盘“虫骨牌”了，而是躺在她衣服右胸口袋里的一块破布，那是一个被仓促撕掉的徽章。徽章上的图案是一个金色缝纫线勾勒的三只眼睛，她清楚那属于什么。亚西美用牌面遮挡着鼻子以下的部分，刚才她仔细看着那个人类男人的时候，对方似乎也察觉到了视线。徽章的事情她并没有告诉任何人，她会一直盯着疯虎，这个胖子除了表面的好色以外，还有不少隐藏的东西，倒要看看还有什么“人类的玩意儿”！

车队继续颠簸地前行着，四个人还在继续地各怀心思，玩着牌。

这也是凯图古利常说的业吧……

业的缠绕，连接着这些人，从剥幕纳尔连接到了影木林。尽管，亚西美并不想和人类有什么缠[10]发生。她也清楚，成为弃子是一件彻底让“自我”这个东西消失的事情，萨兰教人所谓的“重生”，才不是那么浪漫和简单。她整着手中的虫骨牌，盘算着如何赢下这一局，但同时瞟着这一车人。牌品如人品，在大坑的时光中，异常信任凯图古利的亚西美，在牌局间看到了宛然不同的他，还有自己。

有些人痛苦不堪，而有些人“乐在其中”，他们仿佛要迎接新生。

10　A'rma-缠：骸族人对因业力纠葛导致的关系，形容如鬼藤缠绕，苦不堪言。

第二章
苏醒，重生台

1 唯一之人

萨兰教所有的成员都带着不同的面具，大小不一。

阿西卡女巫，普通祭司，影驹培育师，咏唱者，萨兰教大祭司以及影神巫女的面具都是不同的。凯图古利作为骨纹师，曾经在影木林住过一段时间，为了观察和学习萨兰教特殊的装饰工艺。萨兰教以信仰影神为主，从最初的寥寥几个信徒，发展到数万人之多，只经历了两年时间，其根本原因无外乎以沼泽大群为根据地，无原则地和其他势力贸易合作，用影神阿西卡的力量快速扩张。

凯图古利一路上再一次目睹了萨兰教的变化，与两年前相比，真是人丁兴旺。且不论在影木林这个沼泽大群里，每个小沼泽都开设了培育区，把影木林分割的细碎紧密，使得能够车行的道路越来越狭窄。在每一批影木错落下的湿地土壤上，都插满了高大的鸟巢形建筑，和低矮的帐篷。烟雾从鸟巢形顶端徐徐地冒出来，似乎该接近萨兰教人准备晚饭的时间了。

疯虎的肚子也准时咕咕叫了，作为囚犯，他们只在出发前吃了最简陋的干粮，经过漫长的颠簸，潮湿和目睹死亡之眼后，他完全的饿了。

从开始接触虫骨牌这种游戏到现在，他们一共打了三场，疯虎都输的一塌糊涂。他盯着对面的巨人死看着，心里气呼呼的，凯图古利这家伙玩起游戏来，跟变了个人一样，擅长做局，还会诱导他们选择错误的选牌，或者根本完全想错互相要组的牌组。

疯虎眯着眼，想着，这个大个子其实很能演啊……倒是亚西美这女人，第一手就知道目的了，也太莽撞直接了。

凯图古利明明是要打黯光和傀儡配合流的，他会先放虫牌来误导风向，让大家产生强烈的预设，去防备这个他根本不会打的弃牌。疯虎最开始想着，只要不按照他的预设节奏就可以，无论怎么样，选择凯图要隐藏的牌组去针对，应该是更好的方法。但到了第三局快结束，他才发现这个巨人一开始打出的一手，“我这次要主黯光和虫的组合”这写在脸上的意图，却又是真的。疯虎和赤链牢牢地又栽了一次。

“啊！根本不可能赢啊！”亚西美突然大叫一声，扔掉了手里所有的牌，连续的输让她失去了玩乐的耐心，更何况这种被凯图古利耍的团团转的感觉，她真是气的不行。

“哎，真是见识到高手了……”赤链苦笑着。凯图古利用下巴点了下，他只好乖乖地洗起牌来。凯图古利一边笑着收走一个代表筹码的蛊头，一边却向四周看了看，内心微微有点焦虑。眼看傍晚了，约好的时间该差不多了吧……

未尽之事，终将结束。

而在这个黄昏时刻，萨兰教人的事情并未做完。

这是在重生台制作完成最后一名“弃子“的仪式。四名头披绿灰色罩帽的持杖祭司，正围在躺着一具壮硕男性的石台周围。男性双目紧闭，肤色苍白，身体皮肤裸露部分却被涂上了暗青色的骨纹，样式为多层缠绕，并呈辐射状向内旋转，光看图形构成，传达出一种束缚感的骨纹组合。

持杖祭司念念有词，石台呈六边形，周围被粗壮的藤蔓包裹，分割着地表的空间。藤蔓的另一头来自包围这片区域的巨树，仿佛这块石台是从树根中生长而出。巨树本身已经和一具庞大的骨骸生长在了一起，比湿和苔藓植物长满了骨骸的阴面，阳面充满了被腐蚀的痕迹，这是一头超大型降临者的残骸。它的半个身躯都被周围的自然环境包裹了，只有头颅的缺口中还在流出的汁液，烧灼出一块扇形的区域，存积的汁液被萨兰教人围着，囤积了起来。

降临者体内饱含剥幕细胞，这些细胞惊人的繁殖力在寄主死亡后，会逐渐衰弱。重生台附近的比湿和植物会与它们缓慢融合，细胞们依然会滋生弱性腐液，被萨兰教人使用在人体内制造剥幕细胞融合体。

“一切准备就绪，准备注入。”持杖祭司中的一人说道。

一名头戴特殊犬型面具的祭司，手持一把头部曲形的弯刀，刀柄和刀身结合处能看到接驳的护手。他走到石台侧边，正对男子的头部。石台两侧，其他的持杖祭司，用手中的权杖伸入降临者的残骸之中。这种特制的权杖顶端都有个金属质的月牙钩头，它们从残骸汁液中挑起两条藤蔓状的东西，或者该说具有生物意识的植物触手，那是内在被剥幕细胞改造过的“比湿”，同时具备寄主特有的侵略性。它们立刻缠绕住月牙钩头，祭司将这些植物触手从汁液池里捞出来时，它们和上岸的章鱼一般扭动触手，挣扎不已。

“我们将这一切，献给萨克瓦利，献给阿西卡。”祭司们念念有词，并将这些滴着液体的东西举起，悬在平台上的男子头部上方。

戴犬型面具的祭司举起弯刀，将刀身在汁液池中浸泡了片刻，一种墨绿色的残留物开始在刀面发出腐蚀的嘶嘶声。弯刀本身经过骨纹的强化，残留的汁液快速被刃面上篆刻的幽蓝色纹样吸收了。他点头示意准备，并将弯刀稍作调整，正好搁在男子的脖子上！

“为了萨克瓦利！”犬型面具黝黑的表面下，缝隙中是祭司露出凶光的眼神。几乎和这狂热的话语一个时间，他手中的弯刀猛力剁下，直接切入了男子的脖子里。

“快！”骨骼和软组织阻挡了部分力量，弯刀的部分没入了肉脂之中，鲜血被刀口压住，只渗透出了一点，而切口边缘，一种绿黑色的雾气四散出来，并在脖子上形成弯曲的花纹，旋转着向男子脸颊爬去。

“快点！你们这几个笨手笨脚的家伙！在它爬到骨纹结构之前！”犬面祭司双手紧握弯刀，还拼命使劲向下压着刀面，试图让刀刃更深入脖子内部。他的肩膀和胳膊都在微微发颤，但努力保持身体整个姿势没有变形。石台两侧的持杖祭司将高举的权杖头，插入弯刀劈开的缺口中。触手们如同被血腥味吸引的鱼群般狂热迅速，立刻松开了杖头的月牙，拼命钻进脖子的切口之中。

一名持杖祭司不禁皱紧了眉头，这份工作并不是他第一次操作，但每次依然从内心中泛起一种沉重的恶心。片刻，所有的触手藤蔓都钻进了男子的脖子中，它们和活物虫类一般扭动向皮下多个方向蠕动而去，携带着同样的黑绿气雾。气雾促进了男人皮肤表面的骨纹和新生的黑色花纹间的融合，同时也吞噬着男子的表皮和表层脂肪。它们缓慢而上，沿着下颚骨，爬向五官。男子从脖子切口以上，皮肤表面开始从内溶解，剥幕汁液正层层转化他的肌肉和深层组织。

持杖祭司们长吁一口气，终于要完成了。“把面具拿来。”犬面祭司开始转动弯刀的刀柄，试图把它和刀身分离。他瞪了右手边的祭司，“这个转化的过程还要持续一阵，直到皮肉和面具合为一体，赶快安装完毕。”

这是一个雕刻相当精致的面具，由巨摩头骨的部分改制而成，表面经过多次脱水处理，呈现干枯的白色。它保留了摩本身顶骨的骨刺，而骨板自然分开的地方，正好错开，制成面具的几个空洞。

面具五官轮廓非常清晰，高耸的眉弓下是留给双眼的黑孔，嘴唇雕刻的紧闭饱满，光是这个面具雕刻塑造本身就具备了骸族人的多种面部特征。

犬面祭司接过面具，右手除去刀柄，左手直接将这个骨制面具紧紧按在男子正在腐蚀的脸上！

面具接驳的瞬间，那些墨绿色的花纹便从男子身躯其他部位急速延展而来，一些藤蔓从缝隙中爬出，两者一起连接着面具与脸部。在这张精致，表情平静的面具下，肉体的腐烂和转化正在激烈进行。

犬面祭司看着此时的石台，男子全身的骨纹散发出诡异的绿色，捆绑石台的巨藤上还在分裂出细微分支缠绕着男子，除了注入的剥幕细胞混合体外，这些比湿也想要这具身体。祭司取下自己佩戴的犬面具，甩了甩自己灰色的头发，它们早已被汗水浸湿。

"重生仪式"从金图时代便广为使用，后流传至萨兰教，精于制造死士，献给"阿奴里赛特[11]"与"萨克瓦利"。但曾经的辉煌已不在，如今他们只是奉命完成图拉真的交易--制造这些可怕的"弃子"。与过去的不同的是，"重生仪式"后不再进行记忆复苏，他们只有作为没有痛感的怪物存在。

男子突然抽搐起来，他脖子和下颚部分已经能依稀看到皮肤上被腐蚀成灰色的质感，上面布满了空洞。他侧了一下脑袋，所有的祭司都惊呆了，犬面祭司向后猛退了几步，甩着双手，大声喊叫："麻醉时间不是还有很久么？"持杖祭司全部举起了手中的权杖，将月牙对准了男子。如果这个弃子还有更多的行动，他们将直接使用禁锢骨纹来解决这个问题。

男子左右晃动着头，身体颤动着，努力要挣脱藤蔓的束缚。

11　古骸族人传说中的十二摄理神之一，代表死亡和参透死亡的力量。在阿努里赛特的个人记述中，他消失在沼泽深处，不再示现人前。

他的右手开始向上抬，几乎要扯开带有骨纹的藤蔓。“这是什么情况？”犬面祭司布满汗渍的脸更加苍白了，他朝着持杖祭司吼道：“一级戒备！我去找库玛利！”接着，他转头向重生台区域外奔去。

祭司的脑袋飞快运转着，外面还有四个培育师，加起来八个人，应该能暂时困住这个弃子。他相信库玛利会有一些办法，犬面祭司冲过入口后，示意让培育师们进去帮忙。这些人刚进入重生台区域，他的右手在墙面刻印处猛力一按，身后的冬行木屏障和着那些扭曲的铁荆棘缠绕到了一起，封住了入口。

重生台上，苏醒的男子左右手都挣脱了束缚，他坐了起来，看着自己的双手，又用右手抚摸自己的脖子，脸颊以及突然触碰到的面具。他妄图吼叫，却发现无法发出声响。男子右手猛地抚摸脖子，那里是多条已经硬化的藤条，包裹着一截刀刃，深深扎根在自己的喉管和肌肉中，而熟悉的热血正在渐渐变冷，它们正在转化为剥幕汁液。

不知是持续的疼痛所致，还是麻醉药剂失效过早，男子在转化完成前就苏醒了。他记得自己的真名–尼贝库尔特，骆风族的虫师。

尼贝库尔特上一次清晰记忆是在半年之前，他作为骆风族的密探跟踪调查索诺恩，锡兰王的因陀罗部队，他们乔装和一名使臣一起到达剥幕纳尔。

尼贝库尔特隐藏了自己的气息和样貌，湿润的泥巴遮蔽他的气味，柔软而密集的苔藓植物伪装他的身形。骆风族都是跟踪的好手，他隐匿在树冠的阴影中，观察着这几个索诺恩的家伙。其中为首的使臣个子不高，躲藏在白色装束下的他，比起随行的其他人，要显得矮小瘦弱得多。

剥幕纳尔是个庞大的地区，因为是多次战争的聚焦地，也是降临者高发区。除了图拉真大帝行宫附近少量的防御建筑群，并没有太多的民用生活区了。正常或者是健全的骸族人，早已迁移去了西边的散朵临，于此处相隔一座山脉，环境却天壤之别。

尼贝库尔特从索诺恩开始，就跟踪几人，途中在散朵临中心，休息了数天。他并未查明因陀罗部队的目的，只发现他们一直在降临者高发区或者死亡率高的街区出现。尼贝库尔特一直刻意与他们保持距离，最接近时是离开散朵临之后，在一个剥幕纳尔边境的小镇。

这是个降临者重创区，几乎已经没有了活人。小镇中心近半的建筑都被侵袭，几乎看不到高层的房屋，大部分骸族的塔屋都被掀掉了一半，残余的墙体上半截充满了大面积焦黑的烧灼痕迹。尼贝库尔特用随身带的布蔓，紧紧包裹住自己那虫壳和皮制成的鞋子，以便减轻走路的声音。他悄悄靠近因陀罗部队，对方四人队伍，此刻正在成为废墟的街道上行走着，在瓦砾上发出的咔嚓的刺耳组合声。为首的白衣人话说得很轻，以尼贝库尔特的距离，只能隐约听到只言片语，还被地面的声音干扰。

“这次……收获……噶擦，咔嚓……”，“关于……图拉真……”，“噶擦，噶擦……交易……”声音越来越轻。因陀罗部队继续向前走着，伴随白衣人的其余三人，在四处探寻着，似乎在找些什么。

“准备……咔嚓……咔嚓。”白衣人继续说着。他们已经走到了这个街区破坏最严重的区域，倒塌建筑群中的扇形残骸区域。扇形的中心就是这次灾害的祸首——中型的降临者，火月[12]的产物，型号——灭烬。

它制造了这场大骚乱之后，被骸族的虫师部队集中消灭了。此刻，失去生命迹象的灭烬，只剩躯壳内的心火还在微弱燃烧，

12　剥幕运转变化的月龄形态其一，会引发持续的高热，造成大地灼烧。在火月期间的降临者，多为热能系。

灼烧着地表，周围充满了红光和带有暖意的余热。它像个昏睡的巨人，瘫倒在几道断墙中间，宽大的上半身下压着，粗壮的右拳一半被炸的露出内部血红的结构，那些从中间流露出的触手全部焦黑干瘪，失去活力，向周围四散黏着在地面。触手的汁液基本流干了，它们正在从尖鞘的前段逐渐化为灰烬。尼贝库尔特更加压低了身形，他贴着残破的几根柱子，从阴影中移动，更靠近那几人的位置。

白衣人撩起外面的袍袖，伸出戴着漆黑皮手套的右手，在灭烬的尸骸附近摸索，翻看着。他用一根灰色的长棍拨着降临者的灰烬。他看到焦黑的躯壳，靠近心脏的位置裂了一个大洞，显然这是最致命的伤害，灭烬所有的生命汁液都是从这里流失的。而随着而来的是它全身覆盖的心火，代表剥幕火月力量的赤色火焰，这是一种高频能量快速燃烧的产物，在它每个原件组织下流动，眼下就快衰竭了。

白衣人用灰色棍子往灭烬胸口的大洞中摆弄了几下，他对身边人说道："来不及了，东西已经被拿走了。"

"是骸族人干的？"他身边一名黑衣人说道。

"不，这显然是两拨人，骸族人只是消灭了它。"白衣人站了起来，一脚踩在降临者的背部，他环顾着四周，眼神中带着一丝凶狠。他说道："取走核心的是另一帮人。"

"那群遗物猎人？"黑衣人身体微颤了一下。

"该说是遗物小偷吧！"白衣人冷笑了一声，"他们如同食物链中的食腐者生物，跟在猛兽之后，分享残羹，分解尸体，取走秘宝。"

"这已经是这个月第二头了，他们总是抢先我们。"另一名黑衣人用激动的语气说着。"你觉得会是商会的人干的么？"三人中，身材更壮硕的黑衣人问道，他的套衫比另一名因陀罗人都要宽大几倍，依然在身上紧紧绷着，似乎动作激烈就会从胸口爆开。

白衣人沉默了一会儿，尼贝库尔特从他的角度看不到对方的表情，只能看到白衣人背过身体，慢慢地说着，接着他听到了熟悉的名字。"穆利德不是那么有魄力的人，操刀的一定另有其人。"白衣人狠狠地说："不管如何，我们的计划要继续，这次就用上次精调过的核心吧。"他转过身看着几名黑衣人，指了指其中一名背上的包裹，那是一个中等高度的长包，远看是磨制皮革的。

"就用它吧。"

两名黑衣男从包裹取出一个圆形物体，它被多个金属爪钩固定着。尼贝库尔特眯着眼睛，想努力看清楚那个圆形物的细节，他还隐约能看到它轻微震动着，像是某种生物的心脏。

"这次虽然亏本了，不过我不太在意了，取走样本，然后让这家伙赶紧再动起来！"白衣人说道，他将手中的金属棒递给了背包黑衣人。"注意记录棒上残渣的数据。"

尼贝库尔特扣下了面罩，呼吸器里的混合物会让他处于一种暂时无气息的状态，他可以更加靠近，观察对象。两名黑衣人收集完成残骸数据后，仔细收好了探棒，而其中一名将背包中取出的那个圆球，轻轻放在灭烬胸口大洞上。

"试试我们的重启技术吧。"白衣人笑着说，他拧开了右手拿的器皿，萃晶做的材质闪着幽蓝的光泽。他倒完了整瓶的液体，它们都流入了大洞。包围圆型心脏的钢爪全收缩了进去，它顺着液体进入了灭烬的胸部缺口。

"都后撤吧。"白衣人说道，几人也和他一起走到高于这个废墟的瓦砾堆上。

"这……"尼贝库尔特小心扶着侧面的残壁，从几条突起的碎岩中间钻过去，他现在距离因陀罗四人众只有一块阴影的距离了。

他灰色的瞳孔瞬间放大了，在这距离，尼贝库尔特能清楚地看到，此刻，灭烬——那死亡的降临者，开始颤动起来！

除了火焰，还有热量，以及让他心中不快的咯哒摩擦声，这头早已失去生命体征的降临者，剧烈抽动起来。紫色的火焰从它核心躯壳中向外喷射出来，紫火像有生命一般牵引着灭烬碎裂的其他残块，向身躯中心而去。

“火焰曾是燃尽邪恶的力量，在这片土地，却是传播恐惧的锁链。”白衣男子干笑了几声，他继续说着：“拉克耶夫，九章节，这是关于心火，我最喜欢的诗歌描述之一。”这是尼贝库尔特在少年便听过的诗歌，金图人拉克耶夫对降临者做了长期研究，期间的一些文献和诗歌，流传至今。

“我一直觉得，拉克耶夫是个特别浪漫的家伙，简直是骸族人的典型啊。而人类这几十年来，诗情画意快被剥幕吃完了。”白衣人话中带着笑腔。他们几人向后退了几步，目睹着灭烬在重新点燃中自己站了起来！

“吼！”火月降临者 - 灭烬发出一声巨啸，心火形成的火环如同狂蛇，围绕着它六边形的身躯，牵引着焦黑的手臂，而心火的中心是它亮橙色的头部，紫色的火焰笼罩在四个尖突的硬刺上。复苏后的灭烬从瓦砾废墟中爬了出来，像一股火浪般迅速将周围烧烤成焦黑。它像是被什么召唤，向着城市的另一端走去，那条还完好的道路会笔直通往散朵临的东侧大门。

“这个核心应该能维持一阵，足够让骸族人忙乎的。你，跟着它，多收集一些数据。”白衣人示意背包的黑衣同伴，同时他又对另两人说道：“我们去收集下这次的散货，有些也好作为惊喜给到那位合作伙伴。”白衣人笑着说道：“那些还在瓦砾下挣扎的灵魂，就不要浪费给剥幕了。”

“而且，有只老鼠，也偷听的差不多了。我们该抓起来，收笼子了！”说着，白衣人转头指向尼贝库尔特的方向。

听到这，尼贝库尔特瞪大了双眼。

2

“面具之下，皆是灰烬”

节选自《落日经[13]–骨骸之庭》

图拉真的寝宫中有很多面具，大小不一，悬挂在他身后的一面结实的墙上。面具风格和工艺囊括了人类，骸族和远古虫神崇拜，从粗糙手刻到精细打磨上色的，长长短短，林立错落挂在那里。脸部细长，两边用虫骨制成的仿牛角形的面具，是萨兰教女巫专用的，那是在一次双方合作中，图拉真获得的一个小礼物；在他右手边，特意放在一个有着精细花纹的边框里的，是个很不起眼的小面具，手工雕刻，能看出是用整块木料慢慢削刮而成。面具上只有两个镂空的眼孔，边缘没有摩平，也没有制作其他五官。图拉真经常会盯着它，沉思很久。

靠近墙面左下，有十几个金属材质，半覆盖的面具。面具的下端精细地镶嵌了虫骨制成的牙齿，可以想象戴在脸上，是半张来自黑暗的什么吞噬了自己的样子。墙壁左边，还有一些达巴舞女的面具，它们使用各种特色羽毛或者虫翅，表面的油脂和磷粉，被保存的很好，在火光下依然闪烁耀眼。

在这个墙体被刷成红色的房间里，图拉真酷爱使用达巴出产

13　卡纳维，骨燃等人根据古代遗迹和他们在黑格的特殊觉受，复原出的古老经书。它上半部记载了黑暗时代的过程，下半部记述了“东方大日崛起，光芒驱散黑暗。”图拉真偷走了收藏在图书馆的上半部，而很多人在寻找下半部，希望得到指引。

的手工含磷蜡烛。它们燃烧很慢，会一直发出他特别喜欢的幽幽绿光。他会翻着骸族古籍，靠在那张取材冬行木，整块木材精雕而成的双扶手椅上，思考皇帝应该想的事情。

那些面具在烛光下，扮演着图拉真脑海中需要消灭的所有敌人的头颅。他想着，笑着，你们都会好好地变成面具，挂在那里。

图拉真最珍爱的是三个面具，他甚至会在特定的场合戴上它们。它们分别是“忧愁”，“恼怒”，“杀戮”，都由骸族著名骨纹师扎德·影木制作。

“忧愁”很长，中间脸形部分呈菱形，两边是翅膀般展开的翼形，覆盖面的边缘用巨摩的牙齿装饰着。这个面具的脸中间完全没有上半部，只有呲牙的下颚。上半部向内凹陷，如同被掏空一般。

“恼怒”是一款影木制作的面具，整体呈倒梯形，色调上即保持了影木本身的暗紫色，还在所有的转折边缘都做了磨损处理，用矿物颜料刷上了青色，两种色调将面具本身分割成中心向外扩散的效果。它在造型上塑造得非常接近卡帝巨摩的头部，仿佛是在六角形的头骨结构两旁插上了向下悬挂的坠子，面具遮挡鼻口的部分更是一个地包天般突出额骨的设计。

而“杀戮”尤为特殊，是扎德使用各种不同的虫骨拼合而成。面具中间细长，由八块虫颅骨拼接成细长羊头的抽象形状，左右各接了一双对称的犄角。每段分节，是使用一种狂热科的竹节虫骨制作而成。如果说巨骸族的凯图古利偏向身体强化类的骨纹制作，那本家是奇藏目一族的扎德就是全能选手，外加独特的美感。

除了面具本身的骨纹效果，还被各种人类和骸族的贵族争相收藏。图拉真更是一掷千金，通过一些特殊途径收得了这三个极品面具。

儿童时期，他是个惧怕面具的孩子，人只要戴上面具，便无法看见表情，这让年幼的图拉真本能觉得恐惧。长大后，图拉真产生了一百八十度转弯的变化，他对面具有了新的认识，这东西比人脸真实多了。戴上面具的人，那些肢体语言，比如呼吸的节奏，手摆动的方式，脚的朝向，站姿都会讲述关于这个人的细节。表情本身，却往往与这些人的心背道而驰。

但身边陪伴他最多的也是戴着面具的护卫。他并不想看见他们的脸，也没有必要。这些护卫被图拉真用剥幕细胞改造过，身体坚韧程度超过常人数倍，痛感也降到了最低。很难产生表情的脸，确实不如隐藏在金属面具之下吧。

而当他自己戴上面具时，会感受到进入那个合适的状态，扮演合适的角色。

“今天我该戴哪个面具去参加盛典呢？”图拉真插着腰，在面具之间犹豫着。

“嗷呜，嗷呜”低沉的咆哮声，来自周围的黑暗中。

“今天”和“昨天”，还有“星期三”从房间的暗处慢慢踱步过来，从最初浑然一体，逐渐在灯光下显示出流线型的样子。它们是图拉真大帝宠爱的黑豹，是力量与美的集合象征。黑豹用橙色的眼球盯着自己的主人，靠近时，“星期三”贴着图拉真的小腿，磨蹭地过去，同时用脑袋去顶他的手掌。“星期三”曾经是图拉真一名宠妃的名字，当然她没有米亚那么幸运。一个失控的弃子想起了“自己”是谁，在一场暴乱中误杀了她。

“今天”比“昨天”体型更大，也年长许多。“今天”的右眼有一条很长的疤痕，是与“星期三”打斗时被抓伤的。“星期三”的头几乎是六边形的，眼睛很圆很大，它爱一边蹭着米亚的手，一边吮吸图拉真的手指。大帝的侍女们顶着特制的面具，在房间内爬来爬去，运送物品，处理杂物。她们的脖子上都有带着铁链的项圈，图拉真可以随时拉着链条，控制侍女的行动。黑豹没有，他不愿用任何金属束缚这些美丽生物的线条。它们是剥幕纳尔少有的，没有被剥幕细胞污染的生命。

“米亚，你说呢？”图拉真继续问道，他摆动着手中的两个面具，在脸庞前左右比划着。“陛下，和索诺恩的使臣会面，选择温和的面具和配饰，会不会更好？”米亚抚摸着“星期三”，而其他两只黑豹，在她周围平静地躺着。

“不，不，米亚。”图拉真将身体前倾，用右手握住她的腰身，一把揽住，米亚在尖叫中，跌入了图拉真的怀抱。大帝看着他宠爱的妃子，说道，“索诺恩的人类，只配看见狂怒的我。”

一小时后，戴着呲牙下颚的“忧愁”的图拉真，端坐在宝座之上。在最后一刻他改变了想法，换掉了“杀戮”。

“那么，说说看，锡兰这家伙，让你带来了什么？”图拉真抚摸着“星期三”的头颅，听着黑豹发出的呼噜声，看着阶下的索诺恩使臣。他看上去年龄不大，单膝跪着，身着白灰色的锦缎长袍，搭配宽大的兜帽，是索诺恩的典型服饰。

“尊贵的大帝，我带来的是锡兰王对您的尊敬，以及贸易的需求。”年轻的使臣回答道，他声音里意外的没有一丝变化，平静而稳定，着实让图拉真意外了一下。

“哦？贸易？锡兰有什么值得我关注的？”图拉真坐直了身躯，右手轻轻弹了下黑豹，示意宠物。“星期三”停止了亲昵的行动，把头压在前爪上，压下后平躺身躯，注视着下方。

“锡兰陛下希望和大帝您平分剥幕纳尔的珊瑚收益。”使臣没有抬头，继续用没有低音的语调说着，“并且承诺会有充分的价值，让大帝您同意。”

“哦？呵呵，这么自信？”图拉真从面具下闷哼着，他甩着手指，慢慢说道，“什么价值？”

使臣抬起了头，兜帽下微微露出自信的笑容，“尊贵的大帝，那样的话，锡兰陛下的因陀罗部队将平分珊瑚试验的结果。”他很年轻，从面部五官看不会超过二十岁，眼神却已经充满了世故。图拉真眉头紧皱起来，他很不喜欢锡兰这个家伙，但不得不说这个提议让他心动。人类王国最强的暗术士部队，而且还是官方支持的，这将弥补他失去“黑暗匕首”的遗憾。使臣继续说道，“并且，将有一部分因陀罗驻留，仅供大帝差遣。”

图拉真双手交叉着，他停顿了一会儿，说道：“听上去，有点诱人。”他站了起来，走到使臣面前。图拉真透过面具，盯着年轻使臣的双眼，他再次审视着这个锡兰派来的小伙子，许久，他又问道：“这么做，你们想得到的只有珊瑚么？”

使臣向前走了一步，他的脸更贴近了图拉真的面具，双方的视线更加紧密连接了。他说道：“恩，我可以演示给您看。尊贵的陛下。”使徒又笑了，“吸收黯光中强力珊瑚的方法，供您所用。”

“遵从珊瑚本身的意愿，就是共鸣开始的第一步！尊贵的陛下。”使臣在两名精英卫兵左右陪同下，跟着图拉真来到了山顶的凉亭。这里是剥幕纳尔视野最好之处，向下能观看大坑风光，同时常年聚集着不同级别的珊瑚，在黯光之流中徘徊，游荡。

“果然是好地方，陛下眼光独特。”使臣站在凉亭边，靠着围栏，深吸了一口气。“充满灵魂的戾气，仇恨，它们在这里徘徊，便于收集。我相信您对珊瑚也是很了解的，它们同样渴望重新获得身躯，所以它们永远具有吞噬的竞争意识。”图拉真浅笑了一下，自从成为万变后，他再也不用依赖这些絮絮叨叨的家伙们了。

使臣从随身的包中取出一个球状的物体，它通体全白，表面有多条切线，从六个坚硬的边连接到中心，那是吸收黯光的核心。他右手握着球体，横举着展示给图拉真看，使臣说道：“这就是须弥芥子，可以容纳多个珊瑚在其中，因陀罗部队全部配备最新款。”图拉真用手指触摸了几下球体表面，他嘴角露出细微的扭曲，说道：“卡纳维不是垄断着这个技术么？锡兰是怎么弄到的？还有制造它的剥幕钢[14]，本则的储备都非常有限了。我们只有通过萃取降临者的残骸，来获取。而你们，凭得什么？”

使臣笑了，他晃了晃头，说道：“陛下，现在的本则大陆，有第三眼在，很多情报，资源都有可能换取来。他们有一套有趣的情报，物资兑换方式，我们自然能够想办法各取所需。”

“第三眼，原来是虫眼那个混蛋啊，锡兰也是格外有眼光啊。”图拉真露出了奇怪的表情，又立刻消失成冷漠的状态。他挥挥手，“赶紧展示吧。”

“那是自然，遵从您的期望。”使臣拉开身着的长袍，可以看到胸口部位有一处与皮肤不同的金属色，它形成了一小块青灰色的区域，有些同样的切线横竖交错，从心脏位置向边缘延伸，消失在衣服遮挡的阴影里，看来是连接到了全身。而在青灰区域正中有一个凹陷的圆形空洞，图拉真瞟了两眼，说道：“看来你们没少研究骸族的骨纹，直接把这玩意儿安装在肉身上？”

“我们通过一些小手段，拿到了阿奢丹人的某些技术，这能让术师本身具有更强的力量。因陀罗正因为这样，超越太多那些依仗所谓天赋的家伙们！”

哼，和锡兰一样，整个索诺恩都是自负的家伙。图拉真内心更增加了几分反感，术师这种内部选拔制度，他早就厌烦之际，自己退出议会也是出于这个原因。相对来说，骸族的虫师选拔，更原始，却更有趣。嗯，这点来说，骨燃有意思多了……

使臣取出了另一个瓶装的物品，他对着夜空晃了晃，里面隐约发出女子哭泣的声响，他给了图拉真一个坏笑，说道：“弄一

14 从降临者残骸上获得的特殊材料，经萃制而成，坚硬无比，是黑市上被炒到很高的罕有品。

个引子，让这些黯光兴奋起来吧！”话音未落，他右手转了下开关，瓶口打开，一缕青黑色的烟带着扎心的哭泣声，迅速飞了出来，它像是毫无头绪的飞虫一般，在空中划出青色的轨迹。同时那哭泣声，也像压抑许久后的释放般，声响放大了数倍，撕裂着耳膜。

“你们……居然捕捉痛苦的灵魂来做饵？”图拉真面露惊讶，他清楚暗术师被术师议会驱逐的原因，用一些不为人知的方法，用痛苦的灵魂，来提炼更强的珊瑚。论恶心，这个“因陀罗”看来有过之而无不及啊。

“啊，这就是一个饿死的姑娘，我们即时收集了灵魂，在她被黯光吞噬之前。”使臣笑着，他指着空中说道：“陛下，你看，大群来了。”落单的灵魂吸引了黯光群，从夜空青灰色云层之中，它们密集旋转而来，对着新鲜恐惧的灵魂，充满饥饿，如同追逐猎物的虫群，在悲鸣的孤魂周围跋扈，越围越紧。

“上吧，风暴中的王者，嗜血的大蛇！”使臣举起圆球，它围绕着切线向周围全部打开，那白色的外壳，伴随着蓝光熄灭，从中冲出一股漆黑的烟雾！它朝着黯光群而去，在途中烟雾向外急速扩大，并高速旋转，在空中形成一股半透明的环状长物，绕着黯光群盘成好几圈！它的顶端是黑雾最浓密的地方，一个三角锥形的头部从中穿刺而出，散开的烟雾里是这颗蛇形头颅张开的突兀大口，它直向黯光群而去！

刚吞噬掉孤魂的黯光群，正消化融合中，整个魂群散发出愉悦的冷光，大蛇顷刻间突入，一口全部吞下！使臣脸上闪着病态的喜悦，他大声说道：“就是这样，吸收更多的珊瑚，让你向焦热更进一步！”

图拉真凝视着空中翻滚的大蛇，并没有说什么，它吞噬完这一群黯光之后，半透明的身躯向外扩张了很多，边缘还带着折射的波浪，缓慢蠕动着。“回来吧。”随着使臣的呼唤，这条巨大的魂蛇带着刚吞噬的几千黯光众生，满足地回到了球体之内，在之中静默地去进行消化和融合。“这力量，将让它和我连接到一起，共同进化。”使臣把手中完全收拢的球向胸口一按，那灰色的区域自然地包裹和接纳了，蓝色的脉冲从中间向全身而去！

一些电流的脉动和火花闪烁的小把戏之后，他深吸了口气，气息中带着黯光的腐臭。使臣眼中一闪而过白色的光芒，他朝凉亭下张望了下，右手对准远处一张，又是猛地紧握，一块鬼魅扭曲的尖刺巨岩从中间爆裂开来，带着蓝色电流向外飞散，一些寄宿在其中的微小黯光更是被刺激得直接飞向使臣，被一口吸收！

图拉真静静地看完这个表演，他简略地鼓掌示意，并说道：“难怪你们能乔装出入各国，取下这个球，感知上就是个凡人。一旦融合，就是这些疯狂的珊瑚，能量的释放器。”他停顿了下，望着剥幕纳尔的夜空，继续说：“那就按照约定，剥幕纳尔的黯光皆是因陀罗的粮食，作为你的承诺，那个一半里，我要有最强的焦热或者以上级别的珊瑚。”

“那是自然，我的陛下。”使臣微笑着说：“我还有一个小愿望，希望尊贵的图拉真大帝能够实现。”年轻的使臣取下了须弥芥子，胸口恢复成只是一块灰色的皮肤而已。接着，他单膝跪地，语气中充满了虔诚。

“哦？是什么？”图拉真表情微微露出了不耐烦，锡兰王的人真是不厌其烦，贪得无厌啊，俨然这个珊瑚技术他非常有兴趣，但这种方式太讨厌了。当然，图拉真忍住了正在燃起的怒火，他带着笑意向后舒展了身躯，右手轻轻敲击着宝座的扶手，希望使臣的要求不会超过自己的底限。

“感谢大帝愿意屈尊聆听，我的愿望代表了因陀罗的计划。”使臣微笑地说：“请大帝将我扔进大坑。”

“什么？”图拉真右手紧握了起来，他在面具后几乎要狂笑起来，“你这个愿望很容易，不过？我想你有必要告知，所谓的计划？”使臣还是用平静的声音回答着：“这个计划需要隐秘，大帝以后看结果就可以。请将我扔进噩梦宫殿的大坑，帮助我开展它。”言毕，他便不再言语，只是半跪在图拉真面前。

图拉真此刻的表情在快速变化着，使臣传达的计划，因陀罗要做的事情，居然要先混入大坑，这，怎么看都和弃子有些关系。锡兰的想法还算有趣，这方面来说，他和自己是一样的人。更何况，这个讨价斤两的家伙，他确实想扔进大坑里。图拉真这么想着，平静地说：“明白了，我安排一下，让你在合适的时候下去。”

使臣点了下头，起身向后退去，末了补了一句，“感谢大帝，那容我去换件更合适的衣服。”图拉真点了下头，目送他淡出自己的视野。坦言之，要彻底铲除骨燃不在图拉真担忧之内，索诺恩的锡兰王，卡多维那的卡纳维才是他一直的心中刺。这次不请自来的“因陀罗”更是一把从此高悬的双刃利剑。

契机，在这个降临者来临时，出现了。

图拉真是戴着“杀戮”，纵身跃入大坑的，在雾月降临者和凯图古利一行人鏖战正酣的时刻。他背上长出皮翼的翅膀，从高塔飞跃而下，砰地落在降临者之前。黯光下，他全身增生的外骨骼，与面具“杀戮”融为一体。雾月降临者正打开胸腔的环形结构，从里面放射出大量的电球，它们比耶弥的火球更大，离开胸腔后，在地下快速滚动着，呈环形向四周而去。

时间距离降临者－轨电到达大坑中已经过了三个骸时，本来就被黏液，鲜血和腐烂杂质混合的地面上，多了很多被电球烧灼的洼地，里面流淌着剥幕汁液和打着转的血瀑。

3

这个局面发生在三小时之前，凯图古利的战术产生了效果。

轨电那细长的多条腿并不适于转向，他与亚西美的多次移动，让这庞然大物仓促而踉跄地移动着长脚，在这被电球和液体轰击的地面周围，已形成的多条环状深沟间徘徊。合着剥幕汁液在浸透的黑土中，塑造着一圈圈拱起的环状带，凹陷处。

轨电被亚西美快而频繁的攻击带着，在这些不连接的土埂上，艰难移动着细长的腿。终于，随着更多的凹陷叠加，轨电发现自己被困在多条土拱交叉的中心，六条长腿此刻很难向前移动一步。

凯图古利看了一眼亚西美，大声喊道：“就是现在！”

亚西美在降临者的右侧停下了一直保持高速移动的步伐，她从腰间取出那怪形的虫笛，音节深沉，曲风凄凉，却从整个旋律里感到了力量。在静寂音律后的嘈杂感，那种让人汗毛直竖的惊悚感，是在深夜听到黑暗中的喃喃细语。

之后，土拱下发出“Gu Riu,Gu Riu”的鸣声。这声音很熟悉，像是某些硬壳虫类回应命令的叫声，一些尘土从几处环形土埂间喷射出来，伴随而来的是这块区域，地表向四周龟裂开，并快速向下沉！

“吼！”轨电转动着庞大的上身，被土拱牢牢束缚住的长腿依然无法脱离，突如其来的下沉感让它勃然大怒，发出连续的嘶吼声。

亚西美吹奏的更用力了，曲调的节奏也开始变化了。疯虎能听出之前的平静转为急促，而后激烈，并充满进攻性。地表的龟裂更大了，轨电随着这被环形土埂切割的区域瓦解碎裂，身躯随之向下坍塌。

“凯图！就是现在！”笛声戛然而止，亚西美大叫一声，望向降临者对面的战友。与凯图古利高高跃起同时发生的，是两边土埂中向上窜出的两团黑影，它们连带着大量松软的黑土翻向两边。黑影跃过轨电头顶，呈半弧形曲线落在亚西美身边，黯光的蓝色映照在它们褐色油亮的外壳上。原来是亚西美的两头“扁蟑螂”，疯虎不禁大笑。

“轰”的巨响，这片被粘液浸透成块，大块龟裂的黑土壤，即是轨电长腿被困中心，整片被切割出的螺旋地表，下方早已被这两只训练有素的角奎挖空！它们冲出地表时，之前勉强支撑的土壤边缘也崩坏不堪，轨电这 2000 骸尺的巨大身躯，立刻坠入了这个被安排好的深坑陷阱中！

降临者的重心快速向下落，它细长的腿在这过程中交叉，碰撞，扭曲在一起，并发出响亮的折断声。“哦，这些脆香鸡腿终于折了啊！”疯虎嬉笑着，他摆着右手。“光是大长腿还是不够的，还得有力啊！”

又是一声巨响，轨电的腿全部折断了，身体一半卡在这个大陷阱的洞上，只有疯狂转动的胸腔，鸡肉条状的上肢，还有多边形的头还在大坑外面。其他都随着下落和碰撞，挤压嵌入在角奎挖出的深坑里。它的上半身失去了六条长腿的支撑，在快速失重的降落中，多层环状结构组成的躯壳，震动着，那些交叉弯曲的轮盘形胸部细组织向外不规则地扩开，而高速转动的中心，电火花四射，形成了多个雾状旋涡，劈啪作响。

此时，跃起的凯图古利正至最高点，他身上其它的骨铠都已缩回骨纹之中，那些骨粒细胞全部聚集到他的右手。白灰色的增生骨板和突出的铠化骨刺重新武装了他的右拳。此时看去，凯图古利本就粗壮的手臂更加增大了数倍，形成一只狰狞巨锤。

凯图古利的落点，速度，时间与轨电的下落位置，恰到好处。他带着落势重力的猛拳，协同身体加速度和骨铠的力量，全数击中在轨电那覆盖粘液的三角头上！它这颗粘腻的头颅，被击打的扭向一边，泛着水泽光亮的表面向内凹陷了一大块，和削去一截的动物油脂般，却没有凯图古利预期的露出内在结构。

这准备充分的一击毫不致命，轨电立刻扭转了头，它两排混合在薄膜般表皮褶皱间的眼睛，瞪向拳头的主人。双方对视的刹那，轨电瘦长的手臂就从两边向上挥舞而来，灰黑色尖指甲掠到凯图古利的瞬间，他已调整身躯，在轨电扁脑袋上顺势一蹬，向后跃起，朝反方向跳开了。而下降中的降临者因为这双方的作用力，更加快了身下土坑的塌陷，整个庞大身躯又是向下一沉！

“我不禁要夸一句了。”

高台上旁观的图拉真嘴角一咧，他轻轻地鼓了下掌，同时望向身边的米亚。迎着她不解的眼神，图拉真说道：“他们这个二人组合，在大坑里解决过不下十只小型降临者，我倒是没想到这头 2000 骸尺的，他们也能拿下？”他摸了摸下巴上精心修饰的胡子套，这将自己微卷的胡须完全收纳在其中，舒适又美观。米亚的手艺总是让他非常满意。

米亚并未附和，她脸上挂着更多的惊讶之色，指着大坑。“不！你看，还没有结束！”

话音未落，大坑中局势又发生了变化。腿折断的降临者整个身躯凹在土坑中，但它下落到一个程度便停止了。轨电用上肢支撑着边缘，努力让胸腔更上仰一些。那构成身体结构的环形组织开始错开，旋转起来，它们像是在虚空中扭曲运动的轮盘一般，围绕着轨电胸腔的蓝色火焰高速运动。

“凯图！心火还没有熄灭，要小心！”亚西美大声说道，凯图古利跳开后，正落在轨电身躯卡主的大坑不远处，他们的视线正对在相反的一条线上。

“心火？”疯虎一脸愕然，他对降临者的了解并不多，这个词语更是闻所未闻。亚西美回望了胖子一眼，说道：“这些降临者的核心，基于一种未知的能量体，它不熄灭，它们就会一直活着。”

轨电胸口的轨道轮转的越来越快，它在坑中挣扎着，多边形的头部随着轨道轮的运动，激烈扭动。波浪般的律动在它皮下激跑着，这让轨电的头部也产生了极大的形变，左右扭动，像是某种生物要冲破脆弱的胎衣，破茧而出。

轨电还发出一种接近骸族古语的声音，“Wu-Ru,F-ar-m-t！”它重复着，并伴随着轨道轮的转动，频率越来越快。

“不妙！”凯图古利对着人群大吼“超频提前！ 赶快，跑！”

从那个激烈旋转的轨道轮中，弹射出大量的点球，通体蓝色，周围是高速旋涡形的白色心火。它们划过半空，形成一群高亮的光点，将天空照的发白，舞出漂亮的抛物线后，向人群砸去！

“璀璨辉光，却是死亡的闪烁，冰冷地收割一切。”图拉真面无表情，轻轻念着拉克耶夫的诗。他低头向下望着，挥了挥手。

沿着大坑陡峭的岩壁，一群黑影向下飘去，那是应约而至的因陀罗部队。在他们眼中，这群在心火球射程内的囚者，如同免费的灵魂资源，稍纵即逝，必须立刻与剥幕争夺！

他们的脸都被尖塔形的半覆盖黑帽遮挡，肩膀上各有一条绿色的管状物，延伸到背后。而最显眼的是手中持有的长条器物，每根都有一人长，尖端闪着浅蓝色微光。

亚西美望了一眼，惊呼道：“这不是锡兰王的因陀罗么！？”那根长针状的东西，便是术士系统里最常见的，珊瑚探针，它会毫不留情地吸收新鲜的灵魂，在他们被剥幕吸收之前，吞噬密封。

疯虎向后望去，心火群的落点正是后方龟缩的人群，他大声喊道："快散开！用滚的！拉开距离！"

然而，爆裂的心火球体密度很浓，在前几个砸到人群时，顷刻炸裂，从压缩中心爆出的电流立刻撕裂了外围的几个人！随着惨叫声，疯虎能看到灰黑色的剥幕细胞带着电光，在四散逃跑的可怜人身上缠绕着，让他们寸步难行，痛苦地倒在地上。而那些跳下来的黑衣人，并没有帮助他们，相反的，他们用手中的长杖刺向倒地的人！

"灵魂，不是放在左边，就是搁在右边，而你们永远无法逃脱审判。"图拉真淡淡地笑着，嘴里继续念着拉克耶夫的诗。"我最喜欢和剥幕嘴上抢东西了。"

"无论怎样，都不要随便的死了。结局不是成为剥幕的一部分，就是被那些术士们汲取，玩弄你枯竭的灵魂。"亚西美心里再度浮现哥哥最常说的那句话。信奉自然力量，坚信有不同归宿的他再次去探寻某种道路，而亚西美在大坑中决定，永远与剥幕争夺灵魂做抗争。

"妈的，居然趁火打劫，简直不如泥水里的臭虫！"

4

图拉真只会在充斥情绪时，才会疯狂需要米亚的身体，那会让他肉体和精神同时得到安宁。他的双手会从两侧轻轻按着米亚的头，感受骨板之下，那种精神脉冲在两人之间流动，交互心跳，脉搏，感知和回忆。此刻，他会感受到独一无二的融合，仿佛米亚纤细的身体会与自己化为一体，而混合的回忆成为梦境在两人之间穿梭。

“米亚……”图拉真轻唤着她的名字。“面具之间”后的房间，其他闲杂人等都不能进入，包括除米亚外的妃子。这个在图拉真.哈赫特组建暗影匕首时便认识，他在边境捡来的寄螺族少女，她所具有的与众不同的温暖感，是图拉真永不具备，却不可缺少的。

他抚摸着米亚的侧脸，鼻息平静，却毫无苏醒的迹象，手心和额头开始冒汗。图拉真叹了口气，这又是“永暗之熵”的加重症状，它使得米亚的睡眠时间越加漫长，甚至会陷入极其沉重的梦境中。减缓症状的药物即将吃完，他又要前往达巴一次，和某个极其厌恶的掮客做交易。如果不是因为这，图拉真会立刻掐死那两个贪得无厌的人类。

“呸，都是一样的，最终，父亲无法理解天赋本身，是给予人多大的使命感。而梦寐以求的东西，其实也是无能的虫子想努力毁灭的。比如枯搡，比如我的弃子们，还有剥幕给予的一切。”图拉真就坐在米亚身边，喝着小瓶的噩梦绿萝，拥抱他自己的情绪。

这个小巧的房间，只有一扇窗，此刻雾气开始逐渐充满它。图拉真看着窗外，每到这种时刻，米亚的沉睡，这样的天气和心情，他会陷入一种半梦半醒的状态，温暖而熟悉，图拉真就这样在微醺里进入某种连接。

接下来的时间，他们像拨开迷雾一般，在双方的梦境中趟过，如同赤脚走着冰凉的河川，危险而真实。

眼前是一片迷雾，笼罩着整条道路，让她看不清楚前后距离。

米亚左右张望，并没有看到三只大猫，它们是在面具之间睡觉么？这时，突然附近传来一些声音，米亚顿时紧张起来，难道是逃出来的弃子么？图拉真一直提醒她，深夜不要单独经过长廊，以免遇到危险。图拉真称为"它们"，他形容弃子为野兽，只有杀戮意识的武器，米亚偶尔见到的都被带着锁链，限制着行动范围。"是你么？图拉真？"她一边发出声音，一边在迷雾中，摸索着昏暗的房间。

"父亲，你能不去枯搡么？"

"对不起啊，儿子，我必须要执行这次行动。"她听到这样的声音，米亚继续摸索着向前走着，一个矮小的身影在前面的拐角处一闪而过。

"侵略骸族的祭典是一件非常愚蠢的事情，我必须要阻止他们。"另一个略显苍老的声音继续说道，"特别是金图人的女神，就要在这次大典上正式上座，代表姆神。"米亚顺着声音继续向前走，她看到了两个扭曲，形象破损的影子。一高一矮，正在争执中，声音就是他们发出来的。矮个的影子像是一个孩子，发出稚嫩但激烈的声音："父亲，你可以不去啊，这场人骸战争本身就是个笑话。"

"我是巴比伦的指挥官，我必须接受守望者-拉特穆的命令，去刺杀金图人的女神，终结姆神的传承。"高个的影子发出苍老的声音，还伴随着咳嗽，"但我不能那么做，那样就是骸族的罪人，断送他们信仰的依靠。"

年少的影子快速地来回转圈走动，看似非常焦躁，他一手打翻了整张桌子上的东西，大声说道，声音还带着吼叫中的嘶哑。"拉特穆就是个阻碍人类发展的绊脚石，老顽固。如果不是他，黑影匕首不会解散，我也不会离开术师议会。我本来是天选之人！他这是嫉妒我的天才。"

高个影子摇晃着身体，他咳嗽了几下，说道："闭嘴。我有必须做的事情，图拉真，你不能依赖黑暗太久，那样必然会被吞噬！"

“我很清楚自己在做什么！父亲！改变这个时代需要做的努力！”

“倒是你，你真的明白自己该做什么？”年少的影子对着对方大声吼道。“父亲。”许久，米亚听到年少影子说的最后一句话很轻，却很有力。“我们应该获取神性本身，而不是因为恐惧，就想让它消失！”

高个影子再也没有说什么，渐渐隐入了迷雾之中。

图拉真双眼在眼皮下剧烈震动着，他正在一个难以离开的梦境中，眼前他如同第三者，看着一些曾经发生过的事情，在那个他熟悉的地方。现在的面具之间，过去的决议厅，也就是他父亲，阿赛锡德行政办事的地方。

红色的窗帘随着风微微飘动着，夜光虫在精细的容器中发出惨白色的光，它照亮了大半个房间。这是图拉真改建之前的格局，充满了父亲严肃的布局，而那些古书整齐地堆积在桌案上，旁边是他正在批阅的文件。

“阿赛锡德，恩，哈赫特先生。”一个声音打断了阿赛锡德的思考。

“听到了么？这是拉特穆先生给您的命令。”女传令官一直在重复这句话，直到阿赛锡德停下了手中的工作，抬头看向她。他右手扶额，左手翻动着面前的这份文件，这潦草而强硬的笔迹，的确是人类联盟最高指挥官——曾经与骸族传奇英雄——骨燃·炎嗣一起打败虫神露特拉，结束黑暗深渊统治时代的，拉特穆。

阿赛锡德挥了挥手，瞟了眼这位女传令官，金色长发，白的发亮的皮肤，五官精致细巧，它们镶嵌在一张略方的脸蛋上。从包裹得很紧的军服上，那已经倾斜扭曲的扣子看，她选择了一套偏小的尺码，为了遮盖训练过渡带来的强悍肉体，但刀切似的轮廓线还是出卖了她来自前线的真相。

“真是典型的巴比伦作风。”阿赛锡德想着，他对着女传令官再次挥手，“我知道了，你退下吧。”

“拉特穆大人希望在白狮厅，见到你。”语毕，女传令官转身向外走去。

阿赛锡德看着文件，巴比伦印章之下，赫然在目的几行字：

“杀死金图族新的转生容器，这是命令。”

“混蛋，政客做派。”他抓了抓头发，双手扶着椅子把手，突然把文件向空中撒去，又一脚踢向桌子，枯木雕刻加上金属镶花的长桌一下子被他踢到了门边，发出了巨响。“这么做会引起人类和骸族灭顶的灾难！”

“怎么了？父亲。”图拉真看到自己走进了父亲的书房。此刻的他年近二十几，还是一副人类术师的行头，典型的排扣长外套，腰间的三圈环扣皮带上挂着圆形的灵核，那是装着个人使用珊瑚的装置。那个时代，珊瑚操控装置并未像现在这样，完全植入融合与人体。

图拉真扶起了长桌，他蹲在地上，把撒落的文件一张张捡了起来。图拉真正要翻看，被阿赛锡德一把夺了过去，他用手快速把文件卷了起来，从书桌边的储物盒中取出一条暗红色的绑带，把文件如同吊死鱼那样扎了起来。

“图拉真，这不是你可以看的机密。”阿赛锡德一改之前的愤怒，情绪已骤然消失，只有作为父亲的威严。他把扎成筒的文件，扔进了一堆文件中，用力坐回了椅子中。“等下我要去白狮厅，你找我有什么事么？”

“哦，我打算去卡多维那考察一下，还有几个骸族的边境地区。”图拉真无奈地说道，父亲并不认为在他面前展现脆弱或带有情绪的一面是理智，为此极其克制，而坚忍便成为家训。然而，这并不是他要行走的道路，这一点，图拉真·哈赫特心知肚明。

“坐。”父亲简单挥了挥手。书桌中间摆放着“提巴客”，一种浆果和草本植物酿制的果茶，水晶质感的容器中还有半壶。图拉真看了眼桌子上的空杯，这就是招待女官员的那壶。他微微移开了面前的杯子，里面还残余着一半的红色果茶。阿赛锡德给他在另个新杯中倒了满满一杯，又给自己的也加满了。父亲一直认为这样的手工茶才是人类的上品，而酒那样的发酵液体是一种下贱的产物，不值一喝，只有精酿果茶才是人类皇族的良好传承。

许久，两人都喝空了杯子。阿赛锡德说道：“图拉真，你还是少接触那些骸族人，还有卡纳维，他就是个疯子。”他停顿了一下，又说：“还有，儿子，与珊瑚过于亲近，非常危险，你得注意使用力量的方式。”

“父亲，他们有自己的一套规则，人类在使用珊瑚的同时，却又否认他们本质与我们一样么？还有，那个不可一世的拉特穆呢？他的珊瑚是战胜虫神的关键哦！”

“他是咏叹者，儿子，你虽然很有天赋。”阿赛锡德叹了口气，他又倒了杯茶，容自己润了下嗓子。“你又不愿意拜他为师。”

“父亲，你们都是在虚假偶像下无法自拔。”图拉真愤然起身，右手在桌面上紧紧按着，“人和珊瑚之道，还有和骸族，他们之间，靠古老的成见是不能有进步的。”他看着惊讶的阿赛锡德，加重了语气，说道：“我，图拉真会改变这一切。”

“你让我看这些做什么？”图拉真猛地从梦中醒来，他发现自己在无影之地睡着了，这里除了他和这个庞大的三角锥，什么也没有。他看了眼周围，身上是一条灰色的毛毯，看来是米亚在他熟睡时盖的。图拉真笑了笑，他站了起来，整理了衣着，扭动下脖子，舒展身躯。不管如何，这个午觉消除了图拉真大量的疲劳。

图拉真年幼时与父亲有无数次的争执，从他建立“黑暗匕首”到被迫离开。从父亲去枯搡执行任务，到最后枉死，发生了太多事。很长一段时间内，他拿拉特穆毫无办法，但现在，一切都不一样了。

“因陀罗”带来的技术叹为观止，而使臣提出的一个珊瑚的新使用方法，能将图拉真的藏品使用到极致，这点让他兴奋不已。当然，如果米亚不在，他一直不愿如此沉重的陷在梦里。梦对于人类，是这个世界仅剩的礼物，对图拉真来说，却成为了永续不断的诅咒。

“世界未曾改变时，什么时候都是噩梦。”

第三章
仪式

1

神性如同流动的液体，有些时候他们只是在选择装载自己的“瓶子”。

节选自《落日经》

所有的阿西卡之影铸造仪式都由萨兰教的阿西卡女巫来操办。阿西卡女巫由影神阿西卡的意识亲自挑选，她们能通过投影到达幻梦界。影神热爱伪装，它会用很多方式，所谓的“小花样”，来引导她们逐渐胜任。在幻梦界中，能和影的意识连接，同时也能有其他的收获，比如看到更多的未来，过去，和一些片段。

每一个阿西卡女巫，都有一个对应的萨兰教图腾师来侍奉。这些图腾师精通药剂，他们制造的各种催化剂能够帮助阿西卡女巫们快速过界，进入幻梦界。“过界“并不是大多数骸族人能具备的能力，在大部分人放弃姆神崇拜之后，与自然本身失去了链接。骸族与人类长达 2000 年持续不断的战争，更多地是损伤他们自身的天赋。

库马利是萨兰教最早的一批图腾师，过界的药剂针对不同体质的阿西卡女巫，他们会有不同的配方。过界药剂最初的尝试者往往是图腾师自己，他们会在最大的影木下，向影神阿西卡祈祷，并服下药剂，在幻梦界得到神的启示。神会告诉图腾师，他们互相所属的那一位是谁，他们要侍奉的代言人是谁。

库马利换过好几任的阿西卡女巫，其中的主要原因只有一个，长期过界对身体和精神本身的影响，药剂损害身体，过界影响精神。阿西卡女巫总是生命如丝，库马利的几位代言人都在壮年时期便陨落了。有些特别的预言也一直断断续续，无法完整。索诺恩的锡兰王是长期聘用阿西卡女巫的大客户，但因为生命之殇，关于他最终的预示，锡兰王总是无法得到。库马利侍奉的上一个阿西卡女巫，死于索诺恩王厅之上，在鲜血之中，预言也只得到了只言片语的残片。

“墨绿的深渊，将笼罩索诺恩……”

无人再能解读，也无人延续，这个预言仿佛和逝去的那名女巫一样，丢失在幻梦界的一个角落之中。

就这样，将近十年的时间，库马利作为最资深的图腾师，没有侍奉，也不再调制任何药剂。她只是继续扮演着教育年轻图腾师，传授萨兰教精神的一名老者。她说的话越来越少，但句句精妙，仿佛影神一直与她同在，所有该说的只是通过库玛利的嘴去传达而已。

图拉真大帝，大祭司骨燃，守望者克利斯蒂娜，青髓女王，甚至边境的那些强大的“怪人们”，都会找她来交谈，期望获得一些什么。

对话总是以长期的沉默和访客的震惊转为崇敬的流程，继而结束。

“你的脸呢？为什么我看不到？”这是库马利看到图拉真大帝后说的第一句话。

临行前，库玛利送给图拉真一个礼物，那是一个粗糙雕刻的面具。面具本身是只有眼睛的两个空洞，其他的五官都没有制作。

“始于如此，毁于如此。”之后，库玛利再也没说过什么。图拉真倒是如获神启，狂笑离去。

其他人开始称她为“寡言的库玛利”。

直到她看到了希琪哈。

希琪哈并不是苦足土生土长人，她的父辈都源自金图一族，随着金图族在岁月变迁中，逐渐弱小的过程中，部分金图的灵言师开始带着他们的子嗣家眷，移居苦足。习俗会伴随流浪而遗失，这一点，金图人开始并未意识到，直到姆神不再加护他们为止。

“姆神没有跟随我们来到苦足，她也没有再施舍力量了！”恐慌在金图人内心开始发芽，他们从诞生开始，每天接受并且需要掌握的，便是这套由姆神崇拜下，构建而成的体系。“感谢姆神的赐予，让我们有食物与纯水。感谢姆神的赐予，让我们有文字与语言……”等等，诸如此类在金图人做每一件事情之前，都要先做的功课。

突然间，他们发觉与姆神失去了链接，所有的祈祷都无法得到反馈，灵言也开始失去效果。一些人选择迁移，他们认为重新回到本则的土地，姆神便会原谅他们，重新给予力量。另一些人内心愤愤，“姆神为什么要抛弃我们！”，或是遵从内心那些小小的怀疑，“相信龙之力，还是学习人类术师的力量？”

这样的骚乱持续着，希琪哈的父亲选择带着她远离这个飘摇的部族。

“崩溃的根源是金图人本身，而不是姆神。我们的过渡欲望，让她选择了沉默！而不是抛弃！”希琪哈的父亲，总是这样得教导女儿。“发生了那样的事情，我们只有乞求姆神终有一天的原谅！”

父亲是个谨慎小心的灵言师，虽然姆神加持不在，但预测天气，出行时间，主持祭奠，他还是轻松得当的。很快，希琪哈的父亲在一个新生部落中得到了一席之地和尊重，那就是在影木林沼泽群发源而起，逐渐兴盛的萨兰教。

他们在沼泽群的外圈，建起了帐篷，与一些萨兰教的培育师住在一起。与那些阿西卡女巫或者持杖祭司不同，培育师都非常友好，温和，她们本着和自然融合的精神，培育影驹，植物以及幼年的女巫们。

当然，萨兰教那些事儿，父亲一点都不打算让女儿参与。他只是让希琪哈做着一些日常杂物和萨兰教烹饪的事情，而培育师也很喜欢这个性格腼腆的姑娘。

然而，命运就是充满必然的巧合，该发生的，必然发生。

那是临近丰收节的一天，年幼的希琪哈正在下午的阳光中，清理着生菜芽孢，和一些藻类茎秆，作为晚上主食的配菜。在她洗漱完藻类茎秆，准备切开它们，煮沸的时候。希琪哈看到菜堆里，挤出来一只迷你的虫子，长着一个尖刺脑袋，八条腿，弯曲着身子，在茎秆上摆动着。和她常见的虫类不同的是，它通体黑色，缺乏立体感，看着很像是另一个虫子的影子，立了起来，边缘是模糊的颗粒，还散发着雾气。

黑影虫如同跳舞一般的晃动着，突然跃了起来，尖刺脑袋上的嘴巴直接咬住了希琪哈手腕上的小手链，飞也似地跳出了房间，向外奔去！

“不！还给我！”希琪哈着急了，这是亡母留下的唯一东西，她扔下手中的活儿，追着虫子，也跑了出去。

黑影虫跑的欢快，手链似乎咬的很牢，大小超过整个黑影虫的身躯，却没有掉下来，一路叮当响地磕碰而去。希琪哈顺着那个黑影般的虫，一直向前小跑着。她们沿着长满青苔的石子路，穿过一片刚被收割过的冬行木从，在拐角的一个高坡上，有一栋破旧的帐篷，顶上正向外发出袅袅的青烟。

黑影般的虫停了下来，跳进了帐篷布帘那条细窄的缝里。

希琪哈楞了一下，她知道这是“沉默的库玛利”的房间，父亲很少让她和萨兰教的这些祭司来往，特别是一些行为古怪和特别的。她甩了甩头发，想到那个有趣的虫子，就拉开了帐篷进去了。

“您好，有人么？”

“我可以进来么？”她礼貌地说着，但手已经推开帐篷开口的布，探身进去了。

没有任何人的回答，希琪哈只看到黑影虫，在地面停留了一下，就高高地跳起了，直接弹在帐篷的顶上。

她抬头看着，被吸引了。

帐篷的顶上挂着很多画着奇异图案的长方形布蔓，垂直和弯曲，互相穿插着，将整个顶装饰得密密麻麻。黑影般的虫，在布蔓间跳跃着，仿佛它没有任何重量，经过的布蔓连丝毫的震动都没有。希琪哈的好奇心愈加膨胀起来！

垂下的布蔓更宽大，帐篷内的光线映照着半透的布表面，她能清楚地看到上面的画面。矿物颜料发出刺鼻的味道，而这些图案非常装饰，古怪，从左至右，一副副似乎能连成连环睡前故事的叙事画。希琪哈开心地翻看着，画在布蔓的故事她从未听其他骸族人讲过。

第一幅是一条弯曲的蛇或者是其他长角的生物，盘旋着喷射火焰。地面有很多奇怪的小人，表面都化成黑烟，要马上蒸发的样子。第二幅图案上下分的很开，希琪哈只能看到下半截，是一些穿着长袍的高个子，拿着一些火把，照着一些雕像，仔细查看。这些高个子，都看不到脸部，被有着精细花纹的兜帽挡住了。

“这都是些什么啊？”希琪哈抓了抓脑袋，想着父亲和自己讲过的，所有骸族的传说，都和这些画面对不上。她正仔细看着第四幅画面，图案变得更加奇怪了，还是那些戴兜帽的高个子，他们没有被画上脸，只有一些触手一样的弯曲颜色，从兜帽里长出来，前段不规则地环绕着。他们的背景铺满了好看的绿色，带着荧光。

“好奇怪的画。”希琪哈越看越开心，她掂着脚，想看清楚更高的那些布蔓，从她的高度只能隐约看到一些黑白相间的几何图案。几何图案里，还有一些和第一幅同样的奇怪小人，都是黑色的，在白色的曲线上跳舞。

虫子又从布蔓上爬了出来，它继续弹跳着，沿着一条黑白图案的布条爬到了房间正中，消失在地毯的阴影中。希琪哈失去了她寻找的目标，半趴在地上，翻着那些垫子，布料，地毯边缘，希望能找到她的小虫子。

她在老者的房间里使劲张望，眼中充满了好奇。库玛利的房间里摆满了药草和各种瓶罐，空气里充斥着泥土味，腥臭味，水藻味，烟尘味以及混杂在一起的各种药剂的味道，但盖过它们更高的是一种奇异的香味。它来自房间中间的一口大锅，里面是发着荧光的绿色。母亲的珠子手串，就静静躺在大锅前面。

希琪哈小心地靠近大锅，大锅中的东西应该煮了很久，只有一股微弱的热量以及强烈的香味。这香味让她无法离开，只是贪婪地吸着，让香气沉浸入身体的每个部位。

这香味是她从未闻过的，从香气进入鼻腔的一瞬，希琪哈的毛孔就搜地舒张了开来，这胜过了劳动以后泡热水澡的舒畅。但舒畅之后而来的，是一种四肢失去控制的感受。她没有吸食烟粉的习惯，这只会让她浑身不适，而父亲严格的管教，导致希琪哈也没有喝任何酒精饮料的经验，她的父亲认为酒精会影响一个言灵师的天赋，即使姆神沉睡，他们依然要沿袭这些良好的习惯。然而，这香气具备了烟和酒双重的效应，希琪哈除了四肢开始陷入松软失控外，还产生了昏昏欲睡前的感受，如果不是及时用右手撑住地板，她的脑袋会重重地砸在地上。

这是什么味道……为啥那么晕……不过真香……

希琪哈感觉身体的某些部分被剥离了，自己变成了不同的很多部分，左边，右边，上面和下面。她似乎看着自己从身躯中离开，又重叠到一起。随着这个过程，颜色也离开了自己，周围的一切变成了黑白色。

希琪哈再次看到了她的小虫子，但此时完全不同的是， 库马利的帐篷和她所见的一切变成了静止和黑白的。所有可见的物体都陷入了一刻的停滞，头顶的布蔓以飘荡的弯曲状，停在那里。她面前的那口大锅中的液体和锅底跳动的火焰，都停留在上一个瞬间，连上升的雾气也像薄膜那样扭转弯曲，静止在她面前。

那只黑影小虫子，在这片停滞的雾气中，旋转，伸展它的六条腿。希琪哈没法控制身体的所有部分，她依然陷入在观看模式，不能指示自己的手脚在正确的位置，做出行为。

她低下头，看到自己的双腿拉的很长，纤细地偏离的方向，眼睛所见的距离像是离腿数人高，看不到尽头。一会儿，希琪哈又感觉头颅要和身体脱离关系了，脑袋在云端，身体自顾地去飘荡了。

黑影小虫子还在她眼前旋转着，变得越来越大，立体变得扁平，它成了黑色连续图案一般铺满了整个房间。希琪哈尝试用手去扒开这黑色的窗花，发现移动的手，离开了身体，一块块地停留在视线之前。黑色图案又开始分裂，它们变成了只只飞舞的蝴蝶，每一片翅膀都是黑色的冰晶，遮挡着希琪哈的视野。她希望发出叫声，但只能做出张开嘴的动作。蝴蝶碰到她身体的同时，冰晶融入了她的身体，她看着手臂，身躯碎裂，成为蝴蝶的一分子。希琪哈眼看着自己从手臂，身躯，胸口向脸颊处蔓延，一点点分裂成黑蝴蝶，向四周飞舞。她开始感觉到恐惧的产生，这决不能当真！

“啊！！”一下剧痛，希琪哈喊出了声。她离开了这个幻觉，回到了库马利的帐篷。图腾师库马利严肃地看着她，她手中拿着一根紫黑色的槲寄生，坚硬，头上闪着符文的光亮。希琪哈满头大汗，身体处于无力瘫软状态，除了看着库马利，什么也动不了。“我，哈，对，那颗……为……舌么？”她的舌头和烂醉的蛇一样躺在口腔中，勉强突出几个混乱的字。周围已经闻不到那些香气了。

“你这样进入界，是很危险的。”库马利说道，“幸好不是深层，能用痛感拉回来。谁教你的？”她拨开希琪哈湿透的头发，仔细端详着，“你不是萨兰教女巫？”

“没……什马……过……切？”希琪哈努力使用着疲软的嘴巴。

“我明白了。”库马利笑了，她端来一碗白色的汤汁，扶起希琪哈的头，让她靠着自己。“喝了，休息吧。”

有意思。沉默的库马利为昏睡过去的希琪哈盖上被子，走了出去。她看着影木林，右手的槲寄生一直敲着自己的大腿。天赋。

数月后，希琪哈作为大图腾师的弟子通过测试，成为阿西卡女巫。

2

剥幕细胞本身具有极强的腐蚀性，但也带来了对应的变化性。

《剥幕之光》，卡纳维

凯图古利一行人要前往的“重生台“在萨兰教属地的深处，影木林沼泽的正中心，环绕它的是大大小小的不同沼泽湿地。在每个湿地都配备了不同的培育师，对影驹做不同程度的培育和完成工作。

萨兰教有个默认的规则，所有的通行在投影仪式开始时，必须全部停止。护卫祭司会全程保护阿西卡女巫的工作，有些时候还会有少量图腾师出现在仪式现场，帮助一些过界的辅助工作。

这个正要开始的场地，是影驹养育沼泽中，养分特别肥沃的一个，面积也是最大的。正中会有一条唯一的小路，加上稳固的木板，便于阿西卡女巫行走。

显然这不是希琪哈 . 斯班瑟第一次一起主导影驹的制作。一般这个仪式会由四名培育师负责育苗，一名阿西卡女巫作为引导，将影神之力加持过的黑色混合物倒入制作影驹的沼泽之中。

作为引导的阿西卡女巫，希琪哈早已换上仪式的服装，头戴木质面具，右手拿着一根被诸多藤蔓缠绕的墨绿色权杖，左手用三个手指勾着一个铁质的灯，缓步从祭祀群中，走向沼泽的边缘。两边的祭司继续吟唱着此起彼伏的祷文，“阿西卡赐予我们力量，让黑暗无法吞噬我们，只会给予我们光芒 , 祛除一切的悲伤。”

这个世界除了黯光之外，能够照明的只有灯了。萨兰教的灯很特殊，使用树胶燃烧，持续时间长，除了发出噼啪的声响外，就是燃烧出美丽的幽蓝色。

希琪哈转动着手中的权杖，双脚上下缓慢地跟着念诵的拍子，踩着这块沼泽间的泥道，向中间的一个池子走去。随着吟唱声越来越密集，希琪哈的双瞳开始从蓝灰色转变成白灰色，像是湖水中倒下了石灰粉，朝莫名方向圆瞪的眼睛如同刚失明的盲人。

“过界了！好快的链接速度。这个女巫了不得。”疯虎探着脖子看这个陌生的阿西卡女巫，她有着细腻美丽的五官，白色的长发披散在面庞上，双眼处于过界状态的浑浊白雾色，娇小湿润的嘴唇还在念诵着。疯虎其实是看呆了，他很少看到如此让自己目瞪口呆的纯净脸庞，平静的动态，挥舞法杖，提着灯的手完全不颤，像个移动的艺术雕塑般前进。

他的目光继续扫下去，她扭动着纤细柔软的身躯，白发随着身体的舞动，在胸前摆动。疯虎隐约中能看到胸口的挂饰，是一个只有嘴巴的脸形图案，挂饰发出铜制品特有的光泽，在这个阿西卡女巫并不丰满的胸部中间碰撞着。她眼睛并不是特别大的那种，却具有一种迷离的眼神，但也可以形容为“刚睡醒”的感觉。这样的眼神，与平静完美的动作，勾走了疯虎全部的注意力。

他正沉迷地看着这个阿西卡女巫边舞边进行着仪式，身体被亚西美狠狠撞了一下。她瞪着疯虎，“这是人家的地盘，你是看傻了还是怎么？把口水擦一下！”

“她的过界速度确实很惊人，娴熟又不仓促，那么自然。”凯图古利平缓地说道。“比起我之前了解的任何一个阿西卡女巫都快。”

赤链一副完全不懂的表情，同时又充满了惊喜，完全忘记了自己是在囚笼之中。这个阿西卡女巫把祭祀仪式展示的像在舞蹈一般，和沼泽的生命一起共舞。

“过界是什么？”他问道，作为一个索诺恩人，他的无知让亚西美都要产生怀疑了，“你还真是什么都不明白，小朋友。”

“界是幻梦界的意思，过界就是让精神的一部分到达那里。”凯图古利笑了笑，做了一个简单的解答。“影子的力量只有在幻梦界才能获得，并影响到这一边。”

影神阿西卡的力量么？其实没有那么简单吧，哼……赤链没有说出口，他只是继续凝视着面前的仪式。这倒是和我来的目的有点接近了……他的表情发生了微妙的变化，当然，赤链作为训练有素的密探，他立刻把脸庞自然地贴近了自己握在一起的双手之后。作为一个什么也不明白的年轻人，他只要演出崇拜的神情就可以了。

而他的左眼已瞟向那个年轻的阿西卡女巫了。锡兰王让自己多关加观察的就是这些女人，不可小视的女人们。

阿西卡女巫 - 希琪哈，在最短的时间里，就完成了过界，她还在继续向沼泽中心走去。此刻，她的“一半”在幻梦界中，她眼中的不再是沼泽地，而是无限延伸的影子空间，面前正走向的是影神力量的源泉。所有的植被都变成了剪影，它们的影子在灰色凝固的水面上跳跃，爬向中间那个黑影的源头。

她停了下来，面对着身前这个黑影组成的荆棘树。周围的一切都是静止的，大小不一的黑影如同蜥蜴一般在凝固的水面上爬行，它们的脚步踩过果冻般的水体表层，所过之处，如墨汁一般向周围渲染开来。在旁观者的眼中，希琪哈双腿笔直，站立在沼泽中间的水塘前，水塘中是黑色的泥浆混合着即将成为影驹的白骨堆。

萨兰教使用的影木林沼泽，二次战争之后就有一个别号，“野兽陵墓”。大量的鹿，马，野牛，和那些进化失败的巨糜，都会选择将自己沉入沼泽，成为这里的一部分。那些白骨，就是成为影驹的最好媒介物。

希琪哈将手中的法杖深深地插入这颗黑影构成的荆棘树中，那些从四处而来的黑影，环绕着法杖和荆棘树，逐渐形成一片黑影的外壳。在“界”的这一边，法杖插入了白骨和泥沼之中，沼泽中的泥浆夹带着黑色的迷雾，拥抱着这些白骨。

“赞美影神阿西卡，赞美影神阿西卡！”周围那些护持的祭司震动着手中的法杖，高呼着。

“这实在是叹为观止！”疯虎大喊起来，他眼神中除了对希琪哈的爱慕之外，更多的是对这个仪式本身的惊叹。这是他在其他骸族其他地域从未见过的景象。

“界”的这边，泥浆和黑雾重塑着影驹的身躯，它们还夹带着水藻和比湿虫，把白骨堆中的头骨，叉骨和其他骨板，胶合起来，混合变成这黑影之马，新的肌肉，表皮！希琪哈还在过界状态之中，她在另一边，能感受到这一切。面前的荆棘树，随着这些黑影疯狂的跳跃，变得越来越茁壮，已经将最初的法杖完全吞没。她知道，很快这个“影驹再造”的仪式就将完成。

这是她又一次见证影神阿西卡的神迹。

突然，在她的耳边，除了“界”这边人群混杂的声音外，多了一种新的声音。它仿佛从泥潭最深处，直达地心而来，带着泥土混合液体的震荡声，传达到了这个阿西卡女巫的心中。这是熟悉而让人生畏的言语。

“我，需要一个代言人！”

希琪哈平静的过界瞬间被打碎了！她都能听见界本身被震碎的声响。幻梦界中，那颗在增长的荆棘树从核心向外碎裂开来，黑影们发出惊慌的声音，像是不慎被撒开的糖豆一般倾洒而下，向四处逃窜。

“我，需要一个新……代言人……你……适合么？”

那个声音继续用带着泥浆般的嗓音说着，从希琪哈的左耳环绕到右耳，她从白雾缭绕的双眼下，依稀看见，这是一股粗大的黑雾，它绕着希琪哈，吞吃着所有碎裂，逃窜的黑影！

“你们，是我……的一部分……现在要继续属于……我！”

在界外，即将成型的影驹，像突然融化的奶酪一般，喷洒开来，泥浆脱离了白骨。而那些维持结构的黑雾变得疯狂扭动，驱使泥浆再次胶合在一起，却直接包裹住了在中间的希琪哈！

“！！不！”周围的祭司发出了尖叫！慌乱的气氛瞬间在这个阿西卡祭坛处蔓延开来。希琪哈的身体和那匹没有成行的影驹一起，被沸腾的胶质般的黑影缠绕着，逐渐向下拉去。

祭司和人群都陷入了一种惊恐的骚乱之中！

希琪哈的意识开始逐渐消失，她感觉那渺小的自己在被挤压，一种黑暗的气息，像腥臭的污泥一般侵入她的意识深处。

“我……需要……一个代言人……”那个带着空气阻隔的声音，嗓音中喷吐着泥土和水藻混杂的模糊感，却穿透到希琪哈的灵魂底部。代言人？你是谁？希琪哈内心问道。

“你……应该……认得我……”

在幻梦界中，那黑雾吞吃干净所有的黑影，形成了一张巨大的面具！面具的面部没有双眼，只有一张长满呲着牙齿的大嘴，它向希琪哈露出了一瞬间的微笑，随后张开大口，冲向她的脸部！

面具笼罩在希琪哈的脸上，而其他的黑雾形成了多条锁链，将面具与希琪哈连为一体！

她在继续往下沉，沼泽表面已经完全看不见希琪哈了，只有四处散开，倒插着也慢慢向下而去的那些白骨。泥浆和黑雾倒灌进希琪哈的嘴巴，眼睛，耳朵中，而界的另一边，那张黑影面具随着越来越紧的锁链，卡住了希琪哈的脸，让她难以呼吸。

面具完全扣上的那个当下，一阵完全的黑暗带给了希琪哈一种异样的宁静。

你是谁……她的心沉淀了下去，唯有一点意识，还在询问。

“怎么会这样！”亚西美紧抓住囚车的铁栏杆，努力想透过人群看清楚事情的细节。赤链更是完全说不出话来，事情变化的太快，一个看似完美的仪式，转瞬间成为一个沼泽吞噬人的事故？萨兰教的那些祭司已经陷入了手忙脚乱的状态，有一些用抓杆在沼泽边缘，用力拨开那些胶合在一起的泥浆和白骨。

凯图古利面色凝重，他清楚“过界”的危险，阿西卡女巫通过自身作为媒介，将影子世界的力量导入到这里，来完成仪式。幻梦界层层叠砌，深入越多，危险越大。但这个女巫明显经验丰富，怎么会出现这样的事故？

又或者，这并不是个事故……

希琪哈似乎能从面具下看到当前的环境了，她在黑暗中又向下沉了很长一段距离。一些不知何处而来的光芒，在她的前方，很近又很远。远的部分，像是从一面黑窗上撕下了本来遮盖的黑色贴纸，粗糙，但能从那道撕裂的缝隙里看到外面的景色。

那是一座大桥，希琪哈此时的视野里，只能看见一个模糊的景象。那座大桥从这边连通到另外一边，桥身很宽广，两边是黑影一般恍惚的桥链。大桥在晃动着，是因为本身还是别的什么在摇动它？希琪哈看不清楚，她能感觉自己在一个四周贴满黑纸的水箱中，观看着远处的这座大桥。她使劲想敲打这个水箱，但纹丝不动，自己的意识被幻梦界囚禁了，她内心浮起这个念头。

大桥的晃动还在继续着，晃动终于开始影响到希琪哈深处的这个黑盒，她的视野开始倾斜，逐渐向下沉。通过那条撕开的缝隙，希琪哈逐渐看到一些持续的局部，触手般的巨大黑影，缠绕着这座大桥，摇晃着！

“必须……让大桥稳定……”那个泥土混杂的声音再次出现，变的更加不稳定。

此时，希琪哈，突然想起一些画面，曾经在老师帐篷中看到的那些布蔓上的彩色装饰画……

人群还在骚乱，守卫，祭司和更多观看的人混合在了一起。亚西美和赤链似乎更关注这个陌生的阿西卡女巫的生命，而疯虎心中却在盘算其他的主意。这，看起来是逃跑，最佳的时机！囚笼本身是铁质，很不牢固，逃跑只要解决两种麻烦，一个是那些戴着铁面具的噩梦宫殿守卫，而另一个就是铁牢门上的骨纹封印。

疯虎的右手又伸向自己的衣兜里，那里放着一个巴比伦特制的灵核，一个“虫眼”给自己留的“关键器物”。“膨胀者”，总是能解决你的烦忧，他想起首领虫眼·杰西那调侃的语调。他撇了一眼凯图古利，当然了，现在就有一个最佳的能解除封印的骨纹师。

凯图古利居然也在看着他，表情是一种奇特的宁静。他对着疯虎，微微摇了摇头，仿佛看穿了对方的想法。

这个巨人……如此的淡定，他在等待什么？

“阿西卡赐予我们力量，黑影的一边是无限的可能，穿过边界，归来之人将获得新生！”吟唱声此时又再次响起，那些慌乱的祭司们在短时间内又镇定了下来。混杂的人群因为什么，在尝试重新排列成行。疯虎几人在囚车里小步移动了一下，便于能更清楚看到情况。

三名穿着完全不同的萨兰教人快速穿过了人群，来到了出事的沼泽边缘。为首的是一名中年女性，头戴虫壳制作的装饰，半个脸都被青绿色的麻布包裹着。与其他萨兰教祭司最大不同的是，她没有佩戴面具，全身穿戴传达出一种干练和凝重。她的腰带用虫皮制作，发出多次磨砺之后的微光，腰带和裤兜上的各种小口袋中放着大小不一的水晶瓶。

“这是萨兰教的图腾师啊……”凯图古利说道。为首的那个中年女性似乎地位很高，其他所有祭司都同时单膝跪在地上。“啊？她这么庄严地出来，那个架势，我还以为是萨兰教的教主呢！”赤链一脸疑惑地说着，亚西美大笑一声，她更靠近了囚车笼边，说道：“图腾师和阿西卡女巫是一种师徒般的搭档。”

中年女性图腾师很简短地听完祭司的汇报，就点头和随行两人示意。三人在希琪哈沉没的地点旁边，同时站定，右手持着一根缠绕着藤蔓和比湿虫群的法杖，左手从腰间口袋里取出一瓶发着蓝色光芒的液体，直接喝下！

“En C’roce!”喊出这句骸族密语的同时，三人的双瞳都变成了那白色雾气般的浑浊色。他们的右手的法杖也同时插进了泥沼之中。法杖上的藤蔓四散而开，又瞬间拉回，像有生命的毒蛇般，刺入沼泽泥潭之中！那些比湿虫也随着藤蔓爬进了沼泽。中年女性图腾师更是半蹲着，右手离开法杖，也插进了泥潭中。她的头微微摆动着，白色的瞳孔快速转动着，像是寻找密码的拨片一般迅速。

“库玛利万岁！赞美库玛利！”周围的祭司挥动着蓝色光芒的火把，群体高呼着。

“居然是沉默的库玛利……”凯图古利和亚西美对视了一眼，库玛利是萨兰教著名的图腾师，在骸族各族也享有盛名。疯虎皱了下眉头，看守囚车的守卫专注力也都在这场骚乱上，通往前方的道路也被堵塞了。在这个骚动结束前，是逃跑最好的时机了！

火光舞动中，他突然瞥见祭司群中间有一名装扮不同的男子，他在恍惚光影里，显得皮肤特别白，大部分脸的细节都被面罩和头上的斗篷遮挡了。男子在缓缓地穿过祭司群，向囚车这边的守卫方向移动过去！下一秒，他不见了。疯虎揉了揉眼睛，难道是他的错觉？

此刻，他们几人所在的囚车，位于车队的前列。而站在最前排的两个卫兵已经被他们的队长安排去查看萨兰教此刻正发生的事情了。

3

库玛利外表平静，内心却带着一丝焦虑。她和另两名图腾师通过药剂，快速过界，为的是尽快搜索到迷失的希琪哈。

她了解自己的爱徒，成为阿西卡女巫后，希琪哈从未失误，严谨好学，却在简单的影驹仪式中发生被黑雾吞噬的情况。这，并不像当前表现的那样，会如此简单。

风和一些砂土般的残骸碎片，刮过她的脸庞，毫无痛感。以此证实库玛利正处于幻梦界。她和两名祭司在过界后，就少有的失散了。他们没有像以往那样，会显示为两个模糊的残影，什么也没有表现。只有库玛利本身，处于界内。

周围一片黑暗，水流般的质感，但完全没有流动。界外的三根法杖带着藤蔓一直向下，在幻梦界里形成了一条闪光的路径。幻影绿萝是一种影木林特有的藤蔓植物，它们本身是属于寄生植物，只附着在沼泽乔木科植物上，并含有剧毒。它们的特殊之处在于两点，一是能够通过稀释制作快速过界的药剂，第二点就是这些藤蔓本身也处于两界之间，它们经过的所有区域，在幻梦界中，都会形成一道荧光般的路径。

库玛利在这团凝胶般的黑影中艰难向下滑动，一种自己是在果冻里妄图游泳的老鼠，这般感受让她心中焦虑增加了许多。幻梦界发生了什么？它已经开始形成真实感和无法捉摸的变化，还是自己的弟子，希琪哈，因为什么原因到达了界的如此深层！？

她继续向下滑动着，藤条光芒的轨迹通向了三个方向，路就这样岔开了。

出现在库玛利眼前的，却是停滞在这凝胶般黑影世界里的两具冰冷的身躯。两条藤蔓的光芒在这两个图腾师的痕迹处终止了，他们的精神被莫名的力量攻击了。过界需要极其强韧的精神力量，只要产生一丝被幻梦界代入的真实感，“它们”就有可能伤害你。库玛利并没有去触碰这两具死亡的痕迹，在另一边，她的两名随从应该已表现出猝死的状况了，姑且不考虑人群的更加骚乱，赶紧找到希琪哈，才是最重要的。

第三条光带通向更深处的黑暗之中。

“哐当！兵！”

周围的空间发出了金属震荡的声响，这个幻境开始出现不稳定的状态了。时间并不多了，库玛利不再思考随从死亡痕迹的原因，奋力加速，让自己往光带指引的深处继续向下游动。

她在这黑暗凝胶里环顾四周，影子世界仿佛在演绎着这个世界的进化。黑色的颗粒组合在一起，又快速分裂开，形成新的大团块。

大团块扭动着，黑色凝胶凹陷下去，呈现一条条的环绕效果，环绕的线条最终都向一个方向旋转，它形成了鹦鹉螺的形状。随后，它又立刻消散了，凝胶拉长了，一边拉长一边甩动，它变成了蛇形的生物，另一块凝胶形成了尖刺般的头颅，凸起的部分里裂开了，形成的嘴巴带着外翻的牙齿，它吞噬了蛇形的生物。

库玛利继续向下游动，周围的黑影还在继续幻变着，它们变成那些见过，或没见过的生物，从蛇形的虫，长着四个翅膀的比湿，脑袋带着外骨骼的蛊，变成更大的犀摩，互相吞噬着。黑影越吞噬越大，组成它们的凝胶扭曲扩展，一个幻变里，还带着组成它的其他东西。那些脑袋和脸，在里面扭动着，并开始发出奇异的呻吟。她知道这是界的游戏，它们爱演出进入者意识的碎片，编成不同的熟悉的景象。

这些东西，全是我过去见过的虫摩，造型的胡乱组合……多么无理的规则……又如此暴力……库马利努力让自己的精神不被影响，产生涣散。她知道已经接近界的中部，影子的力量会更强大。在普通的过界仪式里，她们只需要在外层，完成互动就可以。

越接近影世界的深处，对媒介者本身就会产生影响。你会觉得梦这东西，在自己面前具象化了。

黑影互相吞噬成了一个巨大的东西，它呈纺锤状，从库玛利身后游动过来，在凝胶世界里，像在水里一般流畅。擦着库马利身边时，她看见这怪东西，长了眼睛，黑暗中发出橙色光芒，瞳孔由不断旋转的多条曲线组成，它绕啊绕，妄图让库马利看进去，看进去。它身体的边缘无法看清楚，眼睛大小就是库马利的数倍。

图腾师并没有惧怕它，她尽力让自己下潜的更深一些，眼睛开始远离她，这巨大的东西越来越远时，能窥见一些全貌的轮廓。那东西的脑袋由众多影子生物组成，眼睛在靠近头顶的部分，脑袋下方长出许多摆动的触手般的物件，晃动着捕捉其他影子，并吞噬下去。库马利潜的更深了，它也消逝的更模糊了，只有一个剪影在黑暗中晃动着。

光的轨迹震动了一下，库马利看到前方，轨迹连接的终点。那是一个黑色的匣子般的东西。库马利也看到了凝胶世界深处的大桥，它像是黑暗中的一个白色空洞里的影像，从一片黑暗上的圆孔中展露着另一方景色。库马利一路看到的黑影巨兽，都向那个白色大洞缓步而去。它们甩动着触手，尝试着让那个空洞更大，能让更多的同伴进入。它们的目标是大桥，库马利内心浮起这样一个声音。

而此时，下沉更多的她，看到黑匣子里的人影。那是库马利熟悉的，弟子希琪哈的身躯，不同的是，她的头上被一张面具拘束着。面具上的链条也是黑影构成，它牢牢巴在希琪哈的头部，看来是这个让她无法离开幻梦界。

库马利扶在黑匣子的顶部，这个乌黑的匣子表面闪烁着一些难以辨识的文字，或者说更像是一种花纹。她用手碰触，是一种恶心的泥巴感，但她的手能直接深入进去。库马利用力将右手向黑匣子内伸去，逐渐接近内部的希琪哈。

黑匣子如同被激怒的生物，发出了一种嘶嘶的声响，从黑泥质感里，分离出多条黑影，它们像蛇或是藤条，贴着库马利的皮肤向上爬行！这些扁平的蛇形花纹，沿着她的右手，编绘着旋涡状的好看图案，却攀着手臂，爬向脖子，直向脸部！所经之处，都带来阵阵刺痛，库马利深知，这是某种骨纹的陷阱，它在困住她们。有人在界的深处留下了这个恶毒的诅咒！

蛇形继续向上爬着，它们扒着库马利的皮肤，绕过脖子，向锁骨之下而去。诅咒骨纹的目标是心脏，她继续深入右手，手指向前滑动了几寸之后，终于抓住了那个面具。库马利用尽最大力量，将面具向上掀，那些黑影锁链顽强地牵扯着。

“蹦！”终于，在蛇形到达心脏前，希琪哈的面具被库马利完全掀起，拔除！希琪哈瞬间获得了视野，她努力眨眼，看着趴在黑匣子上的老师。库马利一把抓住希琪哈的左手，狠狠地捏着手臂的皮肤，同时，她张嘴一口猛咬，口中的东西马上破裂，溢出一种恶臭！

“噗！……”两人同时离开了幻梦界。

半分钟后，库马利拖着希琪哈，冲出了沼泽的水面。“赶紧拉我们上去！”她吼着。库马利一口吐出口中的东西，那是特制的醒酒草药，腥臭无比，对唤醒过界有奇效。为防万一，在过界前，她就含在了嘴里。一阵骚乱后，两人都回到了岸上。她看了眼旁边，希琪哈在泥潭时间过长，脸色惨白，但此刻的呼吸却非常均衡。

这时，几条比湿寄生水藤从希琪哈的鼻腔和口腔中退了出来，同时带出了大量浑浊的沼泽水，希琪哈大声咳嗽着，把头往边上一侧，吐出了更多的水和藻类。

“还记得用比湿保护自己呼吸，你还挺精的么，死丫头。”库马利笑了。

“噗……”希琪哈继续吐着水，同时抹抹鼻子，“老师，这草药太臭了。”

4 一切激化

Ye'RHazn，骸族语是这样描述他的名字的。

成为图拉真大帝的典狱长，曾经是耶阿颂的必生荣耀。

他作为一个土生土长的骸族人，对战争本身并不反感，他在年幼时就听闻无数高阳族勇士对抗虫族，又和人类大战的故事。血红的高阳，曾遍及本则大部分的土地，耶阿颂从能举起武器时，心中就燃起要和这股红色力量一样，燃烧在本则之上。他努力锻炼自己的身体，希望将其锻造如钢铁，成为人类的噩梦。

然而，枯搡一战，骸族大败，耶阿颂的兄长和父亲都丧生在那片白色的沙土中。他渴望报仇，也渴望踏上战场，征服人类的疆土。

但高阳族的首领，骨燃并没有满足他。骨燃坚信人类并非骸族的敌人，所有生命的敌人是剥幕本身，是无知和恐惧，让这个天体成为这片土地的灾难。耶阿颂和许多高阳族人都非常失望，好战之血无法平息，最终他们选择了狂暴的图拉真大帝。

"戴上面具，迎接你的命运。"这是图拉真对所有侍卫说的话。他冷漠，却带有强烈的煽动力，"放弃你们曾经所有的身份，是金图的残渣，还是被压抑的高阳之力，或者是失去一切的人类，都戴上这铁面具，成为我的力量和铁蹄，一起征服这个世界！"

年轻的耶阿颂手持着大帝授予的面具，左右翻看着。这是一种完全覆盖式的面具，从侧面看呈三角锥状，上端凸起一块锋利的半斧形状，戴上面具，如同一只漆黑的独角虫。耶阿颂和他的队伍，在宣誓完后，都自觉戴上了面具。从孔洞中看这个世界并没有什么障碍，唯一不同的是世界被缩小了。剥幕纳尔的那些建筑，黯光密布的天空，这些耶阿颂日常熟悉的场景，因为视野限制的缘故，开始变得支离破碎，完整的全景只存在于记忆之中。

他开始怀疑这个世界的真实，耶阿颂变得更加寡言，在杀戮中寻求真实。

图拉真会让自己的贴身侍女也戴上这些三角锥面具，她们被要求，穿上稀少的皮装，在宫中爬行，和图拉真豢养的那些黑豹一样，随行在他身边。那些侍女只是取悦图拉真的一种工具，地位似乎还不如黑豹。耶阿颂和他的队伍除了负责守卫宫殿外，另一个重要任务就是护送大坑的生还者，到达影木林，完成弃子仪式。

这样日复一日的工作，让他内心产生了麻木，而变的更渴望战斗。

重复的循环运输弃子，让他觉得自己成为了一名尽责的菜农。

为此，骚乱发生的时候，耶阿颂是兴奋的。

他和另一个卫兵一直守在囚车队伍的前头，每一节车，耶阿颂都安排了一名卫兵，车队最后还有两名。这些弃子候选者里大部分已经在大坑里失去了斗志，目光涣散，能保证活着成为弃子就可以了。这群人里，只有少数的骸族人值得注意，比如那个爱打牌的巨人，还有随同的那些家伙。

这些，耶阿颂特意放在了离自己最近的两节囚车里。

这次的出行，恰逢雨季结束，影木林的泥地变得异常难走。以往会错开的影驹仪式，这一次遇到了不下三次，耽搁了大量的时间。

当然，这次的影驹仪式出现更大的意外，耶阿颂已是毫不吃惊了。这必然是一次麻烦的押送。他吩咐身边的守卫，“你，去人堆里看一下具体情况，骚乱还要持续多久。”守卫点了点头，整了整腰间的弯刀，推开一些已经离囚车太近的萨兰教众，走进人流中。

耶阿颂原地站着，四处张望。囚车里，巨人那帮人还在继续打着虫骨牌，还有眼馋的守卫依着车笼子死命看的。他丝毫不担心牢门强度，图拉真大帝有御用的骨纹师，对牢门做了封印。除非是扎德级别的骨纹师，不然短时间内是完全解不开的。远处的囚车边，他的守卫们也都尽忠职守地站定着。

骚乱还在继续，似乎这个阿西卡女巫遇到了未知的麻烦。耶阿颂看着那些培育师惊慌失措的表情，麻烦看来还很大。而当熟悉的图腾师库马利带着随从出现时，耶阿颂内心紧张起来，这已经不是普通的事件了，必然带来更久的耽搁。

他有点想推开这些萨兰教的教众，赶快驱使车队继续前进，到达沼泽中心的重生台，完成弃子仪式。但推攘的人越来越多，他们贴近囚车，甚至阻挡了耶阿颂观察后排车辆的视线。他皱着眉头，拨开一些人，向后张望。一丝疑虑和恐惧诞生在心间，不知是人群的遮挡还是什么，有几名守卫从他的视野范围内消失了。

是敌袭？或者只是被人挡住了？那几个家伙居然擅离职守，去看热闹了？妈的！耶阿颂的焦虑增加了，他右手放到了腰间的刀柄上，在当下这样狭窄的空间内，他能否顺利拔刀是个问题，当然对手也是。不过暗杀，就变的非常具有威力和可怕。会在萨兰教地盘安排偷袭和暗杀的，一定也是和图拉真大帝能类比的疯子，耶阿颂想着，心中已经排出几个可能的人选。

骨燃，他是图拉真大帝最大的敌人，耶阿颂眼前浮现出骨燃难以捉摸的脸和他可怕的右手。青髓，她让人惧怕的是无法辨别的大量替身，长相，攻击方式完全一样，一旦出手，就是毁灭性的。还有弹溃，克里斯蒂娜，想来，有很多耶阿颂记录在案的可怕敌人。

他招手示意最近的守卫回来，守住头上的两辆囚车。耶阿颂继续拨开人群，向后面的车辆走去，经过第三辆囚车时，他还特意看了一眼车内。那个巨人，凯图古利，侧身继续玩着虫骨牌，但耶阿颂还是看见他从手牌缝里，盯着自己的双眼。旁边的女人和人类男子，看起来和巨人也玩得火热，他们的目光也随着耶阿颂的走动，移动着。

这群危险的人物，耶阿颂想着，终于在第四辆囚车附近，拔出了弯刀。看热闹的人群和教众都聚集在身后，这里的人显然稀少了起来。而可怕的消息是，在可见视野内，后面所有囚车边的守卫全部不见了！

什么人？是敌袭么？还是这些家伙擅离职守，看热闹去了？他的部队决不允许发生这样的行为！如果是敌袭，会是谁？居然敢在萨兰教的地盘，攻击图拉真大帝的车队？耶阿颂手腕转动着刀身，心中充满着各种飞窜的念头，以及面对未知敌人的兴奋。

他又向前走了几步，往后看了一眼。仪式的骚乱在继续，车头的两个守卫到处张望着，囚车安好无恙。耶阿颂回头的时候，叮地一声，他熟悉的黑色三角锥头盔，滚到了他脚边，几步远的地方。那里正好被车尾的囚车挡住，看不见后面有什么，只有静静的头盔，躺在那里。

远处没有任何光亮，只能看到隐约的密林和晃动身影。

他心中一惊，赶紧回身，对车头守卫做了一个警戒的手势。自己将弯刀一甩，刀刃朝外，使右手摆出可以随时防御和进攻的架势，慢慢向头盔那里移动。第二个头盔也滚了出来，它碰了下第一个三角锥，颠了下，也停住了。接着，是第三个，第四个，似乎有人从某个地方，把头盔扔出来，它们在那个位置，聚集在了一起。

耶阿颂屏住了呼吸，终于走到了这些头盔的面前。他的视线随着头盔向前，越过囚车的侧边，扫过那些车里的囚犯，他们同样露出惊讶的表情。地上，是横七竖八，正面或者背面朝上，躺在地上的守卫们。离开这些三角锥面具之后，耶阿颂也是第一次看见他们的脸庞，虽然长相也不一样，他们却有一个相同点。

所有守卫的脖子都有一条细微的切口，在向外无声流淌着细长的鲜血，他们的血液在地面上已经蔓延成了一大滩水洼，反射着周围幽深的光泽。他们都死了。“你们！谁看见了？”耶阿颂在面具下的脸，已经拧成了一块，恐惧从脚底蔓延而上，这是一次预谋的暗杀。他用弯刀指着两辆囚车内的人，大声吼着，没有任何回应他。这群混蛋！想必，如果不是环绕囚车的紧闭骨纹，现在这些家伙，早已和疯狗一样，冲出囚车，攻击落单的他了。

耶阿颂退了一步，他又往车头那里看了一眼，他的眉头紧皱起来，那两名守卫也消失在他的视野内。见鬼！他左手猛拍了一下额头，调虎离山的巧妙，相信他赶回去一定也是面对两具如此这般的尸体。那么目前，现实点，把囚车安全放到第二位，首先自己要考虑的是如何面对这个狡猾敌人，预判下一次的行为。耶阿颂微微侧身，左手摸出了一直藏在小腿腹的匕首，他双持着武器，防护着身体前后，并逐渐向后退。我如果死了，那什么也保不住了。

“骨燃大人，是骨燃大人来救我们了！”一辆囚车内发出一个男性的声音，那是耶阿颂熟悉的一个声线，一路扮演着导游的声音。他用右手的弯刀愤怒地敲打着车笼子，大吼道，“闭嘴！”这时，他右眼瞥见，那摊逐渐蔓延的血水中，泛起了泡沫，在那之中，两把宽长的刀刃，从血液中滑行而出，直刺耶阿颂！

挥舞着血刃的双手从血液组成的残影中显现，手臂上浮现着环绕的花纹，耶阿颂用匕首隔开一把，右手一压，身体向后一侧，弯刀的刀面已经架住了斜切过来的另一把长刀。力量较量了几秒，双刀往后一扯，残影逐渐从血液遮蔽中浮现出来。耶阿颂看清楚了刺客的样子，他一身黑色装束，遮盖了有辨识度的大部分，唯一的特殊是他的面罩，上面是白灰色的旋涡图案。血红的骨纹正在他手臂上慢慢变淡，他唯一露出的上半脸，眼眶部分也有微微的血色骨纹显现。

"血祭骨纹，你是奇藏目[15]的狂热刺客。"耶阿颂按了下弯刀的刀柄，两边的金属护手刷地扩展开来，刀身又延长了一段，他将右手的匕首插入刀柄尾部。随着他狠劲一转，护手四周展开的一个金属环上刺出多个刀刺，加上尾部的匕首，整把弯刀变成了一个四处锋利的长刃。

耶阿颂横举起长刃，左手摆到右手之下，换成了双手的握姿，这是一种必将使用全力的攻击姿势。"我耶阿颂的囚车队，不是你可以劫走的！"他眼中燃烧起一缕火苗，透过三角锥头盔，也能感受他的杀意。

"啊！"伴随他的怒吼，耶阿颂左脚一个滑步，右脚发力，突进向前的过程中，双手一个猛挥，攻向面罩男子。对手的速度非常迅捷，他预判了刀扇面挥砍的范围，直接向右，跑向耶阿颂的右侧。然而，让面罩男子始料未及的是，耶阿颂的突进劈砍，突然变向，在他预测位移的半途，耶阿颂右手一翻，把刀的背面向前，用匕首加上肘击的力量，击向他的面部！他急忙用用双手一架，格挡住了匕首的尖端。然而，耶阿颂的腕力超出了他的预期，这股下压的力量并没有停止，直接震开了右手的刀刃，面罩男子一个踉跄，右胸处门户大开。

耶阿颂面露喜色，他左手发力，将刀刃强力反转，立刻横向砍去，期望能劈开对手的胸口！面罩男子哼了一声，身体已恢复了平衡，他以左手的刀刃为轴心，右脚后撤，直接转了半圈，躲开了这下劈砍！同时，右脚发力，几步快跑，转到了耶阿颂的背后，双刀一聚，直接一个 X 形的挑斩！

15　曾经的骸族五部之一，专注暗杀。

耶阿颂顿感背后一阵刺痛，他反手一挥，对手已经跳开，站定在自己身体另一边。鲜血从背后直接喷了出来，好快的刀！耶阿颂突然狂笑起来，“哈哈哈！ 这才是久违的感觉。”他拍了拍自己的三角锥面具，说道，“这是和这个面具合二为一后，头一次热血沸腾！这是我要的高阳精神！ ”

“报上你的名字，狂热刺客。你是我耶阿颂值得杀的对手。”

“哼。”面罩男子冷笑了一声，“也罢，库兹诺克。”他双手一松，两把长刀都插在了地上。接着，库兹诺克从背后拔出了第三把刀，手腕一转，一甩，刀身部分解体，成为一个双折的形状。他右手侧着刀，左手将另两把刀如法炮制，直接镶嵌进这个形状里。它们变成了一柄四面都有刀刃的长刀。

“你懂个屁的高阳精神。傻子。”库兹诺克话音未落，他双手和面部的血色又起，整个人化为血红色的残影，挥舞这把多刃刀，向对手袭来！

血光四溅，皮肉翻卷。

耶阿颂的身体被图拉真用剥幕细胞强化过，坚韧度大于常人。库兹诺克的连斩，快速，猛力，每一次攻击，都伴随多次对关节和筋脉处的攻击。耶阿颂能用他的蛮力和反应，勉强格开一些致命攻击，但手腕，腿部，背部以及脖子都已经鲜血淋淋。他的伤口中，除了啵啵细流的鲜血外，还能看见一些黄色的液体，中间有一些细小触手般的东西在扭动着。这是部分移植的剥幕细胞，它们会本能修复宿主的身体，但功效缓慢，并且带给宿主灼烧的刺痛。

“傻大个，热血不如智谋，蛮力不比速度。”库兹诺克甩了一下多刃刀，让一些黏连的血脂和剥幕细胞，脱离刀身。“时间无多，上路吧。”他准备下一次致命的攻击了。

两人你来我往的疯狂攻击着，耶阿颂的长刀总是被对方巧妙避过，而库兹诺克的多刃刀来回劈砍，刮擦，带着耶阿颂的肉脂和血液，到处横行，对手成为了一个血人，但就是没倒下。剥幕细胞缓慢的作用着，尝试修复躯壳，延缓耶阿颂的死亡。

透着三角锥面具，耶阿颂眼前已被血色覆盖，疼痛并不能对他造成太多阻碍，胜利希望却非常渺茫。我怎么能在这里被打败！他从怀中取出一颗白色物件，直接吞了下去。包裹黑暗很难，释放却非常简单。药剂本身会快速解放耶阿颂这类改造战士，体内的微量剥幕细胞，禁锢它们生长的骨纹会快速失效，随之而来的是野蛮生长的细胞群。

耶阿颂能感觉意识和身体之前的逆转状态，血液在上涌，视觉和嗅觉都开始变得敏感，他能闻到地表散发的湿土味里渗透的血腥和自己身上流淌的区别，眼前的光芒感增强了，那些火把的光亮让他开始恍惚，对手的身影也在耀眼白光里模糊起来。伴随着剧痛之后，他的眼前像是多了几道屏幕一般，对手和周围的景象变得异常清晰，还推送到了耶阿颂的眼前！

把命交给我吧。一个声音在耶阿颂的心脏内响起，他在自己身躯内的一片世界中，应声合上了眼睛，交给这个感觉吧。

库兹诺克正看着这个卫队长吞下了一个不明物体之后，这家伙的身躯就开始激烈地震动，伤口上的血液向内回流，剥幕细胞的孢芽突然剧烈生长，分裂，蔓延，和荒地杂草般从耶阿颂的伤口冲出，扭动包裹着他！库兹诺克向后退了一步，他知道某种骨纹被对手吞噬的东西破坏了，剥幕细胞的自体分裂增殖速度，一旦解放会非常可怕，吞噬蛋白质和肉体，同时混合转变为另种东西。

“真是恶心……”库兹诺克紧皱了眉头，他看着这个高大的对手形态完全崩溃，剥幕细胞群从内部向外涌出，挤破皮肤，盔甲，把卫兵队长变成了一个血肉模糊，到处带着蠕动触手的新怪物。

他的脊椎骨几乎还被拉断，延长了，刚才两人接近的身高，现在整整比库兹诺克高出半个身子。细胞簇缠绕着增生的骨骼，把耶阿颂的头骨拉长，上下颚直接顶出了三角锥头盔外，整个看上去像被卡在缝隙里的鲨鱼头一般，他变长的口腔里发出的只有一些迷糊的音符和低沉的吼叫。库兹诺克向后退了几步，光是这怪物嘴巴里发出的腐烂味，像是来自埋尸处一般，都要让人产生窒息了。

库兹诺克的多刃刀像螺旋的噬骨虫一样，啃食着怪物耶阿颂的身躯，渗出的血液变成了绿黑色，它们附着在刀刃的边缘，摩擦的热量中带着焦臭味。不久前还充满战斗技巧的将军，现在只是野蛮进攻的怪物，但他的力量和防御增加了数倍，鲨鱼头的巨口左右晃动，库兹诺克能看到口腔中那三排环绕的牙齿，肌肉旋转带动着它们，嘴巴最外层是突出的六颗大牙。怪物耶阿颂用变形伸长的爪子格挡着刀刃，同时妄图用大口咬住库兹诺克的多刃刀。比起刚才，库兹诺克的攻势被完全封住了，还得谨慎保持距离。

要说武装到牙齿，那就是眼前这头怪物的状态。加上增生出来的牙齿，超过四排以上的利齿群从外轮廓裂开的口腔中刺出来，歪扭地向两边生长。唾液失控般沿着牙齿尖突的曲线，从溃疡的嘴巴肌肉边缘一直流淌下来。

库兹诺克紧皱眉头，会胡乱流淌体液的敌人是他最讨厌的。类似泥沼的那群肥胖肉虫，总是吞吐黑土，又快速从气孔排泄出来恶心带丝的残渣，迎着风，弄脏养殖人的衣服。又或是明光山的石蛊龙，那干瘦又阴冷的躯壳，摆动破烂五黑的四翼，会从细长的喙里一直滴着腐蚀的液体，这也是奇藏目人做毒药的一种材料，精粹后涂抹在暗杀刀上。

当然，回想整个获取，提炼，涂抹的过程，库兹诺克的胃里，一阵翻腾。他左手轻捂了下嘴，控制了自己，除了骨燃，没有人知道他的选择性洁癖。

而面前的鲨鱼头，烂家伙，满足了库兹诺克催吐的所有要素，脏，臭，难看，口水。哦，我的天。他心中默念，捏紧了多刃刀。“作为一个刺客，你实在过于挑剔。”他心中响起骨燃常说的一句话。那么，不吐是第一步，干掉对手是第二步，他苦笑着对自己说。

鲨鱼头“耶阿宋”并不是完全没有知觉，相反，他此时清楚知道身躯被接管，自己不仅是过去那隔着面具孔洞看外面的世界，现在更是在一片黑暗中窥视外界。

“交给我吧。”延续那个声音之后，他的心瞬间失去了知觉。再醒来时，“自己”缩小到了一个旁观者的角度，通过一个渺小的白色空格般的窗口，看着曾经双眼目睹的世界。透过这压抑的小窗，耶阿颂明白，昔日的身躯，已化为怪兽，而心灵被封印于此。一个黑色的空间内。

这是，图拉真曾经说过的，“代价”。

难受，接近窒息，却没有咽喉来嘶叫，宣泄恐惧，他只能感受被压缩，渺小的自己，看着外面的一切。

库兹诺克拉高了面罩，右手一翻，将多刃刀反了过来，手肘更向内贴近身体，使得挥刀弧度更低，能在更短的频率内击中对手。当然，库兹诺克的目标是那致命的核心，被畸化组织和横七竖八利齿包裹后的原始颅骨中心。

表面上看，鲨鱼头“耶阿颂”攻势变得更激烈了，利爪结合巨齿紧逼库兹诺克，但从囚车的角度看，疯虎却发现，这个奇藏目刺客用碎而快的脚步，压低身子，高速绕着对手向侧后方移动。

疯虎看到，刺客的目标是那个血红色的水坑。

骸族老话常说：“怕死的虫子死的更快。”

库兹诺克最不喜欢应对的战斗就是这样的，本来轻而易举的事情突然变得恶劣，而那仅仅是因为一个自己的糟糕习惯！非常糟糕！库兹诺克心里想着，身体向后退散，他两肩的衣服都被撕裂了，战况愈下，他被鲨鱼头一逼再逼，而对方战意正盛，仿佛扭曲的身躯里承载的是另一种东西了。

一种只有杀戮意识，毫无恐惧的东西，很接近那些“弃子”，但更恶心。库兹诺克需要完全进入那个充满血液的水坑，才能重新让骨纹充能，发挥它本身加速的效果。

“耶阿颂”的自我在一片漆黑中，被压缩到最小，只能无力地看着白色小窗口外的一切，自己已崩坏的躯壳被其他力量使用，痛击几分钟前还占据上风的刺客。鲨鱼头的嘴巴裂的更开了，中间流淌出的不止剥幕汁液，还有增生出来的多条触手，它们越来越长，以致在一个瞬间，完全握住对手的刀刃！

在上一刻，库兹诺克躲开了鲨鱼头右拳的猛击，反手将多刃刀刺向对方的头部，他的目标依然是头颅的核心，让对手失去战斗意识。然而，刺入表面的瞬间，鲨鱼头的各个气孔向外猛然排出液体，让库兹诺克厌恶的腥臭味和粘腻，就这么喷涌出来！他向后猛退了几步，就这个时刻，被对方抓住了，裂口中的触手紧紧绞住了他的武器，旋转的力量带动着刺痛让它逐渐脱离了库兹诺克的双手。

凝胶般的血液和汁液同时在触手外围涌出来，团状覆盖了半把刀刃。刃面的伤害似乎对鲨鱼头毫无影响，它就这样用炸开般的嘴拖走了对手的武器，接着大嘴一闭，半条刃砰然断裂，弹射出来，直刺在肮脏的泥面中。

“我靠，这东西变得越来越恶心了。”疯虎贴在囚车边缘，表情凝重地看着。他转头看看周围，只见凯图古利同样关注着这场战斗，并且面部露出少见的紧张。“怎么？很少见你这样的表情。”“这个敌人是库兹诺克最难应付的类型……”凯图古利低声说道。

两人正说着，战况又发生了变化，鲨鱼头身体一沉，向前猛冲，半身一把擒住库兹诺克，炸裂的大嘴一口咬住他的左肩，粘液和触手立刻绕着身躯，缠住他的脖子！

难以忍受的恶臭扑面而来，同时是左肩被几排弯曲利齿勾住的剧痛，库兹诺克在脱手武器后立刻向后撤了几步，却被高速而来的鲨鱼头直接咬中肩膀。粘液扑面而下，半个人几乎被混合的血污覆盖，而脖子同时被紫黑色的触手们紧紧缠住。而鲨鱼头的上下颚即将闭合！

对于奇藏目人来说，迅捷反应是一种刻在灵魂深处的技巧，作为职业刺客为生的他们，只要一次失误就是丧命，成为剥幕的一部分。库兹诺克从跟随骨燃开始，鲜有失误，但这瞬间的失误也许会成为一种休止符？被自己最讨厌的秽物淹没并且死于恶臭的大嘴，这将是立刻会发生的事情，鲨鱼头双颚咬合的顷刻，库兹诺克做出了本能的反应，他从腰间取出两只短小的刺状物，从下向敌人额骨刺去。

“吼！”鲨鱼头发出了痛苦地的吼声，这两根梭状的刺伴随蜂鸣声旋入他的额骨，钻断了几条触手，带着血丝从龅牙的另一边冲了出来！它们如同寄生巨物的钻孔虫一般破开鲨鱼头的侧脸，带着粘液和血线钻了出来，又立刻从边缘钻进去，仿佛要在这个恶心的头颅里钻出一个地下宫殿来。

“这是他专用的诛摩刺啊，真是完全掏出压箱底了。”凯图古利轻轻说着，他摸了摸额头的伤疤，这也是库兹诺克所赐，在一次对抗练习之中他最终亮出了杀手锏。奇藏目的专属暗杀工具——诛摩刺，能在操纵者的精准使用下，高速旋转，翻卷皮肉，钻破心脏。诛摩刺名字的由来也是因为它的多层钩刺结构，在高速旋转下能钻入一头巨摩的硬甲之下，破坏心脏，彻底杀死它。

这个家伙，不到关键时刻，绝不会交出底牌，而现在确是亮牌之时。

诛摩刺上下钻孔的剧痛，让鲨鱼头暂时松开了触手，库兹诺克趁机向后一退，跳开几步，短暂的脱离危机。他立刻平缓呼吸，检视了下左肩的伤口，多条撕裂和穿孔伤，并且剥幕汁液还在轻微腐蚀皮肉，这将无法完成精准的劈砍。

如果不靠近大片液体，他也没法调动血骨纹再次高速移动攻击对方。库兹诺克叹了口气，右手捏紧了腰间最后一根刺。要在鲨鱼头再次扑击时，从现在钻好的轨迹直达核心！

“库兹……诺克……糊……”鲨鱼头突然发出了声音，从他被诛摩刺割的到处穿孔的头颅里，发出了浑浊的声音。“我认得你……糊……边境的猩红死神……”声音像是穿透深厚的泥浆后发出来的，带着气泡和浓烈的杂音。库兹诺克一惊，又向后退了两步，右手紧紧攥着拳，手心里是他最后一把诛摩刺。

“你……暗杀了我们多少战士……糊……糊”鲨鱼头继续说着，头颅和身躯裂口里继续向外冒着肮脏的触手，它们一直扭动，总想抓住些什么。“我们从每一双死亡的眼睛里……都……糊……看到了你。”他抽动着，头颅裂的更开了，伴随着黑烟，更多的触手冒了出来。

库兹诺克紧皱着眉，眼前这家伙的头已经变成了盛开的花盆，让他的吐意更加强烈了。但让他心中更为忐忑的是这诡异的嗓音和谈吐的内容，在混杂疯狂的话语中，对方居然说出了只有少数人知道的秘密。在人骸第一次世界战争中，库兹诺克在边境的所作所为。他血腥杀戮的过去，就这样被揭开了。

“我们一直在看着你……糊……狩猎者终成猎物……”鲨鱼头，不，应该是花盆头顶着炸开的头颅，内部众多的黑色触手朝着库兹诺克，它们舞动着，声音从颅盖深处发出来，如同深渊中的呢喃。“糊……哼哼……你的刀下有多少……糊……人类的亡魂？还有，你的这个秘密武器呢？……”诛摩刺停止了旋转，它被黏液包缠着，被几根触手转动玩耍着，最后甩在了泥地上，深深地陷了进去。

“你们是什么东西？躲在这个脏兮兮的里面？”库兹诺克唾了一口血，握着刺的手悄悄贴着背，他盯着花盆脑袋左右踱着步。这个躯壳本来的主人，看来是被什么东西替换了，更加古老的东西。眼下他的目标——颅骨内的核心，完全被这一大簇触手挡住了，要一击致敌，看来只能做点牺牲了。

“和人类……历史一样，我们……都认得你！”花盆头发出泥浆搅和般的声音，他用黑色血污混合的右手指着库兹诺克。“还有你的刺，杀人蜂之尾。但它杀不了我们！我们永远，是黑暗中的监视者！哈哈哈哈！”

库兹诺克下定决心的一刻，从了解自己必须做出牺牲开始，一切以完成骨燃的指示为先。奇藏目一族信奉光的背面，曾经被人类称为“月”的天体。即使在被剥幕遮蔽下，什么也不复存在，他们依然遵循“在影子中完成一切”的隐忍准则和战斗美感。

从暗影中出来时，每个奇藏目刺客都已作出玉石俱焚的抉择，而最后一根诛摩刺，必须，也只能命中。

当花盆头黏糊的口中冒出那来自深渊的问候，再次让库兹诺克想起曾在两族边境执行任务的时光，多么久远的往事，奇藏目的辉煌也随着术师的增多，开始衰亡。

最后，几乎被灭族。

在对手甩出口腔中所有的触手时，库兹诺克高高跃起。他心中快速盘算着，这恶心东西让他最棘手的便是这些爆裂出来的触须，它们完全遮挡了身躯本身的脆弱部位，而粘液阻碍了诛摩刺准确进入核心，并搅碎，摧毁它。

自己从制高点摆出要直接攻击它口腔的姿态，一定会被触须拦截。然而只要牺牲右手，换取一个刹那，所有触手张开的瞬间，就可以将最后一柄刺送进去！把这个肮脏混蛋的脑瓜搅个稀烂吧！

库兹诺克上一次需要如此搏命跃起的时候，还是在卡多维那，那冻死人的人骸边境，执行任务之时。

当一个奇藏目刺客暴露后，而且要面对四个圆顶祭司[16]，除了抛开一切，全力一搏外，没有他选。

而现在，也是如此。

库兹诺克在跃起中，速度达到了最快，花盆头立刻朝向他，也在预料之中。只要避开这家伙难缠的触手，让自己像个锋利的梭子，就能顺着它张开的口，把自己送进头颅。这样，最后的诛摩刺就能准确的钻进去了！

然而，他的脚在跃起后，便被紧紧抓住了，猛地拉扯回去，他甚至感觉胃被抽离到了脊背。他向后望了眼，是该死的触手，不知从何处钻出的多条，拧成一大股，抓住了他腾空中的双腿。

库兹诺克整个身躯被强制停止了动作，这股力量让他在空中划着弧线，向地面而去！身体失去控制的感觉很不好受，仿佛时间被拉长，而自己是不受控制的残渣。他唯一能做的是捏紧手中的诛摩刺，渴望在重重落地时，还能有还击的力量。

快接近地面的刹那，他看到了几团火红的影子，高速向他们而来，哪是什么？橙色的双瞳盯着库兹诺克，鬃毛如燃烧的火焰，眼前的是两匹鲜红色的影驹。它们绷紧肌肉，前腿近乎钻入了肮脏的泥地中，截停了像扔垃圾一般被甩下来的库兹诺克。

他感觉到被有力的肌肉组织接住了，疲倦而痛楚的脊背，甚

16　卡纳维的守护者，因驻守建筑的巨大圆顶而得名。

至陷入了影驹那具有力量的身躯中。影驹的一部分向前分离出去，马驹精瘦的前半身在尖啸中分解，变成多根长刺，旋转着，切断缠绕他的触手！并准确无误地刺入怪物耶阿颂身躯，环形一周，不仅贯穿，更深深刺入。而另一半的影驹在众人面前快速地重组，凝合，并还原成一名高大男子的样子。

随着形似影驹的东西快速转变着，库兹诺克被一只有力的单手抚着，半蹲着开始恢复平衡感。库兹诺克向后踉跄了一步，瘫坐在泥塘中，他看着男子，说了一句："你这……晚点，我差点要没了。"

骨燃·炎嗣依然举着右手，鲜红的骨拳上，尖刺皆出，都直对不远的花盆头。他苦笑了下："抱歉，一些事情耽搁了。"

"哼哼，是你啊，又一个万变。"花盆头被多条骨刺射中，牢牢固定在泥泞的地表上。它全身各个部位被牢牢固定住，趁着骨燃的强控手段，库兹诺克被缠住的右手也暂时获得了活动的缝隙。他立即用力一推，本在血肉间停留的诛摩刺再次转动起来！

花盆头耶阿颂身躯震动了下，稍微停滞了挣扎，它像是陷入了时间静止般，定格在触手奋力张开的一瞬。

诛摩刺向内突刺了一段后停了下来，从花盆头口腔和头颅的几个破孔中发出扑哧的声响，接着像打翻的糖浆那样，从中间流出几股粘稠血液混合物来。立刻，扑鼻而来的腐臭味弥漫了整个区域，连车内的疯虎也扇着右手，尝试让自己双眼和鼻子摆脱辛辣的感觉。"天呐，这味道，太呛了。简直是打翻了一整缸的剥幕残渣……还夹着虫群尸体。"

"不过，终于结束了。"亚西美几乎把衣领拉到了鼻子以上，内心极其佩服这个刺客对气味的忍耐。

"哼哼……也罢……收集到此为止……"还是那个深邃的声音，从花盆头僵硬的躯壳中传出来。"咕噜……骨燃……我们……一直在注视你……"

"我们……是……不灭的……"随着液体直流，它慢慢向下瘫软，陷入泥浆之中。库兹诺克支撑着站起来，他捏着脖子，开始死命地呕吐。

5

希琪哈醒来时，看到飘着多彩布蔓的房顶，这是熟悉的场景。她知道，自己是躺在老师，库马利的帐篷里。

希琪哈看着自己的权杖，这是一根由不同的比湿[17]虫精英融合剥幕细胞构成的祭祀权杖。其中成分最多的比湿长老 - 哈马杰，他的意识一直没有消失，甚至是经常会浮现，与这个年轻的祭司交谈。

"这次非常危险，怎么会出现过界失误，又是你老师帮你收拾。"哈马杰的老脸从权杖的植物藤蔓中浮现而出，眉毛的耸动是用上面爬行的小比湿来组成。他努力用那些虫子来组成忧愁的表情。哈马杰说完，看着握着权杖的希琪哈。

"丫头，你在思量什么？"

换来的是对着权杖和老脸的沉默。希琪哈没有说话，这个偶然的祭祀事故，让太多的剥幕细胞和比湿通过"影"的力量与她同化了。

"并不是事故……老爷子，我在那里感受到一些东西……像是疯狂的情感……"希琪哈说道，她支起身子，摸着头。"包含了太

17　一种植物和虫族混合成长的生命体，在超过人类 70 岁左右的光景，它们会开始获得智慧，并逐渐形成人性躯干。

多的信息，太多的忧虑，太多的……”

那些景象，大桥，触手，巨兽，那个面具。想着那场过界，希琪哈摸着自己的脸颊，仿佛那面具已深陷入表皮之下，与灵魂同在。

许久，她对着哈马杰的植物眉毛和枯木脸说道，“老爷子，太多了……”希琪哈站了起来，继续说，声音开始变得奇怪，似乎有更多的低沉的声律从她柔软的喉咙里发出来。

“太多的记忆，你们，沼泽……还有……”她的瞳孔开始变得发白，声线越加低沉，开始脱离她本身 20 几岁的嗓音特质，不再轻柔，而是粗而深远。

“哈马杰，你居然还活着？老家伙。”

捏着权杖的手瞬间变得充满巨大的力量，希琪哈手指的骨节里透出蓝绿色的光芒，她的血液也变成了蓝色，在皮肤下疯狂游动。这些蓝色的妖龙从静脉中流出皮肤的瞬间，一下子变成了扭曲的藤蔓，缠绕住了权杖和哈马杰的脸。

老木头的脸被藤蔓和手指的力量紧握到扭曲了。

“你是？你不是丫头！”

她在希琪哈的躯壳里，用白色的瞳孔继续看着木头权杖。眼神苍茫，却看穿了权杖表面的木制外表，穿透到无限的意识深处的哈马杰。世界一下子变得无边无际，极其广大，四周被液体和藤蔓植物布满了。

黑暗中幽幽的光芒，和让人窒息的沼泽深处的气息，中间透出白色瞳孔的光芒。

哈马杰在这瞬间的意识深渊里，回到了 40 几岁还是比湿长老的形态，瘦弱而睿智。他不再是权杖里的意识，而是一个被沼泽意识挤压的灵魂。

“主人？”

“蠢材，看来你还没老透。”深处的声音说道。

哈马杰隐约地知道，他被希琪哈身体内的另一种熟悉的力量带入了幻梦界。而且以他现在的力量，完全无法阻止这种意识的侵入，很快，他的意识深刻地进入了那里。

他进入了四十几岁自己的体内，窒息感立刻侵入鼻腔，泥土伴随着水藻的腥臭味充斥着，直达脑门。哈马杰翻腾着自己的双手，努力拔开在头顶缓慢飘逸的水草群，奋力地把头钻出水面，感受了一个久违的呼吸。

重新感受中年的身躯，哈马杰产生一种有趣的感觉，这是他还未完全和沼泽合为一体的时候，一半的骸族身躯，一半的比湿和湿地植物组成了他。他爬上岸时，发现这是一个深邃而宽广的岩洞，刚才的深潭就在身后，此刻看去更是黝黑而恐怖，让他想起影木林深处，灰色荆棘王的领土。

岩洞的远处能看到火光，他抹了一把脖子上的水草，快速地跑过去。

一个高大的影子在火光后，似乎是端坐着。他正发出哈马杰熟悉的声音，“重新回到身躯，感觉怎么样？“

那个声音像是从一种咀嚼着黑色泥土和无数发出嘶叫声的比湿的混合液体中传出的，但却深沉中带着压迫感。哈马杰越来越靠近，火光晃动，周围的空间和黑暗也在晃动。那个高大的影子越来越清晰，影子的脸是一张庞大的面具。面具本身没有眼睛的位置，仿佛是木质的表面上布满了爪痕一般的花纹，这个形状类似扭曲的六芒星般的面具四周，由多条黑影组成的链条，将面具和这个影子锁在一起。黑影的边缘像沸腾的水汽一般，跳动变化，似乎很不稳定。面具周围溢出的影子如同多条蟒蛇，四处攒动。

哈马杰在这个黑影面前停住了，火光也同时停住了。

被锁在面具之后的黑影将近 2000 骸尺，他盘坐在火堆前。

“蠢货，你想起来了么？”黑影在面具后面说道，声音震动着这个洞穴，但依然像是被阻塞的泥浆一般，有着扑嗒扑嗒得回音。“你们，答应过我，所有的萨兰教人，将永远遵从我的力量，将黑影的力量延伸整个世界！”

“我不明白？”哈马杰疑惑地看着巨大的黑影，这熟悉又陌生的感觉。他很久没有再体验过界了，在幻梦界中，呆的时间越长，便越容易难以分辨哪边是这里，哪边是那里。“那些承诺，早已经被埋葬在白砂之下了啊……”

但即使如此，他隐约地感觉那里不对。这并不是哈马杰熟悉的幻梦界，是他过于生疏了，还是什么地方发生了变化？

这和丫头这次事故有关么？

面具后的黑影继续说着，声音开始变得有点模糊，“我的时间非常有限……笨蛋……蛋……”

哈马杰发现自己的身体变得模糊起来，幻梦界对他的影响开始减弱了。毕竟他是被迫过界，很快就要回到另一边的世界。

黑影的形态也开始模糊起来，但声音还在持续，“笨蛋……我选择了新的代言人，你……要……听从她……”

而此时，洞穴的另一头传来了奇怪的人声，还有靠近的脚步声。

黑影的身形开始变小了。除了那个被链条固定的面具外，整个黑影缩成了一个渺小的身躯，比四十岁的哈马杰更小个，苗条，身材凹凸有致，这是豆蔻少女的身体。

“回去吧，没有时间了……”声音变了，变得脆弱而充满伤感。

这是哈马杰熟悉的身影，这是那个神灵酷爱的造型，人类年轻少女……是它最热衷扮演的形象。难道是它？……老比湿内心咯噔一下。下一秒，伴随着那个黑影双手一推，一切的景色急速离开哈马杰，向远处褪去。先失去的是颜色和光影，之后是形态，一切变成了线条，线条又再次崩溃，炸裂，消失殆尽。

哈马杰回到了希琪哈的法杖之内，他的视野又缩小到丫头法杖所及之处，他看到的是希琪哈苍白的脸颊和浑浊白雾般的瞳孔。“丫头！丫头！”老比湿努力发出嘶哑的低声，他是被希琪哈的过界同时代入幻梦界的，然而他被界送了回来，希琪哈却还没有结束过界的状态。

老哈马杰被困回法杖之内，无济于事，他努力调动法杖上的植物精华，催动藤蔓，爬上希琪哈的脸颊，希望用瘙痒来唤醒她。糟糕了，看样子，丫头是陷入在界的深层。

希琪哈握着权杖的右手还是凝聚着力量，她全身在发出一种高频率的颤动，仿佛构成她身体的所有原子，如同即将爆炸的宇宙一般，在酝酿力量。哈马杰被幻梦界送了回来，希琪哈却依然深陷其中。

她回到了老师库马利的那个房间，屋顶还是飘荡着那些布蔓，上面绘满她熟悉的图案，那些在叙述着远古传说的图案。在库马利常坐的那个骸族花纹蒲团上，坐着一个较小的黑影。黑影似乎在努力维持人形，一个年轻少女的形态，她身躯周围呈现一种不稳定的空气折射感。黑烟和抖动伴随着四周景象的抽搐，在提醒着希琪哈，这是在界内。

少女的脸庞模糊不清，或者是希琪哈的视野无法辨识细节，但她能看清的是影子脸上的那张面具！又是面具！和锁住自己的是一样的造型，张狂的笑脸，飘散的发蔓，两边用锁链连接着脸部。“你是谁！”希琪哈努力让张嘴的行为，发出声音，这并不是她熟练的技巧。

“你见过我，你也来过这里。”面具后面发出的是一种混杂少女稚嫩嗓音和空洞回响的效果，这让希琪哈想起小时候，在洞穴里和父亲玩捉迷藏时，听到的深邃的回音。“我快要没时间了，我的小代言人。”

“什么意思？你到底是谁？”希琪哈压根没有打算问，为什么在她的界里，会有这样的影子，和她交互对话。在过去的女巫生涯，影像只是展示，没有参与，更加没有互动。现在的幻象，真实到？她撩了下自己的头发，被水浸泡的湿漉感，黏在皮肤上的难受，以及沼泽的气味。

“我们……从小……”

“弧……瓜……弧……”影子似乎在说些什么，声音却变得无法辨识，像是被某种屏蔽的信号，挣扎着要钻出来，极不稳定。“落日经……去找……我快……没有时间了……”影子的周围左右晃动着，在努力维持这个少女的形态，声音和身躯一起在旋转扭曲。希琪哈感觉周围的光线更加闪耀了，甚至刺眼，影子开始四分五裂，从身躯中间龟裂向头部。少女在面具后面挣扎着，如同在盐块在融化的水蛭一般，疯狂抽动。每一下抽动，黑影和黑烟都在掉落，减少，消逝。

“你要……去更深层……找我……”黑影少女说完这句，便只剩下那个带着锁链的面具，掉落在地。“时间……来不及了……”她消失了。

希琪哈捡起面具，用自己的视野努力观看着，周围的光芒在攻击她的眼皮，皮肤，烧灼感也加重了。面具在她手中开始融化，在它像燃尽的纸那样碎裂，消散殆尽前，希琪哈看见了面具笑脸上，镌刻的一行小字。

F.A.M.A（此处为蛇环文字[18]）这是她从未见过的字体。

深层？带着疑问的她，淹没在光芒之中。烧灼感越来越强，

18　骸族传说中上一个文明纪元中的天体文字，传说蛇环包围着曾经的盖亚，保护其不在能源衰落后四分五裂。

疼痛在放大，希琪哈想用张嘴的方式，喊叫出来，声音却被隔绝了。她要被这光芒撕裂了。

一种腥臭的味道，浸入了她的意识。所有的光芒消失了，周围一片黯淡，希琪哈睁开了眼，又是熟悉的帐篷，布蔓在缓慢飘动着。她还是躺在库马利的帐篷里，腥臭的味道到处弥漫着。希琪哈努力要撑起身体，发现全身肌肉像是被重殴过的沉重，而双手的皮肤都通红，接近快熟的烤肉成色了。

她看到沉默的老师，坐在自己身旁。库马利手中拿的是一瓶褐色的液体，腥臭味来自于它。“雨鸟的粪便？”这个醒酒的东西还真有效……臭的你三天不会想再喝点啥。库马利点点头，她用左手的木塞堵住了瓶子，味道被终止了。“你去的太深入了。丫头。”

“上一次，我被困在一个黑盒子里，这次好像要被烤熟了……”希琪哈苦笑着，她终于坐了起来，用老师递过来的药膏敷上自己的皮肤。真实的光芒，真实的灼烧，还有那个未知的字，F.A.M.A。过界如同潜水，更好的水性和神觉，才能在更深的界内，保持不被侵蚀。库马利看着自己的爱徒，突然说道，“丫头，界有很多层，越深入，感受越强烈和真实。”

敷上药膏的清凉感，让希琪哈全身稍微放松了下来，她问库马利，“老师，其他的阿西卡女巫，都是这么死的么？”库马利露出了极其惊讶的眼神，她盯着希琪哈，右手放在希琪哈脸上，停顿了很久后，缓缓说道，“因为不能承受那些景象的力量。”

希琪哈点了点头，她突然感觉到强烈的疲倦，全身都被干洗过一般瘫软下来。库马利给她喂了药，把毛毯向上拉了拉，站起了身，“睡吧，孩子。”

希琪哈眼前开始模糊，无论是药效还是真实的疲倦，连续的过界和惊险的体验，她急需好好睡一觉。随着库马利离开帐篷时，门帘封上了最后的光，屋内一片黑暗，加速了她沉重的感觉，希琪哈深深地睡着了。

沉睡中，她看到一片黑暗中的一点光亮。在梦中，她化成了一个白发的小姑娘，和十二岁时一样的高度，赤着脚在一座地下宫殿中奔跑。她跑得很快，呼吸已经失去了均衡，仿佛什么可怕的生物在追逐她。白发小姑娘的视野很低，也很恍惚，这座地下宫殿的穹顶很高，她只能看见两边空旷的石壁上燃烧的紫色火焰，那些火光延展成多条细长的光带。

希琪哈一直在跑，她能感觉到脚底的疼痛，光脚踩在石头地板上的碰碰声，还有身后一直追赶自己的那些影子。它们沿着两边的墙壁，蔓延而来，黑影化成的爪子，总是差一点就抓到她的裙摆。她心跳越来越快，那份声响震动着地下宫殿。

终于，在路的尽头，希琪哈不得不停了下来。这是一个断头路，只有一尊巨大的雕像，在封闭的墙上，凝视着她。雕像的头部是个奇异的造型，面具覆盖着脸部，只能看到紧闭的嘴唇和细腻的下巴，感觉是女性的脸部。而她的身体向前倾，和墙壁连接的部分都被雕刻成向四面散开的藤蔓，遍布了正面墙。

黑影也到达了这里，希琪哈能闻到影子发出的腥臭味，它们似乎有嘴巴。这些影子怪物贴着雕塑的藤蔓部分，慢慢爬向中间，如同染色一样覆盖雕像和墙面。黑色完全覆盖这面墙和雕像，在黑暗之中，亮起了数不清的眼睛。它们都是黄橙色的，瞳孔中心是一个梭形的沙漏。

它们发出一个声音，低沉沙哑，回荡在地下宫殿。

“阿西卡，你无路可逃！”

希琪哈直接醒了，她还是在帐篷中，一点点的微光从门帘缝隙透进来。库马利并不在，而希琪哈再也无法睡眠。

外面传来淅沥沥的声音，影木林开始下雨了。

6

影木林的雨越下越大，距离骨燃顺利救出囚车队伍，时间刚过去半小时。由于骨燃的缘故，萨兰教的祭司们并不敢参与任何救助押送卫兵的行为，他们只是静静地看着耶阿颂破碎的尸体，逐渐冰冷。

凌厉而疯狂的战斗在焦灼中戛然而止，库兹诺克最后一搏，为骨燃提供了一个绝佳的机会，也拯救了自己。

他扶着右臂，狠狠地吐了几口血，满脑门的腥臭味没法消散，大雨也不能掩盖他此前的狼狈。“你再不到，我就没了啊。”他用左侧和骨燃撞了下肩，表示对这次任务完成的致敬。

囚车被一个个的打开，凯图古利异常的高兴，他在大坑的日子非常难熬。但降临者来临前，被扔进去的高阳族战士，传达给他的消息是，“骨燃一定会来救我们。”他并未告诉其他人，只是缄默地在囚车内等待老大的来临。疯虎当时的眼神，他也看的很清晰，囚车的骨纹封印，他确实可以打开。但萨兰教的混乱中，究竟敌友有几何，他并不清楚，凯图古利甚至连亚西美也没有完全信任。

他绝不会开那个门。

库兹诺克险些失手丧命，原因除了他的洁癖，还有对手如何得知，以及图拉真的安排。当然，这不是重点，凯图古利深呼了口气，大段时间里，他为昔日战友的命运担心。然而骨燃出现时，他却浮现了一个转瞬即逝的小念头：此时，库兹诺克这个讨人厌的家伙，死了也许更好！

不！不能这么想，凯图看着骨燃的双眼，努力抹除他这瞬间的恶意。一丝罪恶感让他无法直视库兹诺克，而且他清楚，被骨燃发现这潜藏的东西，不是件好事。

“黯光连接灵魂。”骨燃向他走来，说道。凯图古利看着骨燃，愉快地接上暗号，“血液必须燃烧。”他举起大手，和 190 骸尺左右的骨燃击掌，以示欢呼。

“欢迎回来，凯图。”骨燃用他那只血红的右手，环抱住这个巨人。凯图古利拍拍骨燃的背，他终于松了口气。他看着首领身后站着的两个人，带着旋涡面罩的是库兹诺克，老熟人，奇藏目族的头号刺客。库兹诺克察觉到了凯图的眼神，他对老朋友微微点了下头。

库兹诺克身边站着一名女子，她戴着红色的头带和半个带着精密花纹的面具，一言不发，只是看着一边处理混乱的萨兰教祭司们。

那个面具雕工精细，花纹由好几层云彩，虫骨和植物的内容组成，这不是一个简单的骨纹。凯图古利眉头紧皱了起来，这个女子是谁？看着是个非常强悍的骨纹师，才过了半年……恩……他心里想着，结束了和骨燃的拥抱，身体离开的瞬间，凯图努力让自己的神情回复了平静。

“老大，关于剥幕纳尔……”他正要报告一些图拉真的情况，图腾师库马利向他们走了过来。她以非凡的手段，处理完了仪式事故的骚乱，安置好希琪哈，现在是关于来者不善的事情了。库马利扫了一眼几人脚边已经冷却的尸体，她看着骨燃，说道，“政治和贸易都不是我的喜好，你作为万变，自然有一种理由和立场。”

“教主在泊泊桑，你们和祭司一起过去，相信是对事件最好的结果。”她缓缓说道，便转身离去了。库马利更着急弟子的状况变化，赶回帐篷是她当下更需要做的，麻烦事儿就留给合适的人吧。

骨燃点了点头，赞同了库马利的建议。他转向囚车，那些人站在雨中都看着他，等待被救后的安排。骨燃右眉跳动着，显然，在剥幕纳尔大坑的经历，让这些人大多数身体衰弱，精神迷离，没有方向。“尊敬的图腾师，这些无辜的人，身体虚弱，希望萨兰教能忽视这个生意本身，先给他们安置的地方。”

库马利沉默了一会，“好吧。先安置他们休息，之后再做定夺。”骨燃微微笑了下，他朝库兹诺克打了个响指，说道，“骸族战士你统筹一下，今晚先驻扎，明早出发去泊泊桑。”“凯图，好久没有一起打牌了，你懂的。”骨燃拍了拍凯图古利的肩，又朝红头带女子点了点头。她回点了一下，转身向密林的另一个方向走去。凯图不解地看着骨燃，对方并没有回答他。

疯虎看局势已定，赶紧从人群中跨步出来，他朝凯图古利大声招呼，“巨人，我们同甘共苦过，度过那个艰难的夜晚，你也带上我们啊。”说着，疯虎又指了指旁边的亚西美和年轻的赤链，“打牌也要人多啊。”他可不想被拉下，尤其在骸族人的地盘。

骨燃转头看着这个自来熟的人类，笑了。“这位是？”他的目光快速扫了一遍，这个人类表情轻浮，笑容职业，但眼神里不是含糊，是一种长久混迹的机警。他的衣服虽然破旧，但从袖口，领子和外面套的马甲，多个口袋的裤子，以及那双用金属包裹的靴子来看，过去并不曾缺过钱。挥舞的右手指发黄，以程度来看，吸食烟草时间已久，手上戴的戒指花纹细腻，但颜色和工艺不是人类风格，看着倒像是骆风族的手工。

骨燃眉头跳动着，他又瞄了眼疯虎的头发，棕色有褪色的痕迹，发丝凌乱，但带有银色的痕迹，左边的耳环细长，简约，切割来看又是巴比伦的工艺。呵呵，看来不是个周旋各国的商人，就是一个老练的掮客……

而且口音……带着一种掩饰的声线，可以说是罕见的边远骸族口音，刻意的土著味儿。有些发音，只有高阳族会用，这是想和我套近乎么？骨燃正要询问什么，疯虎却先开口了。"万变大人，雨越来越大了。我们不如找个帐篷，慢慢聊吧。喝个酒，打个牌。"他嬉笑着，语速越来越快，像是宣泄着之前刻意压制的寡言，滔滔不绝。

不过，他最后说到的名字，让骨燃眼前一亮。"我是第三眼的二号人物，疯虎·汉莫拉比。"有意思。骨燃握住了疯虎一直停在空中的手，用力握了下，之后徐徐地说道，"荣幸，我也确实，需要找你们的首领，杰西聊聊。一些……生意，我们找地方避雨先吧。"

库马利看着事情的变化，叹了口气。显然，这里充斥着几个派系微妙的变化，萨兰教只做贸易，不掺和政治的立场，已经被骨燃故意打破了。他们即不能在这个劫持现场做什么，也没有能力和这个狡智的万变做些什么。骨燃用他强大的力量，把所有人的"缠"连接到了一起，在萨兰教的影木林。

她指了指路的另一边，朝人群说道，"这边来吧，正好有几个帐篷可以安置你们。"骨燃点了下头，他对库玛利说道："劳烦了，我们明天就出发，去见他。有些事，关乎萨兰教和骸族存亡。"库玛利愣了一下，回答道："好吧，他在泊泊桑，明天我安排影驹队伍带你们去。"

库马利安排的帐篷很大，一边堆满了麻布的袋子，看着是装他们粮食和储物用的。帐篷顶都悬挂着一些有装饰画的布幔，四边还有一些木头雕刻的东西，看着是育苗师用的那些鹿角面具。亚西美，赤链和几个高阳族战士，坐在帐篷的一边，喝着萨兰教人提供的热汤，这是一些沼泽块茎植物制成的浓汤，在雨天是最好的饮食。库马利并没有吝啬待客之道，她安置完骨燃一行，便急匆匆地带着两个祭司，赶回她的帐篷。希琪哈的变化，是今晚她最重要的任务。

亚西美早喝完了汤，身体的寒意已经消失了。她透过高阳族战士，看着骨燃，这是她第一次见到传奇的万变，在囚车中见识到整个过程，就已经被折服的亚西美，何况还有其他随行的高手，都凸显了这个男子神秘的魅力。赤链用手肘撞了撞亚西美，他表情里稍微带着少年人的嬉皮，“大姐姐，你这个眼神不对头啊。你这是在想什么？”

“什么不对头？这叫观察！”亚西美把头转向帐篷外，强行掩饰自己的尴尬。她看到帐篷门帘外，隐约能看到的几个祭司，他们手持着武器，严肃地站立着。她转回了头，朝赤链比了比手指，“嘘，你看外面，萨兰教还留了人监视。”

赤链摆出一副不在意的样子，他两手一摊，“大姐姐，人家的地盘，正常啊。话说，我们为什么不和巨人他们坐一起？”亚西美“哼”了一声，她故意加大了嗓门，“人家跟我们不熟，他要和自己老大更近一些！”她内心还是有些不满的，凯图古利见到骨燃以后，就完全不像在坑里那样可靠了。他时刻跟随着自己的老大，似乎也并不打算介绍他们和骨燃认识。哎，骸族永远就是这样，不可能人心齐整。

骨燃看了一眼这边，他看到这两名男女在远离他们不远的位置交谈，并且那句刻意的话引起了他的注意。这人和凯图古利很熟悉。女子看五官大约二十几岁左右，眼睛和脸部特征比较接近骸族人，但她不是骨燃熟悉的高阳族。从乌黑卷曲的中发，偏浅黄的皮肤，以及偏尖的鼻头来看，她应该是骆风族人。骨燃又快速扫了两人的装束，女子除了脖子部分有暗红色的围巾点缀外，全身几乎偏黑，服装破旧，应该是颠沛很久了，那些领口袖口以及腰部的缝纫线都有点破烂。从外部曲线看，她是属于非常平板的身材了，而让他注意的是女子右手的皮质手套，上面有着大量的抓痕和破洞，以及腰间的一个造型奇异的装束，很接近一种乐器。她应该是个普通的虫师，而且操控虫类的体型不会太大。

二次战争之后，虫师已经不是个“时髦”的职业了，太多的骸族青年转去卡多维那，渴望成为一名术师。然而，能否通过“黑格”测验，是所有参选者的难题。

骨燃左眉跳动着，倒是女子身边那个少年，看似表情热情无邪，眼神却一直跳跃闪烁，他在隐藏什么。“凯图，他们是谁？”骨燃并没有转头，直接询问自己对面的巨人。“哦？你说那边？”骨燃微微点头。

“坑里认识的，算是战友吧。亚西美和赤链。”凯图古利不以为然地回答。

“赤链？这个名字……非常不像人类的风格。”骨燃又瞟了少年一眼，他的装饰可谓是毫无特点，内外两件套的穿着，到处布满了淤泥干透的痕迹，很常见的人类服装，常见的靴子和腰带。没有可见的花纹，装饰，那怕一些细小的东西。这简朴的非常刻意，反而让骨燃怀疑他的来历。“据说他是索诺恩的士兵。”凯图古利赶紧回答着。

“是么，完全没有锡兰王的一点统治痕迹啊。”骨燃双眉同时跳动着，他手指在鼻子下放了会儿，“普通的小士兵，呵呵。”他凝视着少年，微微笑着。赤链几次从亚西美的遮挡中，观察骨燃，却被这位万变同时聚焦的眼神，吓了回去。

疯虎瘫软在一边，看着欢笑的几人，他搔了搔头，突然问道。“我们不是应该马上撤么？我可不想被图拉真的大军抓回去。”他心里想着，骨燃我也顺利碰头了，赶紧拉去见虫眼不是更美滋滋。

“你怕啊？你怕就赶紧先遛吧。”库兹诺克冷冷地说道。“我们骸族从不怕正面冲突。”他甩了甩手指。

疯虎略显尴尬，他望了眼亚西美，她还是以无奈的表情回瞪了他一下。“你还能说点男人的么？”显然，这个印象是好不了了。骨燃望了他一眼，笑了笑。

而骨燃身边的那个美女，一直将半张脸遮挡在暗红色面罩之下，只能看见挺直的鼻梁，还有着与众不同的橙色瞳仁双眼，大半头发被那个雕刻手法特异，造型狰狞的面具遮盖了。疯虎正在悄悄端详着，她侧过了头，回视过来，眼神冰冷，还传来一种透入内心的审视。这比骨燃还要可怕的感觉，让疯虎一下子别开了头，慌张的感觉像被冰水浸透了一般，屁股还不禁向后挪了一下。

这可怕的女子，这是疯虎唯一的感受。

“图拉真并不会做任何下一步行动。”骨燃看了眼面色微红的疯虎，继续说道。“你们仔细回想离开大坑的状况吧。”

“嗯？怎么？那些不堪的记忆么？”亚西美撇了撇嘴，还用奇怪的语气说道。大坑里那每天黏糊在血液，剥幕残汁，脂肪渣混合中的肮脏感，让她记忆犹新。“以及翻脸不认人的战友么？”

凯图古利一愣，连忙整理着众人席间的虫骨牌。

“不，你们在坑里，对抗那只大家伙的时候，靠的是什么？”库兹诺克指了指亚西美。“赤手空拳？光靠凯图那一身防御骨纹？”他带着丝笑看了眼巨人，轻声说道。“凯图骨铠的弱点是……嘿嘿。”库兹诺克边说边用手指敲了敲巨人的右肩。

“啧。”凯图古利很迅速地甩开了对方的手。

疯虎像是想到了什么，他左右环视着，亚西美的那个虫笛目标其实很大，并没有理由在入坑后还留了下来。而自己身上的匕首和“那个东西”也没有被卫兵搜走。仔细想来，其实除了他们几个，其他人都被搜的身无旁物，这似乎疏忽的太有选择性了吧。

“啊！”他双掌对击，向前一指，一个灵感涌上疯虎的心头。“等等，我们多多少少都保留了一两件家伙，所以……”他停顿了下，看着亚西美和凯图古利，大声地说道。“图拉真这家伙是故意的，而且！”疯虎语气开始变得更激动起来。

骨燃依然保持盘腿的坐姿，他只是用右手微抵着头，对于疯虎的言辞，他表示了赞同的微笑。接着，他说道：“并且，图拉真亲自跳了下去，终结了那只降临者，不是么？”

凯图古利点了点头。“恩，我们只是合伙困住了那家伙，最后致命一击来自图拉真。”他停下了手中的动作，将虫骨牌分为两叠，快速洗好，放在中央，继续说道。“说实话，那个状况非常混乱，我的骨铠也达到了极限。如果不是图拉真的突然插手，我们估计不能善终了。”

亚西美叹了口气，微微别过头去，努力克制自己涌上来的伤感。那些他们尝试救助的平民，瑟瑟发抖的老人，还有抱在一起的孩童和瘦弱的男女们，在那个夜晚，多数成为了剥幕纳尔的游荡珊瑚。“除了我们少数人，大坑里的老弱病残，都在电球雨里，失去了生命。”亚西美轻轻地说道。“总之是可悲的灵魂，不被剥幕吸收，也被那些黑衣人收走了。”

“黑衣人？”

“嗯，他们带着珊瑚探针，装备精良。”凯图点了点头，他微微了拍了下亚西美还在轻颤的肩膀。“跟着图拉真一起下坑，似乎就是为了人群崩溃的那一刻。”

“图拉真个王八蛋，这么说来，他就是把我们当圈养的动物，耍着玩。”疯虎咬着牙，恨恨地说。“哼……他是把坑底的人，全部当做我们养虫那样，优胜劣汰。”库兹诺克叹了口气。“你们算是良种，死了就不能成为弃子材料了，其他的，就是他那些术士的玩具。”

“什么叫其他的？”亚西美气愤地回应。“都是生命啊。”

“没有你们，可能几分钟就被剥幕吸收了。不是么？”库兹诺克立刻回道。“进入剥幕以后，会怎么样，不用我说了吧。”

骨燃挥手阻止他继续说下去，他又看着其他几人，说道："所以图拉真并没有打算完全让你们置于绝境。其一，是库兹诺克讲的大坑法则，也是图拉真选择弃子材料的原因。我的高阳族战士，还有你们，本来就是最优选。其二，他最后的举动，更像是为了掩盖什么......"说着，他快速扫了所有人一遍。

"他的目的不完全是这次的弃子车队，你们只是配菜。"骨燃轻轻地说道。他有一手暗棋，隐藏在混乱之中，像是躲在鸟群中的捕食者，已经悄然划过我的眼睛。是什么呢？许久，他突然向亚西美几人招手："你们，坐过来吧。"，他又朝凯图古利点了下头，说道："虫骨牌还是人多些有趣，不是么？"

"好啊，我之前没有赢过一盘，很不服气啊。"疯虎立刻接话，他快速站起身，小快步走到骨燃右边，蹲坐了下来。他瞟了一眼骨燃的右手，那鲜红色威武的造型，整个被骨铠包裹，在指节处有些向外突出的尖刺，仿佛带了一手剥幕钢戒指，而表面都隐约浮现着疯虎从未见过的骨纹。整个纹样像是一条荆棘组成巨蛇，环绕交缠，它从漆黑底纹中产生的多个蛇头连接着手指骨节，扭曲环绕，最终在手背中心集中，一副拘束力量的感觉。疯虎正想再仔细看时，他感觉到了骨燃的眼神，赶紧转开了头，对着凯图古利说道："发牌，发牌。"

库兹诺克依然没有参与这场娱乐，他已处理完伤口，靠着墙，看着所有人。骨燃给了他一个特殊的任务，需要专注，平静。他只需要看着。

眼前东倒西歪的平民，眼中带着绝望。库兹诺克有一种感觉，他们甚至不愿被骨燃所"救"。也许他们是真心想成为"弃子"，因为早已遗弃了自己。

7 米亚之梦 耻辱的匕首

米亚很清晰地看到了那些情景，基于每天图拉真拥她入怀时，自愿分享的感受，那其中隐藏着图拉真记忆的片段。当肌肤相触时，便会沉浸入这些情境之中。她也知道，这些也将被噩梦先生在接触她时，一一洞悉。

但她只能看着，在巴比伦城，白狮厅里发生的一切。

阿赛锡德·哈赫特很不情愿地坐在白狮厅正中等着，狮子在人类世界中已经灭亡，但它的形象作为雄壮，豪迈的化身，被巴比伦皇室一直沿用了下来。正对他的墙上是整面用剥幕钢制成的狮头，凌厉的延伸，长而狂放的狮鬃，在白色质感下呈现出闪亮而炫目的效果。两边垂直挂下的深红色布蔓上是金色的巴比伦标志，月轮与巨狮侧面的剪影图形。

"你等了很久么？哈赫特先生。"又是那个大尺码的女官员，她侧身贴近了阿赛锡德，并递上一壶达巴艾茶[19]。金发传来一种过于浓烈的香精味，阿赛锡德微微皱了下眉，但他并不想这种厌恶被察觉。

"还行。"他点头微笑，对女官员表示敬意。"请稍候，拉特穆先生马上就到。"女官员回以微笑，转过身，扭动着不相称的硕大臀部，走了布蔓之后。片刻，一名高大的男子拉开布蔓，走了出来。他一头银白的长发，五官立体，却始终面落阴影，脸颊和眼眶浮现着一丝紫黑色的光泽，这并不是阿赛锡德想看到的。

拉特穆·汉，巴比伦最高指挥官，人类联盟总帅。他走到阿赛

19　达巴城进贡的特等艾草制作的茶，味道层次多，微苦中带着后味的甘甜。与人类历史记载不同的是，它的色泽是青绿色，叶带金边，泡完的茶水中，叶片如金箔闪亮，并不断提味。

锡德面前，拖了下椅子，缓慢坐了下来。“咳，咳，好久不见。”拉特穆一边咳嗽，一边说道。他身穿标志性的灰色翻毛领外袍，里面是一件青灰色的简易盔甲，却凸显出他高而壮实的战士身躯。但拉特穆的眼神总是游离不知停在何处，气息又长短不一，伴随着那些咳嗽，阿赛锡德内心是崩溃的，这个感觉快死的病殃殃，真是打败虫神露特拉的英雄么？

拉特穆用充满阴影的双眼看着阿赛锡德，对方也看着他眼中的条条血丝。拉特穆捂着嘴，仿佛咳嗽无法终止，他说道：“咳，咳，你……看到机密文件了吧，阿赛锡德，咳。”

阿赛锡德点点头，他始终无法把目光从拉特穆充血的双眼和深陷的眼窝上移开，还有皮肤下游动的紫色阴影。现在他坐近了仔细看，好家伙，拉特穆的白色长发都干枯如同老旧的破布，脸颊和手臂的皮肤，除了伤疤外还有各种浮现的血斑，斑点中心还有些溃疡的残迹。这………

“咳，那你明白这事情的重要性了吧。”拉特穆说道。

“姆神祭典是骸族人最重要的圣典，而且还是五十年一次的圣女印证。”阿赛锡德轻吸了一口气，说道：“巴比伦主动破坏，不太好吧？”

“咳……不好？”拉特穆又咳嗽了几声，他从怀里取出了一块白色手巾，材质像是达巴手工丝制，他用来擦拭了嘴巴。阿赛锡德一眼就看到上面带着新鲜和陈旧的血痕。

“阿赛锡德，我记得你是巴比伦世袭，从人类来到这里，这片疯狂之地，就开始为皇族服务。人类的兴衰史，你应该不用我再赘述了。我们被骸族压制了一千年，直到卡纳维发明了灵核与珊瑚抽取，咳……咳……。但我们，一直没有大获全胜过，我们只是在苟延残喘。”拉特穆继续说着，他看着阿赛锡德，咳嗽更加激烈了。“我在虫神之战后，一直在思考，这是为什么？我们和骸族比，缺失了什么？”

拉特穆双手竖起来，手指并的很紧，尖端靠在一起，形成了一个三角形。他的鼻子凑了上去，轻轻搭着。接着，他的身体又向前倾了一段，这使得阿赛锡德看的更清晰了，那透露疯狂和无力的血红眼球，天哪，这还是人类的希望么？

“我后来……咳……明白了。对，我们很早就失去了这些，所以，你要断绝骸族的希望。”拉特穆说出了让阿赛锡德惊讶不已的话。他从身后摸出一个盒子，放在桌上，说道：“打开。”

阿赛锡德面带疑虑地打开了盒盖，暗蓝色内衬中躺着一把形状奇异的刀状物，它并不长，一个平常大，前端由六段黑色剥幕钢组成，每段都是细长的尖刺状。它们被一个具有精细花纹的环固定，在最前端聚到一点，整体看像一个迷你的楼空尖锥，这些连接在一个短柄上。

“这是？”阿赛锡德把它拿了起来，并不重，这更像是匕首的东西，在空中微微震动，发出蜂鸣声。“这是奇藏目族的诛摩刺，一种极致暗杀艺术的武器。”拉特穆·汉说道，他的语调中带着一种狂喜。“你还记得冬虫草战役么？”

“奇藏目族暗杀我国皇帝，引发的人骸大战么？”阿赛锡德一阵纳闷，拉特穆这个突然的问题。拉特穆笑了，这张毫无血色，苍白又带有半分倦意的脸上露出一丝邪恶，他说道：“奇藏目的发明确实很精深，诛摩刺的结构，即使是巨摩，在被刺中气孔后也能快速传输毒素传达心脏，何况是个脆弱的人。咳……阿拉汉那家伙也只是挣扎了一下，就一命呜呼了。他啊，阻碍巴比伦发展太久了。”拉特穆看了看阿赛锡德，继续咳嗽着。后者惊呆了，他整个肩膀塌了下来了，向后倒在了椅子里。

阿赛锡德用右手捂着自己的嘴巴，阻止了咽喉中发出的恐惧声，难道是拉特穆指示杀害了阿拉汉？这是弑君之罪……这个曾经的英雄居然变成了这样？他望向拉特穆，对方还在咳嗽着，充满血丝的双眼正看着自己，嘴角带着邪恶意味的笑。阿赛锡德从拉特穆脸上看到了别的东西，那人类皮囊下的嘴脸，其实他从黑暗深渊一役后，已经与露特拉无异了么？

此时，拉特穆拿过诛摩刺，举了起来，在空中划了几下，又悬停在阿赛锡德眼前。他说道："去吧，阿赛锡德，用这根刺，在那小丫头背后，狠狠地刺下去。"拉特穆面容上紫黑色的气息更重了，都能看到一些蛇形的血管在他眼眶，面部下浮现，窜动着。

"用它！斩灭骸族神性的依靠，让姆神的力量断绝吧！"拉特穆的这句话，让阿赛锡德彻底震动了，他完全瘫软在座椅上，只有眼睛还盯着那柄诛摩刺。它在震动着，如同阿赛锡德的心一样。"趁这个骸族的精神领袖还年轻，赶紧下手吧！"

"用奇藏目的匕首，刺杀金图人的女神，让骸族内部再次纷争，破碎吧！"拉特穆最后的话成了压死骆驼的那根草，阿赛锡德再也没有说过什么。这是一种熄灭的光芒和心中的绞痛，像被一双大手紧紧捏住一样，窒息而晕眩。米亚深切地感受到这一刻，她加重了呼吸，伏倒在桌面上，右手想使劲，但无法感受身体是实质的。

在梦中，她看到的这些，基于图拉真的记忆所生，米亚清楚知道图拉真父亲最终的结果。但这一切从梦中，看到过去的细枝末节，还是让她震惊不已。

苏醒的时刻，图拉真还在他的豪华靠椅上沉睡，白色的蜡烛整齐地在桌面列成两圈，它们只燃烧到一半，蜡油在桌上摊成了花环状，空气中弥漫着一股米亚老家的草木味道。随着剥幕月龄的变化，"永暗之熵"对米亚的影响越来越大，现在更多的时候，她快要分不清楚梦和醒来的区别了，越加强烈的视觉效果，声音和更多的细节让她一直恍惚，半梦半醒。

梦中所见，图拉真的记忆如同正在发生，她却无法阻止那样的痛心。米亚知道她还会看见什么，但又感觉什么在发生变化。

此刻，时间已是影木林的深夜，帐篷外的雨声越来越大。连续大坑的惊悚日子和之后的囚车颠簸，众人早已疲惫不堪，在这萨兰教领地的深夜，都陷入了深眠。

疯虎翻了个身，还吧唧了几下嘴巴，微喘着气的他看上去睡得很香甜，然而他疯狂翻跳的眼皮却说明相反的情形。他正陷入在复杂的梦境之中。

周围弥漫着一股熟悉的味道，一种充满诱惑的香味，疯虎翻身而起，发现自己斜躺在粉色的垫子上，两条腿横亘在正中。滑腻的材质上布满暗金色的花纹，它们呈模糊的螺旋状，忽明忽暗循环变化着，高亮的闪点让疯虎眯起了眼睛。

他又抽起鼻子努力嗅着，没错，一股深入心扉，并且通过脊椎直达身体各处的香气，是蓝菱的味道！疯虎依然感觉有点头晕，他看看四周，自己身处垂纱床铺之中，身边躺着的是一名全身赤裸的女子，只有少许绸缎盖在她纤细腰身之上。

熟悉的桥段，自己又蓝菱磕多了么？疯虎揉着自己的太阳穴，缓解阵阵眩晕，疑惑立刻涌上心头。自己是什么时候来的蓝菱皇宫？怎么毫无印象……我不是在执行任务么？他正思索着来龙去脉，一只透着温度的手摸上他粗糙的脸庞和轻柔的声音，这是他熟悉的声线，但是谁的呢……想着，他感受着愉悦，思维更加混乱。

手继续抚摸着疯虎的身躯，他更加欢快了，呼吸变得沉重，不禁扭头望着女子，她是如此的风韵，美丽，而且……疯虎瞪大了眼睛，紧张让他瞳孔收缩了数倍。眼前这个紫发的女子在扭动柔软的身躯，她口中吐着热气，并逐渐靠近疯虎·汉谟拉比，白臂环绕，柔软的胸贴近了胸膛，长发在他胸前慢慢浮动。

这是南塔·迈拉，他多少次魂牵梦绕的女子，达巴的首席舞姬。

但疯虎心里一直很清楚，这是地雷，这个达巴火辣女人，人间尤物，是老大的女人。

“不，这不行啊，怎么是你。”疯虎一把推开了她，身体向后移动着，直到屁股顶在床边的木栏上。“小三杯虎，不要怕么，你不是一直爱悄悄看我么。”南塔柔声叫着疯虎的绰号，她柔软的身体扭着爬向他，紫色卷发在胸口甩着，白色的一片看着疯虎有点发晕。南塔的声音始终让他酥软，从勉强维持的疯虎变回喝三杯就要到处招蜂惹蝶的三杯虎。

“小老虎，你在害怕什么？”南塔继续说着，她柔软的胸部直接贴在疯虎脸颊，灼热的呼吸吐在他额头，垂下的发丝摆动着，同样撩拨他的内心。“勇敢的面对你的内心，你的欲望啊。小老虎。”疯虎眼前这个熟悉的女子狂热般地亲吻他，抚摸他，一阵热流顿时笼罩了他。

“混蛋！”疯虎一把抓住南塔的右手，身体向前一靠，直接半压在她裸露的身躯上。“哈哈哈哈，这才对么，小三杯虎。虫眼根本不在这里，他那里都不在。”南塔继续笑得癫狂，胸部随着笑声颤动着。“来么，我是属于你的。”她展开双臂，尝试环着疯虎。他眼睛瞪得很大，死命盯着南塔胸口，呼吸沉重。

她向上挺了下身子，凑近他的耳朵说道：“就是这样，狠狠的来……像你看到的那样子……”南塔的话再次刺激着疯虎，他想起首领那疯狂上下的运动，他大吼一声，压向面前白皙的身躯！

“来征服我吧。”

8

疯虎猛吸着鼻子，他清楚这是南塔特有的香味，混杂蓝菱烟雾，让他越加神魂颠倒，血液激涌头部，又快速向小腹而去。

如此时光，他觉得自己不该突然去想那些背后发凉的事情。比如在大坑面对降临者，要不是遇到亚西美，“巨人”他们，自己是怎么也不敢想，居然战胜了那么大只的家伙。如此艰难的任务，想到这，疯虎总觉得虫眼是坑了他。

“你还在瞎想什么呢？小～三杯虎？”细腻的触感，是南塔的手。她修长的手指全搭在疯虎鼓鼓的脸颊上，他更清楚看到她摆动的紫发下，美艳又狂野的五官，平时动人的双瞳现在更是如同旋涡。

但自己为什么会在这里？疯虎嗅着香味，甩着头，努力想着前后。他记得在囚车里目睹卫兵队长变成了触手怪，众人又被骨燃及时拯救，还有那个阿西卡女巫。她是如此清秀，嘴巴图案的挂饰一直在她胸口摆动……我不是在萨兰教的地方么？他右手摸着额头，陷入沉思。

“别想了，来么。”南塔还在使劲吻他，而有什么东西开始让疯虎觉得不对劲。光线晃动的房间内，有一只硕大的黑色蝴蝶，贴着他的脸飞了过去，带着紫黑色的粉末。它显得非常违和，完全吸引了他的注意力，他和南塔都盯着黑蝴蝶，楞在那里。

眼见它扇动翅膀，飞了一圈，又绕过顶灯，最后停留在南塔白嫩的右肩上。两人完全停止了动作，疯虎则专注地看着它，这并不常见，如此正常的“蝴蝶”，自己只在巴比伦的古籍里见过，属于人类消亡历史的一部分。它比虫摩们可漂亮太多，又如此硕大，大小超过了自己手掌。乌黑的翅膀还闪烁着诡异的磷光，而且上面的图案……它像个卷曲的棒子，头上是弧形的旋涡线，打着卷，又在几条紫色光斑尽头变成菱形？这，怎么像个骨纹？？

“南塔，别动，让我仔细看看。”疯虎心里有点发毛，他伸手想去抓那只大蝴蝶。她点点头，努力让肩膀不动。他粗胖的手指碰到蝴蝶的瞬间，它忽的变成了粉末，一部分向右散开，更多的洒在南塔肩上，脸上。

“天哪！怎么回事？”疯虎一阵慌乱，想用手掸去心上人身上的磷粉，碰到的瞬间，他像被烫到一般，弹开了手，那是瞬间感到的高热，从粉末传来！

“好疼！三杯虎！救我！快帮我弄掉！”南塔甩着双手，想用力甩掉身上的黑色粉末，脸上带着迅速蔓延的慌乱和疼痛给予的恐惧。

还未等疯虎做更多的反应，粉末化为的黑烟就渗入她的皮肤，并像墨汁那样在皮下蔓延开来，从内透出紫黑色的晕块。颜色格外的美丽，像夜空中黯光的传播移动般，快速从皮肤内向外，扩散成更多的黑晕，并爆裂开来！

更大的惊叫声，又立刻戛然而止，南塔就这样在疯虎．汉谟拉比面前化为了碎片，散成更多的黑烟。

他完全瞪大了双眼，张开的嘴无法闭拢，声音只是被塞在咽喉深处，久久不能说出一个字。

“啊！……”一个无声的惊呼，疯虎从这个难受的梦魇里醒来了。头顶还是萨兰教难看的草编吊饰，他摸索着翻了下身子，借着帐篷的微光，能看到周围熟睡的几人。他叹了口气，抓了抓干燥的头发，糟糕的噩梦，即香艳又可怕，真难以形容，幸好没有吵醒其他人。

再次调整在被子里的位置，他感觉右手有点瘙痒和刺痛，便对着光看了一眼。一阵疑惑，他眯着眼又看了几次，自己右手食指和中指不知何时，有一截变成了紫黑色，像是被夹伤的淤血。但这也太严重了吧？自己怎么会没有察觉，难道是在大坑里被那个降临者汁液腐蚀的么？明天要找图腾师拿点草药处理一下。他这么想着，打了个哈欠，睡意再次猛烈袭来。疯虎对空合了个掌，希望这次不要再被梦魇，他拉了拉被单，又闭上了眼。

亚西美翻过身，背后的一阵凉意，让她突然惊醒，帐篷是半开的。她发现周围除了潮湿的味道，靠近地面的位置还充满了雾气，这并不是密雾的季节。

多数人在二楼的吊床上熟睡，只有亚西美几人睡在一楼地毯上，靠近火盆的位置。众人都没有动静，只有那个人类胖子翻了个身，却又失去了动静。她测过脸，看到帐篷外有个影子，正压低身子，贴着帐篷在行走。

“是谁？敌袭？”她借着一些微光，扫视身边，发现睡在一层的人，似乎少了一个。她抓过盖着的外套，和右手边的虫笛，轻声地爬出睡袋。

撩开被风吹得抖动的帐篷门帘，亚西美看到有个不高的身影，身着萨兰教长袍，已钻进浓密的雾气之中。四周是飞舞的雨鸟，这些蓑羽科的家伙，除了制造湿气，就是聚集在潮气密集之处。而这次，数量这么多，着实让她意外。

亚西美轻吹一声，唤来自己的虫，它们停在她肩上，带着少见的焦虑，虫须不停摆动着。她用手指轻轻抚摸角奎的头盖，拉上衣领，走进雾气之中。

9

天明时分，库玛利便带着三匹影驹到达帐前，随同的还有她的弟子，希琪哈。让希琪哈吃惊的是骨燃正站在帐篷外，出神地望着天空。“万变大人？这么早？”骨燃微点了头，从他离开黑格开始，睡眠变得越来越少。过多的睡眠，会让他感觉内心的某些地方开始失去控制。

“出发吧。”很早苏醒的骨燃，已经发现队伍中少了几人，不过眼前并不是他关注的重点，尽快赶到目的地才是。

泊泊桑位于影木沼泽的东北部，要穿过两处密林，蜿蜒的沼泽湿地，如果步行需要三天，但如果是骑影驹，只需要一天时间。

泊泊桑建立在水泊之上，这些闪亮着绿青色光芒的液体包围着这座城市，它们曾经都属于萨克瓦利身体的一部分，水生气根植物在溶液水泊中生长的格外高大，十几颗从根部就缠绕在一起，向上猛烈生长，每一组都如同被巨人之拳捏紧一般，而泊泊桑的建筑群都造在它们的顶端。

泊泊桑，意为“湖泊上的城市”。城市的四分之一被藤蔓包裹，它们的养分来自绿光湖底的源头，萨克瓦利的头。那些富含养分的植物精华还在从切口中徐徐流出，并从湖两侧分出的多条支流，影响到苦足西南的大片土壤，也包括部分影木林沼泽。

和教主亚藤巴的传说中所叙述的一样，泊泊桑是萨兰教人驱使傀儡建造起来，亚藤巴与傀儡的首领--卡利古拉达成了一条契约，使得这不可能的任务完成，将隶属于萨克瓦利身躯的几个部分移来头部，成为种植“顶天塔树浮屠”的养料。

于是，这颗第二高度的拜迦巨树，根系于萨克瓦利的头颅，缠绕四周，在绿光湖参天而起，成为了“泊泊桑”这座城市的核心。

影驹的速度非常快，库玛利带着骨燃几人，一天就到了泊泊桑，随行的还有库兹诺克以及强行要跟随的疯虎·汉谟拉比。凯图古利负责在影木林殿后，而因过界事故导致虚弱的希琪哈也被几名祭司送回了泊泊桑。

骨燃看着影驹在绿光湖泊，踩着布满发光的路，快速环绕拜枷树上的环道，向上攀行，不禁叹了口气。库玛利问道：“万变大人，怎么，突然睹物生情？”骨燃望着拜枷树，说道：“这样的巨树，曾经高阳族属地也有一棵。”他停顿了一下，语气又回复了平稳。

“是四浮屠[20]么？”库玛利问道。骨燃点了点头，高阳族的猩红破月，奇藏目的夜神木，达巴和泊泊桑的四棵巨型拜枷树，可惜……和高阳族的辉煌一同消失的，便是这参天的旗帜。“都成为过往云烟了……”

“青髓可真是识货啊，她跟你们定了多少影驹？”库兹诺克问道。他刻意打断了关于浮屠的话题，让骨燃陷入太多高阳族的回忆在此时并不合适。无论是奇藏目的夜神木还是高阳的巨树，都在战争中化为乌有了。比起其他人，库兹诺克更能体会骨燃对部落血债的伤痛，而奇藏目又是从何时，沦为一个雇佣兵民族的。

他右手提着缰绳，让影驹的速度微微放慢，以便在逐渐向上的环道，减少一定的颠簸。影驹的黑色沥青皮肤下是可以轻易拉长延展的再造筋骨，培育沼泽中的养分籍由黑影武装，包裹比湿和植物，动物残骸组成影驹强健与硕大长条的肌肉，这一切都被黑色皮肤紧密包裹在内部，以骨纹驱动，能够高速长途跋涉。

众人行至盘旋而上的路，到达第二个平台时，浮屠巨树的侧面，藤蔓耸动，发出钝物连续摩擦的声音，而且越来越近。影驹发出一种咽喉混合的水流声，它们都齐刷刷地在平台处停了下来，似乎被声音影响了。

“这是什么？”骨燃问道，他手抚摸着影驹的脖子，显然它已经完全站定，不愿意再动一步。

藤蔓剧烈震动着，钝物声愈加响亮，几个庞大的身形，从下面而上。

骨燃在散朵临不止一次见过比湿巨人，它们是比湿群寄宿在草木傀儡上操控行动的一种群组。但如此庞大的，他是头一次见

20　古盖亚书记载：“阿育王起浮屠于佛泥洹处，双树及塔今无复有也。”骸族人延续了古教典，将四颗巨型拜枷树以“浮屠”称之，象征其不灭的信仰。

到。

“我们用它们来运输货物和资源。”库玛利笑着说。

这些墨绿色的巨型比湿更像是移动的沼泽，它们复杂的结构被隐藏在覆盖全身的潮湿植物下，只能看到壮硕的剪影身躯。

骨燃看着这几只大物背着大小不一的包裹，顺着浮屠树主干向上爬着，刚才的震动是它们传来的。其中一只在他们一行人面前停留了片刻。这团墨绿色的巨人有着扁圆的头颅，两侧各有一排细小的梭形眼睛，它侧转着头部，接近快要脱臼的角度，盯着骨燃等人。它身体表面布满潮湿的地衣，草本植物，同时比湿的本质驱动着它们，藤蔓，枝丫，叶片都在呼吸，运动。萨克瓦利的植物精华让这些绿色巨人永续活动着。

它们宽大的肩背处，每只上都有一小处牢固的鞍座，一个对应的培育师来控制比湿巨人的行动和方向。骨燃面前这个身形偏小，坐在控制鞍座上的，几乎一半被巨人脊背遮挡了。他透过绿色护目镜，与骨燃对视了几秒，便右手一拉缰绳，驱使巨人继续往上爬行。这队运输巨人远离众人视线间，整颗浮屠主干上仍带着微微的颤动。

在它们完全远离之前，骨燃扫视着那些包裹，几个一堆紧紧绑在一起，外面还包着浅灰色的布料，上面干燥无比，边缘也没有任何拉丝，这并不是为了防水或者加固盖上去的布幔。他看了眼身边的凯图古利，他立刻点了点头，轻声说：“是的，这些货物上布满了骨纹的印阵。”

骨燃右眉向上扬了几下，笑了笑。果然，萨兰教的贸易，除了弃子，还有更多的秘密。“我们继续吧，从这里到浮屠顶的大屋，还需要一会儿。”库玛利说道，她显得有点着急。骨燃点了点头，他向身边几人挥了下手指，拉紧了影驹的缰绳，继续向上攀行。

路途中，骨燃并没有说什么，但在他脑海中，一直闪回最后看见的图像，并浏览细节。那是其中一堆包裹，在布料露出的一角下，他看见棕色的木箱，精细木料上露出的字样。

“B.D”

这是他非常熟悉的字体和缩写形式，骨燃皱了皱眉。蓝菱，这些东西将摧毁骸族本身。此时，影驹毫无征兆地停了下来，它们漆黑的肌肉紧绷着，速停的压力被其中的液体神秘吸收了，一行人毫无感觉，无声息地停在了浮屠的顶层。主干的终点，萨兰教大屋门口。

第四章
诵与枯槔

1

这个梦，诵·阿努拉很熟悉，在那个熟悉的地方，熟悉的角色和光影。事情总是那样开始，最终结束却一直不同，而在梦境里，她总是看着自己，在不存在的时间里，发生的事情。

她的视线又聚焦到了这把诛摩刺上，闪光映照着上面每一段尖刺，它被握在一只苍老的手中。在那个瞬间，阿赛锡德手中的“诛摩刺”停了下来，蜂鸣的震动还在继续，刺柄在他手中颤动着。一滴汗从他眉毛之间流淌下来，阿赛锡德能清晰感觉到这逐渐冰凉的汗滴划过脸颊的感觉。

而更大的寒意来自他授命要暗杀的对象，眼前的少女。她大半身都被白色虫皮鞣制的衣服遮挡着，金色的双眼透过三角锥状的兜帽，凝视眼前的刺客。白色罩衣外的藏红色长袍上挂着的星形吊坠闪着微光。

“你是来履行自己的使命么？巴比伦的阿赛锡德？”橙色瞳仁的少女轻声说道，即使面对能一击毙命的“诛摩刺”，她依然没有任何表情。此刻，阿赛锡德觉得自己面对的并不是单一的少女。这个金图族圣女，娇小的躯壳中，似乎装载着不属于这个世界的东西。或者说，一种超出他们肤浅常识的“生命”？

诵·阿努拉，作为金图圣女，在圣典的时刻，内心中年幼的她还在彷徨。而父亲宣布灌顶的瞬间，那个熟悉的光芒与声音靠近并包裹着她。这让恐惧，喜乐，还有一些悲伤都消失了，以至于，在面对刺客的匕首当前，诵的心中更多的是平静，甚至是熟悉。

她在第一次接触到光芒的时刻，便知道，自己见过这一幕。

又是它们，纠缠不休的闪回，碎片。

“一个陌生的身影刺中自己的瞬间，那些记忆，喜乐，悲伤都从伤口中喷射出来，并不是血液，只是白色的光芒。”从被刺中的瞬间开始，诵与姆神的链接便快速失控了，温暖的感觉与她的声音都开始消散。

无论多少次，诵在每个时空，每个时刻，都记得这柄闪亮的“诛摩刺”，有多少个她看到的瞬间，是被它刺中的一刻。

诵·阿努拉看着面前的刺客，她的平静让阿赛锡德倒退了两步。阿赛锡德·哈赫特几乎要咬伤自己的舌头，他的一念之差，并没有刺下去。但眼前的年轻少女，与他对视的双瞳中，除了平静，充满的是毅然赴死的决心。

这就是金图人的圣女么？如此神圣美丽，也如此的……可怕……阿赛锡德握着诛摩刺的手更紧了，他仍记得拉特穆在白狮厅最后说的话。双眼熏黑的拉特穆·汉用他的疯狂眼神瞪着阿赛锡德，语调生硬但尖刻。

“我知道，阿赛锡德，我很清楚。你的儿子，多么有冲劲但缺乏琢磨的年轻人，我真的可以指导他一下。”阿赛锡德记得，说到这里时，拉特穆刻意笑了一下。他用手指在脖子上划了一下，说完最后的话。“匕首只会在一处划线，刻上美丽的红色，要么在金图小姑娘身上，要么在你儿子脖子上！”

“图拉真·哈赫特小朋友！”

“杀了我吧，阿赛锡德。”

诵·阿努拉从盘腿而坐的地方站了起来，她的眼神从白色兜帽下透射出来，逼得阿赛锡德快握不住刀了。

“你终结骸族，也将终结人类，或者，这没有区别。”诵空洞的眼神中闪着点状的金色旋涡，阿赛锡德知道，他看到的是金图人的奇迹，此刻，并不是这个少女的躯壳在与他对话，这是姆神与骸族神性大海的话语。此刻，他对那个在边境遇到的骸族人说的只言片语，深信不疑。“我们拥有你们失去的珍宝……你们暴殄天物的东西……”

“真可怜。”少女柔声说道，她把右手轻轻放在这位灰白头发的刺客头上。“这是我第三千四百次见到你，而你还没有救回图拉真。”

阿赛锡德瞪大了眼睛，他双手一松，诛摩刺朗声落地，在地上滚动了几下，停止了可怕的震动。“啊……”喉咙口的血腥味夹着气浪直涌而出，他不禁大声哭了出来。

诵·阿努拉只是微垂着头，看着面前痛苦的中年男子，和声说道：“你总有一次能救到他，不是么？”

“巴比伦和索诺恩的联军，很快就到了，他们只等着圣女猝死的消息。”阿赛锡德将诛摩刺对准自己的脖子，说道。“我终于明白了，如何救我的儿子。”他微笑着，一把刺入咽喉之中。

“结束即是开始，终结成就永远……”这是阿赛锡德最后一句话。

那些记忆，都是枯搡化为一片白砂后的第二年，金图族唯一的女神，诵·阿努拉跟随骨燃离开了本土，展开了生命的漫长旅程。

而重新回到枯搡，对诵来说，是过去想所未想之事。“诵，你必须亲自终结那个永续的诅咒。”这是出发前，骨燃和她最后说的，如同烙印般深刻在她心里，也是诵此行的目的。

成为骨燃的骨纹师之后，这是她重新揭开枯搡，被诅咒的过去。

诵·阿努拉勒停了影驹，环视四周。

越靠近枯椂，周围的空气和色调都开始发生变化。天空从昏暗紫黑色变得明亮起来，头顶只有硕大的剥幕在缓慢运转着，没有一丝黯光的流动。

当灵魂不再攒动时，仿佛时光也停滞了，头顶是死亡之黑，周围是沉寂之白。枯萎的故乡，即使离开那么久，依然给她心中重重一击。

那些声音，还会再缠着她么？这次，自己身边没有骨燃。

2

诵·阿努拉踩在一片白色石砾之上，即使穿着摩皮制的靴子，脚底还是能清晰感到咯脚的不适。从眼前的大路向前，大小颗粒铺满了眼前所及之处。她小心地继续向深处行进，石砾本身开始变小了，它们变成了细沙。

这片白沙连绵的区域一直向前延展，诵到处看着，如果没有记错，这是通往中央祭坛的圣典大道，曾经每时每刻挤满穿藏红色长袍的朝圣者，念诵着神圣的经文。

诵曾与他们同行，又曾在中央高塔俯视过这条大道，周围萦绕着转经轮的叮当声。而现在，只有空旷苍茫的白色，一阵方向混乱的大风吹来，带来深处的沙尘，形成的白雾让视野开始变差，诵拉起衣服的领子，用来遮挡部分口鼻。

她继续向前走着，大道两边的虫骨柱如今和融化的树胶一般，骨质混合着石块，都化成了粘液般扭曲，坍塌的曲线物体，下半段积累的凝胶状物。向上面伸展的部分如同倒转的巨大水滴，水滴中汇入不同的破碎残片，它们都在这一瞬间，被挤压，粉碎，同时融化，凝固。

诵叹了口气，她经过一座这样凝固的异型柱子，手轻轻地触摸表面，这已不是幼时熟悉的粗糙手感，凝胶状表面是动物脂肪般的手感，滑腻却不会形变。这些曾经都是白色巨岩和虫骨契合而成的祭典石柱，表面刻满金图经文。真言本身具有力量，将枯搡笼罩成驱散邪恶之路。诵用右手指轻戳这凝胶最鼓出的部分，它只是表层稍微凹陷了一些，手指离开后又缓慢地回复了原型。

“对生命的尊重，是对一切的尊重。我们塑造根基，为姆神献上土地的所产，骸族的根基，是一直以来对这片土地的爱，尊重和共生。”诵·阿努拉仿佛还能听到父亲豪迈的声音，在每个祭典的时刻，那那西举起手中的权杖，对着族人大吼道：“骸族一切的根基，源自土地，与土地的共生，才是我们部族之道！”

这些融化的真言柱中间，曾是祭典的宣讲台，诵的父亲每次热血宣讲金图塑根派宣言的时候，都站在此处，她现在脚下的白沙之地。曾经，层层台阶直达高处的平台，四周堆满了信众送来的鲜花，但现在，这些都成为了灰色，瘫软如同被冰冻的泥巴的一坨坨，难看又散发寂寞。

“我们祈求圣女保佑，给予我们健康，永远的福乐……”声音又开始了，从诵的内心中涌起，在这片苍白的死地，蔓延出来。光芒的折射中，带着烟尘，诵看到一些声影从不远处走来。诵瞪大了眼睛，惊呆了，迎面而来的这群人，他们披着熟悉的白色长袍，半曲着身体，左手摇着铃，念念有词。

这不是被遗弃的地方么，怎么还有人？枯橾的信徒们，不是都在那片毁灭中消逝了么？不……诵眨了眨眼睛，她看到那些人影走近她，直至穿过自己，留下细碎的烟尘。那群人有老有少，神情中充满疑惑，在靠近的瞬间他们成为了半透明的幻影，从中间向周围碎裂散开。

“不……”诵立刻向后退了几步，幻影又聚合起来，人群继续向她身后走去。几步内他们停了下来，看着不远沙尘中走来的另个影子。诵走了几步，她瞪大了双眼，和人群的影子一样望着另一个幻影。

她看到了自己，不……应该说是曾经的圣女，诵·阿努拉。熟悉的白色尖帽，披在长袍上的缎带上是闪耀的金图骨纹，这个自己就这样沿着大道走来，目光平静，双瞳中能望见的只有深邃的虚无。身边两名随从高举着六边形的尖顶大伞，如同塔顶闪耀金光。

她在白伞之下，徐徐而来，全身泛着光芒。

那是与姆神合一之后的自己……十六岁的自己。此刻，记忆的闪回滚滚而来，充斥诵的内心。

3

那一刻，十六岁的诵·阿努拉即将成为姆神的化身了。

自己通过考验，成为被姆神亲自授记的圣子，一种转生者。普通的生活即将结束，接着诵要面对的是自己背负的未来，作为姆神的分灵，代替她在大地行走，感受，给予信徒力量。

而那那西·阿努拉作为监护人，成功地被选为金图族的新首领。

两名金图祭司提着铁质的香料瓶，以缓慢的速度，携带着燃烧的烟雾，绕着祭祀大殿行走。香味弥漫整个殿堂，诵稍稍捂着鼻子，香味过度浓郁加上一些潮湿的异味，长期坐在这里，实在不好受。

“女神，请给予我们臣民光的加持。”此刻，那那西跪倒在金图人的女神–自己的女儿面前。诵全身被纯白色的长袍包裹着，瘦弱的肩上是虫骨支撑的肩甲，作为成人的尺寸可能更加合适，它向外扩张着，骨头的空隙处还缠绕着向后悬挂的长布蔓，穿戴在诵身上显得格外庞大，却增加了奇特的庄严感。

诵并不反感自己的身份，也不惊讶，她只是接受。她知道，随着之前的那种体验，姆神的一部分已经和她融合，一种光芒感的物质浸入她的内心，并成为一枚散射光的种子。当那道光芒开始降临，从她的内心向外发散，诵发现黑暗的房间内充满了光明。

这是从未有过的光亮，她能感觉周围一切都消融在白色之中，黑暗大地稍有的温暖白光。诵盘腿坐在那里，父亲消失了，房间也消失了，四周的空间无限延长，变宽，而时间也消失了。

她只看到自己坐在祭典台上，光带如同河流或是柔软的绸缎，如流逝的事件，在诵面前缓慢而过。在此之中，没有变化的是诵．阿努拉和光芒本身，还有一团人形的光芒，她在这停止的时间与空间中看着诵·阿努拉。

母亲，是她童年欠缺的东西，诵甚至对这个角色毫无记忆，用父亲的原话来说："你母亲是一名金图的祭司，她对姆神有天赐的感应力，能进入光之领域的只有她。产下你后就去世了，我相信你继承了你母亲所有的天赋。"

"我也有这种天赋么？爸？"幼年的诵曾这样问那那西．阿努拉，金图族–塑根部族的族长。她的眼中只有这个年龄的纯粹和对父亲，这个伟岸人物的十足信任，尽管对母亲的一切只建立在睡前故事的短小描述里。但诵在心中组合母亲的一切，是她一直在做的，依靠这些所有的残片信息。她有着青灰色的中长发，身材娇小，喜欢看着父亲主持骸族的大典，对诵复述每句关心的话语。她爱坐在村落中，那张长藤编织的椅子上，洗菜，同时用摩肉，雨鸟，比湿，植物熬出超赞口味的杂烩汤。

"即使我忘记真言，也不会忘记你母亲做的汤味。"那那西这样和诵说。他抚摸着女儿的头，说道："你是姆神的降生女神，是你母亲亲自鉴定的，当然与众不同了。"诵的母亲作为首领的妻子，是部族的姆神祭司。"她是不会弄错的。"

而现在，面前的光芒，给予诵这样的感觉，仿佛那些关于母亲的残片都聚集在这光芒之中。

诵·阿努拉感觉父亲的形象也开始模糊，取而代之的是对那那西这个生命，一连串的分析。这个金图男人隐忍，强韧，有能人之处，却自负冷傲，只有很稀有的时候，能感受到父女之情。这让她开始产生不悦，她并不想丢弃这部分，关于和父亲一起走过那些通道的记忆。这些她心中少量的温暖。

"你不能拿走这些。"诵对人形光芒说。她能感到光芒仍在融解自己，并不是身躯，而是整个灵魂在消融进这耀眼的白色中。"这些是属于我的记忆，我存在的意义！"

"我的女儿……"那是她熟悉的声音，真的是母亲的声音，从光芒中发出来。

"真的是你吗？妈妈？"诵·阿努拉的眼前，光芒竟开始清晰，转变成她模糊记忆中的母亲。

"是我，也不是。"母亲的声音回答，她的脸没有表情。"这只是你希望看到的样子，女儿，而你必须要迎接这一切的变化。"震动还在继续，她的感受越加强烈，光芒在从她心里取走更多熟悉的东西。诵努力抵抗，换的是心中阵阵剧痛。

"你不能拿走他们！"她感觉自己声音开始变得尖锐，嘶哑，她在努力与那道光芒分割开。

那声音继续说道："放松，我的女儿，你只是要和我们拥抱在一起，成为一切的管道。"环绕诵的光带变得更具生物性，它们如同影木林沼泽中的触手，从各个角度缠住了她，更多的画面开始展现在她面前。

诵再次看到了那个白色的球体，而自己似乎离开了祭典台前的身躯，整个处于球体之中，悬浮在如同液体的虚空之中。

光变得固态起来。在诵·阿努拉可视的上方，光束变成了乳胶材质的半液体，垂直滴落下来，在这空旷无边的场所划出一条笔直的线。

光滴就这样毫无征兆落在诵的眉心，冰凉但不刺骨。"叭，叭"直线而下的光滴击中眉心，便以瞬间蒸发的速度，浸透她的额头，沉没入内。

诵的身躯颤动着，她此刻迫切希望停止着倒带般的记忆消逝感。而片刻后，光滴像是进入了她的心中，还震起了华丽炫亮的光环。倒带感消失，接踵而来的是大量画面的填充，在她脑海中，双眼前快速闪现着。

她看到白色尖顶兜帽戴到了自己头上，金瞳的自己看向这里，冰冷地说："你将预言很多，但无法预言自己。"下一秒，水波闪过，眼前的景象成为烟尘，飘散而去。之后显现的是诵看到自己盘腿端坐在祭台之上，周围是昏暗的烛光，眼前是一片下跪的人。他们披着藏红色长袍，低头吟唱着。晃动的光影里，诵看见人堆中有人缓慢站起来，绕过几排人，向她的方向而来。

她听见一种细腻的旋转声，或者该说是一种蜂鸣声。一丝闪光划过她的眼睛，诵又听到自己的声音，冰冷地说。"那是你必受的一击，命中注定的。伤你之魔永远出自内在之处。"

在突然急速向她奔来的人手中，是一把闪亮的诛摩刺——奇藏目人的暗杀工具。它的核心部件正旋转着，那声响便来自于此。

她看到刺客的双眼，那熟悉的褐色，温柔的瞳孔，让诵心中一阵晕眩。闪光又带走了画面，她看到的是父亲的侧脸，他一直在下降，下降，而周围的一切，枯搡城都在碎裂，柱子化为粉末，人群变为烟尘，一切归于虚无。

此时，一滴眼泪流淌下来，和光滴不同，它是温暖的。诵内心反复刷过一句话："父亲，那……谁来拯救我呢？"

"滴答……"

湿润感完全消失了，她缓过神来，还是平静地躺在光带之中，头顶耀眼的光芒消失了。相反的是，她感觉那些光滴在皮肤下流动，直至心脏，遍布全身，最后充满了自己的一切。包括她宝贵的记忆，当下的感觉，对父亲的回忆，母亲的图像，全消失了。

"未来在此。"她说道，双眼平视，瞳孔中是流动的金橙色，姆神的眼神。"我的命运开始流淌了，如同枯搡的命运。"周围暗淡下来，她缓缓披上长袍，拉上兜帽，一步步沿着光带走出去。

诵·阿努拉，唯一要去的地方，只有祭典台。

时间也咔嚓咬合，一切在等待，恰到好处。

诵眨了眨眼，回到此时，自己呆站着，看着这个幻影，十六岁的自己，正温和地摸着信徒们的头，回应着他们的祈求。是的，这是父亲一直希望的，维持这个流程，不让他们绝望。

"请赐予我们光与勇气，圣女。"幻影们停在那里，跪了下来，双手合十，全身贴着地面。诵·阿努拉知道他们需要什么，这些话，过去自己听过很多遍。那些真正需要他们从心中产生的东西，却永远在和神祈求，等待是他们唯一做的事情。她叹了口气，你们总是和我祈求那些我给不了的，姆神也给不了的……你们要这个，要哪个，始终也不明白自己要什么……

诵看着十六岁的自己，毫无表情地抚摸那些信徒的头顶，如同他们抚摸姆神的躯壳一般。她记得那种感觉，接触到那一丝表层，便感受到他们一切的愿望，或者是欲望，那是层层的漩涡，疯狂向她索要构成她生命的所有光芒。

“你满足不了所有人的愿望，诵。金图人的神已经死了，你的生命会枯竭的。”她的内心浮起骨燃·炎嗣在那一天，站在螺旋贝石柱下，说的最后一句话。

眼前更多的人影在行走着，忽闪忽现，他们都向着一个方向而去，过去闪耀的中心地带，灌顶正堂前的高塔。这光景和枯橥毁灭前的繁荣没有区别，只是眼下的，只是重复播放的幻影而已。

人影穿过诵，持续向前，半透的他们缓慢碎裂，在化为乌有时竟变成黑色烟雾，烧灼般向白色砂土蔓延，所经之处，变成一块块向前褪去的黑斑。灰烬如同喷洒的墨染，在融化的苍白废墟上留一下灰暗的小坑。

最靠近诵·阿努拉的人群幻影转瞬坍塌，黑雾像纱幔一般罩住一团溶解的柱子，所触之处竟快速凹陷下去，如同一个开采许久的深坑，漆黑无比，还深不见底！

这……诵心中一凉。

“日落之时，那些紫黑色的影子笼罩着一切，从幻梦中来到外面，让我们无法分辨。”她想起骨燃常讲的睡前故事，噩梦蔓延的片段。和他担心的一样，“那件事”的影响开始加重了……

她快速向前小跑着，避开几个眼中的黑雾区域，脚下发出轻柔的“扑哧”声，白砂上留下浅浅的路径。前方是更多的人群幻影，这群记忆闪回依然整齐划一，徐徐迈向过去的高塔。

半段高塔的幻影在眼前时隐时现，隐藏在下面的是它真正的样子。融化的它，此刻像一摊形状怪异的动物脂肪，伫立在诵的面前。

诵缓缓跟随着闪回的人潮，他们裹着长袍，维持着记忆中的神色，穿过高塔的幻影，化为白色的光球。这些朝圣者的影子，一靠近塔的“残片”，便和融入水的乳液一般，产生一个个震开的波纹，随之消失了。

“奇怪，他们并没有变成那些黑雾，在塔残片的表面，有护罩那样的东西阻隔了噩梦的蔓延么？”她用脚轻轻擦去地面的一些白砂，不出所料的是，围绕过去的高塔，周围呈环状排列的防御骨纹居然还存在，想必是它们发挥了作用？有些力量依然沉睡，如父亲所说，隐藏在这座逝去的圣都之下，被骨纹保护。

诵叹了口气，自言自语道：“看来这里不仅记忆无法消散，力量也仍在聚集。枯搡废墟成为了特殊的灵枢啊……”

4

诵·阿努拉继续向前走着，她拉低了兜帽，遮挡那刺眼的白光，所有的白色尘埃和砂土反射着黯光，整片废墟如同银色镜面。她从腰间的摩皮口袋中取出一个精细包装的软袋，中间放着一块菱形的金属物体，这是父亲曾经交给她的，关于那个秘密的钥匙。

诵看着菱形中心的图形，它由多道闪电纹组成，正中刺穿一个骨纹组成的文字序列，她知道这与“环”有关，与枯搡的那一天，金图的宝藏息息相关。“女儿，当那一天来到时，姆神与你同在的部分，会帮你激活它，重新运转静止的时间。”

她翻看着这个“钥匙”，父亲并未明示如何产生作用，她只记得一切与“姆神之泪”有着关联，那充满乳白色光芒的卵状结晶体，也曾布满朝圣大道。那些光晕即使被沙土覆盖，依然能够穿透出来。

穿透！

诵·阿努拉突然想起了什么，她转动着这片金属符纹，中间的闪电纹样呈呼吸状脉动着，而光亮比刚进入枯搡时更强，这果然有些关系。她看着前方，穿过这片融化变形的真言柱，就是朝圣大道的中段了，从中央广场开始，直至灌顶正堂，四周都曾装饰满了姆神之泪。如果诵童年的记忆并未出错，“钥匙”打开的秘密就在灌顶正堂的下方。

灌顶正堂，在中央广场之下，一座密闭肃穆的建筑。它整体呈长尖柱形，以朝圣人群的角度来说，就是从地底直起，刺向天际的尖针。而现在，它已被融化成一团的烟雾状残骸。

诵看着这块残骸周围，砂土下仍然透着“姆神之泪”的光晕，它们呈菱形排列，围绕基座遗址整整一圈。

终于，她发现唯一一处不会呼应金属符纹闪光的地方，在光晕围绕的基座处，有一小块地方，并没有姆神之泪镶嵌在此。

“A-Ya-N！”诵·阿努拉用左手对着地面，发出一个简短的音节组合，这是一个震荡真言的念吟。同时，一股气浪冲撞地面，一小块区域的白砂都被冲开了，大片扇形地表露了出来。熟悉的白岩地砖，中间是精密的切线，每条线交叉处，都有块“姆神之泪”，而有一处，三条切线聚集点，是一处凹陷的浅坑，那是一个菱形的装置。

她笑了，就是这里，“钥匙的接口。”

诵将“钥匙”贴近那个浅坑，轻微的震动传到她的每个手指，而钥匙仿佛黏连着她，一同被吸纳进这凹陷的图形中一般。脚下的白砂向四周快速褪去，露出覆盖下的真实颜色，环状铺设的白岩地砖正中，凹陷下的平台，是一种浅灰色的陌生材质，坚硬又平整。

眼前的地板，目测是类似剥幕钢的坚固材质，脚底却传达给诵一种不安定。这让她想起童年，站在枯橼立柱上，向下看着人潮，身体不自觉地和风成为一个节奏，微微颤着。一阵碎块相撞，重物移动的噪音之后，脚下的地台周围排出一阵灰烟，向内收缩了一圈，并开始向下沉！脚底居然是个隐藏的圆形装置，它开始向下移动。

地台下降到一段距离，轰隆一声停止了，它产生了一个桶状的空间，诵瞬间陷入了黑暗之中。“Xa,Ger……”她打了个响指，正要用骨纹点亮四周，却被某种拉丝般轻微的小声打断了。几条蓝色的光束从黑幕中扫射出来，从她的头顶而过，经过鼻梁向两边划过，又转向胸部，沿着腰侧向下，贴着小腿回到地板。“咔叮”一声，光束环绕了地面一圈，点亮了整个空间。

“类型–容器，检测……通过……”是个诵熟悉的声音，从空间某处传来。

诵·阿努拉再次感到下沉感，正中的地板开始变成透明，她能看见多层圈状的结构在下面转动着，它们围绕着同心圆的轴心向四周转，并发出清脆的撞击声，如同古老的乐曲。姆神在上，我的天！父亲在枯橼下面藏的是个什么？

桶型空间开始缓慢向下方而去，周围像朝雾退散一般，光束在全透的空间内外穿梭着，诵半蹲着，双手扶着空间透明的内壁，努力向外张望。八个拱顶包裹门型的结构，自上而下延伸，衔接垂直棺椁般的立碑分割了整个空间。表面材质接近剥幕钢的硬度和灰黑色，却有着不同的反光度，她几乎能从弧面上看到桶形之间的反射与切成一块块的自己的脸庞。

当然，这并不足以为奇，真正让她注目而无法移开视线的，是所有门型结构中的雕像。它们有着宽长的颅骨，向外尖突的下颚间突出多条宽长的触须，额头下方环形排列多对闪着紫光，充满邪意的眼球。

雕像们呈现不同的动作，但整体身躯都摆出向上抬举的手型，而身形随着房间自上而下，由伸展变为蜷缩。诵皱着眉，手不禁摸摸鼻梁，一股不舒适感油然而来。这些恶心的建筑配件，像是在展示一幕某种生命的进化史，只是她浏览的是逆向的时间轴。

它们组成的连续动作最终一幕，是缩进了一个球形巨卵之中，浑圆漆黑，表面只有少量工整切线，装饰着它们。

同时，伴随着咬合声与轰鸣，桶形房间停了下来。全透明的墙壁上闪出几条切线，聚集在中间，形成门的图案，向两边退去中，打开了房间。

诵顺手拿走了"钥匙"，房间立刻暗淡下来，墙体变成了实体——她熟悉的岩石材质。眼前是一片更大的空间，只有微弱的光芒闪烁着，手中脉动的"钥匙"发出光晕，她知道，这里的地板和墙线又布满了姆神之泪，呼吸般的共鸣一直在持续。

伴随诵和"钥匙"沿着长廊向前，姆神之泪逐渐点亮，两边形成闪耀的光带，一直向前。

5

此刻，诵·阿努拉想起父亲给自己讲述过的一个故事——关于白砂之下的宝藏。

所有的金图人成年前将接受一份挑战，穿过赛纳拉那兹的"蛇牙地"，通过"恐怖之谷"，最终到达枯搡中心，接受姆神的审视。诵还能清晰地想起自己牵着父亲的大手，走过空虫骨头拼贴铺陈的白色大道，两边是高大的姆神雕像，圆形蜷曲，但充满力量。在考验日到来前，她并没有亲眼见过姆神，相信那些三步一拜的狂热信徒也没有，这一切只出自金图长老之口，那些圣言。

“姆神给予的，是来自你内心的力量，它和其他神祇不同，是终极属于你自身的。”那那西·阿努拉是金图族的首领，他沿袭了阿努拉家族所有的东西，包括能力，习惯和培训方式。尽管是女儿，诵必须接受一切要成为首领的训练和必要挑战。在金图祭典时，那那西会换上全新的白色短衣，脱下战时那破旧的虫革外套，在最外面会披上藏红色的半挂长袍，上面还充满了诵喜欢的焚香味。这些多叶植物果实制成的香料，将在姆神祭典扔进火盆，持续燃烧。而粉末会洒满街道和白色大道每一处，飘香许久，粘在人们的脚上，沿着朝圣之道，到达枯搡中心。

“被姆神眷顾之人，必将无损到达枯搡。”父亲总是那样对所有的金图人民说，无论老幼，从何方来，要穿过多少的障碍，才能到达这蓝色火焰永明的城市。

枯搡城曾是金图和巨骸族人的合作结晶，城市规模超过耶弥，以虫骨作为基柱的白色高塔林立两边，顶端永远燃着蓝色火焰。城市在黯光之下，如同白昼，诵在中央高塔顶端，看着那些穿着藏红色半袍的金图人，从各处跪拜而来。

“女儿，你看骸族的信徒，从四处来到这里，朝拜姆神。”那那西站在中央高塔的平台上，他已盛装完毕，准备迎接姆神的神降仪式。“父亲, 他们真的清楚自己在做什么？”诵突然问那那西。“这不重要，女儿。他们只是需要一个神的庇佑，能让他们面对无力的未来。即使这是个石像，或者是个化身。”那那西抚摸着女儿的头，说道：“不然，他们无法面对死亡之后，被剥幕禁锢的结局。”

祭典时的父亲是诵第二喜欢的时刻，胜于战斗状态的他，最美好的是带着自己，观看夜空的父亲。那个时刻，那那西只具有慈父的一面，没有首领的职责，也没有金图战士的仇恨。金图的灵言只有在祭典时，才是唤醒人们心灵的话语，其他时候都是杀人的毒药。诵一想到战争来临时候，有多少此刻跪拜在白色大道的骸族人，会脱下藏红袍，成为口吐诅咒的杀人魔呢。除了父亲之外，自己会有多少能力，来掌控和管理好这些狂热的生命呢？

当然，这些美好即将在接受自己的命运之后都会结束，这是那那西一直告诉女儿的。

“所以，当石像也没有效果的时候，就需要一个化身了么？”诵这样问父亲，那那西并没有做出表情，他只是抱着自己的女儿，紧紧地，双手在微微地颤抖。“诵，你再也不能这样和爸爸手牵手，走过这条大道了。”他这么轻声说着。“你将站在高塔，看着你的信徒，跪拜走过这条大道。他们需要这样一个唯一的形象。”

光芒中，又一个闪回侵袭诵，她在碰触中，更多的过往重现心中，比梦中还要清晰，将一切投射在眼前。她看到了熟悉的心塔，熟悉的宝座，还有那身让她失去自己的衣服。

那是十二岁她得到的命运。

她盘腿坐在枯搡城中心最高的心塔之中，数十名戴着尖帽，身披藏红色长袍的祭司正跪倒在自己面前。为首的金图族祭司已经将近八十，眼神迷离模糊，他用颤抖的双手支撑自己，努力跪在地上，向面前的这位少女献上最高的礼节。“谷物的精髓，黯光的力量，姆神的加持，终使你摆脱剥幕的束缚。”诵·阿努拉伸出右手，放在老人的头顶，给予他渴望的加持。她转头看了看右边，自己的父亲，金图首席灵言师，注视着下跪的人群，表情充满了喜悦和一丝诡异。诵知道，父亲终于得偿所愿了，将其他人踩在了脚下，她也再也不是一个女儿了，自己只需要做好这个神的转世者，就可以了。

诵又走入了那条被光芒笼罩的通道，一直向前，她是唯一能真正见证姆神存在的骸族人。姆神就在那里，通道的尽头是层叠向上的高台，在灰白色宝座的上方，是闪着光芒的她。姆神的形象是充满母性力量的女性，脸庞和身体的细节都笼罩在光的帷幕之中，诵只听到了充满磁性和温柔的声音。“我的女儿，你来了。”

“女儿？”在诵看来，这些亲密的称谓在某个时刻，都会成为泡影，就像父亲，现在他们见面只有女神和首领的行礼了。“你即将和我同为一体，我的一切将传承给你。所有的骸族人都是我的孩子，也包括你。”那团女人形态的光芒说着，几缕光带从总伸展出来，它们缓慢地靠近诵，沿着她的腰，胸，手臂向脸部爬去。

光带如同环形虫的触手，充满生命力和明确目的，它们缠绕着诵的脸部，又向头后而去，接着光带钻入了诵 . 的耳朵之中。那个瞬间，诵·阿努拉感觉自己消失了，她这渺小的个体，被一种白色光芒笼罩着，沉浸在其中。此刻，无数的声音响起，有男，有女，诵知道，这些是金图人祖先的意识，不沦为剥幕奴役，进入神性海洋，共同体的祖先，此刻与光和她融为一体。

“这种力量，能帮助我们在此立足。”下一刻，诵看到了一个巨大的球形身体，它横亘在一片人海中，众多的人身着藏红色外袍，焚香顶礼，向着这个卵型的东西，它称自己为姆神，元初的力量，与这片土地一样。“我们挖出来的是什么？”声音和影像一起，快速冲击着诵的内心。

“我触摸到它，能感觉到温暖。”“我听到它的声音，让我充满力量。”“我能听到它说，它的名字是 Memeh！”“母亲？她是大地的母亲？”各种呢喃声充斥了诵的心中。她明白，这一刻，她将承载金图族与姆神一切交融的回忆，无论是幻想的美好，还是真实的残像，姆神让她照单全收了。

这是个巨大的卵，外壳坚硬冰冷，庞大而接近天空，阴影覆盖了整个金图部族。剥幕在它顶上，露出残酷的黑色底部，那些交错的多边形结构还在缓慢变化着，发出刺耳沉闷的声音。

此时，围绕在巨型卵周围的所有金图人，都充满了狂喜。而卵的外壳开始发光，那是不同的纹样，一些从未见过的骨纹。诵在这段景象中仿佛是人群中喜悦的一份子，她靠近巨卵。触碰外壳，倾听声音，研究那些文字。“We,Ru-ca”，这些是古老的金图真言，原来是来自姆神的传承么？

白色巨卵的外壳光滑，细腻，手指触碰的感觉很奇异，很难想象这是一种生命的躯壳。诵看着四周，人群纷纷张开双臂围抱着巨卵，享受这愉悦的一刻。

接着，巨卵白色的外壳上出现了大量的线条，它们带着韵律，从中心向周围弧形展开，将巨卵表面分割成多片瓣形。每条曲线前端有立刻分离出几条新线条，辐射状散向周围。

线条切割的区块中，溢出的光芒白皙透亮，穿透雾气，照向天空，仿佛能刺穿剥幕的遮蔽，点亮昏暗的天幕。

但这一次，诵却看的分外清楚，巨卵中浮现的光芒逐渐呈现轮廓，那是一条条表面晶莹又滑腻的触手，它们环绕众人，从鼻孔，耳朵，嘴巴涌入体内。

“姆神”本身，每一份“复制”都将消除寄主的一切，成为一个纯粹的载体而已。除了完整的“容器”，其余只是“主意识”驱动下的“工具”而已！

而当初作为唯一“容器”的自己……她深叹了口气。“停止吧！”诵猛挥右手，这些景象破碎了，周围回到空荡，只有那些黑灰色的金属外壁。

紧接着，诵在那个地方看到了熟悉的声影，他高大壮实的身躯，苍白的长发从古旧的兜帽里露出少许，在有些干枯的脸庞前摆动着。他看上去和诵在十二岁时的记忆一样，果敢的金图首领，那那西·阿努拉。她险些觉得父亲还活着，但又立刻摇摇头，眼前的甚至不是诵记忆里最后的样子，他只停留在某个年轻的时刻。尽管他还是完整的，在脸颊，躯干和某些细节都透露着扭曲的边缘，呈现他只是个不稳定的记忆思念体而已。

诵立刻明白了，这个父亲，和她进入枯橼以后见到的那些信众，自己一样，是个碎片，某些时刻的碎片。伴随着父亲早已和枯橼化为尘埃的事实，带来的一丝悲伤外，一种喜悦浮现心头。父亲的碎片在这里，表示他曾经来过此地，这简直是留给诵的记号。从重返枯橼以后，融化的古城就以某种方式静静地开始复活，向诵 . 阿努拉传达必须的信息——找到她要找的东西。

那那西的碎片挥舞着双手，仿佛在说些什么，他吸引了诵的注意力。回溯从触碰开始，她右手碰到“这个父亲”表面，一切就像倒转的湖水一样，向外展开，构成一段播放的故事。

发着亮光的波纹如浪潮，覆盖在边缘破旧的残骸上，重新还原废墟的原貌。先前剥落破损的旮旯们，居然是尊尊细节精美的雕像，细节和她在下降中看到的那些一样。陀螺型的头部，该是口腔的下沿是一把把触手般的东西，像撕破的布条一样装饰在每一尊的嘴部。她知道，这些是骨燃提过的狗屁家伙们——“铸造者”。

一阵嗡嗡声后，她听到“这个父亲”说话的声音，那那西似乎在和某种存在对话。

他在正中放了一个水盆样的东西，该说更接近一种宽大的碟形物，它有半人宽，正中盛满了水状的液体。从毫无晃动来看，它的表面密度似乎很高。又一阵嗡嗡声，液体的一部分从碟形物向外抽离，逐渐形成一圈半透的膜。

那那西·阿努拉的脸上露出了狂喜之态，他确实听到了声音，属于“那些存在”，铸造者没有欺骗他。“我需要知道更多，那边世界的故事。”他仰着头，高声说着。

“你做的很好，金图的小鬼头，我们需要更多的灵魂，更多，更多。”声音说着，语调在苍老男性和年幼女性间频繁切换着。“剥幕拿走了太多份额，而我们在中间地带，被困了太久。”

“吐出更多的故事，我便给予更多的支持。”那那西说道，他在几尊雕像之间走动，徘徊着，与中间的影像对话。从雕像眉心向中间射出几束光芒，在碟形上的薄膜间，产生变换的波纹。液体随着波纹，改变着外形，像是沼泽内的变形生命般，最终形成了一张女性的脸庞，浮在薄膜之上。

她是诵·阿努拉熟悉的容貌，那张模仿母亲，在她走近那个高塔，见到的“姆神”。

她用母亲的声音说道：“我需要一个容器，完美的那种。”

周围又完全进入了黑暗，诵长呼了一口气，内心某处有些东西在继续枯萎，仿佛重回枯搡，只是为了让故去的碎片继续死亡。

现在，只有继续向前，穿过这沉没在黑暗中的长路。

诵沿着长廊向前走，她在黑暗中的视力恢复的很快，周围延续着墙和重复的雕像，它们之间偶尔会有些闪光，与她手中的钥匙呼应，短暂照亮，让菱形颅骨的雕像更加狰狞而丑陋。

她继续走着，“长廊”的确很长，在经历了连续如同假象的重复后，依然在继续。

姆神之泪在她手中一直维持平稳呼吸状的律动，突然一股震动，她不禁稍松开了手心。左右的雕像间闪过一片光带，它们在诵眼前碎散开，形成一小片云状的光膜，并快速变形着。

刚硬的长发，生削的眉弓，熟悉的背影，那是父亲的投影。“诵……拿着它，离开这里。”父亲表情严峻，他对着半空中说着，仿佛那里有自己的女儿一般。

“要快……”

光膜停顿了一会，又呈现了另一段。那那西抱着头，全身颤抖着。他左右探视，像是在逃避什么。“他们会一直蛊惑你……一直，一直的！”

“我感觉我……快疯了……世界有些地方，不同了……”

父亲继续说着，声音甚至开始嘶哑，接着，他笑起来，光膜也消失了。

眼前俨然是到达了尽头，又是一个半人高的石台，中间是同样的图形，聚集到中心的切线，形成的一个多边形凹槽。

诵慢慢抬起“钥匙”，一股轻微的吸引力，又是一处需要激活的装置么？

她左右环视了片刻，确实没有更多选择了。她小心地将“钥匙”放在中间，契合的完美无瑕，如同本身就该长在这凹槽里一般。

石台震动了一下，从“钥匙”中心，姆神之泪发出的荧光，像汇入枯河的甘露，生出的光芒汇聚凹槽，并流向辐射开的所有切线。切线变成了整齐的光带，它们沿着轨迹，穿过诵，向她身后而去。片刻，整个长廊被点亮了。

这确实像是父亲会干的事情，低调中带着花俏，看似毫无一物，却暗藏玄机。曾经谁也不知道，他在枯搡，要干什么。直至剥幕的初白，那看似的巧合，实际却是终结一段纷争的绝招。

诵甩了甩头，重新调整了呼吸。她看到石台前升起了另一段，它们之间现在变得没有缝隙，如同本来就是整段长方形的完整构造。

凹槽的一处缺口，对着一条直线，贯穿拼合的长石台，正中摆放着一柄器物。它通体灰黑，锤柄有半截手臂长，锤头更像是一整块冰包裹着中间的多边形。它就那么躺着，呼吸出冷气，迎接诵的到来。

诵·阿努拉停顿了片刻，她将手伸向了它。寒冬战锤，静静地躺在那里，摆放它的平台，却被覆盖在岩层般堆砌的冰片下，它在这里待了多久?

自父亲从寄螺族人处夺走后，诵并没有再见过这把锤子，她只记得那之后的父亲，那那西变得寡言，长时间待在密室，不知在做些什么。

年幼的自己只能次次目送他的背影，逐渐消失在视线中。

而如今，自己还能在这密室中，感受父亲曾经的痕迹，他的秘密，野心和最后的“日子”，与锤子度过的时光。

她轻轻摸上锤柄，它传达出的寒意，并未超出想象。相反，除了刚握上后的冰凉，当她五指握紧战锤，表面的冰层碎裂了，扩散在周围的寒霜，覆盖的薄冰像是收回锤身一般，范围变小，并逐渐消失。

诵着实吃了一惊，什么吗，“寒冬战锤”，它现在甚至是热的?锤柄乃至锤头，所有的冰层全消失了，如同被贪吃的孩子舔完的浆果汁一样，一点不剩。

她举起锤子，重量此刻也失去了意义，这肃穆寒冷的东西，在自己手中，失去了本身的相，如秋日之虫。该说它睡了？还是……死亡？诵扶了下右额的面具，两根手指探进去，微微抓了下。“那个地方”开始疼痛，该是连锁反应么？她想起骨燃过去说的某句话，在自己和父亲一起，三人静坐在高塔内，熏着香时，他慢慢说的。

“枯搡，始终是围绕你而成的……一个梦。诵，我和那那西，都不是织梦人。”

她又掂了掂手中的锤子，它表现的平静和趁手，真不像是破坏整个金图真言队的武器。现在如此平和，甚至暖和到感觉乖巧，难道你想离开这片诅咒之地么？

诵笑了，确实，最初如何带走这块冰坨的难题迎刃而解，仿佛是“寒冬战锤”自我的意愿。

然后，便是交还它，给予真正的主人。

6 崩坏的凡人之梦

撒克从黏连的梦里醒来，看着周围，它们和腻味腥臭的酸糖浆一样一直缠着他，不愿离开。

黑色的犬群，始终窥伺着自己，在提醒他，永远属于黑暗和虚空本身。无法脱离噩梦的他，正是生于噩梦之中。它们细长的身躯，像是延伸的黑雾，在梦境中间穿行，而三角形的头总是四处查探着，不放过任何一个生灵。

他决定要离开这里，去寻找没有噩梦的那片光亮。

“撒克，我们出生在这个黑暗之处，一生猎杀噩梦，也与它们共存。”老人看着白发少年，皮肤毫无血色的他，却有着在噩梦世界不曾有的闪瞳。即使是面对猎犬，它们会带走生灵的心火，少年眼中还是燃烧着明耀的光芒。

“在一个难以消灭的噩梦里，居然出现了一个光点。”撒克说道，眼神的光闪烁着，似乎隐藏着喜悦的心情。“我在一片紫黑色的沼泽里，猎杀困扰一名少女很久的梦魇，结果陷入了埋伏。”

他注视着老人，摆弄着手里的尖刺武器，那像是个漆黑的梭子，在少年五指间转动。“十几只猎犬，一生的敌人，生于噩梦本身，只想把希望拖入一切的深渊。”他停顿了下，继续说着，手里的梭子发出短促的嗡嗡声。老人平时颓废的双眼圆瞪着，听着少年最后说的话语。

“我差点完了，那个光点出现了。它逐渐变成了少女的人型，光芒四射，刺穿黑雾。那些猎犬就这样隐入了梦魇之中。”

“我要去找到她，光的主人。”

“真是太棒了，我好期待故事的后面。”这是男孩最爱听的，噩梦猎人撒克的传说，骸族古老的枕边故事。和男孩一样，故事里这个少年，为了一个也许不可能的理念，决定踏上寻找那片光亮的旅程。“妈，噩梦世界，就像是……”

“啊……妈妈困的不行了，明天继续吧……”

泊泊桑的夜晚，所有的黯光会突然消逝，一切变得格外黑暗，只有虫油灯的光芒照射着街道。故事讲到这里，母亲已经侧身睡着了，男孩还是好奇故事的进展，导致自己无法入睡，盯着窗外，想着少年撒克接着会有怎样的命运。

有些话，男孩并没有对母亲说完，话在嘴边被咽了下去。《撒克的追寻》这个故事里，他总觉得拉柯耶夫描述的一切，那些黑暗，就是他们生活的这片土地，本则的缩影。剥幕就是我们终极的噩梦。

半年前随着金图遗部加入萨兰教，热爱梦境故事的他对那些阿西卡女巫充满了好奇，如何这样轻便的进入幻梦界，仿佛梦境与现实交织在一起，又层层重叠。他曾牢牢盯着图腾师库玛利配制那些药水，接着一名年轻姐姐喝了下去，就进入了“过界”，那让他万分好奇的幻梦界。但他总是被判定体质不合，让男孩非常沮丧，什么时候才能彻底感受过界呢？

“终有一些追梦人……”男孩轻轻地念着，他看着屋顶，舒展自己，放松身体。很快，他也和母亲一样，进入梦乡。

蓝色的漩涡让他感觉深处大海，旋转向前的缓慢速度，让他逐渐入梦。

这是他熟悉的地方，一个时常梦到的庞大广场。四周高耸的灰岩柱子，表面嵌满了螺旋形的贝类虫壳，它们包围着正中的圆形区域。一群紫袍祭司手持蓝色火把正对着中心祭坛舞动着，口中念念有词，男孩对这旋律印象深刻，那是丰收节的呼号。“A Sanga！ A Sanga！”

他只和母亲去过一次在达巴的丰收祭，在那里，人们欢呼姆神庇护，远离剥幕的恐怖。不知为何，怎么又来到了这里，他慢慢地靠近人群，找寻熟悉的声影。随着呼号声的此起彼伏，越来越高，人群的状态无比高涨。他们开始跟随祭司，绕着祭坛中央的巨大白色球体，抚摸着，绕起圈来。男孩看到母亲也在人群中，忘却一切般地扭动，双手贴着球体，与人流一起成为环绕白球的轨迹。他想呼喊母亲，却无法发出声音，他只能那样看着，像飘在一切之外的流浪者。

白球像是听到了人群的呼唤，它微微颤动着，发出蜂鸣之声。随着一个金色的光点，它在球体上划出几条缝隙，在白球表面形成骨纹般的花纹。花纹就这样蔓延至整个球体，随着人群的惊呼声，它像成熟的蛋一般，外壳龟裂！

“姆神又回来了！”“请赐予我们丰收，力量吧！”“让我们脱离剥幕的恐惧！”祭司们赶紧带头祈祷着，他们招呼人群更加狂热地甩着手臂抚摸，跪拜这个逐渐打开的蛋。

光带从缝隙中缓慢地延展出来，它们成为了带生命的触手，贴近人群，回应他们的虔诚和狂热。被光带触碰的人欢呼着，一种暖气贯穿他们全身，光亮进入了他们的内心。

男孩正想加入狂欢的人群，他向母亲招手，她与众人更加投入抚摸这个发光的球体，丝毫没有理会他。突然有个祭司停止了行动，他身体颤抖着，指着高处吼道：“那是什么！那是什么！！啊！！剥幕的诅咒！！”

一缕黑色像墨染一般从天幕的一边流向球体，并向所有的光带爬去。球体震动着，那些触手的光芒瞬间熄灭了，黑色一团团的晕开来，将它们变成条状的黑雾。黑色除了染污整个球体外，还向人群而去！

始料未及的快速，手指相交怀抱白球的人群根本来不及挣脱先前的光带，黑色直接传染向每个人！“妈妈！”男孩大声喊道，他内心惊慌至极，但身体无法移动，他被强制定在那里，观看这场突变。

男孩只想捂住自己双眼，来阻止继续看肆虐的黑暗，却无能为力。球体内外的黑暗如同波浪染黑人群，他们的手，脸直至身躯，从一小块慢慢花开，成为躯壳上的一大滩黑墨。之后便如此凹陷下去，无限向内收缩，成为一个个深不见底的空洞。

先前怀抱白球的人群就这样逐渐枯萎，成为黑灰的枯枝，镶嵌在这污染的黑球之中。躯壳破裂成为空洞后，接着是他们的面孔，黑影融化着组成人的部件，变成更多的空洞。

男孩的恐惧感越加强烈了，这个地方，从圣洁仪式瞬间变成了虚空的边境。他到处寻找着母亲的身影，耳边只能听到人群的嘶叫和自己沉重的呼吸，要怎样才能逃离如此让人惊慌枯竭的地方，是他心中唯一的念头。他在一堆纠缠在一起的脸庞中，找到了母亲。熟悉的她脸上看不到五官，只有一张嘴张合着，从中喷出黑雾。

此刻，男孩心中，只有逃跑这个念头。

7 苏醒的寒冬战锤

“我见过你么？”苏利安玛维看着眼前出现的陌生女子，和她一起来临的是自己熟悉的那件东西，与寄螺族息息相关的物件。

苏利安玛维深吸了一口气，她并未确定，自己做好了准备。如果接受“破壳”，那将是一场剧痛，甚至会带来死亡。但破壳成功，也许带来的是一种蜕变，同时必定会摆脱与她们一族永续的痛苦，永暗的诅咒。

在她眼前，摆放在冰毡上的是沉重的大锤，锤头散发着寒气，由剥幕钢包裹，这是一种和降临者外壳成分接近的金属。被锤子击中的事物，都会承受巨力和噬骨之寒，这就是寄螺族曾经遗失的秘宝——寒冬战锤。它也是骨燃的使者，这位戴着艳红色头带和半个花纹雕饰面具的女子，送来的礼物之一。

“破壳吧，带领你的族人一起。”面具女子诵·阿努拉看着苏利安玛维。“父辈的债，由我们来结束。”她并没有说出来，但诵知道面前的寄螺族首领能够听到这心灵的声音，破壳之后，这种对意识世界的窥视能力将放大数倍。

“我是金图塑根族最后一人，诵·阿努拉。”诵说道，面对苏利安玛维，她语气平静。“曾经的金图圣女，发动冰川谷一役的罪首-金图族长，那那西·阿努拉之女。”

“所以，你来祈求原谅，还是救赎？”苏利安玛维瞪大了双眼，她看着面前的诵·阿努拉，右拳紧捏着，骨节都发出了咔嚓的声响。她举起战锤，指着诵。“给我一个不与你为敌的理由。”

“我来斩断永续的循环，苏利安玛维。我们需要一个最优秀的阅读者。”

第五章
双重变故

1

攻击的结果并不像亚西美预想的一般，她精心培养的角奎完全没有触碰到这个黑衣人，就停滞了。它们停在了空中，像是撞到了双层的空气墙，还是会挤压的那种，下一秒，它们真的变成了疯虎口中的“扁蟑螂”，被空气压扁了，在透明的幕墙上炸开，体液还溅射，流淌而下！

“天哪！”她身体向后踉跄了一下，自己精心挑选和培养的角奎，和降临者战斗都有所周旋，却这样瞬间死亡。亚西美心中一阵悲凉和愤怒急剧上升，带着破碎的吼叫声，她抽出了腰间的佩刀！此刻，亚西美看清楚了，那双层的空气墙，是漂浮在空中半透明的管状物，它还在缓慢移动着，角奎便是这样被隐形的狩猎者绞杀了。这是不知名的珊瑚，对方以很快的速度召唤了它，两者之间似乎有着言语外的默契。

“失去了虫，你便什么也不是了。”对方轻声说道，竟是一个她熟悉的声线。

普通的使役，遇到高级暗术师，实力差距自然太大，而失去自己主控虫的更加。黑衣人操控珊瑚的熟练和它本身的力量，超出亚西美预计太多。还没靠近对方，她再次被高速的空气旋涡击中，重重倒地。

始料未及的太多，自己还是太不成熟……哥哥……

在半透明的珊瑚之后，黑衣服拉下了兜帽，露出了亚西美熟悉的脸。他附身看着重伤的亚西美，面无表情，“抱歉，我只是要完成任务。”

亚西美身体抽搐着，她右肩和胸口正因为这个严重伤害的裂口，在向外涌着鲜血。“你……这样做……是很危险的……”她感觉意识即将离开自己，而刚才偷袭打伤自己的，竟然是眼前的少年，囚车上一起随行的，来自索诺恩的赤链。

攻击她的暗色珊瑚，具有高速运动的速度，瞬间的爆发力，和对术师本身的强化，都超乎亚西美的预估。它起码是个“大焦热”级的。她努力侧转部分身体，右手按着胸口，挤压住鲜血的涌出。她吃力地说道：“暗术师是一条不归路……咳，成为弃子是更加的……”

赤链的珊瑚正全部展开，长度是术师本身的三倍。空气像水流一样，被那个庞大宽阔的珊瑚挤压在一边，形成一道半透明的轨迹。亚西美这才看清楚，是什么攻击了她。它整体呈蛇形链状，头部是一个多块面组成的长锥形，尖锥的每一面都由暗影尖刺组成。这就是赤链的珊瑚，速度和杀伤力都让亚西美吃了大亏。

“这是我的珊瑚，I'u-Dinka-伊鲁庭卡。”赤链微笑着说，他的右手和在空中的珊瑚互动着，一些术师可以很轻松地供给这些灵魂态的古老生命形态源源不断的能量。“我是在索诺恩附近获得的，据说这是个古世界的神，风暴之蛇。”珊瑚的形态随着呼吸般的异动，上下形变着，长锥形也随着整体变化，向外舒张每一块尖刺组件。在下方能看到裂开的大嘴，呼吸中传达着焦躁和愤怒。“它可是相当狂躁和有力的哦，只要从灵核里释放出来，必然带着戾气想攻击一切。”

I'U-Dinka……亚西美内心一颤，这个珊瑚的名字非常耳熟。

“我只是要完成锡兰王的任务，作为他的因陀罗部队。”赤链笑了，“人类永远在寻求最强的力量，而珊瑚也是，它们寻求最强的躯壳。"伊鲁庭卡在空中飘动着，它在等待着亚西美的灵魂，就像赤链冷眼看着她一样。亚西美觉得自己只是一条躺在案板上，将在痛苦和无奈中死去的虫子。她的心中充满悔恨，自己居然没想到是因陀罗，是啊，这样看似纯善无害的少年，却是隐藏着这样的目的。他要到重生台来，他需要了解弃子的秘密。

因为他，赤链，背负索诺恩的统治者--锡兰王，重要的使命。而亚西美在此时，突然明白自己，赤链在一个"缠"之中，他们在此时此地的一切，都是这个"缠"的指引，她也要坦然迎来缠的终结。

"小姐姐，你少说两句，不然会失血过多而死哦。"赤链甩了甩拳刺上的血，收回了武器，只是让自己的珊瑚继续飘荡着，游走在亚西美的上方。"这几个月，潜伏在剥幕纳尔，它可以一直没有进食过。你死得快，它乐得大快朵颐。"

亚西美无法用力让自己站起来，动脉失血如果无法止住，很快就会干涸而死。她努力用右手指在地面轻轻敲打着，这些信号会让她豢养的那些蛊虫，找到她的位置。血肝虫，在平日是不受欢迎的小吸血鬼，但此刻它们的特质也许能暂缓亚西美的渐渐死亡。十几只血肝虫通过湿润的苔藓地表，从浅层找到了亚西美，它们钻出泥土，吸食几处伤口流出的鲜血。它们的特质是第一次少量吸食宿主血量之后，会在伤口附近血管分泌一种液体，和本体一起硬化附着在表皮下，重创的伤口也能在短时间内被它们形成的结缔组织堵住。

血肝虫们完成了使命，硬化在亚西美的伤口处，成功堵住了失血。她深吸了一口气，努力让自己平静下来，调整重伤和失血造成的晕眩。亚西美趴在地上，透过支撑的左手缝隙，看着赤链，右手努力在身体附近摸索那把脱手飞落在附近的佩刀。我不会让你完成这个仪式的，残忍的小鬼头。

“骨燃劫了囚车，我当时可是非常着急呢。”赤链露出了陌生的表情，缓缓地说道：“那就没人带我去重生台了。这可真是糟糕啊。我之前一直很犯愁怎么找到路线，怎么打开这个封印。”他停顿了一下，笑了笑：“倒是没想到，小姐姐你也另有所图。反而是跟着你，就这么轻松的进来了。”

“混蛋！我的哥哥就是在这里成为失去灵魂之人的！”亚西美大声叫道，口中还带着血沫：“我必须毁了这个罪恶的工具！”

赤链站在重生台中央的石台前，沿着缠绕石台的藤蔓四处看去，降临者残骸还在向外留着绿色的汁液。他狂笑着，又回头看亚西美，带着笑意说道：“萨兰教有起码上百处重生台，你能拆毁几个？小姐姐，不要螳臂当车，这样的生命形态必将革新成更强的可能性！我们因陀罗能够做到这一点。这将是一场革命。”

言毕，他扶着石台的边缘，爬上了重生台。每一根石藤都连接向源头的残骸，尽管被比湿，草木和苔藓覆盖，仍能看出这头降临者庞大的躯壳。

时间发生在半小时前。一名穿着萨兰教服饰的神秘人，正缓缓进入萨兰教禁地--重生台区域。图拉真大帝的弃子部队，诞生的地方，也是罪恶的源头。

重生台在影木林区域，属于神圣的禁地。在这里，影木的生长特质发生了变化，因为追逐黯光的照射，所以它们的气根全都长成了螺旋环抱主干而上的结构。气根上长出的紫藤叶，也随着这些螺旋结构，环绕生长。

为此，这里也被骸族人称为“螺旋林”。

“你是谁？”螺旋林入口的祭司看到他，立刻举起了手中的武器，挡在神秘人的面前。“这里是萨兰教重地，普通人等禁止入内。”神秘人从兜帽下露出稚嫩的半个脸庞，他笑着说道：“我是来使用重生台的，请让开。”

“你不能使用重生台！”这两名萨兰教持杖祭司顿时神色大变，他们高举权杖，架在这名突然闯入的神秘人脖子上。

“KLKu'Gan[21]!”在他的召唤声中，从他身后的影子中飞出一道环状的黑色物体，它迅速扩大着，两边还伸展出尖刺般的结构。它以极快的速度，掠过祭司的身体，他们的脖子上出现两条血痕，就倒在了地上。血液在身体变冷的瞬间，才开始流淌出来。

“库库坎是我几年前收到的珊瑚，最初相当暴躁，同调以后逐渐愿意和我协作，也是非常难得。它的力量和速度，都是很粗暴和充满激情的。”

在后面跟踪他的亚西美，惊讶地看着这一切的发生。

“怎么会有个暗术师混了进来？……”

2

库玛利要处理的事务很多，加上骨燃劫持囚车的不可抗力，她并未来得及知晓重生台事件，便已带领一行人离开了影木林。重生台祭司无法解决这个突发情况，只能暂时封闭了这个区域。那个失控的弃子处于未完成状态，非常危险，只能暂时隔离在重生台范围内。

尼贝库尔特独自潜伏在这片区域，而一些声音在他脑海中浮现着，这让他明晰自己已与往日不同。他是什么时候来到这片陌生的地方，尼贝库尔特早记不清楚了。他躲在藤蔓遮蔽的阴影中，头部仍在作痛，过往的记忆正在被什么碾碎，像倒垃圾那样，开

21　古盖亚神话中羽蛇神的代名词，被赤链用来命名从黯光中获取的大型珊瑚，携带风暴之力的蛇形灵魂。

始远离他的内心。和面具融为一体的皮肤之下，还隐隐带着疼痛，但尼贝库尔特十分珍惜这些感觉，他知道，很快，痛楚消失时，便是他不再存在，成为真正“弃子”的时候。

这一刻，尼贝库尔特发现自己连呼吸也停止了，他不清楚是什么在驱动自己行动。自己能听到不同的声音，与以往生命的声音不同，不是自然，风声，水声，甚至虫鸣。这些都从尼贝库尔特的感受里消失了，仿佛一个开关被关闭了一样。他只能听到一种声音，那是“嘭 - 啪，嘭 - 啪”循环的声响，离他很远，却无比清晰，像是一圈电流围绕在心脏之外的烧灼声。

而在他心中，开始出现一些从未听过的话语，甚至是过去绝不会听懂的语言，那不是骸族的发音。“Akuno,Balanap,R'u Dunc.Muke,lun……”声音此起彼伏，在尼贝库尔特残破的耳中回荡，又似乎离他很近。

他突然像是发现了什么，看向不远处的那个残骸。被石化藤蔓包裹，在深灰色石地衣覆盖下的降临者残骸。此刻的他能感知到，这具作为弃子制造能源的残骸，并没有完全死亡，一些微弱的跳动仍在它深处活着。

一种火种般的悸动，也联动着在转变的尼贝库尔特。

他试图伸出手，感受声音的呼唤和它内在的联动。当他触摸到降临者的残骸时，他明白了，这是心火和他的共鸣。

他开始能听懂那些话语的含义，伴随着心火与他身躯的共鸣，那个残骸说道：“合……作……”

尼贝库尔特和其他骆风族不同，除了参与改造傀儡，制造装置，培养虫苗外，他时刻能感受到萨克瓦利的力量，它随着绿色的精华融入在他覆盖半身的骨纹之中。骆风族的领地已不比一次战争前，骸族多年内战后，加上与人类的纷争，他们最后的领地被压缩在无眠之海东南部，藤蔓大桥附近的洼地。北临奇藏目与卡多维那，东面便是骆风残部的这片绿萝种植区。

尼贝库尔特光脚踏在水中，看着眼前大片的魅影绿萝。它们蜷曲漫长的筋互相交叉着，躲藏在尖锐宽大的叶片群中，覆盖了整片区域。它们将在二次成熟后，完全收割，并成为药，祭祀以及酿酒的材料大量流通在市场。骸族人使用它的频率几乎与蓝菱一样高，而后者就是恶魔一般的存在。

“也许沉迷感始终是一样的吧。”尼贝库尔特苦笑了一下，继续用手中的长形修剪器调整着绿萝藤蔓上多余的寄生植物，这些灰暗榭寄生和伴生比湿都要切下来，它们吸收过多的精华，影响绿萝繁茂程度。但如果刀功一流，被精华浸泡的它们是做骨纹杖的好材料。

一般隔几个月，就有萨兰教的人来收这些材料，也正因为如此，他与萨兰教的一名图腾师关系甚好。让尼贝库尔特意外的是，这名叫库玛利的图腾师，对萨克瓦利的力量颇有研究，在取走制作榭寄生杖材料的同时，两人往往攀谈许久。

之后，尼贝库尔特加入了暗中调查因陀罗组织的行动，直至被捕获为止。

“这能做一把最棒的骨纹杖。”尼贝库尔特记得那个图腾师与他最后一次见面说的话。

库玛利坐在他对面，手里摆弄着一条紫黑色的灰暗榭寄生，它被收割下来很晚，吸收了大量的精华，使得整个茎秆紫的发亮。“你的材料是特别好的，不过这是我最后一次来洼地了。”库玛利收好了东西，静静地说道。

“这是为什么？”尼贝库尔特非常意外，对方是种植区为数不多的常客，也是他认为坐下，互相畅谈的朋友。图腾师表情异常平淡，她总是如此面对一切，弟子的逝去，种族的灭亡，朋友的分离。“萨兰教和图拉真大帝结盟了，骆风族的旧地都会成为他的战场。”她说道，又看了一眼对方。“很快，这里也将无法安宁。”尼贝库尔特苦笑了一下，真是落魄的时代，如果是二次战争前，那操纵傀儡的骆风族还在，怎么会如此颠沛流离。图腾师的意思很明确了，骆风族再一次被遗弃了，萨兰教的庇护马上就失效了。而上一次，是失信的金图族，虽然他们也成为了如今的残部。

一切的起源，都和那件事有关。

库玛利耸了耸肩，她从随身的包裹中取出一个细长的瓶子，递给尼贝库尔特。瓶子呈菱形，上小下宽的梭形晶体瓶里，装着浓绿色的稠密液体，内部似乎还在微微躁动着。面对他疑惑的眼神，库玛利说道：“这里包含了萨克瓦利的精华，它和图拉真的订单是一样的东西。你可以试试它，这是骨纹的上好材料，以后也许有用。”说着，库玛利用一种苍茫的眼神望了尼贝库尔特一下，欲言又止。“在某个时刻，它也许会……”

“图拉真和萨兰教合作，他打算干嘛？”尼贝库尔特问道，他曾见过一次图拉真·哈赫特，在他成为大帝之前，常年出现在骸族的一些商贸活动上，收集各类信息。“代表人类，征服这片土地么？”

库玛利把瓶子放在了两人中间，她流露出一丝犹豫的表情。“我见过图拉真两次，在剥幕纳尔的王座下，他的所求不止这些。”停顿了一会，她站起身，凝视着帐篷外的一片绿色种植区。“大地，终将听到他的狼嚎。”

“本则再也不会有宁静了。”她说道：“你早点离开此地吧，萨兰教也只是尘埃的一部分罢了。”

“骆风的未来在哪里？”尼贝库尔特捏住了瓶子，看着库玛利。“萨克瓦利的意志将由谁来贯彻，那宁静平和的未来？”

库玛利徐徐走出了帐篷，两人之间如同凝固般停滞了许久。

她回头一笑，说道："也许，你该去找一个人。"

"谁？"

"骨燃·炎嗣。"

此刻，赤链蹲坐在重生台上，用手摸着台面上粗壮的藤蔓，它们从不远处的巨型植物而来，常年吸收那具降临者流出的腐蚀汁液，早已让这些比湿尸体凝聚成的石肤藤蔓变得如同虫蟒一般粗大，具有攻击性。当然，因陀罗的赤链，来到这里，并不是为了成为它们的粮食，还是与它们合为一体，他的目标是那具降临者。亚西美还躺在不远的地上，她侧着头，充满恨意地看着赤链。

赤链知道每个重生台的"核心"是什么，那都是一头头休眠的降临者残骸，它并没有死亡，而是被骨纹和印术束缚着残破的身躯。

但"心火"却一直在比湿与冰冷石头包裹之下微弱燃烧着。

这一次赤练盯上的这一枚心火，将派上更大的用处，他要获得的是与"心火"的融合！这是"因陀罗"试验的第二步！上一步的进展，他们已经能运用"须弥芥子"来稳妥安放心火，吸收游荡珊瑚，成为肉身强化的能源。而第二步，便是使用这些孤独的灵魂，通过这颗圆球，来重启激活那些废弃的降临者。

"你知道古巴比伦人有个关于塔的故事么？"赤链望着地上的亚西美，说道。"那是个有趣的故事，而且你知道塔的名字是什么？"他摸着自己的珊瑚，脚面在地上轻轻蹭着。

"你个混小子，又要说什么狗屁东西？"

"通天塔。"赤链自顾自说着，发出了爽朗的笑声。"有些区域，我们不能染指，却又如此忍不住。"他翻找着苔藓和植物覆盖下的降临者，一边继续说话。"人类么，你不知道了解不，总是无法忍耐，想成为神，到达他们的领域。"

赤链又回望亚西美，他耸了耸肩。“周而复始地毁灭家园，又要抢夺别人的，我们改不了，哈哈哈。”

亚西美努力想支撑自己，向前移动，却发现浑身气力早已流失殆尽，还带着肌肉麻痹。那只珊瑚--伊鲁庭卡的攻击，不仅仅是失血快速那么简单啊……她尽力抬起脖子，想看清赤链的行动。

“嘿嘿，快点，让我感受到你的核心，”他正贴着降临者残骸移动，双手一寸寸摸索，并不断发出狂放的大笑。“哈哈，把你的心火给我！”

有个声音出现在亚西美的心里，他熟悉又威严，但却让神志恍惚的亚西美觉得平静。“年轻的生命啊，你就想这样死去，躯壳腐烂，灵魂被剥幕拘束么？”

“你是谁？”她向这个声音询问，这并不是亚西美曾经在祭典中听到的姆神那柔美的声线，他更中性，还带着沙哑。

“你见过我，我在夜空中，与你们对视，我看到你迷惑的灵魂，以及对未来不可知的惶恐。”

亚西美笑了，无论是否是幻觉，她确实听到了神的声音，“我看到了你深邃的蓝眼睛，萨克瓦利大神。”与其他骆风族人不同，亚西美曾经对萨克瓦利深信不疑，这和他的哥哥略有关系。

“我希望……每个生命的内心都能长出希望，而不是你这样黑暗的污秽……”亚西美努力支撑着身躯，她的右手死命抓住身边那些石化的藤蔓，仍能感受到自然和比湿的力量在期间流动。这种力量让她逐渐冰凉的身躯感受到热度，并向心脏流去，亚西美想起自己曾见过的蓝色巨眼，在囚车中的那一刻，共鸣的感觉。

“我将自己献给萨克瓦利！”亚西美将双手伸入土壤之中，大声高喊道。

在萨克瓦利的声音之中，亚西美能感到身体中的血液在逐渐凝固，或者是它们在成为别的东西。

如果说拉科耶夫曾经把骸族人升华的感觉描述为开花的话，那亚西美此刻真的感觉在转变为那种东西。这不是死亡的味道，她仍然在这个身躯里，尽管血液变冷，但没有凝固，双手的伤口不再能给予她疼痛，四周快速聚拢的植物带着泥土融入她的皮肤。鼻腔中湿润的气息停止了，亚西美觉得自己不再需要所谓的呼吸了，或者是全身都在呼吸，用她逐渐变青的肌肤。

是的，她的生命并未迈向死亡，而是在转变成新的形式。

赤链作为因陀罗的一员，他见识过塑形者的可怕，他们能变成某一种生物，纯血种力量更为强大。但眼前的景象，还是让他不禁向后移动了几步。

亚西美，这个粗糙的平胸女虫师，在被珊瑚重伤之后，居然站了起来。而伴随她一声吼叫后的变化，更是奇异：围绕在重生台和降临者残骸表面的藤蔓，除却和岩石合为一体的，其他新生的都如绿蛇般向她奔去，带着泥土缠上她破烂的身躯，并逐渐融合进她微微发青的皮肤里。而她本来褐色弯曲的长发，更是打着转儿，在发梢头上弯曲成不同的旋涡形，逐渐变为青蓝色。地衣形的花纹隐约浮现在她苍白带青皮肤之下，随着变色的头发与藤蔓混为一体，她的锁骨，肩骨中，钻破皮肤而出的是深紫色的粗壮枝干。

它们包裹着亚西美，将她的身体轮廓从外部分割成几块区域，像是保护那些容易受伤的脆弱部位。之前她用来凝血的血肝虫们都被墨绿色的藤蔓抓着，从伤口里顶了出来。虫子们被绿藤蜷曲的尖端捆着，还在扭动，试图挣脱。此时，从伤口中涌出带着荧光的绿色黏液，像树胶一般堵住了所有破口，又顺着藤蔓向上而去，包住所有的血肝虫。它们在黏液中扭动了几下，便逐渐缩小，干瘪，如同被黏液消化一般，融入其中！

赤链从未觉得骸族人的"神性"有何可怕，即使是他在囚车中，见到那蔚蓝的眼睛，他也不会对萨克瓦利产生敬畏。因陀罗部队的人，都只会从剥幕的口中抢夺灵魂，成为自己的"力量"。

但这一刻，赤链．拉克比的内心只是在重复亚西美曾说过的一句话。

"非常……特殊。如果你有缘看到，就知道了。"

"我的确知道了！"赤链大吼一声，伊鲁庭卡——那条漆黑的蛇形珊瑚已经快速回到了他身边。"作为曾经的坑友，我很欣慰你变成了一颗青椰菜，还这么充满水分。哦，不过，如果你继续想阻止我，那就只好让你再死一次了！"而此时，赤链对亚西美的灵魂充满了兴趣，这样不屈的精神，成为珊瑚的一部分，以灵魂形式成长，会变得如何，也是因陀罗值得研究的课题。我怎么会让给烂泥巴，或者剥幕呢？

"伊鲁庭卡！攻击，直到撕碎她为止！"

而此时，尼贝库尔特在残骸后，目睹了亚西美的变化和眼前的敌人，他冲了出来！

尽管在这恐怖的面具之后，尼贝库尔特还是认出了这和比湿融为一体的，是自己很久没有联系的妹妹——亚西美。只是她无法从这个脖子上卡着半截刀刃，在藤蔓包裹下，头颅与一张血腥骨质面具合为一体的男子，联想到任何人。

"这个弃子是怎么回事？"

赤链侧过身，盯着这突然从降临者残骸后冲出来的弃子，这算是什么新演出？萨兰教的埋伏么？"这他妈是什么情况啊！！伊鲁……！"

他并未来得及召回珊瑚，已经被跳上来的弃子按住脖子，两人跌撞地从重生台上滚落下来！

翻滚扭打中，赤链与这名突然杀出的弃子脸对脸碰撞，手腕纠缠，身躯扭成一团，他们都妄图卡住对方咽喉，杀死对手。对于赤链来说，此时心中涌起一丝少见的恐惧，一是弃子手腕传来的巨力，居然超过他这个精心改造的暗术师，不光让他难以呼吸，更是无法发声操控珊瑚。而更多的是这个弃子，与众不同之处，他双眼中隐约闪出的光旋，这好像是“心火”的颜色……

他妈的，被抢先了么？而且还是个废人？堂堂“因陀罗”，计划周密，居然！赤链心中一阵愤怒，直涌上来。

3

“人类上下翻动眼皮时，进入梦境。幻梦界是梦境的深处，是植物，虫，骸族乃至一切都能进入的深层世界。”

这不是希琪哈第一次和幻梦界链接。比湿是一种虫成分和植物成分并举的生命，平和而狡猾，这个也影响了融合之后的希琪哈。她本身勇猛果敢，如今增加了谨慎细微。希琪哈的灵魂像被植物包裹的猫一般，细腻小心，再踏进此地。

这使得，此次的链接，显得格外不同。

希琪哈缓慢点燃手中的幻影绿萝粉，一种让她能快速“过界”的催化媒介。火焰开始在面前的盆中燃烧，空气和她的眼前都开始充满香味和视觉化的绿色。

她记得老家伙哈马杰说过，植物的梦细微到粉尘，就是叶绿素的梦境。

那也是一层界，很薄，又很漫长。暖阳如春，迷离梦幻，绿色幻泡，光彩琉璃。此刻，在她眼中，那些幻泡有大有小，近处清晰刺眼，远处模糊柔美。它们撞击中互相融合，中间有产生多彩旋涡，包围环绕，那些细微的藤蔓如同缩小无数倍一般，和这些幻泡一起旋转，舞蹈！

之后，那些藤蔓从立体形状变成了扁平的，一条复制成数千条，向内纵深，像拉丝一般把希琪哈拉向更深的界内。希琪哈感觉自己也被这些线条挤压成绿色的曲线，弯曲折叠，旋转着，越来越细微，越来越渺小，成为多彩旋涡的一部分，直到消失。那个瞬间之后，一切都停止了。

自己的老师，图腾师库玛利给的药，总是如此有效，虽然味道和质感如同鼻涕。希琪哈想着，但这个念头在此时已经和景象一般离开她很远。仿佛那个思绪也是另一个希琪哈。是的，此刻，希琪哈清楚的知道，她站在了幻梦界的蓝绿色空间内。

过界成功。

幻梦界和之前再也不同了，因为希琪哈也不同了。

这里的一切不像之前那样熟悉了，幻梦界并没有再次给她“新手保护”了。过界以后看到的不再是模仿沼泽世界的样貌了，一切超越了希琪哈过去的认知。

此时，她站在一片蓝绿色的迷雾之中，脚下传达来一种水的感受。

“过来……”

雾气的浓度让她无法辨别方向，只听到深处传来那样的声音。脚下的水一直在向前流动，激烈地让希琪哈快要无法站稳。她努力稳住自己的重心，不禁低头向下看去，眼中景象瞬间让她震惊。

脚下的水，仿佛无边无际，而水中能清晰看见墨绿色的树根，盘根错节，野蛮地向各处生长。并且，它们是倒的，希琪哈就像站在颠倒的沼泽深处，看着如同长着众多触手的海怪一般的老树，向周围的无限距离伸展它的根须。根须从底部长出，分为多段，在每个交叉处，开始变得柔软，漫长，向外，向希琪哈完全看不清楚的雾气深处而去。这该是多么古老的大树啊！希琪哈内心正想着，水中的一切都忽然成为墨绿色的浓烟，而那些水也变得更加疯狂。

所有的水滴，或者该说是水滴样的圆形透明物，从脚底向上流淌，一颗一颗，垂直向上。它们像是勤劳的蚂蚁搬运切割完的树叶，把那些墨绿色的浓烟，沿着希琪哈的身躯，向上搬运。墨绿色逐渐覆盖着她，她的视野也变得越来越模糊，直至一片黑暗。

于是，随着轰地一声，这个世界如同拔掉塞子的湖底那样，开始向另一个世界旋转而去！此刻，希琪哈失去了视觉，而声音却开始出现。

她熟悉的，父亲的声音，很近，但又很远。

“小心那些影子……”

“影……影……子……”，“女……儿……”

声音很沉闷，希琪哈想起小时候在水里听着父亲在水面上说的那些话，断断续续，时而被水波阻隔，听不完整。

“那些……很不稳定……”

黑暗中有了一些光芒，真像从水面透下来的一些微光。

父亲的影像出现在她身边，周围还带着气泡和折射的光芒。他看着希琪哈，嘴里继续说着那些断断续续的话。“那些不稳定的影子……小心……女儿……”

希琪哈知道父亲早已去世，在几年之前，因为影木林傀儡事件，而现在父亲的影像在她身边不断出现，在叙述着只言片语。

片刻，一种重量感把她送到了可以触及的地方，希琪哈发现自己站在一片墨绿色的沼泽之中，真实的冰凉感影响着她的大腿，那些水草也因为晃动的水流缠绕着她。

“幻梦界和这里，哪个更真实？”希琪哈曾经问自己的导师库玛利。

“没有区别。”库玛利并没有睁眼，轻轻地回答。

她清楚这一次过界，自己要来找什么，那座她在那个“意识的黑色水箱”里看到的大桥！那座即将被那些像章鱼一样奇怪的巨人摧毁的大桥！

有些东西在幻梦界深层发生了变化，她必须确认。

希琪哈在冰冷的泥水中向前移动着，水逐渐越来越深，从最初的小腿高度，漫到了她白皙的大腿处。她能感受到沼泽中的吸血虫和比湿在舞蹈的水藻之间咬着自己的皮肤，这是什么感觉？在界内居然会痛？她用右手狠狠地抓了一把自己的右腿，从皮肤上拉下几大块带着一种扁平虫类的水藻，它们头部是箭头般的硬壳，用腹部的钩子形的嘴咬住皮肤，吸食血液。希琪哈感到了恼怒，双手使劲揉搓这团比湿虫，发现一用力就变成了黑色的烟雾，消失殆尽。

能闻到自己被咬伤的血腥味，能触摸到虫子恶心的质感，但一触摸就消失了。

而此刻，希琪哈眼皮下的眼珠正在剧烈地移动。她确实又往幻梦界更深处前进了一些。

这片沼泽传递来的阻力很大，周围的水藻除了善于缠绕希琪哈之外，还开始从水面向上生长。它们卷曲成旋涡或者叉子的形态，野蛮向上，高过希琪哈好几倍，在很难看清的顶端摆动着。

而在视野范围内，开始出现高低不一的雕像。它们的形状，希琪哈在以往的幻梦界旅程中，从未见过。骸族人常说，在剥幕之下，什么是最可怕的，死亡会成为黯光的一部分，还是疯子图拉真？古神？应该没有比阿奢丹人更可怕的了。

希琪哈此刻心里的想法便是，有的……是这个该死的幻梦界……

她作为阿西卡女巫，这是头一次开始惧怕幻梦界。

“亦幻亦真，如梦幻泡影，如露亦如电。”她想起库马利常说的一句话，在界内，变化实在太快。这通路，会应导她进入更深层的区域么？

雕像非常精致，希琪哈小心地触摸靠近水面的部分，一些无法辨识的象形文字，环绕着布满雕像表面。这些文字并不是骸族的文字，字符本身由弯曲，旋转的曲线和弧形组成，在四个角还有不同位置的点，似乎是一种重音符号？

雕像越接近高处，越细致，由抽象的细节变成具象的造型。这是一群长着锤子头的生物造型，弯曲成一种诡异的弧形，在锤子脑袋前还长着一条巨长的鼻子，鼻子下面长满了纠缠曲折，互相穿插的触须。

希琪哈一路向前，充满摩西劈开红海之后的毅然，沼泽内的比湿们从水下，逐渐沿着那些锤子头雕像表面，向上攀爬着。雕像开始变得越来越高大，希琪哈的视野已经无法看清楚全貌了，脚下让人感觉恶心的液体随着雕像群越来越大，水位变得越来越低。她甚至看见了台阶，更多的台阶，一路走上，从覆盖满水藻，到干干净净地，白色大理石的台阶本身。

希琪哈明白了，她从恶心的水潭里，沿着一个倾斜的台阶，慢慢走了上来。两边的雕像，虽然高低不一，但头部都对着中间，希琪哈也终于看清楚了这些同样恶心的巨像。台阶上部能看到的巨像，脑袋形状更多，除了下部的那些锤子头之外，还有纺锤形，多边形，水滴形等各种奇怪的形态。有些是在多边形的脑壳上还长了很多更奇形怪状的犄角，仿佛这些巨像曾经活着，生前它们的边缘会发生脂肪块那样的柔性变化，会缩小到一团凝胶般的纺锤，也会拉长成那些弯曲，瘦长的锤子。

台阶像是环绕切割雕像群的藤蔓一样，缠绕向上，越向上，台阶底部的高度变得更高，周围是完全空旷，没有遮挡。希琪哈小心向上走着，雾气遮盖着台阶外的一切，她生怕踩空以后，掉入新的深渊。

台阶一直旋转绵延向上，有那么一瞬间，希琪哈觉得自己陷入了永续的循环。在这个孤独的界中，周围只能看到停滞的雾气，脚下能感受存在的只有一直的台阶，白色的石质，略带潮湿的触感，以及边缘扭曲的雕刻图案。时间和一切都伴随着重复的走台阶，向上却一无所得覆盖了希琪哈，在她完全陷入这份茫然中时，最后一段台阶结束了，眼前是一片平台。

这一刻，希琪哈深吸一口气，她瞪着自己看到的一切，向后退了一小步。平台不大，正中只有一个奇怪的建筑，它似乎也和构成台阶的材料一样，左右两根白色的庞大石柱，顶端依稀能看到向中间弯曲的弧形，两边组成了一道门框的形状。

希琪哈很少做梦，她认为梦境是另一种自己的生活。在那里，另一种自己和父亲，以及金图族人共同在阳光下跳舞，自己从未见过的舞蹈。尽管如此，洋溢在脸上的快乐，希琪哈在梦中能清晰地看到，并且记得那种感受。而在界的深层，她所“看”到的完全不同，两个希琪哈共同站在石头大门之前。

她看着自己，或者该说是自己的影子，一个由黑影和烟雾组成的希琪哈，站在自己前方几步之处，正用手抚摸着大门上的什么东西。构成门框的石块表面布满了内凹的字符，这是一种高级的象形文字，图形化本身有着精细的意义，有些单个字符似乎还包括内圈和外圈的文字构成。这让希琪哈想起了，上一次过界看到的那些–F.A.M.A。

希琪哈走得更近了些，这个由黑影组成的自己咧着嘴，双眼的部位是深邃的空洞，但能感觉到她在看着自己。她突然说：“你觉得什么是神？”希琪哈发现对方的脸部是由大量的黑色蝴蝶组成的，它们还在扑闪着翅膀，一面闪着磷光，另一面隐约可见眼睛一般的图案。突然间，黑影像是看到了什么，动作变得仓促了起来，她在门框的符号上反复摸索着，不时回头望向一处，那是希琪哈的身后。

希琪哈回头看看，背后只有一片迷雾，而面前，影子化的自己还在继续探索门框上的象形字符，似乎在寻找着什么。在她的摸索下，门框上的字符被逐渐点亮了，蓝色的光芒在凹陷的图形中穿梭，贯穿了整个门框表面的花纹。一种从门框中的虚空里，传来的震荡，带来的气浪从中心向外，在平台上掀起了多层砂土和白雾。门中间产生了一层乳白色的薄膜，表层随着气浪呈圆心向外徐徐波动。影子停滞在那里，对着希琪哈说道：“记得这一刻，打开门的这一刻。”

黑影的手伸入门中间的白色薄膜，组成她的黑蝴蝶扑动着翅膀，在靠近门的瞬间，离开她的身躯。希琪哈瞪大了双眼，她看着自己的影子在瓦解，组成她的黑色蝴蝶，被那层薄膜转化成了白色，一只只融入其中。

4 筹码

“我需要找到卡利古拉。”

这是骨燃·炎嗣见到萨兰教教主的第一句话。他看着教主，微微地做了一个拱手，以示尊重。而除了教主之外，所有的祭司，培育者看到这位名震本则的“万变”，都单膝跪下，做出了最高的敬礼。

萨兰教教主在藤蔓和皮质混合制作的座位上，没有动。他已经将近四百岁了，在组建这个教派之前，亚藤巴·露赛特是金图族最著名的一位首领，骨燃也曾在他麾下征战，学习，并被培养成大祭司。为此，在骨燃面前，这依然是自己的长辈，师长和一直尊重的首领。

亚藤巴动了动左手的手指，仿佛是代替他的脑袋点头一般，表示了回礼。漫长的过界时光，让他的身体已经和植物，比湿混合在一起，他身体的外骨骼上缠绕着藤蔓植物，新生的比湿，并且在宝座后的墙壁上生根，蔓延，仔细看去，那些细微的经脉都遍布了教主的整个房间。

骨燃看着他，等待着亚藤巴的回答。他身边一直站着两个人，一男一女。那个男子全身蓝灰色服饰，脸部大部分被一个漩涡花纹的面罩遮盖着，头上戴着虫骨制成的兜帽，隐约能看出异于常人的苍白皮肤，但最让人过目不忘的是他身后背的三把刀。女子梳着数条精心编制的发辫，红色的头带和半个带着精密花纹的面具，斜斜地戴在一边。她轻轻地说了句，“老爷子是不是老年痴呆了？还是睡过去了？”面罩男子微耸了下肩，骨燃没说什么，只是继续看着。

许久，教主似乎还处于在过界的状态中，除了那些蔓延的植物在缓慢蠕动外，没有任何的变化。

“而且，我并不认为影神还在影木林。”这时，骨燃故意把声音放大，重重地说道。

话音刚落，亚藤巴瞬间睁开了他的双眼，白色浑浊如雾，毫无瞳孔，却直勾勾地瞪着骨燃。而在一边单跪的祭司中，作为阿西卡女巫，希琪哈更是惊讶地第一个站了起来，“你说什么！？”

“放肆！”亚藤巴两侧的四位戴着鹰头形状面具的祭司直接

举起法杖，冲向骨燃。影神阿西卡是萨兰教至尊之神，骨燃虽然是尊贵的客人，但在教主面前说出这样大不敬的话，作为负责秩序的祭司，他们立刻做出了反应。

“现在已经不能和你讲真话了么？老爷子。”骨燃笑了笑，“还是你沉溺在那一边，失去了对世界的观察么？”四位鹰面祭司的法杖几乎是同时挥到骨燃的面前，法杖上镌刻着尖细形状的骨纹，微微发出蓝色的闪电火花！骨燃只是向后侧了身，他身边的蓝衣面罩男子已经压低身形，左脚跨步而来。他手中的双刀迎着法杖斜划而过，已是站在鹰面祭司后面了。四根法杖同时断成四节，铛铛得掉在地上，那些骨纹也立刻失去了光芒。面罩男子的双刀很长，正好一手一把，稳稳地夹在四个祭司的脖子和腰部，让他们不敢左右动弹。

“哈哈哈哈。”梳发辫的女子只是在边上发出响铃般的笑声。

好快的速度……在上一秒，惊讶的希琪哈右脚已经弓起，手也捏住了放在身后的锤子，准备一起攻击这个口出戏言的不速之客。然而骨燃的随行，已经强大到直接在转瞬间解决了四个鹰面祭司。她想起自己在幻梦界的所见，慢慢又把锤子放了回去。

“都停手。”一个苍老但一场有力的声音响了起来。这是亚藤巴的声音，他缓缓地说着。“骨燃是我们的客人，还是老朋友。”话语刚落，其他的祭司立刻又回复到单膝跪下的状态，鹰面祭司放下绷紧的神经同时，面罩男子已经收刀，站回到了骨燃身边。

骨燃点了点头，再做了一个拱手，说道：“这件事情非常重要，关系到世界的变化。”亚藤巴其实是个心知肚明的老狐狸，他双眼上白雾一般的浑浊开始退去，暗蓝色的瞳孔逐渐显露出来。刚才的时刻，他的确站在两界之间，即看着骨燃，也看着发生变化的幻梦界。常年在两界间行走，他大部分时间是与幻梦界共生的，又怎会不知道细丝末节的那些崩塌和变化呢。

那些影子搭建的大桥确实在崩塌，这并不是什么好消息……亚藤巴内心并不轻松，加上骨燃的来访，更加显示幻梦界和现实之间的关联。

“希琪哈，库马利，你们留下，其他祭司全部退下。我和骨燃大人，有要事相谈。”亚藤巴站了起来，此前那些盘绕着椅子，房间，地表，墙壁的所有血管般的藤蔓，和反转时间轴播放的孔雀开屏般，星辰倒转，全部收回到他的身上。这一切，和一次性放完一处深潭水一般，迅速，美观。宏观的绿色，浓缩在了亚藤巴皮肤表面，和双肩上奇异形状的外骨骼铠甲上。

老爷子，还是深藏不露啊……骨燃心中暗暗想着。显然，刚才的冲突若有过激，整个房间的植物都将会攻击他们，这里布满了亚藤巴的网。

希琪哈还在惊讶之中，她的老师——萨兰教的首席图腾师，“沉默的库马利”已经从最初闷声坐角落，换成站在了亚藤巴的右侧。

亚藤巴就这样，如同活着的亡灵一样，毫无声息地走到骨燃面前，盘腿坐了下来。他招招手，希琪哈和库马利也在他两边坐了下来。骨燃一笑，招呼随行两人，也一同在这个区域坐下。他和昔日的老师，面对面坐着，相视。

片刻，老亚藤巴问，“骨燃，哪是什么时候的事了？”

骨燃笑了，他的金色的瞳孔对着亚藤巴的暗蓝色。“影神的变故么？不，老师，我们先聊聊荆棘王。”他停顿了一下，“您是最清楚的，一切都在《亚藤巴和荆棘王》里，和风一样的故事，一直，从高阳流传到各地。”

希琪哈是这群人里年龄和阅历最小的，除了过界女巫外，她几乎对外界一无所知。她情不自禁地接了话，“《亚藤巴和荆棘王》？那是什么？诗歌么？还是故事？”说完以后，她又马上流露出十八岁小姑娘的表情，“哦，抱歉……”

希琪哈在说出两句话之间，瞳孔的颜色从绿色变化成一种灰色，同时很快又变了回来。而她的眼皮也在这几秒内快速地抽搐过几次，这很迅速，但并没有瞒过骨燃的眼睛。哦？这个体质……看来发生变化的不仅是剥幕纳尔了。

瞬间过界是一个特殊的能力，骨燃只见过亚藤巴使用，而这个年轻的阿西卡女巫居然也可以，算是这次旅程的意外收获。

见到骨燃的那一刻，希琪哈就产生了过界的状态，她强迫自己又回到了这边。但那一瞥，希琪哈却看见了让自己震撼不已的景象。

那个过界的几秒钟里，她看见的是一片黑暗压抑的空间，四周布满剥幕细胞的残骸，满地是不同体型的尸体。她闻到硝烟，血腥和烧焦土地的气味，在烟雾和四处飞舞的黯光中，是骨燃独自坐在那里。

那个骨燃也长着传奇般的右手，“露特拉的拇指”。但其他都不一样，没有温和的眼神，只有发着蓝色光芒的瞳孔，其中带着残忍和冷酷。而他全身都布满了骨纹，外骨骼的铠甲充斥了上半身。而他那强大的右手中，握着一颗人头，在看到更多惊人的细节前，希琪哈结束了这几秒钟的过界。

她知道，自己所见的幻象，也许是一种未来的可能性。虽然它如此的疯癫，不可理喻。但未来如果不是迈向一个结果，就是迈向其他无数的结果。

希琪哈悄悄挪动着盘着的双腿，刻意让自己离骨燃保持了几人中最远的距离。库玛利发现了弟子这样奇异的行为，但她并没有说什么。

骨燃继续平静地和亚藤巴交谈着，关于剥幕纳尔的战事以及荆棘王的信息。

“图拉真扣押了我的人，还有大量骸族的人民。他在剥幕纳尔随意选择人选，用残酷的方式删选，最终送到这里。”骨燃看着亚藤巴，神色凝重。“老师，弃子是一种可怕的生命，也是战场上的野兽。”

希琪哈看着骨燃，双手紧紧握着，才一会儿时间，她的身体已经浮出了一层汗水。从上次事件之后，她在很短时间内，进行了多次过界。目前，希琪哈的身体，属于随时会去另一边的程度，她需要控制。不然……

亚藤巴也看着骨燃，眼睛像是在盯着骨燃身体里的某种东西一样，他说的话依然很慢，“骨燃，你觉得弃子是什么？”

“他们毫无痛感，和面具链接以后，就失去了那些生命原有的样子！就变成了一样的杀戮机器。我的同胞，战友，有一些也成为那样的生物！”骨燃捏紧了右手，他的眉毛继续跳动着，似乎在抑制自己的某种情绪。

“我不希望本则的人民都成为那样的生物！而制造那些机器的地方就在苦足，在老师你的地域！你是要让萨兰教成为恶魔的帮凶么？”

骨燃停顿了一下，他正了下身子。

“我拦截了图拉真这一次的弃子运送队。”骨燃看着亚藤巴，一直跳动的眉毛停止了运动，“老师，结束和图拉真的贸易吧。”

“不，骨燃，我只是希望避免战争。贸易，让他们的欲望转化，而不是直面杀戮。”亚藤巴说道。“骨燃，我比你见过更多的战争，也失去了很多，我的部族也一样，经历了那些苦难。”他低下了头。

“老师，我们的失去是无法估量的，也不能以多少来比较。”骨燃回答道：“战争从未停止，您这只是逃避。”

他调整了坐姿，让自己离亚藤巴的距离更近，骨燃赤红色的瞳孔，此刻如同燃烧的熔岩。他盯着亚藤巴灰白的双眼，对方眼中流露着少许的闪避。“我从成立维序派开始，每一个加入的其他部族成员，便带来他的故事。战争从未停止，无论是哪种方式。”骨燃指了指身边的库兹诺克，继续说：“我们分享经历，以及承受的痛苦！那些连绵不绝，伴随骸族一生的苦难。”

他环视了四周，继续说道：“金图曾经傲视本则，结局呢？高阳踏平过巴比伦，现在呢？萨兰教能靠做帮凶繁荣多久？”他和亚藤巴互相对视，语调更加高涨。

“贸易也是战争！老师！缠不会放过任何人！”骨燃凑的离亚藤巴更近了。“老师，你怕不是失去了建立萨兰教的初心了吧？”

亚藤巴眉头一紧，双肩的植物突然耸立起来，几根长藤从下臂中生长出来，直接绕住了骨燃的脖子。库兹诺克立刻拔刀，准备上前，骨燃左手一挥，他按住刀柄的手又放了回去。

长藤又缓慢地收了回去，亚藤巴舒展了表情，干笑了一声。“骨燃，你作为一个曾经的虫师，你知道在泊泊桑成立之前，那些比湿都是什么？在骸族人的嘴里。”他缓慢地说着。

“绿……色的泥巴。”希琪哈轻声回答，她太了解这段时期了，在很长时间内，骸族无法成为虫师的人，都被判定为失败者。而一些亲近比湿的佼佼者，在当时，只有隐居或从事低等园艺和农牧活动。希琪哈 一族便是金图族中亲近比湿，而没有私有虫群的边缘类。

亚藤巴看了眼希琪哈，继续说着：“他们甚至没有资格去枯搡，拜见……我们骸族的姆神。”他停顿了下，直视着骨燃。“不是么？包括我，还有你曾经的一些部族。而现在，这些人在萨兰教有了发挥自己天性和能力的最佳地。”

“我很清楚记得，比湿和植物们，对我说的一切……还有，我在卡里古拉之中，看到，听到的。”亚藤巴停顿了下，盯着骨燃。“枯搡毁灭之后，骸族还剩下什么？”

骨燃微点了点头，眉毛跳动着。“还有，我们不断探索的精神和勇气。”他的右拳捶在了地上，但充满了克制。

5

库马利和希琪哈同时看向他。亚藤巴身体没有任何动作，他蓝色的瞳孔上再次泛起灰色的雾气，同时嘴巴微张，他说道：“骨燃，你好像没有给我余地啊。”停顿了会，他又缓慢地说道：“萨兰教有萨兰教的需求，弃子计划是其中的一环，让我们脱离永续灾难的一环……那是，必要的，也是不得不的……牺牲。”

“余地？”骨燃身边的面罩男子突然插话，“老爷子，你和那些弃子战斗过么？我们除了砍下他们的头，没有任何办法在战场上阻止他们。”这一刻，希琪哈的双眼瞪得很大，她转向库马利，图腾师点了点头。

“你们不是说，那些弃子是一些流浪的，失去生命欲望的人？我们是帮助他们重获新生？”希琪哈弓起了上身，问自己的老师和尊敬的教主。“这不是比湿之道么？”

“新生？”面罩男子继续冷冷地说道：“弃子，是放弃生命的意思。你们的重生台，就是杀人台。”一直寡言的库兹诺克，突然开口。骨燃挥了挥手，库兹诺克闷哼了一下，便不再说话了。希琪哈双手压在大腿上，什么话也没有说，一直看着地面。

骨燃停顿了一下，他左边的眉毛跳动了几下。他对亚藤巴说道，“他的家乡，还处于图拉真的战火之下，被团团包围。奇藏目并不是能应对弃子大军的部族。”

亚藤巴并没有说话，他的双眼转动着，瞳孔变成完全的乳白色，那是一团在高速旋转的白雾。他已在另一边，脚下是湿润的水草。亚藤巴环视周围，界的深度增加了，并没有显现出周边世界的过去，或是未来，还是某一刻。幻梦界的浅层，往往是当下的一种变化，是过去，或者未来，或者是当下的影子。而进入深层，就是幻梦界本身，所有真相被隐藏在界的景象中。

亚藤巴踩着那些白色石块的台阶向上走，底下的水开始干涸了，水草和藻类都黏贴在石块表面，厚薄不一，有些地方还拧成了旋涡的形状。这里，他来过多次，非常熟悉的污垢之门，是通往深层幻梦界的入口。亚藤巴沿着旋转的台阶向上，走到了尽头。那是一个干燥的平台，水从未漫到这里，平台的白色石块光洁如初，两边是对称的一道环装物，那是门框。

亚藤巴用右手触摸着污垢之门的左右门框，这是铸造者的杰作，门框上的浮雕依然清晰，传达着对视野本身的冲击，它们让亚藤巴眼前所见充满震动和不稳定。门框内空无一物，从此处能清晰看到下方远处的大桥。

大桥在雾气中微微颤动着，是因为那些高大的黑影么？亚藤巴尝试让自己的灵识迁越过去，使用更近的视野。一阵扭曲的感觉后，他穿过了巨大的门框，站立在大桥的桥柱上。在幻梦界深层，所有五感传达的感受都是不可信的，亚藤巴清楚“信以为真”的可怕，但他还是被眼前的景象震撼了。

那些他熟悉的铸造者，他们的形象在界的浅层里，比比皆是。通常，它们会以雕像群的状态出现，装饰着界最外层逐渐深入后的那些水塘，高低错落，林立在界的两旁。铸造者为何要这样标榜自己，亚藤巴完全无法理解，但在深层，在这座大桥上，它们以鲜活的姿态，站立在这里，戏耍般演示着什么。

锤子头，触手般的胡须，或是三角头，细长的手臂，长在白皙又湿滑的身躯各处。有四只，也有六只的，它们扭捏成各种姿态。手指有捏成枝丫造型的，也有捏成环绕造型的，还有些双手手指互相贴着，摆出奇特的菱形。它们中最粗壮的手，都握在大桥的各个位置，握着桥墩，或者桥身，还有缠绕在桥梁上的。铸造者们似乎在摧毁自己搭建的大桥，连接两个幻象之间的通道。

大桥在震动，部件之间的关联在减弱，空气和景象都在震撼。亚藤巴知道，这坚持不了多久。骨燃说的不假，也许真的发生了最可怕的事情。

幻梦界陷入了失控。

此刻的骨燃盯着亚藤巴，他整个身躯都在微微颤动着，肩甲和身体内的那些植物和比湿在他的皮肤上游动着，展示着一种焦虑。库马利和希琪哈也同时关注着教主的动向，她们清楚，亚藤巴正在向幻梦界最深层进发。

撇开这些疯狂的铸造者，亚藤巴努力让自己向更前方的区域“闪”去，铸造者和大桥快速成为了远景。大桥之后是幻梦界更深层的区域，他漂浮在颤动的空气中，透过更深的雾气，亚藤巴努力使用“观”，那是一种在界内观察到更深远和清晰的方式。他看到更多的环状物，庞大却不残缺，呈失重状态停留在空中的各个区域。

这些环装物有大有小，像是从中间爆破一样，扇形散布着，上面的骨纹全部熄灭了。亚藤巴内心震颤了一下，这些是门的碎片，通往最深层的大门，似乎……被破坏了。更多的三角头巨人们，蹲聚在最大的几块碎片上，或是缓慢地在地面行走着。这些事物的创造者们，在毁灭它们。

投影世界的毁灭，是真实世界毁灭的开始。

一些碎片缓慢地下落，另一些大块的已经和主体失去了连接，在漆黑的水上，逐渐沉下去。亚藤巴内心一阵着急，他撇下这些疯狂的创造者，到处寻找。漆黑的水上除了停滞的石块，它们都在缓慢下沉，除此之外，没有见到任何影子活动，那些常见的，维护树和桥的影子们。

亚藤巴跳入了水中，他像是融入其中一般，水本身没有起形态变化，他只是融了进去，向深处而去。这是亚藤巴熟悉的，另一种通往树的方法，所有黑水都通往一个地方，那颗颠倒一切的树。

亚藤巴向下潜着，逐渐靠近深处，黑水的颜色开始变淡，他看到了树根。它们盘错在一起，犹如疯狂的巨龙，从下方向上，四周扩散的长出多重交叉的枝丫。

他并没有看到那熟悉的黑影匍匐在巨树之上，这棵颠倒一切的浮屠树上，什么都没有。亚藤巴惊呆了，现世的力量消逝，从内心开始，这个世界的崩塌，从幻梦界彻底开始了么？

而影世界的主人，阿西卡，他去了哪里？

亚藤巴划动着这凝胶般的黑水，让自己更靠近浮屠树。他右手触摸着树根的表面，希望能得到许可，进入更深层的区域。

然而，亚藤巴感到心的能源无法传递，所有一切毫无变化，黑水中万籁俱寂，浮屠拒绝了他。又或者是，有些东西挡住了亚藤巴进入更深层的界内。

他闭上眼，能看到的只是一片黑暗……

他欺骗了我，欺骗了我们！

亚藤巴身体微微颤动了一下，瞳孔恢复了固有的颜色，他深呼吸了一口气，他回来了。骨燃一直看着他，突然说道，“老师，那么，你打算瞒到什么时候呢？”亚藤巴还没有说话，他双手握拳，用力地放在腿上。

“你也不知道阿西卡，在哪里，对么。”骨燃重重地说出这句话，双眉剧烈地抖动着。房间内所有的人，同时看向了骨燃，神色迥异。

“他们都不在那里。”亚藤巴说着让人毫无头绪的话，“的确时间紧迫。”他看了看库马利，眉头紧皱，缓缓地说道：“阿西卡也不在树上，我最近那里都没看到它的景象。”

“树？”骨燃惊讶地问，“影神在什么树上？”

“幻梦界只有一颗树，贯穿上下，这边与那边。那颗毫无边际的梦影巨树，是阿西卡的栖息之处。”亚藤巴说道。“噬影浮屠，影世界的柱子。”

“如果是巨树，我在界里，也看到了。”希琪哈突然说道，她看着亚藤巴。“上下颠倒的，看不到边际，我在一片黑暗的水中看到了它。”

亚藤巴面部微微有些变化，但很快回到了平常的状态，他问道：“库玛利大约和我讲过你几次过界的异常。比起大树，你还见到了什么？”

希琪哈叙述了几次状况，骨燃几人认真的听着。

“关于界，那些巨人，还有代言人？总之，我也有很多要问你的。”希琪哈表情严肃地盯着这位老首领，一副生怕自己一眨眼，亚藤巴又要去另一边的样子。

亚藤巴看着骨燃，叹了口气，缓缓地说道，“好吧，这是个漫长的故事。要从我建立萨兰教之前说起。”

在他讲述这漫长的故事前，亚藤巴向众人展开了右手掌心中是一个旁人从未见过的骨纹。它由六层荆棘刺状圆弧组成，围绕中心的图案逐渐向四周辐射。“这是个契约骨纹？”骨燃问道，他右手紧握了一下，因为在那里，血红色骨板之下，也有一个相似的。

亚藤巴微笑了一下，他用苍老的声音说道：“这是我用时间换来的，和卡利古拉的契约。”“关于什么？”希琪哈问道。

“建立阿西卡的影之国。”亚藤巴并没有转头，他冷冷地说道。“而这个故事很长。”

第六章
亚藤巴和“卡利古拉们”

1

“世人无法窥见他的容貌，身影闪过如刹那芳华，只有白色影一片。”

“然而，让众神始料未及的是黑暗侵蚀之快，鲁赛特的光芒和洁白一去不返，剩下的只有阴险和黑暗。”

节选自，《生命与黑暗》

关于十二摄理神的章节

这是一个在骸族人中流传的故事。

“他的名字是亚藤巴，植物能和他说话，比湿与他同生同体。他和自然沟通就像呼吸。”

诗歌是这么传唱这位塑型者的。

他作为这个渺小部族最后的勇士，进入了影木林的深处。他战胜了荆棘王卡利古拉，得到了影神的认可，最终建立了萨兰教。

亚藤巴·露赛特，继承了一位神灵的名字。露赛特曾经非常强大，但却在骸族漫长的历史中，逐渐因为一个神话时代的污点，而成为了邪恶的象征。亚藤巴因为出生时的特殊体质，被部族的人冠宇了这个黑暗的名字。

在骸族人的神话中，十二位摄理神代替创世者，制造了剥幕。而被授权完成它的，是“铸造者”。那些只会创造物质，或摧毁物质的巨人怪物。当然，在如今的骸族人心中，它们是只属于历史，伴随着恐惧的尘埃，已埋藏在不为人知的深渊之中。

亚藤是在一堆植物中诞生的，金图族的言灵师并没有发现他的母亲。他的父亲是一个外族的战士，在两族战争中死于金图的诅咒。“金图灵言，出口即生。”就像缠本身一样，亚藤巴父亲的诅咒，最终会反馈回金图族本身。

“你们终将被自己的力量所杀！被最尊敬的人背叛！”在血液中，这个诅咒延续着。“颠破流离，失去一切！”

Yak'Ten Ba, 在骸族语中，Yak 代表附属，最初捡到他的人仅仅叫他亚藤，附属在藤蔓上的寓意，粗糙如同大地的颗粒。Ba，巴，骸族语中代表全知全能的一种寄宿，引申为让人尊重的长者。亚藤这个粗糙的名字，露赛特这样的黑暗的称号，是如何加上“巴”的，全因为他和荆棘王的故事。

“那份卡利古拉与他的契约。”

金图族在骸族最初的一千年统治时光中异常强大，他们制作了雾骸那样的庞大移动堡垒，也扮演着用灵言诅咒敌人的身份。雾骸踏平边境之时，金图族的长老们产生了统一骸族的念头，这之后便是骸族漫长的内战。“血色高阳”从未衰落，尽管骸族和虫摩的惨烈战争，让他们元气大伤，依然联合奇藏目部族撕裂了金图人的妄想。

他们过去荣光不在，在高阳，奇藏目双重攻击下，加上人类的趁火打劫，被迫离开了本则大陆，跨过无眠之海，来到了苦足。

“亚藤！你这个蠢货！把那些烂植物扔了！”亚藤的养母挥舞着粗胖的手臂，对他吼叫着。“家里已经空间很小了，豢养虫还来不及，把你那些植物扔出去！”

“它们是有作用的，我会让它们有用的！”

“会有什么用？就是一些没用的植物寄生虫而已！赶紧去管一下那些姆虫！”养母说话依然粗鲁，右手挥着锅铲，左手胡乱甩动着，希望抓住亚藤手中紧紧抱着的花盆。他们属于最贫穷的金图难民，家中没有灵言师能赚取高昂的收入，只有做一些低级的使役工作，豢养姆虫和虫苗，解决基本农耕和卖良品虫苗给一些流浪虫师。“没有虫苗，接着就吃土吧！吃完了，你让太阳晒晒，长点粮食出来啊？烂崽子！”

“我会证明给你看的！”亚藤抱着他种植的几盆藤蔓植物，用身体阻挡着养母庞大的身躯，不让她手中的铲子碰到那些植物。他不用去刻意找植物种子，亚藤在地里坐一会儿，就会有藤蔓从泥土里钻出来，缠绕在他身上，要是不赶紧拔下来，放进盆里，晚一些藤蔓就会融化在亚藤的身体中，浓缩，卷曲，变成纹身一样的绿色痕迹。他对养殖姆虫毫无兴趣，也没有表现一些虫师的潜质，亚藤最熟悉和喜欢的就是这些植物，以及和它们伴生在一起的，比湿。

比湿很特殊，它们不单独存在，会和不同的植物形成奇妙的种群，缠抱，混合。尖塔比湿和针叶植物伴生，血红比湿喜欢苔藓科，而灰比湿爱和藤蔓共生，也会一起占据一头傀儡。亚藤和族人居住的泊泊桑里，就隐藏着大量的伴生傀儡。

而它们最近会更多地与亚藤巴交谈的是：“去枯搡，开启你的路。”这句话反反复复，不曾间断。

枯搡，是金图塑根族的圣域，骸族朝圣必须之地。

2

“十年拟物，百年拟人”是骸族的老谚语。

比湿从觉知睁目开始，缓慢吸收自然精华，获得人形。这样的过程很缓慢，而后增加智慧却有可能突飞猛进。这也许是因为他们离萨克瓦利精华中的神性距离最近。

哈马杰是亚藤的比湿朋友之一，他长的非常矮小，只有年轻的亚藤一半的身高，虽然已经获得了人形，但浅绿的肤色和尖细的鼻形，都能看出他比湿的源头。亚藤第一次见到哈马杰是在枯搡的白色大道之上，这个绿色的小个子披着藏红色半袍跟在一名高大伟岸的男子身边，行走在通往姆神圣殿的路上。

亚藤是偷跑出来的，他这样的孤儿并不被允许来到朝圣之地，当然凶暴的养母正在安睡午觉，也无法阻止他。瘦小的他用"借来"的白色长袍裹住自己，罩帽拉的低低的，尽力盖住大部分稚嫩的脸庞，扭捏地缓步混进朝圣的人群当中。但在一群披着藏红色半袍的金图朝圣者中，这不合身的白袍不像样的裹在纤细的身躯上，在三步一拜的人群中，显得格外鬼祟。哈马杰很快发现了这个身影，他停下了脚步，努力看着这个和周围不搭的身形，跟随着几个老朝圣者，慢慢向前挪动着。身边的高个男子察觉到哈马杰的停滞，他随着视线方向，也发现了伪装的少年。

"哈马杰，你也发现了吧。那个奇怪的白袍，相当显眼啊。而且那个身高，是刻意的伪装，还是？是个孩子？"高个男子说道，他五官线条如同刀削一般，高耸的眉弓下是锐利的双眼，瞳孔是金图特有的暗红色，同样的白色长衣外披着藏红色长袍，他的款式却略微不同，袍布上布满了特别的骨纹图案，这是一些具有保护功能的纹样。哈马杰拉了拉外袍的兜帽，回答道："我们要去看看么？那那西大人？"

"如果是人类的探子，就立刻解决掉。"那那西·阿努拉停顿了一下，又说道："你去关注一下，不要错过诵的契合大典，这对于金图族和我们都很重要。"哈马杰郑重地点点头。

哈马杰悄悄地靠近这个披着白袍的鬼祟小孩，他混在人群里，极其认真的模仿着周围人的动作，小心地卷起袍袖，双手翻转在地上，头顶轻磕地面，然后再缓慢站起，重复之前的动作。他随着整齐动作的人流慢慢向前行进着，不小心头还会撞到前面磕头的人身上，一阵踉跄，他摔倒在地上，长袍还和自己搅和在一起。周围的人依然专注自己的跪拜仪式，谁也没有注意和想要去帮助这个矮小的参与者。他们自然地向两边绕开，整条人流从左右两边曲线继续向前，亚藤只是这海洋中一颗搁浅的果子，孤立无援，却又不敢动作太大。

“脚先往右，然后伸手，身体不要压住，袍子就抽出来了。”哈马杰轻声说道，从侧面拉着这个狼狈的孩子，让他可以站起来。亚藤涨红了脸，这不合身的白袍一直让他行走困难，但要混进朝圣队伍，他也只能如此。“谢……谢谢。”亚藤站起来，快速地整理好衣服，他已经躲到了人流的外侧，防止影响这些不会停止的朝圣者们。

“你也是来参加姆神祭典的么？”亚藤问眼前这个浅绿皮肤的矮个子，他身上的藏红袍两边镶着精细的花纹，兜帽上还有金图的标志，一看便于其他朝圣的民众不同。“我是哈马杰，是祭典的主持祭司之一。小朋友，你的典礼袍呢？怎么只有这个不合身的内袍啊？”

亚藤低下了头，轻声地回答：“我……我，没有外袍……”他说着，声音变得更轻了，自己的身份让他在这名祭司前抬不起头。

所谓的“贱民”，这样的称号，在他们的流亡部族中，那些大人们，连自己也深信不疑，这毫无希望的未来。

但亚藤觉得，那些比湿和植物，督促他来到枯搡——神性之都。

“哦，你是外来民啊。”哈马杰青绿的脸带着微笑，他察觉到少年细小的变化。他拍了下亚藤的肩，说道：“与姆神接近，探求心灵的宁静，人人可以。”

哈马杰左右手交叉，手指相交，又翻转，向周围众人做了示意。人流自觉地绕开两人，继续秩序地向前朝拜。

“来，”哈马杰挥挥手，说道：“把长袍给我，我教你。”亚藤迟疑了一阵，他看着眼前这个人型比湿面带微笑的绿脸，忙乱地从身上褪下了过长的白色外袍，递给了哈马杰。

“你……”这回轮到哈马杰震惊了，褪去外袍的少年身材瘦小，四肢纤细，但这不是最关键的。哈马杰看到稚嫩的脸庞下，身躯裸露部分，皮肤下显而易见的绿色脉动。那是一些墨绿色的比湿，在这少年的身躯中共存着。亚藤的脸上流露出疑惑和一丝恐惧，眼前又是要伤害他们的人么？他向后退了一步，但茫茫人流，却是无路可退。

哈马杰笑了，他将外袍向两边拉开，沿对角线折起，又拎着一边的角，拉了几下。同样矮小的他，笨拙地如同被白雾包裹的绿桑果。接着，他把外袍在右手上挽了两层，展现给亚藤看。他说道：“这样披上，在前面，腰后打个结。”

亚藤点了点头，他心神不宁地穿戴好白色外袍，不过，确实这次它再也没拖在地上，相对舒适地与他合为一体。哈马杰重重地握了握亚藤的手，两人的比湿携着植物交缠在一起，发出绿色的光芒。哈马杰笑了，青绿色脸上，裂开的缝里露出白皙的牙齿。他明白了，比湿都告诉了他，这个人，还会相见的。

最终，亚藤跟着人流，沿着朝圣大道前行，在大道的尽头，他明白了自己未来之路。

3

“在那之后，我便毅然踏入沼泽，迎接必然。”亚藤巴说道。

年轻的亚藤跨进了眼前这片被金图人称为“暗影墓地”的沼泽。从第二次虫骸战争伊始，这里就是被隔离的区域。迷雾缠绕，黯光在这片密林只进不出，也没人敢进入笼罩此地的紫色大雾之中。也只有穿过这里，是绕过人类防线，最快到达枯搡之路。同辈之中提起这里，无不说到那些密林中传出的奇怪声音，和透过迷雾看到的巨大身影。

这片森林中没有黯光，在越来越浓密的黑暗之中，亚藤巴能够看见的只有发光植物之间忽闪忽暗的荧光。这是唯一的光亮，剩下的就是他手中的火把，燃烧着。它映照着藤蔓，发出幽蓝色的光芒。

近处的微弱光晕只能辨认脚下的泥泞与沼泽，会让人深陷而死。视野变得非常狭小，一个锥形的小区域是亚藤全部的能见范围，而脚下，始终是在泥潭中缓步移动的“吸溜”声。

“古老的力量终将衰亡，新生的力量会获得宝座的认可。”亚藤听到一些奇怪的呢喃声，清晰却不知方向，仿佛来自心中的古老预言。

黑暗中，亮起了几点蓝色的光芒，那不是荧光。它们更像是活动的小虫群，弯曲着在黑色底板上画线。亚藤屏住呼吸，停下了脚步，是什么巨大屏障般的存在，在他面前也挡住了气流，如同一切静止。

更多的蓝色光点聚成线状，在漆黑之中划出硕大的几个三菱形，随着震动，它们固定下来，并逐渐变亮。轰鸣声中，更多这样的三菱形出现在黑色中，亚藤巴逐渐看清了这一切的晦暗轮廓，那是一群巨型的傀儡。几何的图形光棱似乎是它们眼睛的光芒。

其中，阻挡气流的屏障，是巨大的傀儡之王，荆棘王——卡利古拉。

“天！比湿们说的是真的！你！好巨大！！”

卡利古拉慢慢地站了起来，他几乎与常规大型降临者一样高大，但在沼泽迷雾中，亚藤只能看见它的模糊剪影。它除了蓝色的闪烁光带外，都被带着黑影的墨绿色植物覆盖着。亚藤又听到了一些声音，但那似乎并不来自巨影之口，而是整个空间的颤动。此刻，他觉得自己身处梦境之中，一个深知却很难苏醒的眠梦。

“亚藤，你要建成比湿的天地，就从泊泊桑开始吧。从萨克瓦利的头颅之上，以他的精华，让影世界的巨树生长起来。”卡利古拉说道，他向前伸出巨大的手臂，这只由枯木，比湿和古老傀儡部件组成的右臂，外表被沥青包裹着，携带着腥味，就这样展开在亚藤面前。而周围的黑暗像被撕裂一般，逐渐褪去，显露出广阔的沼泽和这一群庞大的傀儡。

亚藤终于看清楚了周围的一切。

“倾听这些深潭的声音吧，从过去，现在，乃至未来。”卡利古拉用沉重的声调说道。它张开了右掌，这被墨绿色藤蔓包裹的巨手彻底打开了。亚藤能看到四周退开的植物与比湿之下，卡利古拉这巨大傀儡离开黑影后真正的样子。它块状的躯干上是个多边形的头颅，褪去地衣和植被的表面异常光滑平整，还闪烁出幽蓝的光泽。头部被正中的三菱形光线切割成几个部分，它并没有明显的眼睛部位，却能感受到直视的目光。

如果说他之前感觉空气被阻隔了，那眼前所见确是真的发生了。以卡利古拉和傀儡群为中心，被照亮了，而边缘的一切都扭曲了起来。石块，泥巴，跳跃中的虫，碎石都停滞在半空中。泥沼中的所有树木都围绕着傀儡们向周围和远处弯曲，并延伸进远处的黑暗中。亚藤使劲捏了捏右手，确认自己还是能够行动的。而四周的一切，除了傀儡头部闪烁的蓝光，都这样奇异地静止了。

风也没有再刮。

大量蓝色的灵魂流围绕这漆黑的巨像，它们跳动着，时而会有一束粗壮的光流进入巨像，这名为卡利古拉的巨型傀儡，而周围所有的傀儡只是跟随着，做出呼吸般的动作。每道光流注入，它们头部的三菱形便会点燃，而亚藤听到的声音也完全不同。

“流浪的小子，你知道你的姓氏，是多么邪恶么？”一个苍老的男声说道。“哼哼，不过你们这些小鬼什么也不知道，对过去的一切。”

亚藤一脸不解，他对自己的家史几乎毫无了解。

“那个名字，和蓝菱的制造者一样罪恶。”另一稍显年轻的女声说，还带着空旷的回音。

“随着黑暗本身二万年，最终还是晚节不保。”苍老男声接着说。“你，如何证明自己不会被黑暗染污呢？少年？”

“还是最终，你也逃不脱天青石钉的禁锢？哈哈哈！”有一个男声加了进来，更多的光流汇聚，进入“卡利古拉”的头颅之中，发出声音。而周围嘈杂的感觉，越来越强。

“你们是什么？你们是谁？”亚藤对着傀儡群问道，此时他觉得奇怪的是，自己并未感觉恐惧或者不适，这些让他想起一直在耳朵唠叨的比湿们。不过比起来，这些要更加古老。

“我们是什么？哈哈哈！”另一个沙哑的声音狂笑着，“我们是苟延残喘，不愿意离开舞台的，还不如泥塘里的一群扁虫！”

“被困在这片区域的可怜虫！就是我们！”沙哑声继续撕扯着说话。“卡利古拉”的双眼闪烁着，仿佛冰冷傀儡在宣泄着常年的情绪，那是孤独，还有桀骜不驯。“为了逃离剥幕的意志！”

“剥幕的意志？”亚藤问道。

“你见过真正的死亡么？少年。不是被剥幕吸收，就是像我们一样漂泊。”几个声音聚合在一起说着：“而你，选择哪一种？”

“原来，卡利古拉，并不是一个个体。”亚藤轻声说道。“你们是个灵魂集群，以这巨大傀儡作为寄宿的躯壳！”

“哼哼，过于机灵了，小鬼头，这并不是个好特质。”几个声音还是重叠着，更多的蓝色灵魂涌入“卡利古拉”之中。“我们曾和人类合作过，我们给予他们需要的知识，他们给予躯体。”其中，最为苍老的声音说，“不过，结果并不如预期，尽管他们中的一些确实窥见到了未来，却也看到了危险。”

“研究被终止了，但那个组织和我们都获得了部分灵魂转移的方法。”他继续说道，“诀窍也是选择相应的容器，以及复杂的骨纹构筑。”

亚藤对此信息完全的震惊，说不出话来，只是倾听“卡利古拉”的叙述。

“而后我们发现，比湿这种心思缜密，细腻的生物都是很适合作为传导媒介的，加上这些古老的傀儡们。”声音们一起说道。“而你，最为植物亲近的融合体，更加适合不过了！”

4

如果说成为神力的寄宿者，需要付出代价，那亚藤失去的便是时间。

卡利古拉答应他的代价，是整个傀儡群的力量与记忆将与他共同链接。亚藤看着面前的傀儡之王，它漆黑脸庞上，三棱形裂痕之中，幽蓝色光束流停滞着，如同在凝视自己。“你想好了么？年轻人，或者……即将与年轻告别的少年……”卡利古拉的声音变得沙哑，声线里除了固有的老年版外，还有背景中的女人，青年男子，甚至小孩的呢喃。

接受力量与同样的记忆，这些所有同等量的痛苦，但是与失去希望的金图族来说，这又算什么呢？亚藤注视着对面的巨人，他能看出这蓝色旋涡中的无数灵魂，这些与剥幕的禁锢做常年斗争的灵魂。

想到只有植物和比湿才能理解自己，他皱起了眉头，亚藤和大多数金图，骆风的遗弃民一样，即无法磊落地去圣城，又要面对无数养母那样怨气深重的骸族人，他们自我遗失，对一切失去希望，和那些从“梯井”来的人类一样，只有欲望，没有别的。

亚藤伸出了右手。周围所有的植物，比湿开始涌向他，藤蔓逐渐淹没这具渺小的躯壳。

“那么，故事讲完了。”亚藤巴正了正身体，比起开始，他放松了许多，右手搭在腿上，单膝架着。他看着骨燃，淡淡地说道：“然后该你了？你一直是个讲故事的能手，骨燃。你的那些高阳战士，在你的故事下，总是无惧死亡啊。”最后的言语中，带着些许揶揄，库兹诺克顿时皱起了眉头，他按在刀柄的手始终没有放松。

“哈马杰老头子以前还有这样的经历啊！”倒是希琪哈显得有点兴奋，她的权杖中的老比湿还有如此的过往，让人充满好奇。亚藤巴笑了笑，说道：“他一直都那么碧绿的，充满了比湿的智慧和啰嗦。”

希琪哈看了眼身边的权杖，一些绿色的藤蔓在杖身缓慢爬动着，并伴随着呼吸感的律动，她知道老头子在平静地聆听。她又望了眼骨燃，并努力甩头，防止自己又看到那恐怖的一瞬。一切都成为灰烬的瞬间和“那个”骨燃冰冷的眼神，那是死神的表情。

“我要说的故事很短，是关于一群死在梦醒时分的人。”骨燃平视着亚藤巴，他示意库兹诺克递来一个盒子，放在众人中间。盒子不大，却结构特殊，从外向内由三层多边形交叉包裹，剥幕钢的材质使得整个外围乌黑锃亮，中间围出一个菱形的空间，凹陷处布满了鲜红色的骨纹图案。

“这？”亚藤巴向前凑了一点，双肩的黑藤自己又动了起来，藤蔓的转角都长出了尖刺。这个盒子，为何让自己如此警惕？骨燃缓慢地指了指正中，他的手指聚焦了所有人的目光，在盒子的中心，骨纹重重包围的核心，是一把叶子。

“这不是绿萝的叶子么？”希琪哈喊道，她最熟悉的植物，在曾经的种植区到处都是，而且也是制造药剂的好材料。骨燃特意装在这样精致的盒子里，居然是一把如此的叶子？她凑近看着，伸出去的右手被库玛利一把抓住。“仔细看好，这堆叶子不一般。”

绿萝叶中心微微向内收缩着，它在骨纹中依然是碧绿的，不同的是沿着所有叶脉，有几条紫黑色的气流在缓慢流动，途径处的叶片都向内干瘪，并像染色般成为黑色。而那黑色又如同滴入水中的墨，向四周散开，罩染更多的叶片。这摊墨就这样越来越开，让一堆叶子都化为阴影般的凹陷，直到碰到骨纹才停止下来。

骨纹的图案一起散发出红色冷焰，那些紫黑色又迅速退了回去，最终凝聚在中间的几片叶子上。应该说只是几片绿萝叶形状的黑暗凹陷，一滩滩里面仿佛是无限深渊的黑暗。

“从剥幕纳尔开始，不止一个城市开始有这样的东西。”骨燃皱着眉，表情严肃地说着。“从幻梦界带来的东西。骨纹能抑制它们的扩散速度，但只是暂时，有更多的人会被影响，直至带来大量的阴影。半个月前，已经开始扩散到卡多维那附近小镇了，我相信很快会影响到苦足大陆，萨兰教难脱其咎。”

亚藤巴和骨燃对视了几秒，他一手撑着膝盖，弓起上身，凝视着盒子。他双肩的黑藤向外延伸出一条，在盒子上方盘旋着。黑藤像是在嗅着什么，在一处凹陷的阴影上反复环绕了许久，突然一头扎进了一片完全黑暗化的叶片痕迹中。

“天哪，这真的是个空洞么？”希琪哈情不自禁大喊，又立刻捂住了嘴。骨燃盯着亚藤巴，对方表情凝重，右手紧攥着拳，压在膝盖上，他的关注力全在那条进入阴影的黑藤上了。“你确定要继续么？”骨燃问道，亚藤巴没有回答，他只是紧盯面前的盒子。藤条从亚藤巴肩部组织里向外延展着，越伸越长，几乎达到一人长，它大半都进入了这一小片阴影之中。

骨燃朝库兹诺克示意了下，对方点了下头，右手按在手边的刀上。亚藤巴皱了下眉，，他已经放出了足够多的藤条探索这未知的空间，居然完全没有尽头的感觉。一股强力的拉扯从黑藤上传来，力量之大竟连同藤条拉动了亚藤巴的右肩，导致他身躯完全前倾！他右手拳转掌，按住一撑，更多的黑藤从肩上跳出，缠在那条深入的藤条上，快速拧成一股粗大的力量。它完全绷紧了，从阴影内的黑暗中向外拉扯，随着拉扯结束，黑藤的大部分从阴影中弹了出来，大半截在空中甩了一个巨大的弧线！

“那是什么！”希琪哈大叫起来，她努力向后退，右手摸着自己的权杖，眼神却没有离开空中的黑藤。整股的藤条后半截被一股黑烟笼罩着，它缓慢盘旋向上，爬过的部分都被吞噬了，成为了紫黑色坚硬般的东西，中间是同样的空洞！

“库兹诺克！”骨燃大吼一声，同时自己右脚一蹬，向亚藤巴跃去。藤条像是脱离了亚藤巴的控制，那些比湿疯狂移动着，却无法避免被爬上的黑烟转化成同样的“墨染”。半截的空洞在房间内划开了一条裂隙，中间露出更多的黑暗！众人惊愕之间，库兹诺克的快刃已到，他高速挥舞下，这股藤蔓被切成几段，顷刻脱离了亚藤巴的躯体！断裂的部分带着“墨染”，还未落地，骨燃的大手已完全锁定，他隔空一捏，火焰骨纹的力量已烙印上去！这段细长的黑暗伴随着爆裂声，化为灰烬。

“天呐！”希琪哈还未能移动半步，她纤细的腿此时完全无法移动，这东西吓到了她。亚藤巴捂着右肩，额头密布冷汗，他一言不发，只是看着骨燃。

骨燃盖上了盒子，周围陷入了平静，只有火焰骨纹燃烧后的灰烬味。他徐徐地说着：“当时，在我面前有很多具这样的尸体。那些人在噩梦中惊醒，随后大声惊呼，身体开始出现异样，直至影响周围。”

“我端详着眼前，连年的战争见了太多逝去的生命，但这具冰冷的尸体却截然不同，平静中带着恐怖。他的脸颊，双手和胸腔都被染黑了，确切的说，那些部分被凹陷的阴影取代了。”

最初，从阴影中流淌出来的是沥青般的黑色，所触之地都被它们缓慢腐蚀着。这些和剥幕汁液所为不同，那不是生物组织的侵蚀，被它这片黑色感染指出，从中心向外蔓延，并凹陷下去。

这让骨燃想起人类的一种艺术，古老的墨染，将手工磨制的矿物与水混合，在特质纸上写出骨纹般绚丽的曲线组合来，人类称呼为“字”。其形为义，其义为神。而让他不解的是，人类创造这个和骨纹不同，他最初的意义已经失去了，剩下的只有形了。

而面前的这个“墨染”毫无禅意，只能传达一种陌生的恐怖。它越来越大，仿佛在吞噬空白的周围，而被它裹入黑色本身的全部都塌陷了下去，成为虚空的一部分，其中不知所踪。

它很快被称为“死墨”，从出现到扩大都非常寂静，迅速，将另个世界的恐惧带来这边。

“赶紧烧了这些尸体。”骨燃说道，他叮嘱着身边的几名高阳族祭司。“这个区域全部围起来，用火焰骨纹让黑暗不要再蔓延出去。”也许，这也不能延缓太久，时间很紧迫了……

“没有太多时间了，我要见卡利古拉。”骨燃平静地讲完了，亚藤巴始终皱着眉，一言不发。许久，他叹了口气，站了起来。他手触摸墙壁，之前遮蔽四周的藤蔓全部褪去，露出隐藏的门廊。

“你们进来。”亚藤巴示意祭司退出帐篷，严守门口，骨燃一行人跟随他往内门进去。那是萨兰教隐秘之处，也是浮屠树的核心，亚藤巴平日隐秘闭关的场所。希琪哈抓着库玛利的手，跟在骨燃之后，她小心地看着周围，这是作为过界女巫平时无法进入的区域。

和在大帐里不同，随着藤蔓的打开，向上的道路越加宽广。周围是分叉的枝丫和茂密的树冠，脚下是粗壮的主干分叉。除了增加的浓密藤蔓外，疯虎看到的是更多的萨兰教守卫，与大帐内和外面的那些兜帽们不同，他们强壮干练，黝黑的皮肤上遍布青灰色的骨纹，从胸部散开绕置背脊，并充满脸颊的两侧。截然不同的气氛，他不禁咽了口水，接下来将看到什么呢？

众人又向上行走着，四周向中间延伸的分支托起一个个平台，它们都被黑藤包裹着，似乎在掩盖着什么。从主干经过中央平台时，希琪哈惊呼起来，她面色苍白，几乎向后退了好几步。“这！这不是！”库玛利迅速扶住了弟子，她看了眼黑藤，长出了口气。亚藤巴的黑藤们在努力包裹浮屠木形成的平台，而正中一团黑色水雾般的东西在努力向外延展，它吞噬黑藤，而更多的黑藤又快速包裹它。这里在进行着如此的持久战么！同样发生变化的还有树冠，翠绿中间几团墨染过后，它们凹陷了下去，中间的枝丫像被抽干一般，又全部扭曲打卷起来，几段晶体从干枯的中心向外突刺出来！

它们通体白色，闪着蓝色幽光，这是库玛利熟悉的，“界”那边表层的梦木……它们的一部分，正通过那些墨，和这里连在一起……

“Ba,Ca ga……”骨燃对每个黑雾点都立刻施以火焰骨纹，但燃起的刻印在瞬间被它们吞没。“这里的死墨已经进化了么？”他怒目看着亚藤巴，对方并未回答，只是示意众人继续向上。通路到达顶部，黑藤包裹的坏点越来越多，更多的梦木从浮屠内部钻出来，形成一簇簇混合的植被区，从表面看，顶部如同繁星点点，在骨燃心中和坟场的骨碑林那样让他难受。侵入，居然如此严重……

通路的尽头，粗壮的枝丫簇拥着一个纺锤形的空间，灰比湿群顺着黑藤在表面爬行着，它们显得烦躁不安，周期性地啃食着藤蔓，并尝试用唾液修补梦木钻破的那些坑洞。一贴近梦木，它们就像被灼伤般立刻退到很远，留下一些环绕的黑雾。

亚藤巴的到来，更多的黑藤从浮屠表面增生出来，它们包裹坏点，同时安抚狂躁的比湿群。他打了个响指，所有藤蔓向周围退开，纺锤形空间正中出现了一扇门户，如同蓓蕾打开了花房，露出隐藏的秘密。库玛利看了亚藤巴一眼，对方无奈的点头，眼前的密室即是萨兰教的秘密，浮屠的心脏所在。

“进来吧。”亚藤巴弯腰进入了密室。希琪哈小心翼翼环视着四周，弯下腰紧跟了进去，这是她头一次进入浮屠核心，紧张又激动的感觉，虽然她总觉得有点不合时宜。

整个密室微微颤动着，疯虎这才发现被植物和黑藤包裹的纺锤屋，以心跳的频率运动着，它是活的！“原来这个纺锤，就是浮屠的心包么？”他下颚微颤，又用微胖的手擦拭淌下的汗滴，目睹的这些竟然让他全身浮出一层油腻的热汗！

“你打算隐瞒这个多久？”骨燃指着亚藤巴，厉声问道。心包室正中，从四周向中间聚集了大量的黑藤，它们与外面的不同，更加粗壮坚硬，表层浮着骨纹的光华，聚焦了亚藤巴最强的精神力。藤蔓们绷的很紧，向外拉扯着，它们发力的对象是中央一条抖动的紫黑色裂隙，交叉的力量使它无法快速扩大。但较劲的过程中，不断有黑藤枯萎，从中刺出新的梦木。立刻从壁面长出的新黑藤，继续绷住裂隙。

“居然已经染污了核心！”库玛利大惊，浮屠树蕴含萨克瓦利精华，根须脉络贯穿半块大陆，一旦被界贯穿，后果不堪设想。“所以你一直没有离开泊泊桑？”骨燃问道，想必维持这阵仗，已经消耗亚藤巴许多。他高举鲜红的右手，立刻对应中央裂隙，施展骨纹，加固黑藤的力量。他回望众人，继续说道：“等下我的人，会继续强化防御，希望能维持现状，不再恶化。”

亚藤巴叹了口气，缓缓盘腿坐下，某种意义来说，不用再做隐瞒让他暂时放松下来。“这株浮屠正在被幻梦界的那部分取代，界的边缘被破坏，两个世界会连在一起。”

5

如今，金图的遗民只剩下了一种能力——诅咒。

而美好，那些祝福的灵言，随着枯搡的消失，而殆尽。姆神给予的“祝福”能力，也成为一种不复存在的稀有物。无论拉特穆的诅咒是否应验，金图人的荣光与失去的力量，失踪的圣女，都没有了。

自，骨燃·炎嗣

《关于金图族的研究，第四章》

“最初我认为是金图人的诅咒所致。”亚藤巴说道：“他们在枯搡事件后销声匿迹，我也安排了大量的调查，直到墨痕出现，以及……”

希琪哈突然开口了，她几乎失去了过去毕恭毕敬的语气，声音急促。“首领！这事情，难道，你打算一直隐瞒大众么？会一直有无辜的人民死在梦中啊！而且无法脱离，成为两个世界夹缝的……”说着，她猛地跺脚。

骨燃不再说话，只是盯着亚藤巴，他用右手支撑在腿间，安静坐了下来。

“恐惧是种力量，它会快速传染，让整个城市陷入绝望！ 它比死亡更迅速，又如此缓慢生效，摧毁人的心智。”亚藤巴指了指周围，厉声说：“这辛苦建造的都城会很快因为惊恐成为苦难之地，消息决不能泄露出去！ ”

骨燃还是没有回应，他只是摇了摇头。

“恐惧使人民怯懦，萨兰教会再次被灾难瓦解！”他看着骨燃。“你希望骸族再次失败么？”

“你，还有卡利古拉们……”骨燃皱着眉头，旁人几乎听到了他牙齿咬合后摩擦的闷响。他指着亚藤巴，大声说道：“和图拉真的缠！连接深渊者，都逃不了干系！骸族早就失败了！脱离真心的力量，却想着和深渊紧密相连？！”

“难道你不是么？被诅咒缠缚的不仅是你，骨燃！在这里的所有生命，都是缠的一部分，我们造就了它，从一切的源头开始！”

亚藤巴一把抓住骨燃的右手，他泛白的双眼盯着双方，肩上的植物精华都从皮肤下泛现出来，那些青黑色的藤蔓都顺着他的手臂缠上骨燃的右手，并向他的上臂和脖子爬去。

骨燃吃惊地看着亚藤巴，藤蔓已包裹了他半个手臂，另一些冰冷的分叉紧紧贴着上臂和脖子的皮肤。

“你不是想见卡利古拉么？”旋涡般的白雾笼罩了亚藤巴的双眼，他说道：“跟我来，来到他们的世界。”藤蔓完全包裹住了骨燃的脸颊，他盯着亚藤巴，那白雾翻滚着，形成的旋涡越来越大。骨燃下意识地眨着眼睛，眼皮翻转的瞬间，周围的一切成为了泡沫。他仿佛置身水底，立刻向下快速地坠去，而水和其他一切都向上退走，也带走了所有熟悉的景色。

被冲刷之后的骨燃感觉天地倒转，而下一刻已身处沼泽之中。他抹去身上附着的植物，惊讶地看着四周。亚藤巴变成了墨绿色半透明的影子，他站在这片没有边际的沼泽中心，从他身体中心向外飞舞着孢子，它们轻盈地旋转，四散飞舞，还发出淡金色的光芒。影子亚藤巴抬起手，向骨燃面对的沼泽深处指道："深处，我们在等待你。"让骨燃惊讶不已的是，那并不是他熟悉的老师的声音，这在稚嫩中带着毫无感情与生机。

骨燃眼前的密林粗看与他所熟悉的影木林很相似，但不同的是一切都颠倒了过来。他站在平静，墨绿的沼泽水面上，却能看清水底的一切，而自己其实是倒置在水中，这已经让骨燃很难分辨方位。液体不再流动，它们只是泛着水底的光芒，所有的影木，冬行木，那些会随风飘动的沼泽长风草，都向着下方生长。

骨燃看着这些根系，他向上走着，踏着倒转的盘根，每条主根延伸出的多条附根都形成了一条他能够通过的小路，它们一直向上延展，仿佛没有尽头。沿着主根系这条路一直走，周围越来越暗，那些漂浮的孢子发着淡雅的球状光芒，成为唯一照亮的东西。"这并不是一个简单颠倒的影子沼泽的投影，其实很不一样。"骨燃想着，他抓了一把孢子。

它们在他的大手中立刻融化了，成为几缕金粉，消失在静止的黑暗之中。借着微光，骨燃看到根蔓被众多的墨绿色藤条包裹着，每一股根枝的顶端，都被绕成一个花苞形的结构。藤蔓就这样环绕到中心，包裹成黑洞一般。

又一些孢子飘过，骨燃四处扫射，发现由上而下，这镜子般颠倒的巨树根系上，竟如同结果，布满了这样的花苞型空洞。

"你不打算看看这些空洞里是什么？"那个熟悉的声音又出

现在骨燃心中，那不是亚藤巴，而是自己最不愿听见的声响。

“闭嘴！”骨燃轻声说道。“真是周而复始，阴魂不散！”

他能感觉到，那如影随形的家伙在这里，这片黑暗的投影世界中，与自己一起进来了。它变成了一道墨绿色的影子，手臂细长，悬挂接近腿部。而模糊如黑雾的脑袋上，是绿色的的纹样，扭曲着勾勒那张骨燃不愿见到的脸庞。而毫无变化的是那团黑雾中，橙色的双眼，那杏仁状直立的瞳仁。

细长的手指带着黑烟，从骨燃背后伸出来，冰冷刺骨，指尖传递着一种嘈杂而连续的关节声，让骨燃觉得头皮发麻。

“我了解你心中的痛苦……骨燃……”它黑色的长臂绕着骨燃的脖子，锁骨，直指心脏。“我会慢慢侵蚀你，可怜的你，始终无法摆脱我！”

“闭嘴，闭嘴！”一时间，骨燃全身向外增生出骨刺，额头，眉心，下颚，两肩全向外刺出血红色的尖角结构。他一惊，周围又回复了平静，那声音和黑色阴影便消失了。他看着自己的右手，骨点的筋肉都在跳动着，如此真实，身体自动进入了防御状态。

骨燃看着树冠间所有的黑洞，那一张张的脸庞，表情不一，有平静，痛苦，茫然，如同骸族经历过的那些时刻。

“真可怜，我们的光辉就这样被葬送了。”

“那那西那个蠢货……”

“完全的断送了……”

骨燃捂着头，这些喃喃细语让他想起很多往事和片断，使得他右脑门隐隐作痛。“我知道，老家伙们，化为灵魂的记忆，还是这样充满怨恨！”他对着黑洞大声说：“她，我是绝对不会让你们带走的。”

“我们一直如此的……骨燃，你居然中断了这个传承！”那些脸庞都开始变得焦虑，充满恐惧，他们用苍老的声音嘶吼着：“不！

不能这么结束！"

"骨燃，你知道自己做了什么？"所有的树洞，都传出了一样的声音，洞窟中闪烁着幽蓝色的光芒。"我们攻陷巴拉卡，建造枯搡的时候，并不想看到这样的结果！年轻人！"洞窟中的声音继续着。

此时，水中浮现出一个武器的影子，前段是个尖锥，后面柄很细小。"你这个疯狂的家伙！"声音合在看了一起，显得更为激动。"你认得这个么？"

"这是诛摩刺啊！混蛋！"合成的声音继续嘶吼着，它在树洞间穿梭着，震荡整个空间。"你知道你做了什么！骨燃·炎嗣！"

骨燃看着熟悉的武器，只是淡淡地说："我只是让一切回到原点，生命应该经过的历程。"他看着眼前的水面，那柄熟悉的武器像融化一般，又沉了下去。

"那个被剥离的神，你藏到那里去了！？"声音大吼着，还带着嘶哑。而骨燃一言不发，只是带着一丝奇异的笑容。

"你们要再造神，却只是周而复始的杀戮，那些躯壳的存在意义，对你们来说是什么？"骨燃回问，他不打算回答声音的逼问。"卡利古拉们，我是寻求谈判，并不是对峙。图拉真用你们留下的技术，将毁灭你们所谓最珍爱的骸族。"

亚藤巴的身影屹立在倒悬的水中，他合着其他声音一起说话。"我们依然需要他的技术，在灵与质的探索，终将战胜剥幕。"

"暗影匕首得到的，最终落实到了弃子之上，而你们居然还借着这躯壳，继续资助他？"骨燃大怒，他厉声反驳亚藤巴灵魂空间中所有的"卡利古拉"们，即是骸族最古老的元老们。

"所以，你根本不是亚藤巴。"骨燃举起右手，对准影子。"这也完全不让我意外，这两千年来，都是你们的预谋！卡利古拉们！"

"哈哈哈。"影子笑着，那是骨燃熟悉的样子。"不，你狭隘了，骨燃·炎嗣。亚藤巴花了三百年来消化我们，他差点就成功了。他现在只是我们意识体的一份子，完成我们吸引他们来的计划中的一部分。我们即是他，他即是我们。”

“计划？”

“这一切从梯井打开时，就计划好了，我们和露特拉一起，哈哈哈。”

骨燃眉毛跳动着，这个消息是他预料外的，但，似乎充满了变数。

“无论是借助什么，这个计划将持续到完成为止。”影子用亚藤巴的声音继续说着。“你不可能不知道那个计划，骸族的千年计划。”骨燃迟疑了下，放缓了语气。这……情理之中，预料之外……

“那，我们来聊聊合作的事情。”骨燃说道，声音在这个空间中显得格外平静。“并没有太多时间了，古老的阴魂们。”

骨燃离开的当下，他和亚藤巴被连接再一起，而身躯则是平静地盘坐着，呼吸均匀。库兹诺克谨慎地盯着两人间的黑藤，关注随时的变化。

希琪哈望了他一眼，无一例外，骨燃的人总是抱持着随时要战斗，处于生死之间的紧绷感。这样的弦，会不会断呢？

库兹诺克察觉到了眼神，立刻回望道：“不要窥视我，女巫。”他抬起右手，企图遮挡自己，躲开希琪哈的眼神。她非常尴尬的笑了，似乎能引起她瞬间过界的只有骨燃，那如同鸟儿滑入水中觅食一样自然，轻便，几乎如同本能，却又自然的无法抵抗。希琪哈总觉得，有什么缠，是她与骨燃在界另一边共存的，这不可知的联系激发了她。

而库兹诺克则完全不会，安全的“绝缘体”。希琪哈对爱这种情感不太了解，但她觉得能激发过界，也和对上眼的激情一样，是缠的一部分。

“你不用担心。”库玛利轻声说，她缓解了大帐内剧增的尴尬。“过界并不是随意触发的，偶然中带着必然，你所目不能及的一切。”

库兹诺克迟疑了，放下了遮挡的右手，他看了眼首领。骨燃和亚藤巴还保持着那个握拳的姿势，双方一动不动，如同那些巨骸人在沙漠里雕塑的傀儡一般，除了白雾状带着旋涡的双眼，其他一切停滞。

许久，骨燃睁开了眼睛，他和亚藤巴互相注视着，在短暂的时间内，他们确实和自己交换了秘密，也达成了某些需要的默契。

他朝对方点点头，亚藤巴缓缓站了起来，看向周围，最终说道：“我们的确，该做点什么。”

6

“你们该听听他的想法。”希琪哈举起自己身边的权杖，杖身上除了骨纹和共生的比湿外，还有哈马杰。

希琪哈把自己的权杖平放在地上，一些绿色从杖身中流淌出来，老比湿哈马杰的脸顺这些液体和包裹它们的藤蔓里，显现了出来。

“好久不见。”亚藤巴笑了，从哈马杰决定与权杖合二为一来，已经五年过去了。这个老比湿也是他的引导者，对影神和幻梦界的了解要高于其他人很多。显然，卡利古拉和骨燃达成了某种默契，双方在过界接触的一段时间后，立刻恢复了常态。

哈马杰说道：“如果阿西卡不在界内，我倒是非常质疑丫头体验的一些景象。”他停顿了一下，继续说道：“第一次是丫头被拖进了界的深处，第二次我也被一起带了进去。”

希琪哈点了点头，她看着库马利，轻柔地说："加上第三次，都是老师把我拖出来的。第二次我是被困在一个黑色的匣子里，第三次更加严重，有一种光芒，同时灼伤了我的皮肤。"她举起右手包扎处，展示给亚藤巴和骨燃。"这三次过界，一次比一次深入，而且真实。"

骨燃眉头跳动着，"真实？我对幻梦界的了解很浅，那里不是影子的区域么？投影会影响这里所有的一切？"库玛利回答道："除了投影还有梦，在那边做的一切同样会改变这里，包括死亡。某种角度来说，很难界定真实与虚幻，取决于你是否认同这个真实。"

库兹诺克惊讶地说："什么？那我在这个什么界里认为自己死了，我就真的死了？"希琪哈点了点头，想来她属于幸运的，在界内误打误撞，各种奇遇，三次都活了下来。"认知是很重要的，界本身有很多景象会影响你的认知。"库玛利接着说："一旦认知被改变，就会被界主导。比如，最近那些猝死的……被界杀死的，被阴影同化的，都是死于深信那种恐惧。"

希琪哈点了点头，的确，那种恐惧弥漫，笼罩一切，直至将内心吞噬，最终被幻象同化，湮灭。

骨燃左手支撑了下巴，仔细聆听着，他突然问库玛利："认知的力量如此强大，那反过来想，如果我的认知超越了界本身？会主导界么？"众人陷入了一种思考的沉默。

亚藤巴身上的植物绕着他的肩甲四处游动，他看着骨燃，许久说道："并不是没有可能。不过，应该没人能做到。"

"除非。"亚藤巴轻声说道，他迟疑了下，摇了摇头，把半句话咽了下去。"除非有人到达了认知的边界。"

"如果是这样，我们需要一起过界，进入深处，探个究竟。"哈马杰的声音在绿色液体中发出来，库马利点了点头，她对其他人说道："你们可以使用特制的药剂。"骨燃表示了苦笑的面容，"这个，我之前有考虑，所有人是否能统一进入她的世界，所以我带了一个最适合的媒介人。"

说着，他打了个响指，示意门外的人，"诵，你们进来吧。"

7

话语中，两名女子从帐篷外进来，一名身躯较小，却身材凹凸有致，显眼的红色头巾与布满骨纹的半侧面具，立刻让人认出，这就是劫持囚车队时，骨燃身边另一名随从——高阶骨纹师，诵·阿努拉。

她看向骨燃，露出一种欣然的微笑，亮白的贝齿从微开的红唇中显露而出，"我把人带来了。"顺着她的引荐，诵身边的女子压低了身躯，向账内众人表示敬意。

"我是寄螺族的苏利安玛维。"女子拉下隐蔽自己的斗篷，她苍白的瞳孔，细腻的皮肤，具有诱惑力的身体曲线和腰臀比，都体现出了寄螺族的特点。比起希琪哈略偏中性的少女身躯，诵已经是凹凸明显，胸型饱满，但这位苏利安玛维则是更胜多筹，充满了雌性荷尔蒙的气息。此时的疯虎·汉谟拉比已经不知要把双眼放向何处，但出于礼节，不得不正襟危坐在骨燃身边。

亚藤巴并未待骨燃介绍，便向前走了几步，用浅蓝色的瞳孔看着这个苏利安玛维。与亚藤巴的了解冲突的是，她有着完全不同于常见寄螺族人的身高与强壮体魄，但更吸引老首领注意力的是苏利安额头软骨的不同，常见的寄螺族人头部有一整块冠状的软骨簇，它是头骨的延伸，保护着她们头部最特殊的区域，被称为"空眼"的一个神经组织群，这让寄螺族人有着特别敏锐的感知能力。

而在这个高大女子的额头，是一道闪电形的龟裂伤痕，皇冠状的软骨被打开了！裂口至下而上展开，倒三角形的缺口里显现出一片白雾，内里是闪着晶体光泽的软体组织。它们被亚藤巴注视后，还有一些带着粘性的柔软异形，像发芽的树木一样在她头顶伸展开来。这些包含神经的软体枝叉，又像是鹿角，在苏利安玛维头顶形成一篇多叉的闪光群组。

“这是觉醒态么？”骨燃先一步说出了亚藤巴心中的问题。诵点了点头，她挥手示意苏利安，“我们使用了它。”苏利安玛维右手伸到背后，取下挂在固定肩带上的武器，寒冬战锤带着气雾被展现到大家面前，锤头呈多边形纺锤，随着呼吸般的表面脉动，漆黑的表面快速结起发白的冰层，并在上部越积越厚，那简直是一块形似金属的冰块。

骨燃说道：“这是用剥幕钢锻造的锤子，和剥幕本身，还有摧毁枯搡那个环，是一样的材料。”他看了眼身边的诵，她是那个白砂之地唯一的生者，那场阿努拉的记忆一直伴随着她和这个关乎着很多生命的锤子。“看来你的枯橾之行没有白费。”

诵·阿努拉报以了轻松的微笑，表示骨燃可以继续陈述下去。对于诵来说，骨燃几乎等于生命的全部，因为没有他，自己早已经成为那片白砂的一部分，和这个冰冷的锤子一样沉睡在砂砾废墟之下。

“如何选择生命是你的选择，但选择一切之前是选择活着。”这是诵清晰记得，骨燃对她说的一句很重要的话。

“你来自枯搡？”亚藤巴对眼前的诵．阿努拉非常吃惊。她对于自己来说，有种很陌生又熟悉的感觉，这感觉仿佛和哈马杰一样古老。

亚藤巴并未忘记从幻梦界内去窥视这两名女子，风沙与无声的沉默同时来到他身边。界的这边，亚藤巴发现自己身处与一片白色砂土之中。

“这……”他很少看到有如此完整的对界影像的维持，这一切对于这个人是多么大的暗示？

周围是灰青色的天幕，它们完全处于静止状态，云层，扬起的尘土，和在空中飘散的石砾，都停滞在这片区域的每个角落。这片白砂之地，似乎被冻结在某一刻。亚藤巴试图用白雾之眼注视这些凝固时间中的砂土，在空中悬浮的它们呈环状，层层交叠，由近至远，从疏到密，朝向远处。

他让自己更靠近白砂旋涡的核心，聚焦在一切的核心。

他看到了，它们都来自这静止的中心，碎裂中的一座雕像。它的大部分都化为了那些环形四散的白砂，只剩余半张脸的残骸。那是一张少女的脸，尽管只有大半残余，依然能清晰看到清秀脸庞，白皙皮肤上的五官。而让他惊讶的是半边脸上的那只眼睛，在接近石膏和白松木材质的表面，如同镶嵌工艺所制般精巧，有着金色瞳孔，瞳仁如同沙漏的单个眼睛！

在亚藤巴的记忆中，他只见过如此的眼睛一次。在他还叫亚藤的时候，和哈马杰走在枯搡大道之上。他们仰望朝圣大道，两边灯光如炬，照亮天空，身边尽是一片藏红色，前来朝圣的人潮。所有人都只为了见到金图族的圣女--姆神的代言人。

曾是少年的亚藤，在他还未获得命运之前，他跟着绿皮肤的哈马杰，沿着石阶，来到圣殿的最高层。他见到了金瞳的拥有者，她盘腿坐在圣典中心的高台，裹于金边白袍之中，只能从高耸的尖帽下见到脸庞的一部分。

亚藤在这份宁静中呆站着，金瞳的主人微抬起头，尖帽下露出少女微笑的脸庞，皮肤白的发光。她张开嫩粉色的嘴唇，露出和朝圣大道石柱同样亮白的牙齿。亚藤巴仍然记得那混带与年龄不符的磁性女声，对着他说的话。

“当你失去时间时，你将明白你的命运。”

“我的命运？”亚藤想起那些植物一直对他说的细语，别人无法理解的疯言。

“从你获得那个名字之后，也将获得那些……”金图圣女用金瞳看着少年亚藤，缓慢地说着，直至少年脸色绯红，她才说出最后两个字。

“诅咒。”

在他离开圣殿时，金图圣女对亚藤说的最后一句话如同刻印，留在了他的心灵之中。

“我们会再见的，而你将履行自己的另一种生命。”此时，她金橙色的双瞳里，那对沙漏闪烁出刺眼的光芒。

如今，在这静止的白砂旋涡里，亚藤巴又一次见到了这难忘的金瞳。他咽了口水，久违的一种情绪涌上心头，那本来只属于他失去时间之前的年少时光。

他把长袍向上撩了撩，露出半截手臂，小心翼翼地伸向这静止的半张脸庞。仿佛能回到那一刻，轻触金瞳的主人，金图的圣女。手指碰触到脸颊表面的一瞬间，周围停滞的碎块，粉尘像被倒转的旋涡，穿过亚藤巴，向脸庞而去。

亚藤巴的触碰，如同打开了一个古老的封印，时光流转，原本属于这雕像的一切，碎开的一切，回到了应该的位置去。亚藤巴看着碎片们逐渐重组这细腻的脸，填上小巧鼻子右侧的空洞，很快，整张脸都完整了。他看着熟悉的五官，细巧雅致，美丽又充满无法接近的神圣，那对金瞳凝视着空旷虚空。

“原来是你。”

这幻梦景象中的雕像如同那时刻的凝固，被放在琥珀中长存，又再次被解开封印。周围的天空开始变色，云雾，烟尘都寂然消失了，背景成为了苍茫的白色。亚藤巴眼前，其余的粉尘碎块继续汇聚，在这张清秀的脸上遮盖，形成他记忆中熟悉的声音，回荡在整个空间中。

“我们会再见的。”

“崩！”刚聚合完的雕像，再次炸裂，粉碎。一股巨大的气浪将一切逆转，亚藤巴被推离了这光芒的中心。他失重般地越飘越远，看着从雕像本身，唇下裂开，金瞳暗淡，裂缝从眉心向下龟裂，直接将整张脸崩裂，化为粉末！

“咚”得一声，他被再次彻底推离这里，只看到远处逐渐变暗的一切。像合拢的盖子中一样，只剩余黑暗，而他被迫从那边回到了这边，泊泊桑的大屋中，亚藤巴被这段幻梦驱逐了。时间只是过了刹那，他眼中的白雾退散，却发现自己双肩的植物都聚拢了起来，肩甲两端更是长出了漆黑的槲寄生尖刺。

“这……”他看了骨燃与旁边的女子，心中暗暗感到疑惑，是什么激发了比湿铠甲的原始防御？

当然，关于最初的意图，亚藤巴心中依然明了。面前的女子，同样拥有金瞳的是谁。这名骨燃身边的年轻骨纹师，不出意外的话，便是金图族曾经的圣女。

他们的确是又相见了，容颜未改，只是瞳中没有了那刺眼的沙漏。更不太一样的是，亚藤巴再次扫了一眼骨燃身边的她。那深处的雕像是什么？是什么让它无法复原？究竟发生了什么？而且这完整的幻梦，主动驱逐了自己。

他说道：“金图圣女，枯搡一别，久违了。”

疯虎眼睛瞪得几乎要掉出来了，而诵·阿努拉神色毫无变化，骨燃更是用略为冷酷的语调说：“枯搡已经不存在了，逝去的是仇恨，留下的只有白砂。”

“这个世界不再需要圣女，我只是骨纹师诵。”她接着说道。

亚藤巴并未回答什么，他也没有看到那对瞳孔中闪出的光芒，似乎与往日一起被深埋。

“那个时代已经结束了。”

亚藤巴望着骨燃，用陌生的眼神。有趣而残酷的缠，将我们重聚。对方没有说话，只是他的眉毛在跳动着。

“另外，时间在你身上停止了？”亚藤巴看着诵·阿努拉，曾经年幼的亚藤见到的金图女神就是眼前的少女。那逝去的时间，只有在老亚藤巴身上才尤为明显，卡利古拉们改变了他的时间轴。

四十年的时光，在诵身上似乎只过去了十年。眼前的她只是一名成熟甜美的骸族女性，而眼神中的光芒与亚藤巴在枯搡圣典时所见，却如同熄灭的灯火，荡然无存。

诵笑了，她和骨燃对视了一下，说道：“他也一样。”亚藤巴身体微颤了一下，他看了看骨燃，的确，自己的弟子，从一次战争后，成为万变，到现在依然是三十几岁的容貌，唯一变化的是他眼神中的苍茫，隐忍和一丝……旁人无法察觉的黑暗。这黑暗不知是什么，它在蠕动，跳跃，甚至是狂野生长。亚藤巴皱了皱眉，他并没有从“神性”中获得“时间静止”，但萨克瓦利的精髓让他能瞬间洞察这边和那边，那些心的投影。

白色从亚藤巴的瞳孔上消失了，原来……他看了眼骨燃，这个纯净的心上不知何时出现的裂缝，竟成了骨燃唯一的瑕疵。亚藤巴内心泛起一阵伤感，这孩子……执着如此，成为了那黑暗孢芽滋生的温床。然而，无论是塑型者还是先知的身份，他都不能说出这一切，他只能看着，静静地目睹，在界内，骨燃的各种“变化”。

亚藤巴清楚，他只要张口，这些投影必会茁壮，开出不同未来的花朵，先知唯一能做的只是用心中的植物，缠绕，包裹和埋葬这些秘密。

“看来，我获得神性的时候，没有考虑到衰老程度，确实是个失误。”获得那个契约后，我的衰老速度也加快了几倍。”他平淡地说道：“想来是，除了传承卡利古拉的群体意识外，还有他们漫长的时间。”

“老师？怎么？”骨燃微皱着眉毛，亚藤巴从刚开始就处于一种迥异的状态。“不……”亚藤巴看着骨燃，白雾在他眼中再次升起，他看着墨绿色的藤蔓，绕着骨燃的身躯，它们围绕住乌黑深邃的一片影像，并缓慢包裹它。然而，这能帮他束缚多久呢？亚藤巴内心一沉。

骨燃突然感觉内心有个地方，像是长期的压抑暂时有双大手握住了一般，他能感到暂时停止的那些呼叫，呻吟，嘶声裂肺之声，而骤然消失的呢喃声，让他犹如雨后一般的清爽。

亚藤巴皱着眉，他肩上的藤蔓在快速蠕动着，传达着焦躁的情绪。“比起这个，黑匣子是我更在意的。还有，面具。”

“几次禁锢希琪哈的么？”库马利说道。“恩，这是一种暗示，无论是界本身还是别的什么，通过强力的干扰让她过界，传达着一些讯息。”

“面具本身是一种禁锢，但也可能是一种增强。”骨燃点了点头。

“而且，我在那里看到了面具，恩，后面的影子。”希琪哈回忆着，并努力保持平静状态。“他一开始很巨大，后来又变成了一个女孩子。让我想起小时候在岩洞里的那个玩伴。”

“他？她？”库玛利打断了希琪哈。“面具后的形象的确会不稳定，这取决于投影给你的那个人。”

亚藤巴点了点头，示意希琪哈，“继续，说说那个女孩子，你的玩伴？”

“恩，大概是我十岁左右，那个经常和我去山洞玩的小姑娘，声音和感觉都很像。”希琪哈摸摸头，努力回忆着。“我跟她经常去后山那个洞窟玩，那里都是比湿和其他植物，岩壁上爬满了叩节虫。我记得老师你还教我用那个做笛子呢。”

库玛利皱起眉头，她严肃地看着亚藤巴，欲言又止。“你记得她叫什么名字么？”她问希琪哈。

“Y-In-Z-u?”希琪哈念出一段骸族发音，非常含糊而不确定。她托着脸，努力回想，但关于这童年的玩伴，只有模糊的画面，却没有更多细节可以追寻。模糊的声音，那是她们一起嬉戏的声音，扫过额头的光斑，是记忆里洞窟顶的流光……还有，她们一直在洞窟寻找，却不知所踪的秘宝。

希琪哈努力回想她的脸庞，却都被带着面具的黑影代替了。“我的记忆出了什么问题么？”她望向库玛利。“怎么？”“老师，我只能想起一些片段，但无法组织起这个人。”

亚藤巴扫了眼周围的其他人，他用白雾状的瞳孔凝视着希琪哈，语气温和却让人背后一凉。“因为没有这个人。”

希琪哈半张着嘴，上时间抿嘴的习惯让她的下嘴唇微微开裂，她疑惑地看向自己的老师。库玛利点了下头，“你八岁时候和父亲来到这里。十一岁时，你父亲因为灵言反噬，离开了你。”她表情凝重，而希琪哈听到这，五官都拧到了一起。库玛利叹了口气，继续说道：“十二岁，是你觉醒阿西卡女巫能力的时间，之间你一直和培育师们生活在一起。”

“那我每天和父亲告别，去山上和她玩耍的记忆？”希琪哈整个人瘫软了下来，这实在是……亚藤巴补充说：“你父亲埋在泊泊桑的树海之中，与萨克瓦利同在，你去，还能看到。”

“不，不……”希琪哈揉着脑门前后的头发，表情变得很痛苦。

她甩了几下头，又看着库玛利。“老师，那……这个一直陪我的姑娘？真的没有存在过？”库玛利点了点头。

“等等。”骨燃突然抬起一根手指，打断众人。

“前面我们聊到过认知。”骨燃看着希琪哈。“如果童年一直陪伴着你的小姑娘，以及相同熟悉的面具女孩，都存在呢？”

“你的意思是？”亚藤巴浅笑了一下，放松了坐姿。

“她觉醒能力在十二岁，和童年好友的记忆从十二岁开始，一直相伴，却没有结束的记忆。有这样粗暴的断片么？”说到这，骨燃手指在空中重重点了下。

“以及关于她父亲记忆的混淆，加上……在界内遇到面具女孩的重合。”他停顿了下，左手在下颚悬停着，似乎在做更缜密的语言组织。

“所以，我认为，是某种存在，隐藏了形象，刻意篡改了她的记忆。”骨燃面带笑意，看着希琪哈。“一些真正发生的，从未发生的，重叠掩饰着一些信息。”

“为什么你说……某种存在？”一直聆听的疯虎忍不住插嘴，他对骸族人的神，传说一直很感兴趣，但骨燃用了“某种存在”来形容这个力量，他实在觉得出乎意料。

“哦……”骨燃眼神变得苍茫起来，他爱动的眉头此刻如同凝固一般。“我们的灵魂，都一直处于危险，被掠夺，失去，或者一次死亡就成为别的存在，那样的环境里。”他指了指头顶，说道：“剥幕是可见的抢夺者，还有很多不可见的。”

亚藤巴眯着眼，陷入了思考。

“你们都玩过虫骨牌吧。”骨燃从怀里取出几张黑边的卡牌，放在众人面前。

库玛利几人点了点头，作为骸族最流行的“掠夺游戏”，他们也是常不离手。骨燃笑着说：“有个职业术语，叫“假的三叉路口”。”他翻弄着牌，继续说道：“用一些真假的叫牌，将对手引到安排的局面去。”

说着，他用舌头发出了一个“咯”的提示声。亚藤巴双眼一亮，笑着回应：“那，这个面具姑娘，就是个多重三岔路中的一条关键小路。”

“对方也许是个虫骨牌老手吧。”骨燃眉头一跳，很快收走了笑容。他看着希琪哈，“在你的记忆与过界感知中，埋下了大局。”希琪哈看着骨燃，沉默了几秒，突然说出让众人都惊讶不已的话。“那，如果这在幻梦界的一切，真的发生过呢？”亚藤巴直视着她，但并没有说什么，只有一些声音在他心中，回响着。“边缘危险了。”

“你觉得她是什么呢？”希琪哈问道。“我更倾向，是要引导你，了解一些什么。”骨燃平静地回应，左手指微微晃动着，他的思考还没有结束。

“关于代言人？”哈马杰再次从杖身中发声。“这是我和丫头几次听到的关键词。”

“代言人？”亚藤巴皱了皱眉，他似乎想起了什么。“详细点。”希琪哈再次一一描述了在界内的状况，更多的细节是那带锁的面具，岩洞中的话语，关于代言人的所有内容。“如果是我了解的代言人。”亚藤巴眼中再次凝聚白雾。“那就有趣了。”影神在这个世界的代言人……失联很久了……

“什么？”疯虎眨着眼睛，他四处看着，扫过亚藤巴，库玛利专注的脸，希琪哈同样茫然但精致美好的小脸，都没有得到任何的补充说明。

他又看向骨燃，问道：“又有，又没有？那是什么？”疯虎摊着肉呼呼的手，又不忘多看几眼对面的苏利安玛维，他咽了口水。“我完全不明白？这里，真的，假的希琪哈？”

库兹诺克冷笑了一声，骨燃也笑了。“所以你虫骨牌，才打的这么烂。事物之间有细微的联系，都被幻像隐藏着，真和假，虚和实。”

疯虎一手撑着脸，轻轻嘟囔着。“是，是，我知道，就是你们说的业，什么杂染，让心蒙上尘埃……”

“对于我来说，却是有容易理解的阶梯。”苏利安玛维突然说道。众人的目光立刻聚集到这位异族美女身上。她冷冷地说道：“在最近一段时间内，我都在梦中看见过妹妹，但让我意外的是，并不能确认那是梦，还是所谓的记忆。”

苏利安玛维继续说着，“米亚，她仿佛在我梦中一直成长着，长成我不熟悉的她，又或者是我只是看着，她在我不知道的地方发生的那些事。有些时候，我会感觉，她也在另一边注视着我。”

“注视着你？”疯虎继续搭话，与其他女性不同，这位高大艳丽的寄螺族首领，面对疯虎的眼神，从不退缩，她会用浅蓝的双瞳一直与他对视。苏利安玛维就这样盯着对面的人类，他用视线扫过自己的脸庞，脖子，嘴唇，甚至胸口，并快速向下。她了解这些人类，比起骸族男子热情直接，他们更多的是先含蓄观察，尝试用眼神吻遍异性全身。眼前这个人类男子，身躯偏壮实，微有点胖，总是谨慎发表看法，说之前会观看骨燃的表情。而说完后，又会四处瞟房间中几位女子的表情变化。

这样的人，从不愿意真实地表达自己，甚至是一些隐藏的欲望。永远是一直静静地看着，不敢下口的二手捕食者。

哼……苏利安玛维浅笑了一下，不过这一样的人怎么会出现在骨燃的队伍里？她继续说着，依然用强势的眼神看着疯虎，让这些男性因为胆怯而避开眼神，是苏利安玛维这些年形成的一个大乐趣。

“对，注视，梦境如同雾般的薄膜。我在这边，她在那边，无论何时，我们都能互相注视，看到过去，或者是从未发生之事。”

她说完停顿了下，又说道。“不过，依照诵和骨燃的理念，那是可能发生的事，或是从未体验，却发生了。”

“梦境如同雾般的薄膜……”骨燃突然轻轻复述着苏利安玛维的话，伴随着他右眉的跳动。诵·阿努拉看了他一眼，“怎么？难道你是在想？”骨燃点了点头，他张开鲜红的右手掌，凭空划了个三角。“是界膜……”

“界膜？？”疯虎和希琪哈同时惊呼，这又是什么东西？

亚藤巴一直在聆听几人的对话，他白雾状的瞳孔停滞着，俨然，此刻他在深层与卡利古拉们同在。骨燃说到那个词语时，他眼皮跳了一下，顷刻离开了共鸣的状态。

“骨燃，二次战争后，这几乎是个禁词了。”亚藤巴开口，缓慢地说道。“你真打算继续说那本书上的东西么？”

骨燃回望亚藤巴，他面部微微抽搐了下，立刻又恢复了常态。“落日经，毕竟是我和卡纳维合作的研究……界膜也是其中一个很重要的东西。”

“这是你在黑格之后的事情了吧？”诵说道。骨燃点了点头，继续说：“卡纳维除了研究珊瑚，其实一直在研究幻梦界与灵魂本身的关联。为此，在接触幻梦界之前，我和他，曾经试验过其他的过界。”他停顿了下，仿佛在回忆些深刻的细节。“通过界膜，观察个体连续混乱，或者破碎的记忆组合，这最初，会停留在很初级的土壤上，相当于幻梦界最基础的部分。”

“而它们会逐渐强化，像组织碎片一般，变成一个完整的，故事。一个故事里的残渣，在土壤中会再次生长，变成又一个故事，除非那个故事坏死，不然会无穷无尽。”

“坏死？”希琪哈问，她手情不自禁地拨弄胸口的挂件，发出轻微的金属碰撞声，直引得疯虎直勾勾看着。

“对，坏死的部分会成为一段，无限的，永续的。”诵说道：

“循环的业。”

“界膜如同夹在所有故事间的镜子，还是单面镜。”骨燃继续做着细致的手势，来摆出形象的比喻，这完全吸引了希琪哈的注意力，只是她很刻意地避开去看他的脸。因为那会让她再次“阅读”到某个时刻，可怕的时刻。疯虎只是关注希琪哈的右手动作，偶尔听一下骨燃的讲述，又因为尴尬，时常对众人报以无关的微笑。

苏利安玛维看着几人的关系，扶着额头，叹了口气。“从我已知的来说，接触和认知界膜是第一步，当更深刻的阅读以后，就无法满足在这一边了。”她稍稍看了下别处，说道。“对面的东西总是那么，诱惑。”

“但你们要明白，没人精确知道镜子的对面是什么。幻梦界对于我们来说是界外之地，它连接很多区间，反过来说也是一样的。”说到这，骨燃停顿了下，语调变得微妙，缓慢。“我和卡纳维相信，所有搜寻到的界膜，另一边是对应我们‘实’的‘虚’。”

“什么？”希琪哈和疯虎同时表示了疑问。

“而对于彼岸来说，我们才是‘虚’，是么？”苏利安玛维接着说出掷地有声的一句，出口后她不禁握紧了手中的锤子。多么可怕的可能性……

骨燃点了点头。希琪哈只是瞪大了双眼，说不出任何话，疯虎更是猛抓头发，企图理清楚骨燃的语义。

“当然，一直在单面镜的状况并不严重，甚至具有启示性。”库玛利接着说道，“过界本身也是通过融入，来感知更多的信息。不过……”她突然停了下来，看着骨燃，露出罕有的惊讶表情，如同看到古墓中腐败的宝藏。

“如果变成了双面镜！”

骨燃点了下头，身体向前微倾，双手牢牢撑着膝盖。接着，他又说："初期，会是希琪哈那样，记忆叠加，或者是那些混乱。有些时候会被理解为病症，比如'永暗之熵'。慢慢地，一切会和漏水一样，从双面镜空隙渗透进来，让两边的虚，实，交汇……"他左右手指缓缓交叉，做出穿透的示意。"接着，能量聚涌，将从许多小点爆裂出来，就像目前我们看的状况。"

"无论是什么，当幻梦界这个中间地带与我们完全渗透，这里的一切也将完结。"亚藤巴肩头的黑藤窜动的更加剧烈，他语气中带着沉重。缠本身在最初就击中了他，而现在，它想击溃所有人。在"另一边"的一切，是如此的想来到这里，重新过去的时光。

8

"图拉真，你这样既救不了她，也达不到你的目的。"噩梦先生突然说道。

"为什么？"图拉真坐在面具之间的椅子软垫之中，最近他开始习惯与这个黑影般的家伙交流了。

"你救不了米亚，自然也完不成你的目标。"噩梦先生略带笑腔。"我的意思是，你搞砸了。"

图拉真紧皱着眉，一手压着台面，他清楚对方说的是什么，自己的计划中出现了一个纰漏。而现在，那关押"他"的房间，已经像漏水的堤坝般，在垮掉的边缘。所有的影响，如同毒气透过砂纸，开始影响"这个世界"。

"我跟你说过的吧，不要吞下能力范围外的东西。"噩梦先生缓缓说道："你仍非大器，还需琢磨。"

"你在说什么呢……噩梦先生。"图拉真很快稳定了自己的惊慌，尽量保持说话速度的缓慢，帝王的速度和中音，这很重要。

“呵……你最近做梦了么？”噩梦先生还是用怪异的强调说着。“而且，似乎你的宫殿守卫又减少了？呐，我知道你地底的废料又多了不少，这会还是没法继续使用的……”图拉真微微停顿了下身体的动作，对方的话让他产生了极其不愉悦的感受。的确，最近一段时间，剥幕纳尔的居民死亡率大增，更加包括了他的一些侍女和宫殿守卫。

他们都死在“梦醒时分”。

图拉真看着噩梦先生，过去的事情不禁快速在他脑海中回溯。

第七章
朦胧的过去，图拉真与噩梦

“以下的一切，我不打算使用这个世界的语言来撰写。

卡纳维”

这是《落日经》的卷首语，卡纳维亲笔写下，使用的是人类和骸族的通用语言。骸族的“喉声语”，一种书写和说话时都要增加短声带震动的语言。在二次战争后，逐渐被人类认可，成为最通用的语言。

但在《落日经》序言后，所有的文字都使用了一种奇异的符号文字。卡纳维也许只是不想让其他人再次看懂，他和骨燃在黑格里，和剥幕链接时了解的一切......

（以下使用蛇环语）

一切的终结，从序列的头一张开始......而最后一张，即是开始的结束......

1

时间是七年前，“黑暗匕首”被迫解散后的第一年。

图拉真终于下决心杀死图尔图纳，便是为了那本传说中的《落日经》。

骸族人常说深渊，就像最初那些梯井一样，绝对望不到头，而那个巨大的入口，带着呼吸，和微微的语言，在召唤所有窥视的人。一旦选择和深渊融为一体，就和黑暗不可分割，这和人类最初的选择一样。

然而，总有些人能从深渊中爬出来，即使它是静止的。

第一个是加尔纳，接着是加度，然后是……现在……是图拉真……

当然，最开始，图拉真作为一个暗术师，他并不觉得自己能绕过那些卡纳维的圆顶祭司，也不觉得能战胜馆长图尔图纳本人，拿到《落日经》。在产生这个想法之后，他开始感觉恐惧，甚至是对无法掌控的未来，产生烦躁的狂暴。图拉真把自己关在面具之间里，那是父亲冤死之后，他喜欢让自己冥想，独处的地方。

一个只有一扇窗户，靠蜡烛照明的方形房间。

那一天，他对着父亲的画像，痛苦，嘶吼，之后开始砸他桌案上的书本。那些书，像一只只受伤的蝴蝶一样，两边展开在地板上到处叠在一起。图拉真痛恨让父亲冤死的拉特穆，乃至人类，术师，以及制度本身。

那些所谓的英雄，父亲的部下，以及那些骄傲的高阶术师们，不是选择冷漠，就是选择背叛！每想到一个这样的人，图拉真就用木头雕刻一个代表他们的面具，雕刻完之后挂在面具之间。在他每每无法忍受，疯狂之时，他就用这些面具，作为点火的引子，在特制的火盆里，看着它们燃烧。

“烧死你们，你们这些背叛者，面具下面的小丑，垃圾！”他一直喋喋不休地说着，同时喝绿萝酒到熏熏大醉，直至天亮。

直到一个黑影出现在他的房间，在黑暗的角落中，静静地说了一句话。

“我，可以帮助你，拿到那本书。”

图拉真的酒直接醒了，他向后猛跑了几步，又倒在地上，碰翻了一堆书籍，蹭歪了地毯。他双手拍击了下脸，坐在地上，向黑暗问道：“你是谁，怎么进来的？”

黑暗中，声音传来，“这不重要，你既然充满恨意，为什么不试一试我的帮助？”这听起来很难让人拒绝，图拉真咽了下口水，手颤颤地说，“走出来，让我看看。”

他从黑暗中缓缓地走出来，全身覆盖在黑色斗篷下，脸上还戴着图拉真的一款面具藏品。“你这么喜欢面具，就记住这张面具脸吧。这就是我。”面具是一张扭曲的脸庞，达巴艺术家所制，名为噩梦。它的眼睛处是雕刻的空洞，图拉真只能看见神秘人蓝色的瞳孔。“其他并不重要，你只要记住，我可以帮助你。”陌生人的声音充满磁性，图拉真只是盯着那空洞后的蓝色，便已经开始被吸引，甚至信任这个声音。

“你听好了，《落日经》的上册记载了获取力量的方法，它放在一个卡纳维不想让别人知道的地方。”陌生人继续用具有神秘力量的声音说着，图拉真感觉他在看着自己，一种可怕的凝视，让他讨厌又惧怕的一些东西，并且充满熟悉感。他别开了头，只是听着陌生人的声音。“甚至圆顶祭司们也不会知道。”陌生人说到这里，停顿了一下，“不要问为什么，但我知道在那里。”

“那你为什么要帮我？”图拉真的确没有问关于陌生人的正常问题，他调整了在地板上的坐姿，让自己更为舒适。“噩梦……先生？我只是一个冤死术师的儿子，作为暗术师也未必能站到阳光之下。”

“哈哈……”噩梦先生笑了。“那你的仇恨呢？如果怯懦的话，你何谈有如此大的仇恨？”他向后退了几步，身体的一半又潜入了黑暗之中，声音还在继续。“没有决心，就不要对深渊再次发出声音。”

“你是我的幻觉么？噩梦……先生？”图拉真向前迈了一步，但他并不敢走入那片黑暗中。他只是看着那个戴着面具的脸，逐渐后退，直到完全消失于黑暗。

即将消逝的一刻，空洞后的蓝色直盯着他，噩梦先生用逐渐减弱的声音说道："我明天这个时间会再次出现，你好好考虑。"

"你到底是什么！？"图拉真大吼着，脚却没有再向前移动。黑暗中没有回响，他等了很久，一切如同最初，只有面具木头燃烧的崩裂声，没有其他。

"该死……"图拉真向后一靠，瘫软地倚着墙坐下了，他在恍惚中喝光了一整杯绿萝酒，任凭意识逐渐流失，慢慢睡去。

2

"那你要什么？"图拉真对着黑暗问道，面具之间一片寂静，火盆在继续燃烧着。"你帮助我，你能得到什么？噩梦先生？！"

"不多……"黑暗中缓慢发出低气压的声音，图拉真只看到那张兜帽下的面具脸，出现在火光下中。噩梦先生说道："对你来说不难，我需要共享你的一些记忆。"

面具下的蓝眼睛看着图拉真，噩梦先生双手交叉着，他背靠着黑暗，继续说着："无论是对你无足挂齿的，还是弥足珍贵的，我都需要分享。"

"什么？"图拉真愣在那，他的五官"扭在"一起，一种莫名的反感油然而生，"为什么？你这是多么令人作呕的要求？你想看什么？"

"但你没有拒绝我，图拉真。"噩梦先生身体微微颤动着，他仿佛在笑，"这对你来说，并不困难，你只是分享了一部分，我只是需要你记忆里的一小部分信息，对你来说也许是无关痛痒的垃圾时间。"

图拉真向后靠了靠，让自己在冬行木扶手椅上坐的更深，他喝了一口绿萝酒，轻微地把杯子搁在右手边的小台子上，上面还放着他常看的书。他问道："那要怎么做呢？我如何分享，或者展示给你？"噩梦先生突然走了过来，他在图拉真对面的椅子上坐了下来。在背光的位置，他的一切变得更与黑暗一体，只有面具下蓝色的眼睛微闪着烛光。噩梦先生回答道："我知道你在看卡纳维的书，关于通感的，对么？"

图拉真楞了一下，他扫了眼自己右手那堆书，的确，靠上面第二本，卡纳维的**《黯光与人性》**是他最近在看的。但这家伙怎么？

噩梦先生身体向前探了一下，他从中间的茶几上拿了绿萝酒和杯子，自己倒了一杯，小酌了一口。"不错的味道，真是久违了。"

图拉真咧嘴笑了，他说道："你是被流放了很久么？噩梦先生？"他拿起酒瓶，握着皮质套子的地方，掂了掂，说道："正好，还有一点，我们一人一杯吧。"图拉真倒满了两杯，向着对面举了下酒杯，仰头一饮而尽。接着他斜坐在冬行木椅子里，看着对方。当然，他心里除了得意自己酿的酒之外，就是思量着对方还真不把自己当外人。他说道："怎么样，愉悦了么？噩梦先生，这是我自己酿的。"噩梦先生像是个被关押了许久，未见美酒的流浪者，小口地喝着，感受绿萝酒下肚后的细腻感。

"不错的技巧，五分之三绿萝，五分之一浆果，比湿汁，十七分之一剥幕汁液混合少量清水，浓郁中加上刺激。"噩梦先生喝完了最后一口，他放下了杯子，慢慢搁在面前。

"你居然挺懂行的？你是骸族人？"图拉真问道，对方却没有回答。"啧，那说说通感和共享记忆有什么关系吧。"

噩梦先生点了点头，说道："寄螺族人有一种天赋，通过触摸，能够感受到对方的情绪，记忆，甚至梦境。你是体会过的，不言而喻的感觉。"

图拉真身体一紧，他从扶手椅上探了探身，表情严肃，声音变高了很多。"你怎么知道？"

“我知道你很依赖她的天赋，对于你那心口不一的状态。”噩梦先生在黑暗中，说道。

“你！”图拉真从椅子上弹了起来，右手直勾勾指着对方，厉声说道，声音中带着吼叫的破裂尾音，“不要欺人太甚了！”

“哈哈哈，你知道我想说什么，而你需要什么。”噩梦先生身体激烈地颤抖着，声音中带着一些赞许，“你有这样的体会，是多么值得赞叹和珍惜的事情。”

“我对你们的小情爱没有兴趣，但这份天赋非常重要。”噩梦先生又补了一句。

图拉真陷入了漫长的沉默之中。

“好吧。”他说道，在接下来一整段时间里，图拉真都盯着对面的黑影，直到噩梦先生完全消失。他长叹了一口气，向后狠狠地整理自己的头发，又从柜子里拿出一瓶新绿萝酒，靠墙坐了下来。“喝光吧……该死的欲望。”他轻声说道。

次日，噩梦先生再次出现在噩梦之间，图拉真身边也多了一个人，米亚。

“既然想好了，我给你们看个东西。”噩梦先生身体轻颤，尽管看不到他的脸，图拉真仍能感觉对方是在大笑。噩梦先生从黑暗中取出了一个长匣子，双手端着，放在三人面前的桌上，一看便是个重物。他望向米亚，说道：“这东西，也许你认识？”图拉真看了眼盒子，用下巴向上一点，示意米亚仔细看看。

长匣子通体灰黑，表面充满了划痕和破损，匣子本身似乎经受了大量的外力撞击，边缘还凹陷了一些进去。匣壳正中能依稀看到残破的浮雕，花纹大部分剥落了，只能看到三分之一的图形。

那是个由多条曲线组成的螺旋，在每个最大的拐角都因为磨损消失了，但能猜想出以前是个美丽的复合图形。在大半的残破最下端，有一小段还残留的倒三角，很细小，却保留着多条排列的细纹结构。

“这是个什么？看着不是人类的工艺。”图拉真跟米亚一起观看着匣子的细节。米亚抚摸着这个古老而残破的东西，她又盯着噩梦先生说：“你怎么会有这个？”说着，她眼睛中闪着一丝晶莹，她仰起头，努力地晃了晃。“这你真认识？”图拉真一脸迷惑，这都是什么和什么？

噩梦先生右手一摊，说道：“请继续说。”

米亚迟疑了一下，从怀里贴身的衣服，包围她细腻脖子的环领上，取下一个圆形的扣子，它灰色表面上有着精细的阴刻花纹。米亚小心地拿着扣子，放到灰黑色匣子上，对比着这残破的图形。纽扣上的图形，整体是一个侧面的海螺形，灰匣子上欠缺的是它的下半部分。而海螺图案中的曲线部分，它们从上部的图形向下，多条曲线在底部的尖端汇聚。

“一模一样？”图拉真两边对照着，惊讶地问。米亚点了点头，问道：“这是寄螺族的徽章，你怎么会有？这里面是什么？”

噩梦先生说道：“我如何会有不重要，重要的是你也许需要它。”米亚没有再说什么，她的内心泛起了一种激动的情绪，她的右手按在匣子上许久，身体抖动着，最后为这个行为挣扎着。

“开吧。”图拉真搂住了米亚的细腰，轻声地说道。匣子打开的一瞬间，他的内心听到一种咔嚓声，一切无法再回转，这个“缠”在匣子打开的瞬间，已造就了一种未来，无法逆转的未来。

“天哪！”伴随着极致的寒气，米亚大声叫喊起来，图拉真能彻底感受到她整个心灵的震动。她仿佛打开了一个封存万年的冰窟，里面是与自己有关的一头粉色巨摩坐骑，被冷冻着，等待骑手来解冻，驾驭它。

当然，这份惊喜中带着沉重，寒气褪去，桌子和匣子上都已覆盖了薄薄的白霜。匣子正中平躺着一把厚重的锤子，或者说是形似锤子的冰块与黑色金属混合的东西。

它呼吸般地散发着寒气，蓝色光泽从黑金属与冰块材质中透露出来，多边型的冰块部分占了二分之一，能看出内部与锤身紧密相连，而覆盖在外的寒冰一直在散发冷气，这让表面不断得增加着白霜。

“这是寄螺族的圣物。”米亚身体还在微微颤抖中，这匣内的东西是她怎么也未曾想到的，这寄螺族在过去的时光中，曾被金图人掠夺走的圣物。“寒冬战锤？？”图拉真瞪大了眼睛，他看着匣中的锤子，右手缓慢伸过去，寒意从锤身传达到图拉真每个手指，手腕，甚至手臂，很快他又放回黑匣之中。

噩梦先生说道：“这不是你能驾驭的东西，只有寄螺族人才能自由挥舞，其他人无法长期握着它，寒冷会逐渐摧毁你的意志。”米亚右手握着锤柄，左手用力一撑，把战锤从匣中完全取了出来，冰冷直达灵魂的深处，却让米亚内心忆起一种温暖的情愫，她仿佛回到了那个生长的地方。赛纳拉纳兹的那片谷地，曾经寄螺族在隐骸河两边快乐的故乡。

从隐骸河流下的河水在谷地上方便被冻结，多条冰川曲线向下，笼罩着寄螺族的领地。冰川形成的穹顶，它们的源头便是寄螺族的神器——寒冬战锤。

3 关于阅读者与梦

有些生命，没有面具，便无法生存下去。

图拉真隐约知道自己又在做梦，他还是坐在自己的面具之间，但周围的一切都不同了。他熟悉的那些藏品，依然不减，在粗糙的砂岩之地的墙上，冬行木制的隔断里，全是图拉真熟悉的面孔。

父亲，米亚，那些其他的妃子，图拉真的黑豹，他身边的侍卫，还有他屠杀过的所有人，都挂在那面墙上。这些整齐划一的面具，闭着双眼，冰冷却那么熟悉，真实。

图拉真猛地醒了过来，他抽搐了身体，用手尽力支撑起来。此刻，他知道在面具之间，米亚就在他身旁，而噩梦先生正坐在他对面。三人间弥漫着一股刚烧完的香薰的味道。

"你刚都看到了吧，那些景象。"噩梦先生用低沉的声音说道。米亚点了点头，和这几个月的状态一样，她能更清晰地看到，感受到图拉真在梦境中的一切，对于她来说，那感觉更为真实，像是被扔进水中的孩子，全面被浸透。图拉真甩了甩头，他看着米亚苍白的脸色，关于自己的噩梦，米亚会更加的被投入。

"她可是最特殊的一种。" 噩梦先生说道："被称为阅读者的纯种寄螺族人。" 他面对着图拉真和米亚，他们只能看到噩梦先生兜帽下的漆黑一片。

"你是我见过最强力的阅读者。"噩梦先生身体向后靠了一下，但图拉真还是看不到他的脸，那里始终在黑暗之中。

"阅读者到底是什么？" 米亚一脸的迷惘，她问道。图拉真撇着嘴，同样望着噩梦先生。

噩梦先生身体向前倾了一些，他举起一本三人面前桌案上的书本，那是图拉真常常独自阅读的《白雾》，关于骸族历史的书。他翻开书，指着书页说道："我们的梦，就像这些书页一样，一张一张，形成了这不同的书籍。而心灵的每个瞬间在幻梦界产生了投影，这些投影并不完全是平行的，还有垂直的。" 他又把书横了过来，两边摊平搁在桌面上。"每一层的梦，包括过去的碎片，未来的幻影，现在的不安，都像书页那样一页页组成你的书，他的书。"

噩梦先生的手指在书本上旋转着，仿佛是在夜光下舞蹈的小人。他转动着书页，说道："有些只是一页，有些是连续的几页，如果你是一本残破的书，那就需要你们找寻，有多少遗失在幻梦界之中。"

"永暗之熵似乎强化了你的感知和阅读能力。"噩梦先生看着米亚，继续说道："甚至两边的景象具化。"

米亚迟疑了一会儿，说道："那我会怎么样？"

噩梦先生回答说："恩……你难辨真实的状态会更加严重。"他停顿了下，又轻声说了一句，"或者说，能看到更多的真实。"

图拉真皱紧了眉头，他看了看米亚，声音变得很轻。"她的身体状况，真能适应这种解放？"他问噩梦先生，"而且强化之后，会有其他状况吧？"

"你居然是这样在意后果的人么？"噩梦先生凝视着对方，蓝色瞳孔纹丝未动，房间中只有他漆黑的身影边缘在微微飘动着，仿佛有风一直在刮。许久，他说道："恩，她会感知到幻梦界边缘的一切，甚至是翻过去。"

"翻过去？"米亚一脸迷茫。

噩梦先生看了她一眼，继续说道。"新的视界，你可以理解为，对世界新的认知。"

"又或者说，大部分人有一把锁，监视着他们，无法窥视过多的信息。永暗之熵确实破坏了一部分……或多或少，但也契合寄螺族的结构。"噩梦先生指了指米亚的头顶，骨板部分。"你们那异常强大的涡轮体。"

"那人类呢？永暗之熵应该也会覆盖到部分人类啊？"图拉真按着头部侧面，手指轻轻敲着表皮。

"不，图拉真。"噩梦先生加大了声音。"人类那个弱小的松果体，在穿过梯井之前，就萎缩了！大部分人，早就被剥夺了探知的权利，并且……他们也不想探知。"

他又瞟了眼图拉真：“当然，危险是，还有第三者在其中。”他耸了耸肩，“不过，我会解决他们的。“什么？”图拉真眯起了眼，这对话让他更加迷茫了。

“哈。一些顽固不化的家伙罢了。”噩梦先生少有的发出了一声轻笑，他指了指桌上的锤子，它依然在散发逼人的寒意。

“那，不如立刻开始吧。”

在黑暗中，一些声音在说些什么。

“我曾认为永暗之熵是一种缺陷，基于这些在冰川生活的民族。”一个苍老的声音说道。

“但最后却成为她们窥探奥秘的钥匙了。”另一个声音回应着，相比起来，他显得年轻一些，语气却平稳地异常。

“那几个阅读者，在无意中已经破坏了秩序，必，须，全部消灭。”平稳的声音继续说，最后的话语还带着一些奇怪的卡顿。

苍老的声音回答：“比起阅读者，有一个捣蛋鬼，岂不是更麻烦。”

“恩，那个病毒。我们会解决的。”平静之声，略带喜悦，但还是一字一顿地说道：“那个到处跳跃，导致时间穿孔的家伙，我们可不希望这些书，变成无法整理的状态。”

“你们不觉得促成病毒见到他的母本更为有趣么？”一个女声插入了对话。

“那样的结果，你们能承受么？”苍老的声音说道。一阵沉默后，平静的声线做出了回答。“同意。”

“要安排在另一个，同样充满趣味的故事里。”平静声徐徐地说，带着一些电波杂音，仿佛有着一丝兴奋。

“关于沙漠和找寻的故事。”

米亚不是第一次梦见姐姐，她知道这次不太一样。

从她碰到“寒冬战锤”之后，有些东西发生了改变，那像一股狂风，影响了她，图拉真还有很多。

这一次，她握着这冰冷的锤子，行走在冰面一般的长路上。周围是漫天飘舞的雪花，四周难以看清边际，在视野的极限处，能隐约看到一片直刺天际的长形阴影。

米亚甚至感受到寒冷刺透进双腿和单薄衣物下的臂膀，而冰块般的“寒冬战锤”此时却在徐徐吸收周围的寒气，传递出一种热量给她。在米亚看清楚长形阴影前，她看到两团黑影在不远的冰雾中碰撞，厮打着。靠近时，她听到的是两个熟悉的声音，这和其他的“阅读梦”不一样，这并不是记忆的再组装，也不可能是某种记忆的片段。

这是根本不会发生的事情啊！米亚内心喊叫着。

因为在那里，是图拉真·哈赫特和一名强壮的女战士在搏斗。她与图拉真不相上下的身高，浅紫色的发辫，苍白的瞳孔，高耸的鼻梁和强硬眉弓上是破开的骨板，而晶莹犄角状的软体组织在头顶扭动着，这是寄螺族破壳后典型的特征。随着她大吼一声，挥动手中武器猛击地表，使得一长串冰簇激起，刺向图拉真时，米亚不禁叫出声来：“姐姐！”

在这个梦里，让她熟悉又恐惧的成分具足了，疯狂的图拉真，面对暴怒的姐姐，手中那漆黑又闪着冰花的武器，与她手中握的一样——那柄“寒冬战锤”。

苏利安玛维双眉紧皱，这个她，比米亚记忆中的高大更多。庞大的战锤在她手中显得恰到好处，挥舞时还带着白色的轨迹，这也是寄螺族战士的天赋。但图拉真，他作为人类，在这片梦境中，居然如此熟练地挥动寒冬战锤！？

咆哮中，两柄战锤击中在一起，震爆几乎要让梦境本身碎裂，甚至让米亚产生了重影的视觉感。她一度认为是自己的梦失控了，但此时米亚却在整个苍白的空间大幕里听到了一个声音。

“仔细看好，这是关键的时刻。”

是噩梦先生的声音。尽管她与图拉真默许了噩梦先生的协议，能共享她的“梦境旋涡”，即浏览那些记忆碎块的一部分。但第一次在清明梦境中，被如此地接入，米亚感到一种深层的羞耻。那是一种被直勾勾看到裸体和所有隐私的感觉，还是在这样如此混乱的梦中。

“你看到几个图拉真？”声音继续在虚空中问她，却如同在背后那么清晰，但这种不快立刻被米亚眼中所见取代了。

“五个……不，六个？”

那是不一样的图拉真，米亚从未见过，陌生又熟悉，年轻，年老，或是完全不同脸庞的图拉真。但她清晰明白，眼前这争斗着的一群，是他和自己的姐姐——不同各异的苏利安玛维。在寒冬战锤的巨响中，他们就这样变成了多个，这让米亚头晕目眩。

“很快或许会有更多。”噩梦先生的声音又出现了，突然得如同有个开关，让他说话，又立刻寂静。“这对我们的阅读，不是好消息。”

“那是什么？”米亚感到空间中的寒风更为凌冽起来，而那个短发，穿着浅蓝色布料服装的苏利安玛维，她有着一个与众不同的风格，从未见过的紧身服装，布料带着亚光，反射周围的景象。她的手被一对厚实的手套包裹着，这也不是本则所有的任何材料，它更像是一种碟形云母石的质地。这个苏利安玛维咬着牙，鼻翼上的环闪闪发亮，她脸颊上横置着几条黑色的花纹，那并不是骨纹，更像是在墙上随意甩过的黑泥痕迹。

这不是精致高雅的姐姐，混混一般的气质，这是谁？米亚在寒风中更为惊讶，这极不愉快的“梦”根本不是她想“阅读”的！

在寒冬战锤的撞击声中，原本白茫茫一片的天空，边缘竟像墨染一般变成黑色，它们如同蚕食，开始影响米亚的整个视野。伴随着面前的梦境像破碎的墙粉一样，剥落，米亚只看见黑色背景中的一个个小杂点……

它们仿佛在移动着，并带着碎成虚空的黑暗更加靠近，甚至贴近了米亚周围的一切。

熟悉的姐姐，图拉真，不熟悉的他们，都在碎裂的黑暗中成为瓦解的残片，成为消逝的黑雾，融为虚空。而小杂点变得越来越多。

一些杂点竟飞舞到米亚眼前，它们快速舞动的状态不禁让她想到一种常见的小虫子，达巴特有的电纹甲虫。她本能的左手一抓，异常坚硬的触感和渺小的手感，一颗细小的黑色甲虫被她细长的手指紧紧卡住。

真的是一只黑色小甲虫，身体圆扁，两根弯曲的触须抖动着。它在米亚两指间抖动了几下，八条腿颤了颤，便如溶解一般化为了黑烟。

“什么？”米亚大吃一惊，而更多的黑甲虫在咬噬着她周围的一切，那景象剥落的黑暗中，只有深不见底的虚空，并逐渐吞没她。

噩梦先生的声音又出现了，他居然让米亚感到一些舒心。“快离开这段故事的中心，马上要崩溃了！”

“我该怎么做？”米亚已经不是第一次在梦境中陷的如此深刻了，她能感到一种不安与恐惧的情绪从整个区域中升起，并尝试浸透她的一切，而黑甲虫群越来越密集，咬噬她身躯周围的更多的影像，成为无尽的虚空。

“使用你最熟悉的东西。”噩梦先生声音变高了，米亚并不是专业的“阅读者”，在这样的遭遇中已经非常危险了。

米亚还在迷惑之中，黑甲虫已经爬上她的身躯，沿着她纤细的腰部而上，更多的虚空开始粉碎她在这个区域的形象。此刻，她的身体居然纹丝不动，这是米亚头一次在梦境中眼看着“自己”即将消失。

“用那个锤子！女人，锤子的共鸣！”噩梦先生高吼道，声音打断了米亚的迷惑。她的注意力重新回到自己的右手，那在冰冷梦境中扔传递热能给她的锤子。

她用最大的力气握紧着唯一有存在感的东西，向下一锤！

“咣！”熟悉的钝器震荡之声，这在米亚童年时，在族长使用寒冬战锤时，曾听过多次。它让水流瞬间成冰，硬土化为黄砂，狂风顷刻停止。

这一锤下去，如同让时间流转，已经侵蚀到胸口的黑甲虫，随着震荡全部都消失了。它们被锤子带来的震波连同虚空一样向外消退，周围只剩一片苍茫。

乳白色的一切，毫无声响，气流停滞，而米亚停留在这片凝固的白色梦境之中。“这？……”她不禁问道，黑甲虫也好，虚空也好，连梦境本身也消失了？

“共鸣停止的不光是那些东西，连阅读的书页本身也终止了，现在只剩下一片空白了。”噩梦先生的声音继续说道，“马上要崩塌了，快苏醒吧！”

一股米亚熟悉的香味，那是图拉真常喝的绿萝酒的醇香，中间还带着一丝辛辣的血腥味，周围的空白开始摇动，碎裂，向周围散开，成为粉末。

米亚在雾状的苍白中停了一会儿，她醒了。

“刚才那些是什么？”米亚满头大汗，半趴在绸缎覆盖的软垫上，整段的过量阅读让她产生了虚脱的状态。在她入梦阅读时，图拉真把她抱到这里，放在大堆软垫上，防止米亚苏醒之后的各种状态。“那些黑色的虫子……它们把一切撕裂成了虚空……”她说着，勉强支撑起自己半个身子，靠在几个垫子中间。

“你看到了什么？”图拉真惊讶地问道，他又看看噩梦先生，大喊着：“这和前几次不一样啊？怎么回事？”

噩梦先生一直坐在旁边的靠椅上，他身体微向后倚着，也流露出一种乏力感，但他很快调整坐姿，隐入帘子的阴影中。“她在一段可能性里，被袭击了。”

“什么？袭击？”图拉真一掌拍在桌面上，瞪着对方。“阅读也会有危险？”噩梦先生缓缓说着：“所以她才是最佳人选，我带来的锤子也是关键器物。之前我说了，阅读状态如同穿过梦境的外膜，精神处于另一种维度之中。所有的书页在一条轴上串连着，它被有效地管理着，所以我们在到达一定的层次时，一定会受到这个管理机制本身的攻击。”

米亚似乎缓了过来，她裹着毛毯，跪坐在软垫上。噩梦先生几日来一直在教授她在梦境的边缘，抓住那个走过浓雾的瞬间，依然能保持清醒的状态，到达记忆碎片以外的区域。她问道：“那我看到的那些图拉真，都是他所有的可能性？那我的姐姐？哦……不”说到这里，米亚捂住了自己的嘴，一股寒意涌上她的心头，那是她最不愿意看见的未来。失散多年的姐姐和眼前这个男人的死斗……在崩坏的世界中，那她自己还剩下些什么？那是个怎么样的未来啊……

“嗯？怎么了？”图拉真看了眼米亚，她的身体状态始终是让他担心的，希望这样的试验真如噩梦先生所说，能解决所有问题。“不，我没事，只是还有点疲倦。”米亚摆了摆手，继续有气无力地说着：“这似乎耗尽了我所有的力气……”

“从节点返回，会非常疲劳，这很正常，一会儿就好。”噩梦先生说道。“你需要休息。”

她扶着额头，接过图拉真递来的酒杯，喝下几口绿萝酒，苍白的脸色逐渐缓和，转向红润。图拉真缓了口气，继续瞪着噩梦先生，他的声调变得更高了。"这个所谓的阅读维度，为什么会被袭击？我亲爱的，参谋！"

"有人窥视，便有人维护。"他在阴影中，还是同样的沉稳，这不是第一次让图拉真想起某个熟悉又讨厌的人了。

米亚又喝了一口绿萝酒，她舔了下嘴唇，继续对图拉真讲述"阅读"中发生的一切，包括那些"甲虫"和"寒冬战锤"的某些......功能。

"如果存在这样的规律？那......"图拉真笑了，他轻轻抚摸着下巴，若有所思。过了会儿，他对着噩梦先生一指，大声说道。"那我们也可以在别人的阅读中袭击么？"

他翻了个手，张开五指，在对方面前划了半圈，仿佛在探索新的领域一般，言语中带着惯有的狂喜和兴奋。"我们又多了一种奇袭方式，是么？合伙人？"图拉真右手肘一支，身躯向前探了半个身位，脸更贴近了对方。他确实想到了更棒的双重计划。说着，他又皱了下眉，始终无法看清噩梦先生的脸，除了那个难看又稀有的面具，任何光线无法影响他的脸部，总有"黑暗"能遮挡自己看到对方的脸庞，这是什么该死的方法？

但不管如何，这家伙是极棒的搭档和......导师了吧。嘿嘿......图拉真悄悄笑着。

"哼。"噩梦先生向后靠了靠，平静地回答："她还需要更多练习。"

4

"阵营战争从未结束，从一切的原点就开始了。"噩梦先生从面具后的漆黑中发出声音，仿佛他只是个掩盖下的空壳，从带风的洞穴中低吟一般。“他们只是换着方式争夺个自己的部队，信徒。”

“图拉真，你该知道人数永远是个标杆。”噩梦先生继续说道，图拉真开始变得有些兴趣了。“无论是在何处，获得越多的战力，便更有胜算。”他停顿了一下，在空中点了一下手指，又指向图拉真。“人类，永远是多疑，善变的复杂生命，在统御同类的历史里，花费了大量的人力，物力。无论是你们在这里，”他停顿了下，向上指了指，示意剥幕。“还是在曾经的一切之上，人类没有停止过以少御多的妄想和历史。”

“啧。”图拉真闷哼了一声。“你知道的很多啊，我这莫名其妙的盟友？”他凝视着对方，心中思绪万千，与噩梦先生接触越多，越有一种身临深渊的寒意。这个人，不仅思维缜密，知之甚多，又同时了解人骸两边，现在，迷雾中的他居然还提到了人类的历史？！“你到底是谁？不，你到底是什么？”图拉真喝道。

他更认真地盯着噩梦先生身处的阴影，妄图能解读多些的信息，或是这个狠角色能自己说出一丝真相。他感觉到内心的恐惧，但同时自己又完全指望这位神秘导师教授他落日经和其他的一切未知。

“不，你不会想知道的。”噩梦先生还是用无情绪的语调回答。“你越接近我，你会越痛苦，这样就好……图拉真，你只需要做你该做的事情。”

“你，我，都在缠之中，随着波纹，连绵不绝。”噩梦先生侧身转向图拉真，尽管斗篷下是一片漆黑，图拉真却清晰地感到他的眼神，此刻在注视自己。“引力之波。”

他不禁向后退了一步，甚至能感到自己毛孔在逐渐竖起，听到咽下口水的声音，他居然害怕了。最后，图拉真对着黑暗问道：

“你到底在找什么？噩梦？”

“寻找一本残破的书。”又是无情的回答。

5 何为深渊，何为英雄

“上册是无尽的终焉，而下册是希望。”

他一直在念着这句话，右手的火炬眼看就要熄灭，而黑暗如同有生命的藤蔓，向他周围匍匐而来。

时间回到三年前，从他接受噩梦先生帮助之后，终于走到了这一步。

“落日经的描述应该没有错啊，在深渊的尽头，献上祭品，在黑暗中等待它的来临。”图拉真·哈赫特口中念念有词，双手还在翻着手中的书本。

哈赫特是人类的一种古姓，图拉真这个家族甚至还保留了原有的家徽。那是一颗血红的心脏，图案上充斥了人类古典的环绕花纹和蕴含的繁荣符号，希望代代能面对自己的心灵力量，昌盛发展。

图拉真确实做到了，或者说即将做到。这是他，现在为什么会在这个黑暗的深坑里，念诵疯子或者天才卡纳维所写的，该死的《落日经》的段落，唯一的原因。

祭品他也已经献上，就在他身边一直躺着的十几具尸体，有男女老少，有骸族，有人类，都曾经是鲜活的生命。现在，他们都胸口插着黑荆棘与剥幕细胞混合制成的一根拇指般的匕首，生命本身和鲜血都在此刻，献给黑暗深渊的露特拉。

“它最好马上就生效，不然我真的只有撕了他，用来做火把继续燃烧的佐料了！！！”图拉真的内心开始爬满焦虑，这本他用尽阴谋和心机，从卡多维那图书馆里，杀人越货，偷出来的神书，到底有没有效果！曾经狂信的他，此刻，信心伴随着忽明忽暗的火焰，开始摇摆。

火毫无预兆的熄灭了。

黑暗中，万籁俱寂。四周是无法窥视的区域。他依然坐在地上，双手试图靠抚摸地表，来尝试探知周围的细节。

“我真该把那本书给烧了！卡纳维，你这个疯子！”图拉真完全失去了视觉，周围的黑暗迅速逼近，想要吞噬他。“《落日经》完全就是扯淡的废纸啊，我图拉真怎么会糊涂到相信这个！”他大声吼叫着，握拳猛力锤击着地面，唯一还能让他感觉真实的只有这能触碰到的土壤的质感了。周围的一切开始旋转，变化，无光之暗，必生万物，黑暗中，图拉真看见周围变成了自己童年的房间。

图拉真在骸族长大，但他并不是一名理所应当的虫师，他是天生的暗术师。因为他父亲是个典型的人类，梯井一代的后裔，保持着纯血论的人类。

“不，不……”图拉真捏着自己的双手，调整着呼吸，嘴里一直说着。“噩梦说的没错，我不再阅读，时间就向前移动了！哈哈哈”

而些尸体都站了起来，表情中带着狂喜，他们口中念诵着：“至高无上的露特拉，你给予了我们重生……”“哈哈哈哈！”

崩溃的此时，黑暗听到了他的呼唤，一种声音响起了。

“我，曾是深渊的主人，这块土地的霸主。但是，两次，你们这些渺小的虫子抢夺了我们高贵种族的地盘。”黑暗中，亮起了一盏橙色光芒的灯。它恍恍惚惚，照射着图拉真面前的一小片方寸。

“可笑的凡人，你叫醒我……有什么意义么……”

第二盏灯也点亮了，随后是第三，第四。图拉真这才发现，那并不是灯，而是一只只圆锥形的眼球！

“我需要力量，这些是我献上的祭品，如同卡纳维记载的方法一般！”图拉真半跪着，用双手支撑着虚弱的身体，努力挤出所有的话。四个眼球中的黑色圆点转向了他，似乎是经过了一段时间的凝视。

“卡纳维……”声音继续缓慢地说着，想是在经历一种思考的过程。“她的孩子么。而经过了这么久，终于有人又站在我的面前了。”

“而你……代价还不够……我饶你不死，滚回去吧。人类……”声音继续说着，在平静下带着一种窃笑的感觉。图拉真都能听到深渊中发出无数的嬉笑声，这让他想起那些曾经嬉笑过他的人类，骸族和所有的生命。

他大吼起来，几乎是要用尽来到这里的最后力气，“你！露特拉，被拉特穆和骨燃封印以后，就只剩下揶揄的能力了么？你给我力量，我将献上我所有的能力，扫平人类和骸族，我会代替你称霸这片土地！”

喊叫完他内心的真实声音，图拉真倒了下去，来到黑暗深渊消耗了他全部的精力和体力。他用半个手肘支撑自己，让身体不至于完全瘫倒在这一片尸体之中。

沉默中，那个声音突然回应了。“很好……”

黑暗里，有上万只眼睛睁开了，每只眼睛都有着沙漏般的瞳仁形状，橙黄色的眼珠。它们全部在看着图拉真，如同黑夜里的高塔，瞬间点亮了全部的灯火一般。

“你……很有意思，打消了我想吞噬你的意图。”声音里继续夹杂着咯咯咯得窃笑声，如同灵魂般的呻吟。所有的眼睛中的沙漏都在旋转，它们从不同的角度，盯着图拉真。这些眼睛的下面，出现了一道紫色的横线，或者说是黑暗中的裂口。“那堆纸，并不重要，重要的是你的意志。”

“而你的贡品，我收下了……包括……”声音继续说着，那道裂口变得更大了。从里面传出一种腐臭，血腥以及冰冷的气息，气息席卷而来，经过图拉真的脸庞，身躯，以及周围的那些尸体。尸体在地表上震动着，从这些男女老少胸口的黑荆棘上，一缕紫色的烟雾燃起，它们开始变得干瘪，枯瘦，像纸片那样贴近着地表。所有的烟雾被那个冰冷气息带着，扫过图拉真，进入那道腥臭的裂口。

“很好……不得不说，有多种口味……我很久没有品尝到灵魂了。”图拉真这才发现，声音是来自这道裂口。该说，露特拉……这古老的神族，是多么奇异，可怕的生物……

“剥幕，让我们失去了给养……我很久……没有感受和再次食用黯光了……这些嘈杂的灵魂，依然……美味……”

“我清楚你来自那个被诅咒的家族……哈赫特……”露特拉从他的臭嘴中继续缓慢地说着，“我不得不说……拉特姆对你父亲所作的行为……让人遗憾……”

“呵呵呵……这么一来……真的过了好久了……”露特拉发出难听的笑声，那几千只橙色的眼球似乎挤压了一下。那应该是他在笑么？图拉真内心一阵恶心，但这不重要。虫神也无法再次激怒他，尽管父亲的结果，即是他咎由自取，也是拉特姆没有手下留情！

图拉真依然没有能够站起来的力量，他深吸了一口气，用右手支撑，让自己稍稍起身，能用单腿半蹲着，面对露特拉。“哦？我忘了你……这脆弱的身躯。”露特拉的上千眼球露出了一种怜悯的神色，他从大嘴中呼出一口紫色的气息，直接冲向图拉真。

图拉真并没有犹豫，也没有选择，他直接吸了进去。一种力量从他心里产生了，伴随着腐烂，痛苦，哀愁，疯狂和狂喜，他站了起来。此刻，图拉真瞬间明白了露特拉在黑暗深渊的心情，拉特穆曾经获得力量的感受，以及那些黯光中带着的灵魂被吞噬的疼痛。

而这是他和露特拉都喜爱的力量的来源。

“你这个暗术士，鲜血和灵魂，有那么喜爱么？”

“拉特穆……获得力量之后背叛了我……”有那么一瞬间，这上千的橙色眼球都一起闭上了，只留下图拉真在这万籁俱寂的黑暗中呼吸。它们又睁开了，露特拉的嘴巴睁的更大了，接着是另一道裂缝，第三道。它睁开了它更多的嘴巴，从中呼吸那种冰冷的气息。“你似乎和他不同……你和我们一样，有着疯狂的气息……”当然，在这个黑暗的空间里，空气里腐臭的味道更加浓烈了。

“不过……摧毁你，也比摧毁他简单的多……”

虫神和图拉真都笑了。

“他很复杂，而你……只有欲望和仇恨。”

“吭吭吭……”虫神用奇特的声音笑着，那来自它的多张嘴，它笑了一会儿，继续说道：“你要得到力量么？那不如来看看真相吧……”

随着虫神的话语，周围的眼睛都消失了，嘴巴的裂口也消失了。黑暗如同全体脱落的墙体表面一般，崩塌而下。黑暗碎块之后，是让图拉真睁不开眼的光芒，他揉搓着眼睛，努力想看清楚这瞬息的变化。仓促的一瞥里，他看见露特拉那庞大的头颅，五张以上的嘴巴武装着它的下颚，而上颚乃至整个脑袋，都长满着那橙色的眼睛，脑袋之后是向外疯长的骨刺，它整个向下移动着。在光芒减弱的下一刻，这个巨大的虫神形象消失了，如同淡化隐匿入空气一般，和光芒一样，打着圈儿，消失了。

周围还是一片黑暗，唯一不同的是有一缕紫色的顶光照耀在图拉真的面前。他能看到笔直向前的路径。露特拉的声音又响起了，“过来吧。”

另一道光戏剧性地照射在声音的方向，呈现在他面前的是华贵的宝座。宝座两边高耸而上，边缘和扶手能依稀看到细致的花纹。一名少年盘腿坐在宝座中间。他一头白色短发，眼中带着狂野，瞳孔是闪烁的橙色，双手交叉摆在胸前，手指微微打着节拍。少年穿着全黑色的服装，衣领直立，包裹着他的脖子，胸口部分有一个带着闪电和眼睛混合符号的项链，闪着耀眼的光芒。图拉真目测少年大约十几岁左右的年龄，神色中却透露出相反的老练和狡诈。

“我很久没有展示如此的自己了。”少年说话了，声音还是熟悉的，那张裂口嘴巴里的沧桑嗓音。

“露特拉？你，这什么黄毛小子造型啊。”图拉真耸了耸肩。古神都是稀奇古怪，这传闻果不其然啊……他心里吐槽道。

“怎么，不喜欢么？”露特拉很自然地使用少年的造型，说着苍老的语调。“拉特穆对这个幻象，可是相当有保护欲的哦，对少年没有抵抗力的家伙。”他得意地带着笑腔说着。图拉真没有立刻回答，露特拉笑着从宝座上蹦了下来，站立的他看起来只有图拉真的三分之一大，甚至更小。

他继续说道，“在获得力量前，先走走吧。”他打了个响指，宝座消失了，在图拉真面前的路径开始延伸，从他们面前向下展现出层层的阶梯，深不见底。

“来吧。”露特拉朝图拉真看了一眼，橙色的瞳孔里是无法捉摸的深邃，他顾自向下走去。随着他的行走，黑暗之中，火把自动点亮起来，每隔一个台阶都会有一处光芒产生。“我记得上一次这样出现，是一次战争前了。这样就已经过去两千年了。我的同伴们，阿西卡，拉查克，尼骨姆姆，恩……还有很多老家伙，都活跃的时候。"

图拉真紧跟其后，小心翼翼地踩着露特拉变化出的每个台阶。"《落日经》里讲的力量到底是什么？"他不耐烦地问道。"哈哈，你似乎很着急。"露特拉又笑了，"你觉得力量是什么？？在没有我们之前，剥幕就存在了。黯光让我们强大，也束缚我们，虫族，和降临者的战斗像是过家家一般的活动，伴随我们度过了一千年。你是人类吧？呵呵，骸族那群家伙，比你们早到一千年，就自说自话地，变成这片土地的主人了？"

露特拉在这节台阶停了下来，他挥舞了左手，黑暗瞬间成为了大幕，幕布上呈现出一副骸族祭拜的画面，大量渺小的人影跪倒在一尊巨像面前，献上果实，肉类甚至祭品，图拉真还未完全看清细节，影像又淡化，消失了。露特拉继续说，"他们假装崇拜我们，祭拜我们，乞求我们给予力量。此时，虫子们！是他们的神！他们需要这种力量！而下一刻，虫子们，就只是虫子们！因为他们自以为掌握了力量！"

"你觉得这是力量么？"露特拉转头问图拉真，这个瞬间，他瞳孔变成了竖的杏仁状。"我给予他们力量，接着他们奴役我的子民？人类也是一样，毁灭了自己的区域，来到这里。最初被骸族打的哭爹喊娘，最后决定合作，一起来针对我们？"

图拉真笑了，他回答道，"你活了几千年了，难道还不明白人类的套路么？一旦转移仇恨目标，就可以暂时避免自己的问题。"他摊着手，耸耸肩，继续说着，"你想，一旦宣布对虫族开战，高阳族就有了宣泄的地方，人类再也不用防备这群红色的疯子。卡多维那自己的粮食问题可以暂时不管，因为资源是被所谓的虫族抢夺了？奇藏目的刺客们，会把弯刀对准你们？那些人类的政客，忙着周旋与多国之间的利益，即使他们依然信仰你？”

“哈哈哈，这样的信徒不如吃了。”露特拉也笑了，“拉特穆是以投降的名义加入我们的。我让他带来一个他爱的人所谓献祭之时，他懵了。一直渴望成为人类的英雄，登顶之人，不知道他的爱安放何处？”

“爱安放何处？其实我也不知道。”年轻的图拉真眼神黯淡了，虫神点中了他的死穴。“哈哈哈！”露特拉笑得更开了，他少年造型的嘴角，露出了有缺陷的牙齿。“那你要力量干什么？成为第二个拉特穆？打败骨燃？统治这片土地？骨燃并不是自愿接受这份力量的，他很痛苦。而拉特穆，现在已经不人不鬼了。如果你是要复仇，枯搡一战，二次战争，骸族和人类死的还不够多么？你似乎还没有清楚，力量的意义？”

图拉真没有回答虫神的答案，或许是他真的不知道。但某一个瞬间，他知道，自己想到了米亚。

阶梯在继续出现，图拉真跟着露特拉缓慢向下走着。周围的黑暗时而被火光分割，或是几缕跨世纪的黯光飘过，编织出少许幻象。

露特拉在缓慢继续向下走着，突然间，他又开口了。“你想看看拉特穆么？”

“这个，直接否定你父亲价值的人？或者说，将一切罪孽放置在一人的英，雄？”虫神刻意把英雄断开念，说到这个词时，他亮出了自己的小虎牙。

“你，是在戏弄我么？露特拉。”图拉真右手捏的比刚才更紧了，身体微微颤动着。“我父亲，不是一个什么英雄，但也不能被以叛国，随意被拉特穆处死吧！凡人就该被随意诬陷么？”

“所以，你们认知的力量是有标准的，对么？有或者说，没有成为权威的，不是力量？于是你要获得力量，成为下一个，权威？如果你是拉特穆，你会如何选择？需要力量来打败我，但又不愿意接受自己接受了这样的力量？你父亲选择投降给金图族，其实是明智的选择。不然，何止是你小图拉真，枯搡所有的生命都要成为灰烬。”露特拉并不打算停止他的言语，他知道这些对图拉真是一种冲击，以及感染。这也是它被称为狡诈，谎言，真理之神，这样矛盾称谓的原因。

“那是……注定无法逆转的业。”他打了个响指，黑暗中的一块龟裂开来，漂浮到他们面前。这菱形的黑暗，变成了一块黑灰色的晶体，半透明的材质下能隐约看到里面，一个人形的身影。一个青年男子，苍白的长发，双眼没有瞳孔，四肢松软散开，像在宇宙星空中长眠一般，瘫软浮游与晶体之中。晶体中，还有一缕光亮，是火红色的，它时而松散，时而形成一个女性的身影，怀抱着拉特姆失魂落魄的投影。两者纠缠，忽明忽暗，最终和晶体一起消失在黑暗中。

“拉特穆重伤了我，也留下了他自己的影子，和他爱之所在，那个可怜的珊瑚。”

“你说，他和自己的珊瑚，产生了爱情？”图拉真歪着嘴，并带着笑意，也许是讥笑，也许是自嘲。“怎么会和如此缥缈的东西产生爱情？”

“怎么？换做是你？会怎么做？小图拉真？”露特拉的小眉头紧皱起来，他并没有表露太愉悦的意思。“你能控制自己和谁发生爱情？”

“那九龙城里那个守望者是谁？那个拉特穆是什么？”图拉真又问。

“某种沉迷幻象的僵尸吧，人类是脆弱的，肉体和意志都是。”虫神淡淡地说，“小图拉真，你很喜欢逃避问题。力量无法让你父亲复活，也无法让你逃离幻象。哈哈哈。”

“你真是个很啰嗦的古神。”图拉真眼睛直瞪着露特拉。“把落日经的力量给我。”

“愚蠢的人类，你不是第一个要接受这股力量的蝼蚁。希望你是最后一个，把地狱带给他们吧。”

“然后，你要签下契约，并且完成一个任务。”露特拉没有回头，继续向下走着。“契约？这个简单。任务？什么任务？”图拉真加快了脚步，以便跟上虫神的速度。在他们的身后，台阶在逐渐回归黑暗，消失殆尽，只有前路，没有退路。

“替我抓住阿西卡，这个古神里的叛徒。”露特拉说道，“在你统治的国度，重新恢复生灵对我的信仰。”他停下了，脚下的台阶开始向前伸展，逐渐扩大，并向上爬升，刷地一声，所有的紫色火焰都亮了。图拉真本能地用右手遮挡自己的眼睛，减弱这一片光芒瞬间的刺激。强光稳定之后，他看清了，眼前是一个巨大的金字塔形建筑，紫色火焰来自正中三条细长的门，从底部向上延伸至顶端。金字塔的顶部正好聚集火焰，顶部形成庞大的火盆，持续燃烧。

“露特拉，你对我有信心很好。但影神阿西卡，以我的力量怎么可能抓住它。”图拉真四处张望着，向前继续行走。露特拉似乎很开心，他的少年形态蹦蹦跳跳地在前面，正要走入这个金字塔神殿。正中的通道穿过三道门的正中，他们从底下缓步穿行，紫色的火光照射下，能看到两旁高低不一的各种雕像。

“而且，何谈对你的信仰？这些人信仰皆失，骸族只相信力量，而人类相信权力。”图拉真继续说着，他看着虫神的少年形态在前面走得更快了。“你说的，仿佛你不是人类一般？小图拉真。哈哈哈！”露特拉没有回头，但仍能听出话语中的喜悦。

图拉真哼了一声，看着两旁，后面的道路已经消失，只有前方，被光亮照射的区域在继续延长。那些雕像们长着纺锤形，六角形等各种奇异的脑袋，有些头部只剩下半个，那些完整的能看到细长的眼睛，充满肌肉却纤细的长手，长满整个岩石雕刻的身躯周围。长手们摆出持杖的，结手印的，舞刀的，翻掌的，各种姿势。

“这些都是什么？”图拉真吃惊在经过一堆精心掩饰的幻觉后面，黑暗深渊下的这个地下宫殿。虫神用黑暗，幻觉，恐惧，谎言等将这个地方掩藏的很好。如果不是卡纳维在《落日经》中都有委婉的描述，到达这里，应该早已神智混乱。又或者，从面具之间的交易开始，自己早就疯了，图拉真笑了。

“这是铸造者，核心神殿在本则的地下有好多座，相信苦足也有。数量应该远大于那些梯井。它们留下了很多自己的雕像。”

“铸造者？”图拉真惊讶地问，“这些玩意儿是真的存在？这不是骸族人惊吓小孩的故事么。”“呵呵，如果降临者是剥幕力量的化身，那铸造者就是他的智慧。”

“你们觉得一切的偶然，只是缠，一切的必然。”露特拉说道：“缠，连接所有生灵，而生灵造就所有的缠。”

光亮的尽头，图拉真终于看到了，那曾经撼动深渊和这片大地的力量，露特拉庞大的身躯。

那，真是一个好庞大的……虫子！

6 神们的较量

“一个神的死亡，会带来另一个神的诞生。你被选中，或是进化，本身即是一种缠，它将指引你登上神坛。”

节选自《落日经》

露特拉还是那副矮个儿，鬼灵精怪坏小孩的样子，他小心地坐在自己巨大的虫神身躯上，像是怕踩坏了精心打磨的硬壳一样，还仔细地掸去来自远古的灰尘。

图拉真站在唯一的台阶上，向下看着这具庞大的躯壳。这是众人记忆中的虫神，深渊的统治者--露特拉，但在他眼前显现的，可见的是苍白破损，手足缠抱在一起的受伤的巨兽。它所有的眼睛都紧闭着，那些不可一世的巨口全都关着，长满利爪的手，环抱着身躯，一动不动。

图拉真看着露特拉的孩童幻象，他突然明白了什么，"你，其实已经死了么，虫子。"少年笑了，他摇摇头，在躯壳上摆着脚，"那我是什么呢？"

"你又在和谁说话呢？我是露特拉，它也是露特拉。"少年形象说道，他看着图拉真，表情温和，"你还不明白么？"

"我只是在沉睡，等待一个新的时机。"露特拉说道。

"在黑暗之下，吸收能量，才能再次控制这个巨大躯壳的家伙。"图拉真盯着少年的双眼，嗓音变得响亮起来，充满了他固有的恨意。"你们这些也配称为神？"

"他们看到的你，并不是真正的你，狡猾的虫神！"图拉真仿佛明白了什么。

"我和阿西卡，依然是黑日大地最有力量的神！"露特拉的少年身躯发出了咆哮一般的声音，他似乎有点生气了。"赶快签了契约，履行你的职责，才能得到力量。"

"但是你们依然无法超越剥幕。"图拉真继续说道，"再强大，只要你沦为黯光之流，最终不是被术师成为力量，就是在永暗中沉沦！"

"被剥幕吸收以后，即使成为珊瑚，顶端是什么？大焦热？"

"是渴望自知，渴望再次回归躯壳。"露特拉平静地看着图拉真，“想想吧……所有的珊瑚，从脱离黯光，和术师合作开始，就是找回记忆的过程。最终的重构，是对生的执念再次唤起之时。”

他看着黑暗，右手在空中划着曲线，继续说着。“怀念泥土的气味，拥抱爱人的触感，征服敌人的快感，太多的执着，被束缚在黯光中毫无作为。不是么？珊瑚在永暗之中，感受共同的梦，无法承受的群体之梦。”露特拉指着图拉真，言语开始激烈，“你想征服大地是梦，珊瑚渴望回归自我也是梦。有什么不同？”

“不，你不明白我渴望力量的原因。”图拉真皱着眉头，他看着身前的双手，手指抽搐，许久又回望露特拉。“无论要摆脱什么，我需要顶端的力量。不然，无论是父亲的声音，还有来自深渊的诅咒声，我都无法释怀！还有……不应该承受一些痛苦的人，我只有用更多的痛苦去洗礼这大地，才能终结它。”

“哦，哈哈哈……这是我第二次听过这样的话，用强加的理由，渴求力量，还会加一些所谓的使命，最终辜负所有人。”露特拉笑着说，“你是第二人，小图拉真。”

“还有谁？”图拉真的脸上布满了疑惑。“一个疯子，金图人的首领。”露特拉平淡地回答着。“你以为，是什么让曾经的金图第一大城——枯搡，变成这样？用追求的借口，给大地和生命带来痛苦。”

露特拉狂笑着，他少年的面容上充满了狰狞，图拉真看见他背后的黑影裂开了大嘴，那些眼睛都圆瞪着。这些内容让这古神，任何一部分都如此兴奋，像是在阐述一种美食故事一般，舌尖上的力量。“那些金图人，放着自己的灵言，觉得还不够强大，居然开始研究铸造者留下的那些东西。”

图拉真瞪大着眼，继续听着。“什么东西？”

“就是《落日经》的上册，那并不是用人类或者骸族的语言撰写的。”少年形态的露特拉用手指敲着自己庞大的虫神躯壳，“是界那边的语言。”

“界？”图拉真思维变得更加混乱，他尝试理解露特拉所述的事情，“界是在我们的世界之外的？”“界就是界，蠢货。那是被剥幕隐藏起来的力量。”

“所以，枯搡，不是高阳族毁灭的？”图拉真突然想到了什么，他问道。“是铸造者留下的那些，界那边的力量造成的？”

“这个世界，有很多界，被剥幕遮挡，让你们，这些愚蠢的虫子无法察觉。恩，世界真正的样子。”露特拉跳了下来，笑了笑，“看来，你还没那么蠢。”

“那一天，白色的砂状物体，覆盖了整个城市。枯搡城的一切仿佛被融化了一般，都静寂地躺在大地之上，没有一丝生机。”少年形态的眼神里闪着一丝惶恐，这和露特拉一贯的姿态完全不同。“你说的如同身临其境啊。”图拉真语气中带着嘲讽。

“那是因为我在那里！蠢货！”露特拉的声音里又开始夹杂庞大嘈杂的吼声，他很快又恢复了少年的声线。“那个地方，已经与环融为一体了。”

“在初白来临之时，打开那道门，光，就会烧尽一切。而你们这些人啊，不放过互相，终将缠抱在一起，死去。”

“快开始吧。”图拉真不耐烦的说道。

“哦，是么？你将会怀念这段时光，作为人类的时光。”

露特拉对图拉真说道，他们站在地下宫殿深处，一处四面漆黑完全正方的区域内，只有头顶有一团漂浮的火焰，火焰的紫色光芒照射着中央。图拉真看到一个闻所未闻的东西，一个漆黑色，持续旋转的球体，单独漂浮在半空正中，一人目视的高度。

图拉真靠近它，眉头不禁一皱，这个球体从近处看，并不是平整一体的。它的外围由一条条高速蠕动的乌黑金属组成，它们相互交错，并伴随呼吸节奏起伏运动着。而在球体更外层，还有油脂般的薄膜在细微波动着，每一个反光的地方都能映照出图拉真诧异的脸。

“这是什么？感觉如此恶心？”图拉真问道。露特拉大笑了几声，他说道：“这和剥幕本身是一种材料，坚不可摧，又像生物一样有自我意识，还会缓慢生长。”少年脸上又露出那千年的狡猾神态，“这就是你要找的东西，小图拉真，能够彻底将你改变的东西，《落日经》中所述，成为永暗的一部分。这就是《落日经》，活的《落日经》。”

“你霸占着这个，乐趣非凡啊，虫神。”图拉真说道，眼神并未离开这个让他恶心的球体。“不，它有很多个，而几百年来，你是第一个来到这里的。接着，少废话了，把手伸进去，迎接最后的考验吧。”

“Derg de p Gemr……”露特拉开始念诵一些咒语，用的是图拉真从未听过的语言，他眼中发出橙色的光芒。随着咒语，他们面前的球体开始高速旋转，外围的金属组织一条条向外鼓涨，打开，扩散。它们的表面变成多层栅格结构，交叉的条状结构间距变宽，而空隙中露出内部的核心，那是个雾气状的黑色球体。加上呼吸节奏的律动，如同被金属爪子捏住的漆黑心脏，地下宫殿的心脏。

图拉真看着它，这颗漆黑的心脏，像捉摸不透却充满秘密的内心，在向他闪烁，招手，那些与这个世界有关的秘密。

“把手伸进去吧，小图拉真。”露特拉的少年脸庞露出了狡猾的笑意，他橙色的双瞳直盯着图拉真。“与永暗好好拥抱吧。”

图拉真并没有犹豫，他伸出了手。黑暗像浓浆般包裹他，直至吞没，在一种平静里，图拉真感到自己被撕裂成片，却毫无痛楚。他有点得意，快乐也涌上心头，就这样，逐渐成为一种新的生命吧。

剥幕纳尔，我来了。

7《落日经》与毁灭的枯搡

光亮，总是一种让人愉悦的感受，正如你在黑暗中，苦苦追寻的东西一般。但在枯搡的光亮，是一种死亡的白，让一切溶解的白。在我眼前，整个城市变成了白砂，窒息的白砂。

节选自《落日经》

所有的意识，都在这光芒中遗失了，无论高阳族，金图族，还是人类。

男子裹紧了身上稍显褴褛的长袍与斗篷，右手紧握着骸骨形状的长杖。一个印迹，一个印迹的在白砂中行走着。他将身体的重心都稍微放在了有支撑的右边，行动中显得非常迟钝，一瘸一拐。斗篷下露出稀疏的白发，一条破损的绷带扎在眼睛的部位。绷带间还不断地向外渗出血红色的液体。

“蛇王苏萨哈之印，库尔昆坦的权杖……”男子口中念念有词，左手还不停在空气中划动着，“安赛吉拉之印……”

我，的确掌握了……印术。

绷带里的血还在不断地渗透出来，有一条细长的鲜血还顺着脸颊流了下来。他向前踉跄了一下，几乎跌倒在面前的白色细砂中。一滴红色瞬间流入到了白色之中。

“你，能看清所有的文字，但每次使用都将消耗你的生命力！”

“它们，就像是永不消逝的气流，在你眼中飘动！”

在得到的同时，立刻失去，这是等价交换一般的诅咒。

在枯搡城，由白色细砂组成的这片地区，那那西在缓慢地移动着。远处漫起了薄雾，巨大的影子在白砂中翻腾，那是这一带最凶残的生物群。

浮空骨鹤，身上所有的骨节都在翻腾中上下移动着。牵动身躯的核心稍稍流露出黑暗的气息。

它邪恶的头部由一堆碎骨构成，连结的是残留的魔力。曾经的大爆炸造就了冰冻之海，造就了这一系列的诡异生物。

在砂海的翻腾中，它们蜿蜒地移动着向前。三到五只，前后相连。本能抑或是别的，骨鹤吸食着砂砾中残留的魔力或是经过的生命，并将魔力残渣遗漏的到处都是，混合在弥漫的空气中。

那那西疼的停下了脚步，他右手紧握着骸骨权杖，右膝深扎进了白砂中。左手捂着双眼，鲜血还在向外流淌，脸部周围的血管都清晰地暴露了出来。

他咬着牙，嘴里依然念念有词。

“环的力量……”

如果不是具有骨纹师的体质，恐怕完全不能脱离枯搡城……而现在，这个地方完全和环连接到了一起，这是出乎意料的结尾，一败涂地。

那那西咬牙说着。“库尔昆坦的双翼，吐息将我包围……”他断断续续地吟唱着。

同时一层薄冰缓慢地在他双眼周围逐渐产生，并开始向整个脸部蔓延。

鲜血戛然停止了向外涌出的状态，脸颊上的鲜血更是开始变形，在脸上逆流，环绕，结附在皮肤上形成奇异的符号。乍眼看，象是骸族的一种防御骨纹，但却更为强力和快速。显然冰结咒语起到了短暂效果，流血停止了。那那西脸部表面的薄冰一直向边缘生长，直到覆盖了整个脸部。它在脖子的边缘停了下来，并发出地壳停止运动的声音。

那那西用左手轻轻地触摸了脸部。这层薄冰并没有制造低温而带走热量，除了鼻孔，它爬满了其他脸部所有的位置。但疼痛被减弱了，似乎诅咒对双眼的伤害也暂时停止了。

每一种文字排列都是这么可怕，还有无法抑制的副作用……枯搡城对每个沉迷力量的人都有着致命的诱惑，尽管它被毁灭成这一片寂静，依然充满力量。

那那西脸颊上的花纹象是终结了生命的荆棘一般，向肉里枯萎，凝固成疤痕一般的形态，如同微小而狰狞的生物沉睡在冰中一般。

投影，是一切的根源。

他知道自己并不在那个枯搡，他在枯搡的投影里，那片停滞的记忆中，并且他也没法离开。那那西·阿努拉知道自己在这里已经行走了很久，与时空的废墟一起，沉沦在此。走到枯橾的边缘，便是开始重复的景象，接着又周而复始回到一切的最初，他开始出发的地方。

那那西永远在一条首尾相连的折叠时空里，行走着。这仿佛是一个惩罚，他辜负一切的惩罚。这个时空，只有他一个人，被“放逐”的他。

从冰冻之海来的风混乱地吹着，却会让人感觉意外的柔和与温暖。人一旦感到温暖与安全，便会不禁睡去。身体慢慢地倾斜，膝盖无力，整个倒在枯搡倒影的白砂之中。

很快，风移动着砂之海，将生灵淹没，并越埋越深。

那那西感觉自己眼球表面的血液已经凝固了。但此时透过薄冰和裹着脸部的绷带，他发现，自己眼中的世界已经呈现出了不同的微观。

此时的浮空骨鹤那充满能量的空洞眼窝中，似乎也发现了这股在沙海中浮动的能量，这团白色的雾气，缓慢地移动着。中心强大的魔力在旋转着，并依然在不断地变化。它很不稳定，还在向外扩散，每一丝能量都充满黑暗气息。

这看上去实在太美味了。

于是，这只骨鹤向目标张开环状的牙齿，一口咬去！它牙齿碰到那那西的瞬间，在他的脸上浮现出一条一模一样的骨鹤，它由黑影构成，带着黑烟，从脸部向外直接冲出，一口咬住这条浮空骨鹤，缠斗起来！黑影环绕着真实的骨鹤，像巨蛇绞杀一般，把骨鹤的骨头弄的咔擦咔擦响，很快，骨鹤被这个影子拷贝杀死，吞噬了。整条消失在黑影中，骨头像砂一样滤了出来，也是白色的。

白色的骨砂随风飘散，和枯搡的砂海混为一体。而这个影子又贴上了那那西的脸颊，逐渐扁平，化为那些黑色花纹的一部分。"投影诅咒"，那那西知道，他和这个该死的地方一样，成为永暗的发射点。

这是代价，也是见到"环"所要付出的。"环"是从一边到另一边的"羊水"薄膜，边界之膜。

他"成功"了，穿过了膜，到达"这边"。

然而，他辜负了所有臣民，信徒，朝圣者，包括自己的女儿。他即回不去女儿在的地方，也无法去到那边，那那西只能在这个一切的缝隙地带，徘徊行走。

他是金图族最强的言灵师，同时精通骨纹，但这不能让他满足。那那西，就是这样开始研究"蛇文字"，属于"界"那边的力量。他终于知道，黑日之下，有多个铸造者制造的世界，它们是剥幕的投影。而连接这一切的，是幻梦界。

幻梦界是阿西卡的领地，一切投影世界的连接点。被黯光照射的人，只被授予看的权利，没有离开这里的能力。这就是所谓的“缠”。

枯搡的骸族人，在这里打开了那道门。这是他，作为金图族首领下的决定，用那个锤子，敲开封印。他们迎接了初白，迎接了死亡！

“那一天，我打开了环，也打开了灾难之门。”

而此刻。

那那西·阿努拉发现自己居然还存在于世，他意外万分。最后一切的记忆是在白光的那一刻，一切将被剥幕“初白”化为软胶，而他让龌龊的人类一起融化在白色之中。只有诵，她的女儿，将生存下去，作为金图神性的希望。

周围的一切是他从未见过的光景，他停留在一整片白色黏糊的液体中，身体周围游动着管状的生物。它们头上覆盖着硬壳，从头部向后逐渐透明，数量众多，在那那西身体四周聚集成群游动着。这些极其类似空鱼的生物，从那那西两侧向他头后游去，整齐划一，像是奔赴何处。

那那西努力让自己在这白色粘液中翻转身体，由躺姿变成侧身，再慢慢转过自己，站立在这片白色中。

此刻，那那西·阿努拉看到了震惊的一刻，他眼前是一团高速转动的白色光芒，它形成了一个球形的光团，难以描述，却在一刹那，让那那西明白它是什么。没有任何可以辨识的五官，但它在凝视着他。它和剥幕一样，属于他们无法探知的过往世界。

在那那西的眼前，更多曲线构成图样般的文字成列地上下浮动着。这并不是那那西熟悉的骨纹，也不是骸族预言。它们可以说毫无美感，甚至说更接近一种粗糙的方块感。它们由长短不一的银色方块组合成不同的序列，而这些序列之间再次拼合成的图样一直围绕着这个巨大的光团循环着。

“这到底是什么？”那那西无法将自己的目光从这些图形前移开，它们似乎有一种规律，在传达着什么？又或者说它们想让自己看到什么？

那那西依然停滞在白色粘液中，努力适应没有方向感的状态，当然更重要的是，他此刻无法分辨自己是死还是活着，又或是在两者之间？

“你，满意了么？”一个毫无情绪的声音说道，接近青年女性的感觉，她似乎来自那那西周围这片粘液本身。

“什么？”那那西一片疑惑。

“这等价交换。”声音回答道。“你，满意么？”

“体验父亲，首领……恩，虽然很不称职。但你找到了节点。”

“我……”那那西心中充满了疑惑，伴随着冰冷的声音，他无法辨识的字符还在光团前环绕着。“我们并不会祝贺你。”

“现在开始判定。”声音继续说道，维持着冰冷的声线。“流浪体，代号那那西，物质引导型，此处任务完成。摧毁节点，惩罚确定。将流放至……”那那西感觉白色粘液传来一种热量，将要融化他的力量，字符高速旋转着。他只听到最后几个字。

“侧平面……卡林加……”

“有其他人找到过你么？”图拉真问露特拉。

少年在巨大虫躯上端坐着，神态让他惊讶，此时的露特拉没有任何邪恶的气息，相反带着人类自古而今，浓缩的智慧。

“有，但都很无聊，抑或愚蠢。”他说道。

“哦？是怎么样的？”

“哼，无外是情绪的产物，取得力量后也只是无聊的狂妄。”露特拉淡淡地说。“比如谁抢了他的地，他要猛烈报复，谁太富有了，他也要一样，诸如此类。”

“你能想到么，活了快一百年，他一直想的只有复仇，太愚蠢了。虫子都觉得老家伙们无聊啊。”说着，露特拉右手摸着脸颊，像是在回忆那些他说的可怜老家伙。“对，就是那几个失败的贵族。”

“那你会满足他们么？”图拉真笑着问，但少年依然是冷酷平静的表情，仿佛那不是骸族人传说中的邪恶之神，而是某种先知。

“不，我吃了他们。”露特拉毫无表情地说道，同时又啧了下嘴。

图拉真愣了一下，片刻，他又问：“我是怎么幸免的？你的标准是什么？”说着，他尝试变化自己的左手，显然他还没熟悉身体的大转变。

“除了你之外，没有人对这世界的真相有兴趣。”露特拉看着图拉真，笑着说。

“原来如此。”图拉真继续摆弄着身体的其他部分，尝试变形。“那我还算有点追求，还想着改变这世界。”

第八章
玩具，神界，灵魂匣

1 黑色魂匣之一，前夜

"到底那一边才是真正的幻梦，还是我们从未苏醒？"

选自希琪哈的日记第 28 页

夜更加深了，整个泊泊桑仿佛静止了下来，灾难让声音也停止了。

只有比湿巨人们还在运输货物，发出粗糙的行动声。希琪哈侧躺在藤编的软垫上，泊泊桑的一切都是那么美好，但在这个夜晚，她身处这样柔软舒适的大帐内，却毫无倦意，翻来覆去让她更加焦躁不安。

多日的剧烈变化，从入界事故到幻梦界发生巨变，直至今日，希琪哈发现自己无法串连起自己所有的"记忆"，甚至无法确认那些是"真实"的。希琪哈叹了口气，她双手环抱着自己的双腿，看着眼前微弱的灯光，尝试聚拢分散的自己。

"你怎么还没睡？"库玛利抱着一堆药瓶走了进来。她需要准备多人份的药剂，这是用幻影蘑菇，黑檀木，绿萝等多种材料混合成的强效药剂，能保证没有基础的人也能迅速"过界"。

"嗯……"希琪哈望了眼老师，眼神中带着难以掩饰的哀愁。"我……"她又摇了摇头，只是顾自缩坐着。

"怎么？"库玛利放下了手中的箱子，半蹲着坐在希琪哈身边。她看着自己的爱徒，现在毫无精神地坐在那里，抱着双腿的样子，显得格外无助。直让库玛利想起曾经收留她时的情形，成为阿西卡女巫前那茫然的眼神，仿佛此时又重叠在了一起。她双手环抱自己，一声不吭躲在角落，只有那些小虫才是她的伙伴。

“你是在害怕么？希琪哈？”库玛利问道，一手轻放在弟子的肩上。并没有颤抖传递过来，但库玛利仍能感受到弟子内心的震动，不安，以及怀疑。她看着希琪哈，对方始终抱着双腿，只是用闪烁的眼神回望她。

许久，希琪哈张开右手，手指微弓，她盯着库玛利，缓缓地说:“我……感觉自己被撕裂了，从内心深处的中心，而且仿佛停滞在一个真空的地方。”她又摇了摇头。“目前，我不知道该如何去判断自己的存在。”

“因为骨燃的话么？”库玛利微笑了一下，别看这丫头经常闷声不语，想的可是很多。自从她成为阿西卡女巫之后，自己就很少和她有这样的交谈了，更多的是哈马杰那个老比湿在陪她，看来自己应该……

这么想着，库玛利索性完全坐了下来，她散盘着腿，以很放松的姿势面对着弟子。“丫头，你需要一个私密的交流，放松的，直面灵魂的。”说着，库玛利摊开了右手，手指组成一个金图人言灵的手印。“记得我教你的么？这是一个代表呼吸的手印，K.C，象征火焰骨纹和风的核心符号，结合在一起，混合力量，同时调整呼吸。”她把手印对准希琪哈，两指弯曲，一指向前，点在她的额头。

希琪哈点了点头，她也做出同样的手印，点自己的额头，最后放在心口。言灵本身是一种咽喉发声的波动，结合手印，能产生奇异的效果，它等于是运动的骨纹组合。“呼……”希琪哈在心口点了几下，随着骨纹的作用，她的呼吸开始平均，身体趋于平静。而恐惧和不安开始远离她，这就是内心的清理。

库玛利微笑地望着她，点了点头，又将双手放在腿上。“怎么样，你杂乱的心声收拾好了，可以安静地直面灵魂了。”

“嗯……感谢师父……”希琪哈双手按在腿面上，嗓音开始正常，僵硬的身躯也逐渐舒张。“我其实非常在意的是，到底我度过了如何的人生呢？目前来说，我从前所有的记忆，那些快乐，痛苦全部成为无法抓住的碎片了，而新的感受却又开始占据我。比如我另一种，忘却的生命轨迹？”

“哈哈哈哈……”库玛利愣了一会儿，突然大笑起来，这是老图腾师很少有的行为，引得希琪哈瞪大双眼。“师父！？”

“啊，傻孩子。生命啊，是种复合的旅程。每时每刻的你都可能是不同的，忧伤的，快乐的，愤怒的，都是你，也都不是你。”库玛利徐徐地说着：“你在这个阶段寻寻觅觅，但终会寻找到下一段路的基石。生命旅程，总有其他的奇迹陪伴你。”

库玛利微笑着，她仿佛看到弟子的某种未来，此刻打开了可能性。“幻梦界，终究只是我们探索真相的过渡之处，最终会通向哪里，我也不知道啊。”

库玛利摸着希琪哈的头，笑着又说：“镜子对面的你，也许在指引着你自己，去探索那些奥秘，诚如骨燃的分析，勇敢，去剥开幻梦的迷雾。”

希琪哈稍微伸展四肢，又将双手放在裙摆之上，两条细致的腿终于轻松并排展开了，脚趾甲上的翠绿色是她刚点的，绿萝残渣也能那么好看，勉强会让自己心情愉悦一些吧。师父说到骨燃，她再次想起这个男子，总是带着凝重的眼神，扫视所有人的平静，又能从中得出应对事物的方式，这就是“万变”的力量啊。

还有那穿透的目光从橙色瞳孔里射出来，还夹带耀眼的光芒。但她总是觉得……他是个悲伤的男子，而且……希琪哈盯着自己的右手臂，汗毛直竖的感觉挥之不去，因为她在一瞥中看到的“另一个骨燃”。

他有着不同的蓝色瞳孔，射出的是死亡的利箭，眼角和嘴唇都涂满毒液般的黑色，言语间只有杀意和死寂。想着，希琪哈问库玛利，“师父，关于骨燃……我其实，看到一些其他的影像。”

“哦？怎么样的？”

“嗯，我看到他时，总会不自觉的过界。”希琪哈咽了下口水，她依然能完全清晰地回溯那惊悚一刹那的所有感觉。

“我看到的是死寂的世界。”她眼神中带着不确定，重新回顾并不愉快的体验。“我看到是死神，嗯。”同时，库玛利听到自己内心中咯噔的一个声音，从远处传来，又滚得很远。

死亡的味道，在刹那，希琪哈却像在那个地方，那个时空待了很久，很久。久到回想起，她便要崩溃，只能干声痛哭，也无法产生眼泪，就像是冻结的苦难，全部降临大地一般，沉重，肃杀。

这个不一样的骨燃，对视着她。

周围在燃烧着，与熟悉的世界不同，红光笼罩一切。映照下，他像是被血浸透，全身覆盖的骨铠都透着红光，只有灰蓝色的双瞳截然不同。但其中不带任何光辉，收缩的灰暗像是深渊之色，只有对周围堆积尸体的倒影。

他们东倒西歪在这个骨燃脚边，有男有女，扭曲的身躯能看出他们受过的巨大苦痛。一堆又一堆，像无数的尖锥，遍布四处。周遍远处一直回响着恐怖而让心中剧痛的爆裂声，还有气浪和高热，这让希琪哈感觉到一阵烧灼，无法常驻的感觉逼她“退”了出来。

然而，骨燃·炎嗣这个男人有着无法概述的魅力，双眼是金闪的旋涡，跳动的眉毛里有希琪哈想探知的东西。于是他在讲述那“墨染”故事时，希琪哈再次凝望了进去。

同样，站定在燃烧的刹那之中。

不同的是，那个骨燃不在。她看到一个男孩在哭泣，他赤着脚，一边抹着眼泪，到处张望，仿佛置身陌生之地般慌张。

这是？

男孩双手双脚都沾满了黑色的液体，一直向下流淌着，粘稠的质感让她想起影木林的烂泥，自己曾经深陷其中，口鼻中充满了它们。

他一路向前方走着，途径之路，周围的景色变得灰暗，逐渐成为褪色的灰布。岩石碎裂，河水干枯。他带着沼泽的黑泥，就这样向希琪哈走来。

男孩微低着头，杂乱的头发下能看到哀愁的表情，五官几乎挤到一处，泪水与泥浆混合着，导致看不清他长相的细节。他嘴巴微张着，只能听到隐约的话语："我……不能睡……不能睡……"

希琪哈情不自禁想问，为什么？你在说什么？男孩靠的更近了，这样的视角让她开始觉得窒息了。她扫视着周围，终于看清了男孩脏兮兮的手里拿着什么，白森森的物体被他紧紧捏着，此时覆盖在上的污泥终于滴完了。她瞪着眼，此时慌张的心升到嗓子眼，她看清楚了，那是半块骨制的面具，棱角分明，从鼻梁到嘴部从中央分开。这半张脸有着成人的脸庞，突兀的眉弓。残缺的眼窝如同深穴，而边缘还带着污泥的植物在活动。

这时男孩走的更近了，他看着前方，空洞的眼神似乎在盯着希琪哈，又或者是某种穿透一切之后的东西？

他说道："我睡着了……他就会醒的！"

环形的周围，猩红的天幕中整齐排满了枯枝叉般的闪电，那一刻，希琪哈退了出来，她发现自己的祭司袍完全贴住了身体，全被汗渗透了。而骨燃刚刚将那个作祟不安的"墨染"封印起来。

希琪哈最后听到男孩轻声的说着话。

"我……不能睡……他要来了。"

说到这，她看了眼库玛利，师父一言不发，只是紧握着手中的药瓶，另一手搭在她肩上，一股微热的重量，透过祭司袍柔软的布料渗透进来。

希琪哈长叹了口气，又靠在了墙上。

和肆虐的“墨染”一样，太多东西让她越来越不安了，但“业力”愈加清晰，并对她有着无法逃避的吸引力。

2

另一个房间，骨燃盯着自己的右手，正思索着什么。

诵突然看着骨燃问道:“少年撒克和梦境，是你最爱讲的故事，为什么？”

骨燃盯着诵的眼睛，许久，突然笑了。“我记得，在很小的时候，这是父亲给我讲的枕边故事。很长一段时间里，我会觉得他就是我，自己在某个地方那样度过了童年。我们的姓是炎嗣，燃烧的部族，火焰的力量始终在我们的心中燃烧。父亲燃尽了家族的一切，为了骸族的复兴，而他，还希望我燃烧自己的一切。”

他停顿了下，眉头又跳跃了下。“你知道，高阳族是在灰烬上建立起来的，和那些虫子抢的地盘，一寸寸的土壤，最终建立骸族的基础。然而……那么久了，所有的生命，灵魂依然无法解放，我们还在剥幕之下徘徊。”

“就像他，少年撒克，一直陷在噩梦里一般么？”

“刚建立维序派的时候，我一直在做一个梦，在一片无限空旷的荒野，永远走不完的长路。抬头能看到巨大的球体，它在燃烧着，又在凝视着我，仿佛永远不会燃尽。我就在它的照射下，一直走着，永无止尽。”骨燃手指轻触着脸颊，像是在回忆中翻找片段。诵望着他，眼神就像枯橼毁灭时的那样。

“我那样走着，路总是看不到尽头……”说着，骨燃又陷入了短暂的沉默，这些东西让他和死亡的记忆又链接在了一起。诵了解他那样的状态，她立刻握住了骨燃的左手，她看了眼血红的右手，缓缓地说：“都是它给予你的，那不是你。”

骨燃活动着右手的手指，有一会儿他几乎对着掌心的刻印出了神。我走到路的尽头，看到一幢小屋，我打开了门……他轻轻地说道，那神情完全不是平时的骨燃·炎嗣，更像是个失态的少年。

其实他能清楚记得每个细节，自己在每个夜晚，在睡梦之中，是如何在陌生的房间醒来，目视顶上向下渗透的水渍。

多次重复的梦境，让骨燃已经习以为常，在那里，他被缩成了幼小的身躯，能看见自己纤细的手臂和瘦弱的小腿。那个时刻，他会感觉自己就是撒克，孤独而敏感的少年，但壮志已在心中。

连续几次，只到这样，骨燃便“回来”了，到达熟悉的大屋，高阳族所在的地方，窗外依然是黯光形成的冷色旋涡。

直到某个夜晚，他再次苏醒在这个房间，潮湿的气味，合着腥味，还有从窗口照射进来的橙黄色的光芒。一种在异乡的直觉，让他慢慢扫视周围，并走向眼前紧闭的大门。外面迎接他的是什么呢？

“你还在考虑骨纹的组合么？”诵的声音打断了骨燃的回忆，他友好地摇了摇头。她靠着骨燃的腿躺了下来，她微蜷着身体，轻轻说着：“我不会再问你，我和高个子谁更重要……那就像是问你，高阳族和枯橼一样，是么。”骨燃笑了，诵还是爱叫克蕊那样的绰号，就像克里斯蒂娜给诵取的绰号一样奇异，叫什么来着……空瓶子……对。原来你变成空瓶子了，小金图人，他都能立刻想起克里斯蒂娜说话的神态和语气，装饰黑帽子的羽毛还会随着她头的摆动，弹动几次。

“其实，高个子说的没错……”诵·阿努拉保持着侧躺的状态，任由红发散落在骨燃腿边，这个姿势从枯搡毁灭之后，便是她最喜爱的躺姿。在骨燃身边，完成一些事情，让自己枯竭的心变得“满”起来。

“我一直是空的瓶子，父亲把我变成那样，让我能容纳姆神，在那之前，我什么也不是。”诵轻轻地说着：“是和你，还有这些时光，充斥了我，成为如今的我。”

骨燃笑了笑。“希望下一次，她会更接受这个绰号。”

“不知道她在九龙城那里，游说的怎么样了。”诵突然说道，“我们也顶不住全线崩盘啊。”

“是啊，那也许世界又要结束了……“骨燃说着，突然大笑起来。

“给我梳个头吧。”诵突然坐了起来，侧身半靠着骨燃，右手拢向头发。

这是她头一次拿下头顶的面具，放下扎在面具遮盖下的发髻。中长的红发散落下来，如同披散奔流的火焰，要向宇宙的中心扩散，漂流，却无法离开骨燃的手心。

骨燃轻柔地握起诵的发束，拿起一把虫骨磨制的梳子，缓缓梳着，像是用手穿过水流一般自然，温和。他控制骨梳，非常熟练，在经过诵的侧边发际时，他稍微停顿了片刻。他又平移手指，避过了头边的一处伤疤，这被潜藏在发髻和面具下的一条凹陷的疤痕。

梳了几下，骨燃又停了下来，他只是按在骨梳之上，却没有再继续动作了。

“你，怎么了？”诵·阿努拉问道，她没有回头，只是右手向后摸索着，努力握住骨燃的手腕。她发觉他在微微颤动着，她知道，骨燃又在压抑某种情绪了。

“诛摩刺的伤总是难以痊愈……”

诵笑了，她说道。“没什么，比起枯搡所受，我并不算什么。况且……”说着，她吸了口气。“让我重获新生的一刺，结束了多少的业……”

“呃……打扰了……”熟悉的声音打断了骨燃的沉思，他看着站在门口的影子，宽大却不高。疯虎．汉谟拉比一手摸着脑门，表情惊慌中带着尴尬。而另一只手却被他有意摆在了后面，那样子就像是个被抓住又想逃跑的窃贼，还是手法很烂的那种。

骨燃看了眼旁边，诵·阿努拉快速扎起了发辫，又将面具紧紧戴在侧脸。她就这样披着一件宽大的白袍，盘腿坐在自己左侧。白袍有着精细的镶边，从颈口开始便布满了金色的菱形骨纹，有疏有密。她像身裹在白鸟巨翅之中，带着高耸的立领，如同庇护之盾，自上而下，庄严笼罩。而她的红发显得更像白色灯塔上的火光。

“进来吧。”骨燃对着门外报以一笑。

在晶体灯的光芒中，两人注视着疯虎，诵指了指他躲藏在身后的右手，问道：“你在隐藏什么呢？”

胖子一副欲言又止的表情，双眼飘忽，又看看身后。他使劲推了下门，才转过身。

“我……似乎快挂了。”疯虎带着哭腔说，他缓慢地把藏在身后的右手从黑暗中移到两人眼前，光芒之中。他却一直侧着脸，内心总有一种声音，在抗拒，尤其是骨燃那穿透内心的眼神。

骨燃弹了下手指，他早注意到疯虎的右手，从离开影木林开始，这个人类一直戴着摩皮手套，从未摘下。而现在，疯虎小心翼翼摘下手套，并快速撕下层层包裹的绷带，他的手指甚至上下抖动着，导致在绷带上滑动了很多次，才撕破了最后一层。

顶着晶体灯的光，疯虎举起了颤抖的手，让骨燃看的更加清晰。诵站了起来，向前迈了一步的同时，她张开右掌，对准疯虎的手掌。他还在颤抖着，尽力用左手握住自己的右手腕。在手腕之上，他的右掌几乎三分之二，变成了紫黑色的烟雾，如同电流扭动般努力维持着手指的形态。

“我的手啊！！”疯虎还在发出无法自控的呻吟。“它变得更严重了。”这只右手的一半正在逐渐融入另一边，暗影在取代它，与骨燃在心之密室演示的一模一样。

“忍住疼。”诵右手一转，她手腕上的多圈骨纹中，最外层的一圈向外伸展，并发出橙色的光晕。它打开后立刻围绕手腕形成一层菱形的浮空图形，随着诵的动作，两条骨纹从折叠完全展开，弹射出去，成为两条锁链，直接附在疯虎变异的手腕交接处，并牢牢卡住！

“Baca Ca！”骨燃猩红的右手迅速而止，巨爪悬在疯虎右掌之外，一阵灼烧感伴随着皮肤烧焦的臭味，在诵结附的锁链外，又多了一层红色骨纹。它向内燃烧着，与锁链一起，逐渐将黑雾聚拢，并稳固起来。

“天……天呐……”疯虎突然感觉心中躁动的混乱感减弱了，他努力甩了甩头，似乎又能觉得右手存在了，只是握拳还是如同在雾气中搜寻矿石一般，无力而沮丧。

“慢慢习惯吧，在你不幸被剥幕取走之前，努力活着。”诵轻声说道。疯虎点了点头，他叹了口气，向后退了几步，靠墙坐了下来。此时，硬撑的勇气已消失殆尽，剩下的只有烧尽的灰烬，在那里，让疯虎的内心显得不堪。

“我这个……和那些墨汁诅咒一样吧？”疯虎昂头看着骨燃，无论何时，他眼中的光芒总是不会熄灭，自己何时能做到这样？……哎，先解决手的问题吧。

“所有的问题，只有深入界了。”骨燃摊了摊手，他又指了指疯虎的手腕，说道：“骨纹对诅咒的控制，时间很短，目前，只能暂时稳固结构。”

“啊？”疯虎又是一惊，仿佛躯壳中的重量被抽走，几乎完全瘫软下来。他只听自己不断咽口水的声音。许久，他望着注视自己的两人，问道：“那……能坚持多久？”

“三天。”诵平淡地说道，晶体灯的反光映着她橙色的瞳孔。

这一瞬间，疯虎感觉瞳孔中间什么也没有，只有让他恐惧的深远。那何止是经历过什么，甚至让他想起死亡本身，却如此美。他努力站起来，推开门，想在表示感谢后，自己还能体面地走出去。意识伴随右手的状态，时好时坏，必须尽力维持。

他挥挥手，向外走去，背后是诵磁性嗓音的又一句话：“锁链会先碎裂，之后是骨燃的火，随着时间，熄灭。”

“然后是你形态的熄灭，切记。”诵站在光芒中，最后说道。

但疯虎已经不想再听了，他内心像是两只大手在揉搓着一句话，“我只有和他们一起进去了，不能逃……”

我和这世界，都没有时间了。

他这么想着，绕过绳梯，看着夜晚的泊泊桑。骸族的风光啊，还是很美好的……

3

“那么，开始吧。”

一夜的休息后，众人再次聚集于萨兰教大帐中。库玛利让萨兰教外的人喝下了幻影绿萝酒，其中还添加了几种加速过界的材料。她坐在房间的正中，右手缓慢地向火盆中撒着粉末，伴随着噼啪声和细微的烟雾，房间里开始多出了一种让气氛迷离的香味。

库玛利点头示意弟子，希琪哈给其他人都分去一个小小的纸包，纸很薄弱，似乎是植物鞣制而成，半透明里能看到黑色粉末。骨燃看了眼，表示了自己的疑问。库玛利微笑地回答："这是醒酒草药，我们为了过界的安全，防止陷入过深时，就记住咬这个纸包。准备过界前，小心地含在舌头之上，不要弄破了。"

希琪哈笑着把最后两包递给诵和苏利安玛维，她腼腆地说道："和含叶子一样，轻轻用舌头压着，别弄破。那味道又腥又臭，和烂一个月的沼泽泥巴差不多了。我上次差点吐死，把两天的胃酸都吐出来了。"

诵吐了吐舌头，接下纸包，小心地放在手掌中，她又看了看骨燃。他正皱着眉头，仔细看了药包，又放在自己左手上。骨燃示意了下库兹诺克，他对其他人说："我考虑大家的安全，让库兹诺克在外面守着，会比较妥当。"库兹诺克微点了下头，径直出了房间。

诵看着骨燃，她清楚他的顾虑，一方面是所有人过界，这个躯壳的安全，而另一方面，骨燃并未完全信任这种仪式的可能性。库兹诺克作为奇藏目第一刺杀者，专业程度和冷静，足以让他在局势发生变化时，做出中断或者其他的行为。

亚藤巴笑了笑，他说道："也好，而且我的植物会遍布整个房间，我们的身躯会很安全。"他环视了众人，又严肃地说："现在逐渐让身体放松，吸收这个香气。很快，我会有一个信号，然后由我开始，全体过界。"

话语中，在亚藤巴肩膀和盔甲附近的一些植物，从他身体中伸展出来，除了开始增长，铺张在房间墙壁四周，化出的藤蔓还在其他人手腕上轻微缠绕了一圈。

当藤蔓包裹住苏利安玛维和诵时，一种光的感觉突然流动在几人之间，这让亚藤巴有一种特别熟悉的感觉。他眼睛跳动了一下，希琪哈惊讶地张口就说：“教主，怎么了？”

亚藤巴摇摇头，他的藤蔓完成了所有人的连接，剩下就是这些人情绪冷却，身体放松的一个瞬间，启动过界。他身体内的植物和神经合为一体，刚才经过那个寄螺族人，似乎扩大了效果，共鸣到了另个人的能量？这居然让亚藤巴感受到一种熟悉感，这是为什么？不过，这个问题留给以后吧，当前最需要解决的就是界内的混乱。他朝库玛利和希琪哈点了下头，郑重地说：“准备吧，我们三人来启动。”

希琪哈点了下头，其实这样的香味和氛围下，以她现在的身体情况，如果不是强制控制自己，意识随时会到界的另一边去。库玛利右手举起一块小木块，“这是影木的碎块，加了增效骨纹，等下我数到五，就会扔进火堆里。一旦触发灵魂共振，这时，过界就开始。”她停顿了下，看了眼亚藤巴，互相传递了眼神后，库玛利开始倒数。

“五……四……三……”在倒数的时候，诵瞟了眼骨燃，他依然眉头紧锁，一脸严肃地盯着火堆。她笑了笑，悄悄地抓住了骨燃的左手，紧紧地捏住。

在骨燃对视诵的一瞬间，数字说到了一，小块影木被扔进了火堆中。一道高亮中，希琪哈三人的瞳孔都变成了白雾！苏利安玛维最先感受到这种震波一样的感受，通过藤蔓和自己的超感知，传递进来，像狂潮一样席卷了她的意识，又通过她，把这种狂暴传递给其他人。

骨燃的眼中，看到的是那块影木就停留在火堆上空的边缘，它燃烧着，却没有落下。他的意识和周围的一切都停滞了，影木，火苗，烟雾都停滞了。他看到诵紧握着自己的手，亚藤巴脸的汗停留在胡须的末端上，希琪哈微张着嘴，她上一刻正要说的是什么？

“骨燃，很快我们又要相见了。”一切宁静，他耳边却出现了熟悉的声音，那个孩童的声音，冰冷却穿透心灵。骨燃看到房间的一边，是有着黄色瞳孔的少年，正凝视着他。他举起右手，猛地向前挥去，少年消失了。此时，停滞的一切突然运转，那块小影木掉下火盆。那瞬间，火焰熊地向上喷涌，像盛开的耶弥之花，火红中带着金橙，周围的一切在光芒中消失了。骨燃也融入了这一片白色苍茫之中，暖意让他无法分辨这是眠梦还是什么。

一些风声还是别的奇异声响出现了，周围的暖意开始消逝，并逐渐成为寒意，他睁开了眼睛。

骨燃看到了一条细窄的小路，出现在自己脚下，那是他熟悉的，故乡的小路。不同的是，小路上，两边插着的高阳旗帜在燃烧，沿途堆满了尸体！他们有老有小，横陈在道路的两侧，黑红相间的衣服上布满了破损和伤痕，鲜血顺着台阶至上而下流淌着，形成一道黑色的河流，从骨燃两腿下流过。他翻看着尸体的痕迹，这些是熟悉的身形，一名祭司身体下还压着两具孩子，他将保护进行到了最后。但力量贯穿了三人，并在地面留下了烧灼的焦黑痕迹。尸体们的双眼位置，紫黑色的空洞里，发出一些吵闹的声响，那是人声，还是其他诡异的低吟。

“比起这些，我们宁愿被剥幕吸收了，而不是在这里徘徊……”他又听到了一些熟悉的声音，“骨燃，你不配带领高阳族，我们怎么能和人类结盟？”几个矮小的影子从尸体中站立起来，他们并没有进入黯光之中，而是在此处停留，成为无法消散的残影。“你不是我们的首领么，为什么抛下大家，去帮助什么人类……”

“你最终抛弃了我们，骨燃！你背弃了骸族！”一个影子指着骨燃，从不存在的咽喉中，发出地狱灰烬的回音。不！骨燃想发出那样的声音，但他听到的只是淹水的吞咽声。

“我努力赶回来了！我从枯搡赶回来了！”他内心喊叫着，

双手用力抓着自己的头发，痛苦地蹲在地上。

“结果什么也没剩下，两边都是……”另一个影子披着残破的衣服，脸部苍白干瘪，他用烧焦如黑洞般的眼孔，看着骨燃。“这是你想要的结果么？牺牲了我们，得到的是一片废墟？”周围聚集的影子越来越多，他们抖动着，燃烧着，向骨燃靠近，并试图抓住他的脚。

他躲避着影子的手，或者说是被烧灼模糊的枯骨，跌撞地向台阶上小跑而去。

“骨燃，你真的不渴望这个力量么？”他面前的台阶上出现了一个人影，一身全黑的衣服，面容隐藏在兜帽之中，唯一可见的是黑暗中闪烁的橙色双瞳。“看看你的手，我可是与你同在啊，这可以改变一切的力量。你怎么不和它拥抱在一起呢？”

“快，看看你的手，我知道你喜欢这个力量。不是么……”他还在继续说着。骨燃感觉右手一阵刺痛，肌肉鼓涨，还伴随着经脉跳动，构成它的所有组织即将失控，如同脱缰野马，远离自己内心的控制，去做独立的猛兽。

他的右手更加胀大，红色的肌肉组织挑开了包裹它们的皮肤。细枝末节，如同吐信的狂蛇，想要脱离骨燃，撕咬不存在的敌人。

“骨燃，你接受吧，与这份力量拥抱！”

伴随这些呢喃声越来越响亮，骨燃身边的一切开始变得暗红，他周围的影子们像是踏着无声的鼓点，扭动跳舞起来。更多的影子们从骨燃脚底，背后爬行而上，冰冷的触感，穿透皮肤，妄图钻入骨燃的心扉之中。

他的右手变得越来越沉重，更多的肌肉细胞膨胀变大，钻入地面。骨燃能感觉自己的右手想要脱离他，与周围的一切聚集在一起。右手的组织与那个全黑衣服，橙色双瞳的影子汇聚在一起，它们扭动，变化。

它们站了起来，通体血红。骨燃的右手从他本体脱离，与那些影子一起，缠绕结附在一起，从地面而起，逐渐形成人形。"他"有着和骨燃一样的脸和身形，不同的是扩散的右手组织，那些血红色的角质和细胞束包裹了他全身。骨燃面对的自己，全幅武装，除了冷笑的面孔，都被血色角质形成的铠甲覆盖了。

"我就是你，骨燃·炎嗣！"血色铠甲下的他说道。骨燃与这个新的自己对视着，他像是从未真正认识自己一般，愣在那里。

血红色的他继续说道："你清楚无法消化我，不是么？你这可怜的高阳孤儿？"骨燃右眉跳了一下，他捏紧了拳头。

"哈哈，你承认吧，你去枯搡到底为了什么？"血红色的对方继续说，流露着骨燃从不会有的表情。"我知道，你即舍不得金瞳姑娘，又舍不得金发姑娘。"他右手伸进了黑暗，从中一把拿出了什么。"所以，只有牺牲这些老部下了？"

血红色的骨燃继续笑着，他右手向前一甩，一堆东西滚落在两人中间。

那是一些骨燃熟悉的面孔，在滚动的头颅上，周围还带着飘散的血雾，咕噜噜地滚在他脚边。库兹诺克的脸毫无表情，嘴角带血，紧挨着的是凯图古利庞大的方脸，脖子处的切口还在向外淌血，他引以为傲的骨纹武装被鲜血浸透了。

骨燃向前踏了一步，他瞪着对面的自己，"这，绝不会发生！我会用生命保护他们！"血色的他笑了，同时摆弄着右手，说道："不，不，他们都会被你害死，而且这还不够。还有你最珍贵的……"说着，他左手在脖子前比划出一条空气中的划痕，伴随鄙夷的表情。

骨燃看到这个自己，眼中的橙色光芒，他从身后拿过一团东西，高举在两人面前。

"她们，最终只会给我们陪葬！为了必须的路！"

在这空间的闪光中，她们的轮廓闪亮清晰，让骨燃不禁牙根紧咬。

那是两颗人头，诵·阿努拉和克里斯蒂娜的。

“你给我彻底消失吧！”骨燃催动右手，直击对面的自己！对方毫不手软，硕大的拳头，同样的右手，却是被全身骨甲武装驱动，带着呼声而来！

被“露特拉拇指”击中的肉体表面都会被吃掉，骨燃和自己的镜像就这样互相殴打着。他看着熟悉的脸颊被撕开，骨甲爆裂，鲜血横飞，在周围散成烟雾，有自己，也有对方的。身体破裂，被撕开的部分变成各种不同的东西，黑奎蛇，铁嘴鸟，沼泽蝎，巨摩，甚至是影驹。

骨燃能变成任何见过的次级生命，作为“万变”。他和自己的幻影互相攻击，变幻，而组织交汇处，缠绕混合，成为黑雾。伴随着血液，他和另一个自己像重回母体般，与黑雾汇聚，将要融为一体。

骨燃心中一阵恶心，这如同沉睡湖底千年的腐泥与自己每个细胞合为一体般，而他快要窒息了。“你和你，所有的你，都无法摆脱我。”黑暗之中，他隐约看到那橙色和熟识的声音，这让他想起在黑格中的一切。不过这不光是自己投射的幻像那么简单，那家伙一直希望腐化，摧毁自己。

“哈哈哈……你本可以不掺和幻梦界的任何事……”声音继续着，而黑色幕布般的周围张开更多的橙色双眼。“可恶。”骨燃无法感受到自己身躯的任何部分，他只觉得一切在下坠，无法抑制的下坠。

一种力量托住了他，是一团黑烟。它急速地将骨燃向上推动着，像是拯救溺水的儿童一般，从无光的黑暗胶质中推向那如湖面的白光。骨燃努力转头，想看仔细这团黑烟，在贴近白光的瞬间，他看到一张面具覆盖在整团帷幕般的黑雾顶端。扭曲的线条是面具的主要语言，它们从两个空洞向四周散开，在边缘和途径的材质上形成怪异的纹样和细节。这让骨燃想起拉克耶夫的某句诗："我是深渊之梦，瑰丽有趣，却是你们的噩梦。"

接着，他汇入了白光中，暖意开始取代寒冷。同时，耳边听到一句细语，那声音异常熟悉，温和，冷静。

"不要戴上面具。"

"骨燃！骨燃！"此刻，他耳边传来女声，这是诵的声音，一阵晃动中，他和那片白色一起，收回了自己的躯壳。骨燃看着周围，他和诵·阿努拉紧握的左手，两人似乎是漂浮在毫无边际的深海之中，周围浮动着泛着光晕的气泡，忽大忽小。

"这就是幻梦界？"骨燃难以掩饰惊讶的神色，他张望四周，这俨然存在的深海，黑暗的压迫感，使自己产生了难以分辨的真实感。他看着右手，它还是鲜红而巨大，覆盖着骨甲，在这深海般的液体中，却感受不到它的存在。

"能看到自己，但感觉不到，大概是这样的状态。"诵对骨燃说道，她笑着戳骨燃的脸："堂堂万变大人，还怕这个？"他也笑了，说道："怎么会，这比卡纳维的黑格明亮宽敞多了，习惯了之后，有点醒着做梦的感觉。不过我们并没有离他们很近，这样看，过界的时候，应该被某些原因分散了？"

"比起这个，我更担心一些别的。"骨燃又四处巡视着，他内心清楚自己最怕在幻梦界看到什么，或者是和他一起出现在意识深层，一次又一次。"我们继续深入吧，看怎么和他们会合。"

"我们不能再陷入一次自己的噩梦里了。"诵和骨燃是一起进入到那圈散播光影的泡泡里的。在漫长的下落过程里，她看着自己成为了前后连接，分裂又组合的碎片序列。而骨燃的形象时而扭曲，时而破碎。诵在沿着光芒向下的时候，还能看到他的一部分在身后漫长地拖拉着，像是被狂风拉扯的剪纸一般，但他们相握的手，一直没有分开。

刚进入界的时候，她听到了很多的声音，父亲的，那些信徒的，更多的是枯摞城中，那一瞬间的悲鸣。下一秒，他们仿佛踏入了沙漠。这是诵·阿努拉清楚的地方，他们踏入了一段记忆和幻梦交织的地方。

4

枯摞毁灭之前，那一年，骨燃只见过诵·阿努拉两次。

骸族人的生命很长，往往是后期人类的数倍，虽然最终也很难逃脱与剥幕同化。

"但他们一直在寻求着生命终焉时的转化和未来。"

那那西·阿努拉是他的老友，枯摞大道即将竣工时，他应邀来到这白色圣域。

"你想好了么？那那西？"骨燃问道，他的朋友此刻正背对着自己，将一切隐藏在白色罩袍与兜帽之下。"看你的样子，心神未定啊。"骨燃看了眼周围，那些高耸的高塔，周围用虫骨稳固保护，顶端燃烧着长明的火焰，照射整个枯摞大道。那那西右手始终紧握着，手臂伴随着一种细碎的频率在腿上打着节拍。

"很快就是圣典，大日子了。"那那西·阿努拉转过身，表情在兜帽下并不清晰，声音却是毫无变化。

"你确定要让诵成为圣女么？"骨燃直视着朋友在阴影中的脸，问道："你的女儿，诵。"

“这是金图人唯一能为骸族做的。“那那西回答道。

“不觉得过于沉重了么？”骨燃眉头跳动着，又拧到了一起。“对于个体，这无益等于死亡。她是你的女儿啊。”

“不，她将获得新生。”那那西向前走了几步，在火光下，他双眼闪着平淡的光。他又看着骨燃，缓慢地说了一句话，这并不是骨燃记忆中的片段。“现在的你是哪一个？骨燃·炎嗣，还是Shi'Va?”

“什么？”在骨燃的惊愕中，那那西在斗篷中的形象消失了，一切只是一股清烟。烟雾又化成了螺旋形，那是他熟悉的符号，一种古代的生物外壳。骨燃向前抓了一把，螺旋状的烟雾环过他的手指，形成一片幕墙。一些景象在其中若隐若现，他犹豫了片刻，垮了过去。

在某个灰白石质的巨柱下，骨燃见到了诵·阿努拉。她远离了群体，用纤细的手臂抱着双腿，茫然地看着远处的人群。

石柱的顶端镶嵌着巨大的壳型残骸，它的表层已被严重钙化，与石柱合在一起。这是某种远古壳虫的外壳，它的大小遮挡了部分黯光，和诵一起浸在影子之中。

枯搡虽是白砂之都，过去都处于海洋之下。无眠之海曾占据了这里一半的面积，大破坏后退去的海水并未带走那些死去的巨虫。它们的化石都来自这样的岩层，在巨骸人建造枯搡之时，切割了大批沉积在干涸岩床的虫壳石岩，作为枯搡大道的巨柱使用。

诵看到了骨燃，她微微点了下头，这是父亲的好友，高阳族的祭司，万人瞩目的万变大人。但他也解决不了自己莫名的忧伤，这是他人无法理解的，如同切肤。

“我刚见了你父亲。”骨燃并没有拉下兜帽，他只是靠在石柱边，看着前方。“我不赞成他那样做，除非这是你自己的意愿。”

“我？”诵·阿努拉礼节性地拉低了兜帽，露出苍白的皮肤，在橙红色长发间稚嫩的脸。“我不知道该有什么意愿，金图族一切的意愿不就是枯搡之光永存么？”

骨燃愣在那里，吐了口气。“这些……我听得太多了……”

骨燃甩了甩头，眼前的记忆如同笼罩在心头的噩梦，却又挥之不去。

“枯搡之光，永续的荣耀，曾是他与诵之间无法跨越的屏障，这甚至超过了人类与骸族的紧张关系。因为这始终是关于千年的传承，一切的希望。”

这个记忆中的诵·阿努拉是那样的陌生，尽管是一样的美，却如同枯搡夜空，高塔上致命的白光。曾经差一点失去活力，成为与剥幕一样无情的她。

枯搡荣耀的景象消失了。在骨燃和诵·阿努拉面前，它们开始倒塌，带着周围一切的事物，崩塌，碎裂，曾经的记忆变得陌生，如同未曾存在。

在白光中，诵看到自己，站在废墟的尖岩之上，看着最后的那一幕。

熟悉的，枯搡终焉之时。

“初白！……”诵捂着自己的嘴，看着远处的圣殿，它正在被白光笼罩着。“金图人的一切都要结束了，一切的梦。”

“不，他们都活在自己的幻梦里。”骨燃看着诵，缓慢地说道。此刻，从他们的位置能清晰看到，天空中那刺眼的白光，来自剥幕底部结构的开口中。

云层退开了，剥幕那些奇异多边形结构在运转着，它们的边缘翻转，又反向扩展打开，层层叠叠，每一块巨大金属般的组件都和其他多边形有内部不可知的关系，一块区域打开，便会影响另一边的形态变化。它在“永暗”时常见的只有一个开口的紧密结构，而“初白”不同，这每层交错结构会向内凹陷，能看到表面漆黑色材质上闪动的蓝色光芒，它们流动形成一种未曾见又很辨识的纹样。这与骨纹不同，骨纹基于蛇文字而生，在多种自由表现中带规律，而剥幕的这些构件形状无法抓捕到固定规律，它们像古代技术般运作，却有着呼吸的律动，每块表面如心跳节奏般持续颤动。

白色的光芒从那里闪耀，并逐渐越来越大。

“初白，这就是初白么？”诵问骨燃。“这是我……头一次见到，也不想再见一次了……”骨燃用粗大的右手遮住了诵的眼睛，而他的脸部从眉弓和颧骨长出的骨刺，在双眼前形成了一块血红色的薄膜，如同护目镜一般，这能减少白光的影响。

伴随如同万灵哭泣的声响，白光从剥幕开口射向地面。枯搡，金图人曾经的圣城，完全被击中，笼罩于此。

“这是不得不的结局么……”两行泪水从大手的缝隙中流淌下来，诵的身体微微抽搐着，她低下了头，身躯向内收缩着。骨燃转过身，正对着她，诵被用在他怀里，随着哭声而抖动着。“父亲，从最开始就预见到了么？他拿到锤子，我成为女神？骨燃……缠……真的不可改变么？”

骨燃沉默了片刻，他轻轻拍着诵的后背，说道：“这是他的选择，往后，就是你的选择。”

万灵的哭声结束了，他们能感觉到耀眼的白光结束了，周围开始变暗。“我的选择么？”诵问道。

再次目睹过去的光景，骨燃问诵·阿努拉：“你后悔这样的选择么？”她回望骨燃，并没有回答，只是报以平静的微笑。

“那些只是被碾碎的记忆，界如此无情，比人无情多了。”

诵和骨燃面前，那些都化为了粉末，枯搡的过去，他们的过去，瞬间崩塌了，就这样平静地消失了。

周围一片漆黑，唯一的光芒是两人面前，那是一扇直立的门，它朴素的表面让两人觉得更不真实。门大约有一人高，但高的超过骨燃，还是有种威慑的气息直扑而来。

门紧闭着，前后都是空荡的黑色空间。

“这让我想起了黑格。”骨燃摸了摸下巴。

“漆黑的平静么？”诵问道，她打了个响指，左手臂的几个骨纹发出少许暖光，让两人能更清晰观察这个突兀的大门。

“漆黑，而不知何时，会跳出来让你崩溃的噩梦。”骨燃回答道。他伸出右手在门上摸索着，平整又光滑，完全异于任何本则的材料，不，甚至不像这个世界的东西……

“随时而来，他们从你的心里出来，会在黑暗中摧毁你。”骨燃轻声说着，他的视线也随着诵的照明，上下细看。接着，两人都屏息了，脸和手继续贴在了一起，看着门中央的一排字。那里有骨纹写着：

推我

骨燃笑了，露出不常有的表情，他右手扶在门面上，说着：“难道里面还有个天鹅绒房间不成？”

诵看了他一眼，满眼疑惑。“什么？又是拉柯耶夫么？”

“不，来自卡纳维讲的一个小故事，关于人类精神的一些……嗯，小秘密。”骨燃右手开始使劲，门缓慢向内推动。“我们进去看看。”

“做戏要做全套。”虫眼轻轻按了下疯虎的肩膀，他浅浅地笑着，嘴边和眼角立刻带起了多条细长的皱纹，让疯虎觉得骤然感觉难受起来。又是这样的笑，带着他的意图和安排。虫眼说道：“你的任务很艰巨，而且要很专注地完成哦。”

疯虎又喝了一口眼前的酒，味道还是那样，达巴的特酿，冰冷中带着浆果原味，香醇又能刺中胃里一些特殊的地方。他有点恍惚，右手握着杯子，上下看着，明明和虫眼对饮了好多回了，怎么酒没下去的？“我……什么任务……没专注过？简直了……废话……”他晃晃头，捏着杯子的手，翘起一只食指，指着对方。

“当然了，我的朋友，不过……这一次……”虫眼对准疯虎的杯子，轻点了一下，便一饮而尽手中的酒。“也许会丢了性命。”

疯虎隔着水帘般的一层薄膜，看着自己离开达巴前的一幕。他在杰西的鼓动下，喝了一杯又一杯，本来三杯便倒的他，却在浆果酒的美味，皇宫的氛围下，变得颇有战力。终于，晕眩感占据了他所有的意识，如沉重的闸门直击而下，疯虎无法维持微胖身躯的平衡，直接倒在了桌前。

他知道这是曾经发生的事，确实细节自己完全不记得了，进大坑前的碎片，只到蓝菱皇宫的一些片段。而接着，疯虎在这个幻梦中，看着从门外走近的人，他只想推醒面前沉睡的自己。

“这恶俗的香味。”图拉真皱着眉，他用一块手帕捂着口鼻，走了进来，身边是四名黑盔战士。比起人力的萎靡不振，他更欣赏骸族人的狂野，而蓝菱是图拉真最讨厌的东西，冷色烟雾，失败者吞吐的东西。

“呸，说吧。”图拉真端坐在正厅最大的一张沙发上，身体微靠。两名黑盔就那么跪在那里，他双头一搭，俨然又是一副在王座上的常态。

虫眼·杰西不禁搓了搓鼻子，这么近注视图拉真大帝，还是不免会产生恐惧与难受的感觉，就像吃了过期的腐败食物一样。一对狡黠的双眼在深邃眉弓阴影之下，双瞳橙中带红，瞳仁是竖立的梭子形。目光平淡却充满杀意，他的眼角，眉弓和侧脸都有少量骨纹若隐若现，同时，随着呼吸，图拉真额角和下巴的灰青色骨刺缓缓生长，变化着。

显然……他一直处于防御状态，遍布全身的“万变”细胞，以骨板和骨刺警卫着他。

虫眼没有把头抬高，以半鞠躬的姿势把东西在桌上推了过去。他只是从侧目中看着这个帝王，内心和透过膜阅读这段记忆的疯虎想的一样。

“他果然，早已不是人类了……”

5

与众人会面前，希琪哈到达了一个古怪的庭院，四周与童年记忆中的场景很接近。而她，出现在库玛利的帐篷外，但奇怪的是，周围只有白茫茫的水汽与绿色的水藻，其他什么也没有。在她能见范围内，只有这一幢大型帐篷，两边挂着羽毛和面具，涂满骨纹。它静静伫立着，给希琪哈一种熟悉又陌生的感觉，那如同躺在软绵绵绿色苔藓里，漂浮在无眠之海，渺小却愉悦。

周围开始响起金图人擅长的鼓点声，那是在祭祀中常用的曲调，“胜利丰收乐”。它类似最初的骸族人，为了感谢土地赐予一切，所奏给世界一切众生的曲子。

她掀开帐篷，如同内心所想一般，里面什么也没有。没有老师端坐着，右手招呼她进去，也没有那些悬挂的布幔，只有空空如也的帐篷。

如同童年在海边捡贝壳，虫蜕来做挂件的原始好奇心一般，她努力在空帐篷内寻伺着。希琪哈趴在地毯上摸索着，她的右手在布质花纹间竟摸到一处凸起。隔着略厚的布料能感觉是一块凹凸的多边形物体。

这会是什么？在熟悉的帐篷，陌生的空旷布局，居然还有隐藏的道具？

她一把推开中央唯一的椅子，掀开这块诡异的带花地毯，这种纹样她从未在库玛利帐篷见过，为何会出现在幻梦界？

毯子被掀开一大片，中间的凹凸物露了出来。希琪哈惊呆了，躺在地上的竟是一张“面具”。她右手一扭，整个身体向后跌去，靠手肘一撑，才勉强稳住失去的重心。

这张面具是希琪哈熟悉的造型，它整体雕刻细腻，双眼被蒙着，从露出的鼻梁嘴唇和脸部轮廓能看出是根据年轻少女所制。向后拢的头发半覆盖着耳朵，它被两条锁链从边缘包住，这与希琪哈在幻梦中见过的如出一辙，似乎与曾在黑水中困住她的面具也基本一样！

“见到**灵质分离器**，很熟悉吧？”

一个声音突然响起，更是让希琪哈背后一凉，冷透的感觉从脊椎直上脑门。声音是从帐篷外传来的，也许是从那片雾气之中。希琪哈大口吞了几次口水，内心挣扎是否要毅然回头，看看声音的来源。

她下定决心，走出帐篷，看到的是漂浮在空中的几个影子。

灰青，暗红，乳白和青黑四种色调的面具，覆盖在四个墨绿色的身影上，它们身躯细长，几乎都有 300 骸尺以上，枯瘦的手脚垂挂在身体两边。它们除了面具本身富有特征，其他部分几乎是模糊的影子，没有太多能辨识的细节。而空洞的声音从面具后面传来，竟是希琪哈熟悉的声线！

“幻梦界已经在被挤压，无论是时间还是空间，都在快速压缩。”

“很快就会导致坍塌。”

“你们没有多少时间了。”几个声音先后说道。

“我们代表了你的四种根系力量，这是金图塑根族遗失的力量。”四个面具人一起说道。希琪哈一脸愕然，她茫然回答着：“但我根本没受过灵言师的培训啊？”

“吼吼吼……”暗红面具的“长人”发出了闷笑声，她整个身影像是不稳定的图形一般，随着声音微微抖动着，显得更加模糊。“长人”是父亲对那些金图魂祭司的称呼，他们掌握塑根派灵言的传承，是即古老又枯瘦的一群祭司，长期苦修让他们变得瘦长，却有因为如此，身躯中只有用面具凝聚的巫力，让他们充满力量。

“你有她教你还不够么？”暗红面具的长人漂浮过来，用轻巧细长的手指抚摸希琪哈白皙的脖子，它划了半圈又移到了那个项链上。这让希琪哈非常不悦，她直接单手甩开了长人的手，瞪着眼睛问：“她？？”

乳白色面具的长人在空中盘着腿，左右手相触，摆动着细长的手指。希琪哈感觉他似乎在笑，长人说道：“她一直陪伴，教导了你很久，在你那被刻意隐藏的童年里。”

“我？隐藏的童年？”希琪哈看着这个乳白色面具的“长人”，一脸疑惑。

“你的童年并不简单。”乳白色面具的继续说：“你的快乐可是双份的，我的小可爱。”他转过身，飘向另一边。

“那些可爱，温馨，或者孤独，恐惧的故事，是同时发生的。”青黑面具的飘过来，他的嗓音是其中最粗糙的，却格外缓慢，显得很有耐力。比起来，乳白色面具那个，语气中总是带着嘲讽。

“我童年到底发生了什么？”希琪哈已是完全云里雾里，她看着四周的长人们，只能用颜色来标记怪异的他们了。“还有？所有的长人，哦，不，魂祭司不是全都消失了么？“她指着空中的长人们，又使劲摸摸头，试图让自己能更明白些什么。

“对，我们是消失了。现在你看到的，只是某种记忆的碎块。”乳白色说道。

“哈哈哈，发生了什么？你被她带到了这里，你还没想明白？哎，现在的候选人，真是越来越蠢了。”暗红少见的说了一段长句，她又指了指希琪哈的胸口。

“问问你的内心。”

“记住，面具是一切的线索，如同她一直试图告诉你的那样。”乳白色再次说道。

“我还是不明白……”希琪哈摸着头。

长人还在空中舞动着，纤细的手脚让人希琪哈背后更凉，她甩了甩头，努力使自己思路更清晰一些。“所以这些面具能干吗？”

“面具给予力量，让你感受到不同的自己，在不一样的时间流之中。”灰青说道，同时咯咯地笑着，他用枯萎的手指点了点希琪哈的面额。“当然，也许你就变成那个面具了。”

“什，什么意思？”希琪哈更是一副迷惑的表情。

寡言的暗红说话了，她总给希琪哈一种讨厌的大姐姐的态度。

“你就是他，他也是你。”

“面具是一切的线索，她一直在试图告诉你真相。”乳白色再次说。

希琪哈已经开始习惯这些“长人”，她相信这只是界本身留下的信息，与她的缠有关的线索。

她松了松右腿，换了站姿，让自己感觉更舒适一些。“那我该怎么做呢？能明白关于我，不简单的童年。”

“终于长进了么？”长人们一起笑起来，抖动的声线与混合的嗓音，让她有种那只是一群发狂的老虫子们在骗她。灰青飘了下来，停留在希琪哈的面前，细长枯萎的手指伸过来，敲了敲她的脑门，又放到自己面具之下。他说道：“带上它们，我们将伴随你，走上你真正的道路。”

长人们自然，从容地取下面具，捏在手中，一同呈在希琪哈面前。“来，戴上它们。”他们一起说着，整齐又温和。希琪哈向后退了一步，心又浮了上来，顶在嗓子眼。她紧抿着嘴唇，贝齿快把下唇咬出血了。长人面具下，并没有任何她所想的，魂祭司们不同的脸庞，那些符合他们嗓音所传达的阅历与性格的迥异之脸。面具下，是四团黑雾，占据了他们头颅的位置，而雾中还有着闪耀的光晕在活动着。

这让希琪哈想起夜空中，剥幕之下的黯光群们。

“你们到底是什么！”她猛地甩开最近的那只细长手臂，又向后退了几步。

四周的砂土开始震动，地面发出巨人呼吸般沉重的气息。希琪哈望向脚面，白砂们活像是迟到的祭司们一般，心急火燎地赶去会场的速度，滑过她的脚面，快速向中心而去--她走出来的那顶帐篷。

而帐篷也随着移动的砂流，在向下凹陷。她感觉到脚底的滑动，甚至连同四个长人，都在向凹陷中心而去。

“这！这又是怎么了？！”希琪哈身体向后倾，她希望尽快逃离这看似崩溃的幻梦，然而能跑去那里？

“哈哈哈，接受吧，姑娘，伏藏在你的血液中，直至你的神性开启！”长人们狂笑着，他们甩出面具，任其在空中摆荡，而自己随着狂奔之砂，被带向凹陷中心。

希琪哈看着飞向空中的面具，被砂流带倒在地，双手不断向前抓着，却只有从指缝溜走的白砂。更快的速度，像在无眠之海里拔了塞子一般，它将帐篷也吸了进去，还有空间中的一切。

“扑哧”一声，伴随着面具，石块，长人，砂流，在希琪哈面前一掠而过的贝壳，它们和她全被吸了进去。那个深邃的空洞，吞噬了这幻梦，只发出一声饱嗝。

希琪哈直落而下，在一片漆黑倒置之中，只有头顶的光线。

她又想起第一次在界内，如同沉浸深海的感觉，柔软，但毫不潮湿，似乎是一种美好的水中记忆。它那么漫长，希琪哈就这么下降着，四个面具一直呈旋涡状在她身旁同样缓慢回荡。

她感到舒适，甚至觉得有点习惯，仿佛自己本该属于这里，如同梦境的子宫之中。希琪哈伸出左手，和幼时摘菜一样取过面具，它们也如此合作，乖乖被细嫩的手指捕获，一个个挂在腰间的带扣上。

她又看到水中的阴影，巨大，倒置的树根，它们离她有着距离，从脚尖开始，向下直至毫无光芒，似乎是个漫长的路程。"我该怎么下去呢？"希琪哈尝试划动自己，却发现在这凝胶般的水质里很难快起来。她尴尬地翻动自己，却懊恼地发现毫无变化。

"我来帮你吧。"一个声音突然响起，他更像从遥远之处传来，却深刻映在希琪哈心里。"嗯？谁，什么？"希琪哈努力转头张望，只有四周孤寂的晦暗液体。她还在疑惑时，周围凝固的液体突然变得活跃起来，静水动了。而瞬间活动的海水直接将她打向深处的巨树！

"呜……呜……"口鼻腔内都开始进水的希琪哈，手足无措间，高速向巨树与另一端的交汇面而去！

6

"怎么？换做是你？会怎么做？小图拉真？"

那个熟悉的声音，在图拉真内心又响起了。他看着身边躺着的妃子，米亚，这个寄螺族的女人在他获得力量前，就一直跟着他，直到现在。

"小图拉真，你会如何安放爱？"声音还在说着，这是图拉真熟悉的那个稚嫩但狡诈的声调，他甩了甩头，披上长袍，下了床。图拉真不希望这些声音被米亚听到，她的情感共振可以清晰地获得一些他人内心的感受。

米亚的身体在剧烈颤抖着，手臂和脚的经脉都在抽搐，头部开始发出光芒。她开始做梦了，关于"永暗诅咒"的梦，这对于寄螺族是灾难般的梦境。生病之后，米亚的睡眠时间变得越来越长，图拉真需要她更多的清醒，而不是在梦境深层感受痛苦。

她梦见了姐姐，那个与米亚截然不同的寄螺族人–苏利安玛维。在孩童时代，姐姐就和疯长的蔬菜一样，高出所有同族人一截，更是较小的米亚两倍高。

族长是个保守的老女人，她更多偏爱米亚和同样娇小的族人，对于高大寡言的苏利安玛维毫不关照，这使得族人的孩子们也逐渐疏远了这个不一样的姐姐。

米亚看着梦中的苏利安，她蹲在地上，用捡来的石块堆砌着一种梯形的排列，这是一种默默祭祀姆神的方式，不愿意和其他族人一起进入祭坛的姐姐，会在深夜完成自己的仪式。"一份献给母亲，一份献给父亲，一份献给剥幕，最后献给姆神。"米亚看到自己，童年时的她正走向姐姐，娇小的十二岁，看着沉浸在仪式中的苏利安，烛光中她虔诚的表情中带着异样的寂寞。

"姐姐，你看，我拿来了什么。"米亚摊开双手，向她展现托在掌心中的一个物件。这是个半圆弧形的东西，表面光滑如凝固的油脂，更像大型的泪珠。

"这是姆神之泪？！"苏利安玛维轻声说道，声音中难掩喜悦之情。她接过米亚递来的这份礼物，小心地放在掌心，仔细观看着。它的泪珠形状表面，充满了银玉般的浑厚色泽，除了中心猫眼状的光泽，还映射出黯光的蓝色调。

她转头看着米亚，愉悦地问道："你从哪里拿来的？""金图人的祭典上。人特别少的时候，我趁机在供品那里拿的。"米亚眨巴着她晶莹的眼睛，带着微笑说道："就在边境一个小地方，很安全的。我从冰桥过去，走了两天就到了。他们正好在做祭典，我看见光芒从祭坛中央散射出来，进入周围的泉水，最后顺着边缘的环形流下来。它们在中间的黑色容器里，形成一滴滴金色的颗粒，很快又凝结起来。我趁人少的时候，拿了一个。"

苏利安玛维面色一变，拿到"姆神之泪"的乐趣瞬间消失了。她抓住妹妹的肩膀，说道："金图人的地方太危险了，米亚，你不要再去了。"她身体向前一倾，抱住娇小的妹妹。"比起这些，你对我来说更重要。"

"姐姐……"米亚感到一阵久违的暖意，她和这个姐姐拥抱着，感受着从未体会的来自记忆的温暖。

这在她长期颠沛流离生活中早已淡忘的一些片段，居然又从深埋中涌现。

此时，远处传来一些喧嚣的声响，这是让米亚屡次不安的声音。在刺耳的爆炸声里，姐妹两看到火光，浓烟从山下滚滚而来。

"金图人！"苏利安玛维猛地站了起来。

苏利安玛维努力回想着，上一刻，她还在萨兰教的大屋里，众人手掌相对，在进入"幻梦界"这陌生的地方。

而下一刻，她居然站在一片火光之中，到处是窜动的菱形符号，那是金图人的旗帜。此时，她双眼瞪得巨大，不仅是因为自己回溯了"那段时间"，而她更是看着曾经的自己，正拉着妹妹——米亚，拼命向山后跑着，躲避可怕的灾难。

她也回忆起，曾经年少的自己，狂奔之时，总感觉除了金图人，还有什么东西，在脑后看着他们。

而现在，成年的她，如同站在雾中，端详过去的一切。并且，她透过迷雾状的水帘，不，“界膜”，看到另一双和她类似的眼睛，盯着“那段时间”。

同样的瞳孔，头部的骨板，中间裂开的闪光，微微震动。较小的个子，眼神柔弱，“阅读时间”却格外精准。

苏利安玛维深吸一口气，她有过那样的经历，未曾蒙面，却互相窥视。她知道，那是米亚。她们再一次同步了，踏入的，与窥视的。

长长的麦杆状的武器四处挥舞着，它们都有将近一人高，半截朝上的部分像灰白色的骨刃，但尖突面的切口都是圆润的曲线。

就是这样模棱两可的形状是每个金图人手中的武器，刀头部分有着一排四至五个小型的空洞——“真言杖”。在金图塑根部手中，将他们口中念吟的话语，扩大，并震撼其他生物的鼓膜，让他们烦躁不安，并逐渐被恶毒的话语导致心胆崩裂，失去战意。

寄螺族的涡轮体让她们能心灵沟通，感受细微的气流和思维细丝般的波动，同样，“真言杖”的威力对她们却是致命的伤害！这效果就和在颅内打雷一般，能山崩地裂，炸出一个新世界。

“把东西交出来。”对方说道。

幼年的苏利安玛维看着这群白袍战士举着白色稻杆，它们还微微震动着，尖端如同高频弹动的琴弦。他们步步紧逼，在试图把一群寄螺族人赶到一起。

苏利安玛维和米亚隔着烟雾般的膜，互相对视了片刻，便都看着当下，幼年的自己，正手牵手躲避金图大军的追赶。

她紧紧拉着妹妹的手，半拖着快跑，真言的震荡声就在身后爆裂，只要多做停留，便会因为颅内的冲击而无力昏倒。和幼年的自己一样，苏利安玛维心中的怒火开始向上爬升，她想做点什么，比如折断那些碍眼的“白色麦杆”。

和过去一样，族长和那些女祭司只是带着惯有的歧视眼光瞟了她一眼，便招呼她赶紧避难。

苏利安玛维和妹妹被恐慌的人流推动着，祭司们组成的前排开始举起精神护盾，抵抗"麦秆"的震荡。尽管减弱了真言的诅咒，她胸中依然泛起一阵阵恶心，苏利安捂住了口，尽力缓解胸口灼烧感带来的刺痛，还不忘看了看紧紧握住的手。那一头，拉住的是米亚。这一次，她不能放开。

"把东西交出来，你们这些晶体脑袋！"金图部队中，为首的塑根者猛力挥着"麦秆"，口中发出狂妄的言语。女祭司群的抵抗并没有坚持太久，很快她们随着人群，被"白麦秆"群指着，逐渐聚拢。

苏利安玛维看着小小的自己，拖着米亚向后退，她咬紧了嘴唇，用力之大让下嘴唇变得干涩而发紫。她希望那一幕不要再次发生，尽管这只是在幻梦中"阅读"而已。在那一刻，她没有眨眼，当所有的真言杖逼近时，寄螺族的首领终于举起了那柄战锤。冰冷的气息包裹浑黑的锤身，轰然而下——寒冬战锤，寄螺族的象征。即使取走之后将会山河变色，冰脉溶解，她们也不会犹豫。

她们的首领——柳木，听起来很不像寄螺族人，这可以说是她的绰号。"似木鬼柳"，她是第六代首领，个头高瘦，有着苍白中带灰青的皮肤，头冠狭长，中性的五官总是挤出一股苦闷的感觉。与其他皮肤水润的女祭司不同，柳木表皮干枯直至头冠，灰青的渐变，从眉弓以上就开始更加晦暗，只有骨点稍许有些白色。她的脑袋就像一个倔强的老树桩，上面粗糙刻着违和的细腻眉目。

寒冬战锤如一块不会融化的大冰坨一般，连着厚重的柄身，在她手里不相衬地举着。冷气将周围的水汽逐渐霜化，白霜从柳木的右手向身躯延伸，头发，眉毛都渐渐罩上了浅浅的白灰色。

柳木向前迈了一步，同时在空中轻挥了下锤子，她看着真言杖向前近了一圈，便重声说："你们继续靠近，就和这东西冻在一起吧。"

塑根者首领抽了下鼻子，他向后退了一步，并同时挥停了真言师队伍的紧逼，但"白色麦秆"们的尖端依然直指着寄螺族人。"真言随时会继续发射，那大家就僵在这里么？"他说着，声音却缺少了最初威逼时的底气。他搔了搔鼻子，调整了下手握杆的姿势，勉强继续维持包围她们的状态。

苏利安玛维和米亚都在看着这一幕，年幼的自己是那么无力却又倔强的想抵抗这一切，都明白眼前的景象是无法摆脱的过去，曾发生的"故事"。

她渴望向首领跑去，夺过锤子，阻止这将发生的一切。

"你不会想要动手的，晶体脑袋。"金图人还在絮叨，他和柳木对视着，只要时机成熟，对面的这个寄螺族女人放下锤子的手，再低下一点点。他就会一甩右手，轻轻地，做出剪刀的暗号，所有的真言师会立刻攻击，消灭这些晶体脑袋。

他眼珠转动着，非常仔细地观察着柳木的动作，双方凝视许久。终于，她拿着锤子的右手缓慢向下移动，而紧绷的身体似乎也放松了下来，像是拉紧的皮筋一下放开了。

"就是现在！"金图首领微微一笑，立刻右手下挥，发出了让众人后悔的攻击指令。

"不！"苏利安玛维在烟雾屏障后大喊，但她发觉自己只是张开了嘴，并没有发出声音。而柳木的嘴动了，那是苏利安和米亚永远记住的话。"你们想错了。"柳木只是双腿下压，看似舒展松垮的姿态后，是拉满力量的战锤下击！

真言杖的力量与战锤的撞击混合在一起，巨大的波动影响了所有人，金图队伍与寄螺族人都从力量碰撞的中心向外飞散，冰风暴席卷众人对峙的岩桥。

漆黑一片的背景中，只有那剩余的一截断岩，和抓住幼年苏利安的手。她知道，那是首领柳木瞬间的怜悯。是，老人家救了她最讨厌的人，同时把她培养成了新首领，接受种族的诅咒。

“不！不！”苏利安玛维努力想吼叫，她向前挥着手，抓到的只有飘散又聚拢的烟雾，而更多的是目送整个影像的碎裂。幼年的自己，依然没有抓住妹妹，她们与大多数人一样，从断裂的岩桥上直落而下。

“啊！！ 咳……”一阵咳水的感觉之后，苏利安玛维狠狠地呼吸了几口，仿佛灵魂回到了自己的躯壳。她又睁开双眼，右手摸索着周围，一个声音出现在她头顶。“你醒了？”

一张微胖又带着不确定神态的脸，还流露少许的惶恐，是那个好色无胆的人类。小舒了口气，苏利安玛维坐了起来，环视周围，这是多么空旷的一片区域，没有任何多余的修饰。看不到顶端，脚下的地面是半透明的液体，而它们是凝固的，如同被静滞在某个瞬间的大海。并且它是颠倒的，跃出的小鱼，飞虫，甚至水花，都颠倒着，停留在那里。你能轻触，留下凹痕，它又会回复如初，如同不会毁灭的凝固水雕。

而在正中，是一颗通往顶端和脚底，无限广大的巨树。它有着向上与向下的两部分，贯穿了这片凝固的水面。同样，它也是颠倒的，苏利安玛维向上望着，能看到大批交错向四方堆砌生长的树根。

“这是什么地方？不，该说这是什么？”她望了眼脚边的寒冬战锤，它居然一起过界并跟随至此？我的天。

“这是幻梦界的深层，暗影浮屠。”骨燃的声音，他礼貌地微笑，身边是他形影不离的前圣女。萨兰教主亚藤巴与图腾师也从另一边走过来，他们像是被淋透的植物，带着懊恼的表情，想来也是不愉悦的过程吧。

苏利安玛维向上看着浮屠，还在回想之前的景象，界本身总能映射出我们最不堪的记忆，并组装戏弄么？

亚藤巴指了指骨燃，说道："似乎都顺利到达深层了？" 对方左右环视，很快回答："不，似乎少了一名，你的阿西卡女巫。" 库玛利顿时警觉起来，她向脚面的静水看着，又张望疯长的树根。"希琪哈，怎么？"

"砰！" 众人正疑惑时，某种撞击从静水深处向表面袭来，物体不大，却充满力量。"砰！ 砰！ " 很快，又是一声，两声，凝固的水体中出现了一团突起，在几秒内，只有那一块，呈现了活动的状态。那团物体，像是急着破蛹的角奎，撞击蛹壳般冲动，或是被巨力扔出去的泥巴般，甩了出来。

一个人影从中呼啸而出，在半人高处停滞，又在众人面前，直摔在静水地板上。"噗！" 溅起乌黑的动态水花，接着，水又停滞了。

"你的着陆很完美啊，姑娘。" 苏利安玛维看了看呆滞的希琪哈，大笑着伸出右手。

7 环上少女

"妈妈，那个东西会掉下来么？" 少女有着一头洁白的长发，母亲总是为她梳理的很好，所有开叉的头发都会慢慢地理出，最后变成一个毛球。而她摸着自己光滑的发梢，看着窗外。

尽管离的很遥远，她还是能从这个小小的房间里看到远处，那个 "环 "的一部分。

少女口中的"母亲"面无表情，五官精致的外表上却闪着金属般的光泽。她用漩涡状的瞳孔看着少女，缓慢地说："不，亲爱的，你不用担心，我们的盖亚永远安全，会永恒挂在天上。”

少女站了起来，手贴在窗上，望着漆黑的外面。从她计事之时，“环”就存在了，我们是靠“环”浮着的……她很清楚，而且这个临时的“妈妈”懂得什么？少女侧过身回望着，面无表情的“母亲”只会说着无关痛痒的话，其实毫无意义。

哪有什么永恒……成住后，必坏空。她看着黑暗中的“环”，有一些光芒会定时扫射在环的表面。几何形体块聚合起来的环，光触及之处，还能看到坚实如巨岩的环上，充斥的奇异花纹。

那是什么呢？少女总觉得很眼熟，却又有种难以深挖的难受，记忆一触及到某个领域，就会触摸到某种屏障。一涉及她思考与“环”的关系，还有花纹那交错的呈现，与自己的关系。

无法忍受的头痛就顷刻而来，大概自己始终是个病人，不能离开这个单独，安全又无聊的地方。这个独立的房间，她始终没有出去过，只能从眼前唯一的窗户，向外看着世界的一片，与她一样孤独的一角。

“需要吃药了。”代理母亲以平淡的声线说道，又到了一天内的这个时刻了。她闪着银光的手伸过来，手掌中的小圆盒，放着两颗金色的药丸。

不知为何，少女每次看着药丸，它的颜色会让她想起一对瞳孔，在某个地方真真地注视自己的一切。

我认识你么？

当然了，很久很久，久的超过了你的想象。少女每次凝视药片，声音便会如此这般，和她说话，温柔有力，像有一只柔软的手摸着自己的头发。

少女接过递来的药片，快速放入口中，便侧过身，靠在床上，一言不发看着外面。根据声音的指示，少女将在一会儿，“母亲”休眠时，把药片悄悄吐了，塞在床沿的一个缝隙中。

之后，她便听着“母亲”发出的电波声，盯着紧闭的大门。她知道，会有个少年，来将她带走。

众人停留在倒悬的巨树面前，视线全在这位于中央的，巨大浮屠倒影之上。脚下是它笔直向下延伸的枝干，与先前几人各自看到的不同，这颗幻梦界深层的暗影浮屠，变成半透明的了。为此，它的上与下，全部呈现在他们面前。

如同永恒静止，凝胶般的水面将巨树一分为二，倒悬的树根向四周继续生长着，众人所踩的地方只是整个树根系群的一小块。

“这部分，卡利古拉给我看过，但又有些不一样。它几乎和我们的浮屠树一样高大，粗壮。”骨燃向上走了一步。又伸出手示意几人一起沿着透明血管般的树根分叉，向上而行。“它居然已经壮大到如此境地，依靠所有人的幻梦。”亚藤巴轻触那些树根，在手触碰到边缘时，一阵微小的光点在枝丫间产生了。它们转瞬间又快速自我分裂，形成大量光点，从诞生处激涌，高速向下方而去。

亚藤巴点了点头，说道：“他们给你看的，是过去的浮屠，聚集了众多记忆的浮屠。而这一个，早已不一样了，世界也不一样了，都不一样了……”

浮屠树震动着，它被突如其来的力影响，几乎瞬间将疯虎掀落下去。同时，随着众人耳边的巨啸声，界内如同被关闭了无数频道，只有寂静。浮屠树干有频率的震动着，而庞大的阴影遮蔽了头顶的泛光，涂黑了一半的主干，众人完全处于遮蔽之下。

所有的光点像是在恐惧什么一般，不再以欢快的节奏飘动，它们更快地向树干深处而去。浮屠的震动更加剧烈，它本身的光芒完全被遮蔽了。这是多么庞大的阴影，以投射在浮屠的面积看，本体绵延该有多少骸尺之长，比无眠之海的入口还宽。

“有什么东西在赶路么？”疯虎用力抓着枝丫，背紧靠主干，身体接近半蹲，生怕被震动赶下浮屠。亚藤巴肩上的多条黑藤快速延展着，拉长的它们环过众人腰部，和浮屠紧紧缠在一起，在快速震动中，大家逐渐站稳了脚跟。

骨燃看了眼阴影，说道：“这是它？”

当庞大的黑影从众人头顶爬过，它用多只利爪，在浮屠树倒影之间游走着。疯虎几乎看呆了，嘴巴一直大张着，反复说着“叹为观止啊！”众人在浮屠树倒影的枝丫上，能清楚看到它的身躯粗长又壮硕，每一块肌肉都是流动的黑影，构成它的是各种破碎混乱的记忆流。一幕幕的影像在其中展现，吸引了所有人的眼球。

“吃……所有的……都要吞噬……无论这边……还是那边……”阴影发出沙哑的声音，白色光点们瑟瑟发抖。这是一条巨大的黑色龙形生物，所经之处，在浮屠树上便留下阵阵黑烟。它震动着暗影浮屠每条枝丫，贴着浮屠主干滑行，吞噬途径所有光点。每一个光点消逝，众人便在整个空间内听到一些回响的声音。

“这个计划，总要有人去实行的。”

“没有谁是无辜的，大家都在缠之中。”“只要抓了你，一切就都不一样了。”

“只有这个时间，代言人，我们能抓住你。”

“赶快……没有时间了……”

“这是阿西卡么？怎么感觉有点怪异？”诵轻声问道。亚藤巴驱使着灰藤，让自己更贴近浮屠，他右手触摸着树干本身，一些比湿尝试着融入其中。“有些不对劲，这不是阿西卡，更像是一段疯狂的记忆。”他向后看了看，说道。

亚藤巴只在卡利古拉的记忆分享中，见过一次阿西卡的外相。它常化现为一条庞大的黑龙，由无数的阴影组成，攀爬在记忆浮屠上，管理着所有与灵有关的幻梦残片。但眼前的硕大黑影，更像是模糊的雾气，只是勉强维持那个形状，它更加疯狂，且躁动不安，用奇异的轨迹，上下吞噬光点。

疯虎四处张望着，嗓子的干燥感更强烈，他反复眨着眼睛，眼皮都被抹的痛了。他明确，自己听到了一些声音，在浮屠的另一端，被阴影遮蔽的黑暗之中。

“你们看，那里是不是……有什么东西？”在凝视黑暗中摆动的形状许久，疯虎·汉谟拉比终于忍不住了，他指着对面，说道。

“东西？不？”苏利安向前小心走了一步，影子巨龙依然在疯狂地绕着浮屠，上下爬行。他们随时能感受到不存在的巨爪，触碰树干表层发出的刺耳声响，身躯贴过而行的重量感，以及浮屠在承受的震动。光芒依然被遮蔽着，她手中的锤子像是睡醒了，突然向外发射一些微光，不大，却足以看清躲藏在黑暗中的东西。

冷光扫过，她看到一堆影子拥簇在一起，身躯模糊如雾，恍惚伴随着它们。灰白色的面具是他们身上唯一呈现实体的东西，像是一种统一的标签，用来辨识这些奇异的幻影。

“这些都是什么啊？天……姆神在上。”诵小心走着，她微微瞥了一眼浮屠下方，或者该说是上方？这奇怪的倒置景象还是很难适应，她们要非常谨慎地在反转的根部向上走，不慎便会落入黑暗之中。她捏紧了右手，骨纹在小臂依然滋滋作响，保持警觉状态。苏利安玛维的锤子再次发生了变化，它突然发光了，照亮了被遮蔽的区域。

众人都看到了，这一整排的人影出现在浮屠的另一面。他们异常小心地注视着这边，半蹲着身躯贴近浮屠，似乎也生怕掉落下去，成为虚无的一部分。

“他们那个样子，简直就是你的翻版。”苏利安玛维指着疯虎。他还是小心地贴着行走，每一脚都不敢马虎，生怕根须突然消失了。他还以委屈的眼神回应："这样的真实感，我脚能移动已经很不错了……"

人影们还在浮屠上慢慢挪动着，但显然更靠近骨燃一行人了，诵也看得更清晰了。他们全部戴着面具，也应该说，除了面具，其余全是黑影般的人形，像是众人投射在地上的影子，树立起来，被墨染修饰而成。

苏利安玛维看了眼右手的锤子，它还在发出光芒，锤侧面的一个半月形凹痕内散射出来的，有些东西在它内在苏醒了。从她和米亚共同阅读的那段记忆开始，隔着烟雾般的界膜，发生了变化。锤子的自主意识随着过去被重新翻看，"活"了？

"你们是什么？"亚藤巴手指着对面，发出少见的重声，嗓音里混杂着苍老，沉稳甚至是稚气的不同语调。疯虎露出惊讶的表情，骨燃轻拍了下他，说道："他现在是卡利古拉，代表那些混蛋的，古老的意志。"

"阿西卡呢？这里发生了什么？如此的，混乱？"亚藤巴双眼化为白雾，卡利古拉们浮出意识深处，急躁地追问。

面具人停滞在对面，像是共同意识所控一般，他们一起举起了右手，向上指着。"分割……全被分割了……"

"什么？什么被分割了？"亚藤巴继续追问着，苍老感开始在他的混合声段中占据上风。面具人齐刷刷地转向他，白骨色的表面让他想起沼泽中的死亡气息。他们还是那么动作整齐，又同时指向众人后方，用平稳无神的语气念着："被分割，烛阴[22]……疯了……没有时间了。"

"烛阴？"希琪哈一直在库玛利身后看着对面的阴影，听到这，她突然大声叫起来："她，她告诉我的名字就是这个！ Zhu-

22　古盖亚《山海经》记载，钟山之神，名曰烛阴，视为昼，瞑为夜，吹为冬，呼为夏。不饮，不食，不息，息为风。

Yin!"

"谁？"库玛利抓住了希琪哈的手臂，问道："这名字。"她和亚藤巴对视了片刻，骨燃看着三人，摆了摆手指，轻声说："该不是和你童年玩伴，名字一样吧。烛阴，真是有趣了……"

"是啊……"希琪哈声音变弱了，她内心的崩裂感又更强了，延续之前的支离破碎间的拼合，并没有有效完成。而在她内心，有了一些新的结论和疑问……

"但这个名字？和阿西卡有什么关系？"

"当然有……啊……"疯虎喃喃着，他眼神里多了一些迷离，并发出更多的牙齿碰撞声。"我们，一直叫阿西卡——烛阴……"

"如果这阴影巨龙就是……阿西卡有那么巨大么？？"希琪哈问道，她猛眨着眼睛，这和自己想象中完全不同，那样的震撼，甚至有点骇人。她对影神的概念，只有那些传说，以及……记忆中的那个小姑娘……

亚藤巴继续说道："继拉柯耶夫第一次在十二行诗里描述它，人类就冠上阿西卡这个古老的别号。"他向上看了看，巨影还在抓摩着浮屠，并产生更多的震动。这些东西，在卡利古拉的记忆中也已经非常稀疏，每次自己要探索到缝隙处，他们便开始断开与亚藤巴核心的连接，最终只有一阵的头疼。亚藤巴想着，轻抚着右侧的太阳穴，熟悉的刺痛感……总伴随秘密出现。

"**灰暗之巨烛，它予阴影中，吞噬千层光，在我清梦里，盘踞数千里**……"骨燃念起了一小段诗，他注视着希琪哈，微微笑着。"看来，你和拉柯耶夫，都见到了不得的东西。"他望了眼诵，继续说："我和卡纳维研究了很久他的诗歌，怎么说呢，有太多惊世之细节，似乎在揭示不同的真相，却埋藏在很隐秘的深处。"

"他就是个疯子，彻彻底底的……"亚藤巴用混合声线说道，这次更多夹杂着阴柔的感觉。

希琪哈右手不禁摸着腿间挂的面具，她看着那些白骨色的面具人，又望了眼骨燃。相似的感觉……那个灰烬中的男孩，手中拿的……半片……又一阵心神焦虑的感觉，仿佛要被骨燃的瞳孔吸收进去，重新进入那片灰烬的世界，她咽了口水，赶紧别过了头。

“吼！”巨大的阴影在浮屠上方吼叫着，伴随着更强烈的震动！众人赶紧压低身躯，使自己更贴近浮屠，从而缓解震荡带来的冲击。

“如果不把她们重组起来……所有的……通道，全会打开。”面具人们还是整齐地说着木讷的语句，他们随着震动，左右摇晃着。面具上并没有雕刻五官，但几人能感受到被聚焦的目光。疯虎完全蹲了下来，他不敢再看那些抖动的影子，和上面苍白的面具，他只是握着右手，发出哼哼的声响。

“通道？打开？”骨燃握紧右拳，向前跨了一步，他需要听的更清楚。那些面具人奇怪的断句中，似乎想表达什么。

“打开……”这是面具人说的最后一次断句。接着，随着一次撞击，伴随利爪划过的刺耳声，疯狂的巨龙从浮屠下方直上！它甩着漆黑一片的头颅，一口咬下大段枝丫，包括龟缩在那里的一干面具人！并没有咀嚼，它昂了下头，直接咽了下去！

巨龙的阴影吞下面具人后，它硕大的脑袋正对着众人，那些骨色的面具像在淤泥中浮出一般，漂浮在黑暗的表面。

“恶……”希琪哈感到胃里一阵翻涌，她赶紧捂住了嘴，想阻止这真实而虚假的肉体反应。但她又忍不住去注视阴影表面的面具，它们就那样在头颅外层游荡着，仿佛与龙本为一体，游动的面具只是黑影般脑袋上的一只只眼睛。

但它并没有眼睛，这真的只是残暴的化身，也许这东西里只有阿西卡的力量，而没有别的。

“除了力量，其余的神性去了哪里？”骨燃凝视着巨龙，它似乎也在看着他们。张大的嘴也只是阴影中裂开的口子，比起那些墨染更为粗犷，只是虚空中的一个缝隙么？吞噬记忆的裂口？

那不禁让他想起卡纳维说过的一个词语，关于人类曾经的智慧。“黑穴”？哦，不，应该说……“黑洞”？记忆和梦的黑洞。

“谁……也不能靠近……轴心……”从巨龙阴影身躯中发出重复的语句，断断续续，并且速度越来越快。它像是泡水过度，开始膨胀的某种果实，整个硕大的头颅都向周围扩张着，抖动的阴影显露它的极不稳定。

在众人的惊讶中，那裂口般的大嘴向周围扩展，并变得越来越宽。“我怎么感觉它和背景一起在旋转？”疯虎擦了擦眼睛，指着龙影，说道。“我眼花了么？”

“不……”骨燃右手向后一挥，说道：“它不仅在旋转，还在不断扩大！”

最终，他们眼前的一切融为漩涡，中央的暗黑如同单目，那种潜伏在深渊中的巨摩的橙眼，直逼而来。

接着，整个漩涡倒转，静水运动，黑色笼罩一切。他们跟掉进海底暗流中的鱼一般，来不及反应，全部被吸了进去。

8 黑色灵魂匣之二

希琪哈再一次看到曾经困住她的黑色矩阵，或者说是一个庞大的，包含华丽金边的，液体凝固般的盒子。

她摸了把脸，湿透的感觉，发型依然完整，全身却是难受的浸透感。她半身坐在黑水中，身边是散落的其他人，狼狈与惊讶兼具。

浮屠消失了，如同不曾存在，周围是一望无际的水雾和没到膝盖的黑水。

“那些黑漆漆的方块是什么？”疯虎站了起来，指着前方。

的确，除了他们，还有堆积如山的，浸在黑水中的，漆黑方块。它们挤在一起，互相之间不愿意给予空隙，只像是无暇整理的废弃都市。

“这和困住我的黑匣子是一样的！”希琪哈指着黑水中漂浮的那些盒状物，大喊着。亚藤巴看了眼库玛利，图腾师点了点头，说道：“没错，第一次，我就是把她从这里拖出来的，被锁在一个面具的后面。”

“那是灵魂匣啊。”亚藤巴瞪大了白雾般的双眼，说道：“将界外的意识封印在内的一种印术。”

“这应该在骸族早已失传了。”库玛利说道。“只有在古事典才有记载的印术。”亚藤巴点了点头，“属于古神时期的产物。”

“不管如何。”他向前跨了一步，“我们深入看看吧。”

他们更靠近黑水深处，发现这些黑色的匣子，并不止几十个，而是大量，大小不一，排列在其中。

“居然会有这么多？？”库玛利愕然道。亚藤巴紧皱眉头，面前的黑匣子群，何止是多，简直是巨量。它们像是组成巴比伦黑城堡的方型巨块那样，几乎填满了视野可见的区域。

“幻梦界居然有这样的地方。”希琪哈对自己被禁锢的时光记忆犹新，而眼前这整片的黑匣子更是沉默的震撼，让她再次想起那压抑的感受。

“这是萨兰教从未到达之处。”亚藤巴说道。比起灵魂自愿脱离剥幕枷锁，选择“卡利古拉”和他，作为载体，“灵魂匣”这玩意儿恐怕就不是那么让人愉悦的装置了。他想起黑术士组织——曾经的“黑暗匕首”一直在寻找的技术，“灵”与“质“脱离的方法。

这也是我和卡利古拉一直在找的……“我只在拉克耶夫和卡纳维的古本里见过，这种复杂的印术。”亚藤巴继续说着，骸族里会使用的相信也没有了。

“印术？”希琪哈一脸疑惑，她对骸族源远流长的能力了解仅限于父亲那稀薄短小的灵言，这甚至还不足以概括金图族。

“如果说灵言以口为管道，骨纹是图案为媒介，那印术本身不仅包括这些，它还组合一切，以多维的方式来操纵很多东西。”亚藤巴叹了口气。“如此庞大的灵魂匣群，还在我们眼皮底下，这么深的层面，这不是小手笔啊。”

骨燃一言不发，他和诵只是向前走着。他们在灵魂匣间缓慢穿行，它们的表面目视接近石质般坚硬，用手轻触却完全不同，是纯剥幕钢的感觉。但手指触碰时却像水面一样退却，并由指尖向周围扩散，层层由圆心退开，露出下面空洞的结构。当手指退开后，黑色的胶状结构又复合起来，变回那坚硬的外壳。“这，好神奇的玩意儿！”疯虎右手在灵魂匣表面悬着，仔细看着这些东西。

“我要是你，绝不会乱摸这些东西。”骨燃冷冷地说：“那些骨纹功效并不确定。”疯虎苦笑，立刻缩回了他微胖的右手。骨燃与亚藤巴轻声交谈着，内容细节疯虎完全听不清楚，他只能跟着他们小心翼翼地穿过这群上下层叠的黑匣子阵。

诵走在最前面，仔细看着几个大型灵魂匣表面的骨纹阵列，看似普通的骨纹阵却有多种变化，表面被触碰后露出的内层，又覆盖着另一种排列的骨纹组合。她望了眼骨燃，说道：“目前看，不会是进攻型的骨纹，表层是防御型，内层的更像是时间类的写法。”诵摇了摇头，“金图和骆风不会那么排列，是一种更古老的用法。”

穿过外围几圈匣子，他们看见其中一个黑色矩形，边缘有些破损，方形结构中间的圆形孔洞，在那些缓慢蠕动的稀疏表层结构珊孔下，能看到一些匣内的东西。

骨燃靠近它，希望更清晰地看穿内部，它仍然像奇怪的胚胎般鼓动着，只是维持着冷淡的几何外型结构。从外层看，隐约露出的部分更像是某种生物的软组织，层层折叠，包裹着中央的东西。而第二层骨纹坚固地浮在上面，它们牢固组合在一起，泛着浅黄色的光芒。

诵·阿努拉仔细注视着骨纹，右手微微抬起，她白皙的脸上浮着一种凝重的神情。“怎么？”骨燃问道，诵作为曾经的金图圣女，是天赋超过凯图古利的天才骨纹师，但面对印术排列的特异骨纹，难道？

“不，应该需要花费不少时间，它是一个三重随机组合。”诵点了点头，轻声说：“我要专心破解，为防止一些意外，你们需要替我防护。”她回头看了眼众人，又说道。“而且，这恐怕是扎德·暗影的杰作。”

“哦？何以见得？”亚藤巴皱起眉来，这又不是个好消息。诵并没有回答，她举起双手，伸向面前的骨纹阵。

骨燃补了一句，让众人更为闹心。“扎德是诵曾经的骨纹术导师。”

鬼才扎德，以精于骨纹锻化于面具制造闻名于人骸之间。离开枯槖以后，他过着神隐之日，传闻他与人类合作甚多。而这次见到他的印术，骨燃心中暗暗一阵难受，他还是低估了图拉真的权术之能量。

诵·阿努拉露出的小臂闪着微弱的黄色光芒，疯虎这才看见她白嫩的臂膀表面浮现出的纹样。它们与凯图古利脸上的不同，并没有成为灰色骨质的凸起装甲，反而像琥珀材质那样浮在皮肤外，形成环装交叠的多层结构。最终，它们如同悬浮的多重环那样包在诵手臂表面。

随着诵的手指轻触黑色矩形的表面，绕着她手臂表层的骨纹，外层的几条沿着手指爬向匣面外层骨纹的构成之中，它们像小蛇般钻入骨纹结构的几条曲线里，随着它们琥珀色混入那些银色骨纹之中，表层骨纹开始微微震动！

“这！居然转起来了！”疯虎·汉谟拉比不禁大声叫道。

诵表情格外凝重，橙色双瞳中映射着小臂骨纹散发出的光芒，它们的部分正在融入灵魂匣的印术结构中，并产生了联动的变化。

琥珀与银色的混合，也是螺旋图形与六边形结构的组合，它们交叉的结构让表层骨纹和内部分离开来，形成悬浮的三层图形。最外层的矩阵，中央的圆形，以及交叉在图形四边的多个尖锥，它们之间还有浮动的线条不断穿行，并在每次碰撞图形时，拐弯形成一个锐角的轨迹。

“这……简直不可思议！”疯虎大喊一声，又立刻捂住了嘴。此刻，专注解开骨纹阵的诵，精细的脸庞侧面被光芒勾勒着，如同疯虎在达巴宫殿目睹的一尊圣女雕像一样，完美，无暇。他被折服了，头一次目光没有扫射她其他裸露的部分，那些白皙的皮肤和修长的四肢。他眼中，暂时只有与骨纹合为一体，专注的解密者。

骨燃一直抱着双手，注视那些悬浮的图形，双眼缓慢扫射细节，时而皱眉，并手指轻敲自己的手肘，仿佛在寻找某种节奏。“图形部分非常接近金图人的骨纹构成，中央部分像是个控制区域，需要去填补。而那些尖锥很接近高阳族的风格，总是有多个折角。”骨燃轻声分析着，他右眉一挑，突然对诵说：“注意它们的拐角！”

诵·阿努拉点了点头，的确，骨燃总是能发现一切细节中最细微的部分。这个灵魂匣的锁，基于扎德的杰作--“MenDra[23]”，它融合了骸族多种骨纹的排列，三层的组合间有脉络连接，每个能量的拐角只有一种契合时机，才能激活六个拐角，让三层之间的关联脱开。它和诵双手臂上的骨纹阵是一样的构架。

“我，必须同时让第二层的尖锥转动在拐角的每个骨纹，维度全部契合。”她平静地说着，右手指缓慢移动。随着她驱动骨纹脉动，整个印中，橙色能量的线在推动三层结构微妙转动，而诵更是谨慎地看着每次移动一丝后，骨纹转折的衔接。

疯虎又猛地咽了口水，叹为观止的奥妙，一点点展开，他除了震惊意外，正想着如何出去和虫眼分享这一切。这玩意儿的复杂程度，堪比阿奢丹人的设计图了！嗯，他曾在交易桌上，瞥见过一次，那半开的长条图纸，正中绘制的多层环状装置，也是布满了复杂的交错结构，仿佛是某种无法描述的……通道的一部分？

当时，在疯虎想看的更清楚时，那个苍白长发，有着冷酷眼神的阿奢丹人立刻拿走了图纸，并用武器做了严厉的警告。疯虎依然记得，用人类语来说，他们叫那个阿奢丹人为，“丹增”。

作为“多一事不如少一事”的中间商，疯虎立刻摊手表示了友好，报以不失礼仪的尴尬微笑。

“咔嗒”声把他的注意力再次拉回，诵吐了一口长气，想必是屏息在操作关键的步骤。她停顿了下动作，接着右手缓慢开始转动，伴随她手指划出的半个曲线弧度，所有的尖锥骨纹在中间部分都连接完毕了。三层图形互相契合，变成一个完整的形状。

“忽”声和短暂的闪光，图形像火花般飞散，成为金色粉末，又立刻消逝不见。而被锁住的灵魂匣核心，完全露了出来！

“打开了！”众人惊呼。

23　曼陀罗：在古盖亚，过去大智慧者开示的宇宙模型，包括森罗万象，容纳其中。能以心映照，参透者，能与宇宙连通圆满。骸族人中少有人参透，札德在多年研究后，运用在骨纹之中，具有超然不同的威力。

9

眼前的黑色矩阵，边缘开始塌陷下去，方形结构中出现了一个个圆形空洞。它们逐渐退开那些生物软组织，如同剥开的果实，露出中间的核心。更准确的是，它层层包裹之中，是个最让众人震惊的东西！

“这……这不是？”疯虎努力凑近观察，骨纹阵解锁后，灵魂匣内俨然是颗如心脏般跳动，却形似巨型虫卵或是植物孢囊状的装置。它表面依然是漆黑色生物胶质包裹，而从上而下的花瓣形结构抓住中间半透明的球体。

众人能从黑色珊栏的缺口中隐约看到球体中的端倪！

疯虎只看了一眼，就抽搐般甩了一下身躯，向后大退了几步。他看着众人，胖手颤动，指着球体，大声嚷道：“这！影木林那个人！！”

“什么？”骨燃挑了挑眉，快步贴近这个黑匣中的球体，希望更清晰洞悉内部。诵收回了所有的骨纹连接，退到一边，暂做歇息。

球体的正中是个人形的影子，宛如实体，却又身带黑烟，他的形象还带着少许的抖动。骨燃见过他的脸，那个被库兹诺克逼至绝境，成为异物前的家伙。

图拉真的卫兵队长，押送囚车的黑盔战士，“噩梦宫殿”的卫士。这形似固体，却如影像般的存在，竟被封存在幻梦界深层的灵魂匣之中！

“这到底是什么？”与疯虎同样惊愕的是希琪哈，她又想起被幽闭在黑色空间内的感受，压抑，密闭同时与世隔绝。

“他，还活着么？”苏利安玛维双手交叉，抱在胸前。一直沉默的她突然说：“或者，这玩意儿，能用生，死来判断么？”

骨燃皱着眉，他与亚藤巴对视着。“我相信，这里的灵魂匣该全是这样的东西，这个人曾经出现在影木林一役。”他简单描述了库兹诺克的战斗，包括他突然变形的细节。

“嗯，其实是个恶心的回忆。”疯虎耸了耸肩，他指了下球体，点了点头。“绝对是那个家伙。”

“我们是不灭的。”他又说道，还反复念了两次。

“什么？”亚藤巴一把抓住胖子的左肩，神色凝重。“你刚说了什么？喃喃细语？”疯虎一阵愕然，他看看骨燃，慢慢说道。“那个花盆头啊，爆炸的时候，说的。”他咽了几下口水，向骨燃摆摆手，一副祈求帮助的眼神。”你切碎它之前，它最后说的啊！”

诵看到疯虎的表情，扑哧地笑了起来，这家伙有时候还有点用啊，关注别人不在意的“无聊细节”？算是个优点吧。

“我们是不灭的。”骨燃靠近亚藤巴，两人再次对视，气氛又立刻凝重起来。“你不觉得耳熟么？这句话。”

“他们……曾经和我说过。”亚藤巴扶着额头，肩头的植物运动暴露了他的焦虑。他指了指自己的额头，双眼充满白雾。“那些铸造者。”

希琪哈大惊，抓住库玛利的右手，说着：“又是那些章鱼脸么？我在界里见过几次，嗯……他们的雕像。”

“你一定是读到了某个它们建造的地宫。”骨燃回答着：“那些邪恶的地方。”希琪哈点点头，她和诵互相交换着对雕像的看法。接着，诵也点头示意。“在枯搡的地下，我也见到了很多，父亲和他们显然颇有交集。”她看了眼苏利安玛维，指了指锤子：“和这个关系也很大。”

“花盆头还念念有词啊，说出了很多了解库兹诺克的内容，感觉像偷窥狂的语气一样。”疯虎继续说着，他挥着手，描述在囚车内观看到的一切。特别是耶阿颂变身之后，从突变恶心的生物头颅中吐露出的，仿佛深刻了解骸族历史的那一段。

“这么说，他的确是活着，以被剥离的形式。”骨燃右手做了个炸开的比划，他回看亚藤巴，说道。“你们该很清楚那件事的后果，不是么？这么看来，图拉真是成功了么？”

“成功？那件事？”疯虎问道，眼神中尽是疑惑，目前的进展超乎虫眼对他最初的一切期望，超过太多了。而希琪哈也是一头雾水，她回望一片灵魂匣，难道里面都是这样的东西么？

“所有的生命，花了漫长的岁月和精力，与剥幕抗争，只为了自由的灵魂。”亚藤巴双眼恢复了常态，用少见的语调说着：“然而，一旦脱离躯壳，便会成为剥幕的奴隶。无论你在那一刻前，是如何的光彩，强大。星体投射汇入黯光群流中，经过漫长岁月，才可能获得新的躯壳。卡利古拉们，一直在寻找新的道路，他们曾经与术师组织合作，研究‘灵’，‘质’分离的方式，随时的，在生命终结之前！”

“黑暗匕首，哼……”骨燃点了点头。“二次战争前的术师组织，触犯了人骸条约外的领域，被人类王国勒令解散，驱逐。”

亚藤巴叹了口气，继续说道：“他们中的首领，曾是卡利古拉的代言人，而图拉真也曾是组织的一员。”

“他并没有与你分享所有的成果，卡利古拉们。”骨燃皱着眉，目视对方。他清楚，他们在听着，隐藏在亚藤巴的深处，并正为这结果震惊，愤怒甚至是羞耻感。

“图拉真骗了你们，老家伙们。”诵·阿努拉接着说道，言语带着迥异的冰冷。“他独占了最后的成果。”

“轰隆！”

一阵液体之间撞击的声音，也带来了这迥异空间不稳定的信号。如同巨物用头颅撞击平静放置的器皿一般，众人感到整个固化水的空间突然“活”了起来。上一刻能在浮空状态站定的众人，立刻处于了失衡的境地。

几人像被塞在装满水的盆子中颠簸的小鱼一样，一股力量随着动起的海水，将他们推向一边。

“我的天！这是怎么了！”伴随疯虎一声惊呼，他的身躯完全被推向了苏利安玛维，他慌乱的手足无措，对方巧妙地避开了疯虎胡乱摆动的手掌，拿锤子一格，就卸了他撞来的力量。

与此同时，本来完全前后失去存在感的疯虎，还在担心自己被甩向空间深处，背后被结结实实，稳固地接住了。他侧身望了一眼，一种震惊的安心感顿上心头，好歹自己是稳稳地停在了疯狂的水体中间了。

骨燃的鲜红右手，此时拉开了数米长，应该说它变成了像紧紧绷在几条长形骨栏上的幕布样的遮挡。他是如此熟练，将几人如揽住身边美女那样轻巧，拦在众人身后。而亚藤巴的黑藤更是早已抓住众人脚踝，与骨燃的漫长骨屏风缠在一起。

“真是稳啊……”疯虎大喘了口气，从未体验的，快速变化又如此转换的情势，都快要让他忘记糟糕的右手了……他不禁掰了掰右手指，那不存在的感觉仍然发烫，并带着一种瘙痒，越来越不属于自己，却时刻在影响他。该不会在“界外”，我的右手已经消失到手肘了吧，想到这里，他吸了口气，更是狠甩了几下手。

空间的震动停止了，液体本身又静止了，但有什么事正在发生？骨燃向前指了指，他问诵：“其他的灵魂匣你也打开了么？”

“嗯？我刚才的时间只够解开一个。”诵一阵疑惑，她看了眼骨燃，立刻顺着他手指方向看去。她皱起了眉，发出了几声惊讶的语气词：“啧，这……”

苏利安玛维拍了拍诵的肩，又指向另个方向，她问：“这灵魂匣群是链接关系的么？”

“天……姆神在上。”诵轻轻说着，右手扶额，除两人所指方向，更多的灵魂匣正在自我解除骨纹封印，有条不紊地解锁着。

它们以放置耶阿颂“灵核”的内瓶为轴心，整齐地从黑色外壳向内拆解，一个个自动解除“Mendra”的封印。骨纹一解，黑色生物组织样的保护都纷纷塌陷，露出一样的核心。如夜幕下从海中而起的鱼群，密集的内瓶们都显露了出来。但与耶阿颂那只不同，其他的内瓶，都散发着不详的黑光，看不清内里。

“恩。”库玛利突然说了一句：“我几乎想起了自己的配药间。堆砌着绿萝汁的大罐子。”她望了眼弟子，继续说道：“然后被她打翻以后的惨剧。”

“虽然你这么说……我一点也笑不出来啊……图腾师，久违的幽默感啊。”骨燃挑了挑眉，表情变得愈加严肃。两根暗红的骨刺从他的眉弓悄然凸起，并在伸出一指长距离，骤然硬化，成为尖锐犄角的形状。而他的下颚，耳边，小臂以及拳面，有能骨质突起的地方，都带着骨纹长出了边角坚硬的局部结构，成为铠甲。

“虽然诵破解了扎德的骨纹阵，但目前整个都非常不祥，大家要谨慎。”他说道。

疯虎使劲摸了摸脸，总感觉有无形的汗一直在流淌着，怎么也擦不完。他望向骨燃，万变的骨铠与凯图古利的大不相同。它不依靠表面的骨纹，而且触发面积可以更小更细微，甚至眉弓的两处骨点。下巴的更是，包裹了下颚，以及胡子……简直美观又实用……（疯虎几乎想到了如何在阿奢丹人面前推销的说辞了！）

他向左右又看了看，诵举着右手，金色环状骨纹在她手臂浮现，此时正以同心圆围绕手腕，形成一个光轮。某种角度来说，他们真是专业到每个细胞的组合，即使是这样，疯虎第一反应还是不知所措。此刻，他突然在想，自己到底能做些什么？在危机重重，人骸关系复杂，自身难保的时刻，也许马上要被那该死的黑雾吞噬，自己还不清楚能做什么？

他心里给自己了一个重重的耳光，我还是那个跟在虫眼屁股后面的三杯虎么？除了一张嘴，啥也不行么？

“想什么呢？看前面。”一个重重的拍击。疯虎侧过脸，是苏利安玛维带着怒意的眉毛和极其悦目的双瞳。瞳孔中泛着冰蓝的旋涡，与诵眼中的空洞不同，那深望而入，是隐藏的丰富的情感……

“档！”敲打瓶身的钝器声，它由远至近，伴随着撞击声，一个身影从瓶海中缓慢走出来。

10 故人

“你们真觉得自己发现了秘密？”他站在晃动的“灵质瓶”堆中间，右手举着一条不明的长条物体，一边说，一边敲着身边的一个瓶。

花苞状的灵质瓶中间充斥着黑色的迷雾，在敲打中，它们随着瓶体震荡而显得躁动不安。“档，档。”他继续敲着，同时开始轻声笑起来。

“你们是看到了真相呢？还是曾经存放真相的记忆？”他停顿了下，又向下迈了几步，几乎是悬停在一堆灵质瓶的侧面。同时，他身体微倾，探头望向几人。“或者是伪装成真相的真相呢？”

“什么？”苏利安玛维紧盯着最靠近的几个“花苞瓶”，它们晃动得更剧烈了。她又指了指，并望向骨燃。“这些瓶子里装的东西，愈加兴奋了？感觉装满了发情的雄角奎一般？”

她停了话语，凝视着骨燃。他的眼神中弥漫着不同的气氛，眉骨，下巴，侧脸都覆盖骨甲的他，居然紧皱眉头，咬着牙。而且，这不是恐惧和愤怒，她知道，是别的什么。

“怎么是你？不，为什么是你的声音？”骨燃问道，他几乎是吼着嗓子。诵左手狠狠抓着骨燃，并轻声说道：“不可能的，不管如何，他不会在界内的。”

“他的声音，完全一样，即使隐藏在如此黑暗的深渊中。”骨燃右手一张，早已蓄势的“露特拉拇指”凝聚火炎骨纹之力，向对方直射火炎之鞭！

“那些瓶子！”库玛利半个箭步，想扣住骨燃的发力，但火鞭已经飞驰而去，划过漂亮的弧线，直击陌生人的阴影。但破坏并未发生，火光照亮他的瞬间，便和消失在沼泽中的骨骸一样，沉入其中，不见踪影。

火光中，疯虎看清了对方的脸庞，或者说是支离破碎的脸！他的身躯与脸，有大半部分沉浸在一样的黑雾中。黑雾边缘发紫，时而有晶木从中钻出，而仅有的半张脸，如同面具，被划去上半部分细节的苍白面具。只有偏薄的嘴唇，笔挺的鼻梁，以及下巴处特殊的闪电形凹痕。这是一张高阳族的脸，具有皇族的胎记。

诵看了眼骨燃，金色的瞳孔瞪得很大，她知道在骨燃暗红的骨铠和打理精细的髯胡下，也有一条闪电状的胎记。

这个支离破碎的“东西”，还有熟悉的声音，难道真的是？

对方又敲了几下，同时踹了一脚下方的几个瓶子，他居然轻盈地顺着在固体水中缓慢下降的“花苞”瓶走下来，靠近几人。

他们看得更清晰了，对方的半张脸，面具般木讷与苍白的脸。靠近脖子处有一条粗糙宽大的切口，围绕此处有一圈菱形的骨纹！

“不管这东西是什么，这条切口，骨纹排列……”诵看了眼骨燃。

“他是个弃子。”

“铛！”他还在继续敲着，并用半张脸对着骨燃。接着，他举起手中的长物，那是一节苍白干枯的腿骨。那是多么精致雕刻的骨头，长度接近人或大型动物？骨节顶端又圆又大，骨茎上布满巧妙排布的花纹，这让骨燃想起某种见过的乐器。高阳族用它敲击摩皮制成的大鼓，并发出浸透心灵的声响。“档，梆梆。”一短，两长。

“骨燃，你告诉库兹诺克，迟到的原因了么？我的朋友？”对方那面具般的残破脸庞震动着，其余的墨染也随着抖动，如同紫黑的地狱之火。

“啧！”骨燃咬了咬牙，他的右手朝向对方，猛力一抓，吞噬之火在墨染面前再次消失了。他向后退了一步，并未流露他的惊讶，只是挑了下眉。

“你予我的骨，在生命消逝时就还给你了，兄弟。而你的方法，在这段记忆中，是无效的。”对方继续震动着，似乎在摆出扭曲的笑。他举着腿骨说：“我们借用这个样子，来完成这个完美的陷阱！”

“哈哈！”他一声大吼对准身躯猛地插下手中的骨头。“清除吧！可爱的疫苗们！”腿骨在他虚空般的身躯中抖动燃烧，接着向外喷射出环状的紫火，并冲向所有的“花苞瓶”。

刺耳的碎裂声，所有的瓶子一起炸裂，中央的黑雾忽地一窜而出，并齐聚到一起，形成一股“庞然大雾”！

“这又是什么该死的？”疯虎又抹了把脸，在这个该死的空间，他更加懊恼自己啥也不能做，如果谈个贸易，那真是驾轻就熟。但，我的天。他向后退着，又猛地看看自己的右手，他觉得整个胃部在妄图翻转过来。不知何时开始，诵的封印消失了，骨燃的火焰也没有了！只有半只手的黑影持续向手臂扩散！

“救命啊，我要变成残渣了！”疯虎大叫起来，右手被他甩到头顶，左手卡住手肘，四处张望。的确，此刻不会有人还有精力关注他。

“全部退后！”骨燃厉声道：“这些东西非常不妥，不能用界外的战斗方式！”说着，他张开右手，喊出“BaRa,ca！”，火焰骨纹便即刻烙上黑雾中的一片区域，烧开了一个小洞，但立刻它们消失了！而整个雾团又聚拢起来，将洞口填上！

“哈哈哈！一起消失吧！”面具人被黑雾簇拥着，发出最后的吼叫。“我们是不灭的！”

“嘣！嘣！”的两声，两条锁链像是扣住了什么，都在雾气中扭动着。很快，它们和面具人一样，逐渐瓦解了，一块块如同纸片般碎裂，并即刻消失！而这种碎块，同时段段蚕食，沿着锁链向诵的手臂而去！

多条黑藤快速而来，它们划过诵的脖子，双手，将她与袭来的黑雾隔开。而最快的几条粗黑藤更是从断裂的锁链边缘钻入黑雾！诵踉跄了一下，被一边的骨燃单手托住了腰，才稳了下来。万变之手在此境完全起不了实效，两人只能听着黑雾中传来的噼啪声。

黑藤在整片雾中切出几条缝隙，又瞬间被填满，它们整段整段的消失，亚藤巴又投入更多的藤蔓。“我们显然陷入了糟糕的陷阱，这和之前启示性的幻梦不同，是揭示死亡的记忆！”黑藤消失的很快，切割它的同样是黑雾本身，它们盘旋而上，在靠近亚藤巴时，他肩上的灰藤出动了。

尖锐的前端接近鸟嘴，顷刻从中间切断黑藤，黑雾像嘶叫的怪物般退后，扭曲着。还有少量墨染黏连在灰藤尖端，继续向前爬升，它们像是拙劣的墨画，粗暴地添在藤蔓之上，化开的同时，将所经之处融为虚无。

“呸！”亚藤巴张开口，向被污染的灰藤猛吐几口，绿色的黏液顷刻附着在黑雾上。一些墨染向边缘退散，并回归到雾团中心，但有少数被绿黏液牢牢捕捉，最终被"琥珀"化，定在中心。

这样的两三块绿琥珀顺着灰藤茎秆，滑回亚藤巴的右手掌，它们在他干枯的手心弹跳了几下，琥珀内的东西依然保持着力量，妄图撞破凝固的外壳。"骨燃，这黑雾的实质，是这样的小东西啊。"亚藤巴说着，他的手臂内爬出更多比湿，带着绿萝把琥珀边缘抓的紧紧的，让它们不得动弹。

黑雾群还在逼近，几人又向倒退着，它们甚至开始吞噬凝固的静水，所及之处，本身的空间感便变得单薄起来，众人眼前的景象像剥落的墙皮，一块块，连同形似海水的"空间"都没有了。

"真正的灵魂匣在别的地方，这里只有一个触发毁灭的记忆块。这东西，和巨龙的阴影，全是陷阱。"骨燃张着右手，发射更多的火焰骨纹，维持着与雾群的距离。

"我们从看到它开始，就陷入了一个剧本里，该死。"骨燃咬了下牙，对手又棋高一着么？他心里想着，虽然目前已陷入危机，但更大的不就是真正的……密密麻麻的灵魂匣么……

亚藤巴向众人呈现单颗琥珀，惊讶的表情也快速传染着，皆因中间的"小东西"。由高浓度的绿萝构成的黏液，瞬间形成的琥珀，是另一种自然属性的骨纹，它能有效静止生命一段时间的运动。而这个小东西，通体漆黑，形状类似本则常见的硬壳甲虫，渺小，却充满激情，即使在琥珀中，还是努力撞击着。

"这东西我见过。"苏利安玛维说道，她环视了众人，继续说："依骨燃的理论，确实没有什么不可能的了。我在阅读一段跟米亚有关的幻梦时，看到过，它们也是成群，饥饿，吞噬一切，成为虚无本身。"

"不能被它们碰到！"她看了眼身边的胖子，他依然在一种浑浑噩噩的状态，一直握着右手，仿佛那已经是一只断臂了。

“都向后退！”诵高声说着，双手倾斜碰在一起，形成一个三角锥的形状。两手臂的骨纹再次展开，最外层的光轮以手心为轴，向外扩散，而新的骨纹以三角状从内向外扩充，组成多层连续三棱形包在光轮之中。她向外一推，光轮中弹射出多个 Mandra 的图形，边缘衔接在一起，形成一大段光墙。

“这个庇护不能坚持太久，赶紧找出口。”她向骨燃点了点头，“毗湿奴”是强力的守护骨纹阵，这是诵第二次使用，非常消耗精力的问题是它最大的风险。

“它能抵挡降临者的重击，但不知道……这些东西会如何？”骨燃凝视着左右，甲虫构成的黑潮毫不懈怠，猛力冲撞着光墙。

“试试变形吧，改变构架。”诵转动着右手，光墙逐渐弯曲，向内收缩。它逼迫着甲虫群一起凝聚起来，被光墙慢慢包裹成球状。“降低它们的体积，也许可能……”她皱着眉，继续说道：“如果是藏在意识中的陷阱，无限放大它是源自恐惧，那缩小体积，也许在这个空间里，是最好的方法？”

“缩小对恐惧的认知么？”亚藤巴向后退了一点，双肩而出的灰藤却没有减少，更多的藤蔓给予支援，将光球包裹的更为严实。“有见地。”

“心觉得失败了，一切便失败了。”诵向骨燃点头示意，他右拳微张，在骨纹阵外添加更多的火焰骨纹。甲虫群还在剧烈撞击，内外体积随着震动反复膨胀，缩小着。“看来有效果？”疯虎轻轻地说道。

“你们简直是在做梦。”甲虫群中传来他的声音，残破的黑影从中而出，半张面具覆盖在虫群堆叠的身躯上，并形成半只右臂的形状。他直指着骨燃，大声吼道：“兄长！受死吧！”右臂从黑雾中抓了一把，向骨燃甩去！

黑烟旋转向前飞行，快捷绕开亚藤巴挥去的灰藤，刺穿骨燃的火焰，从骨纹阵的四个角而入！组成黑烟的甲虫褪去，中间的长骨从裂隙中直接穿过！

四根长骨直飞而入，骨纹阵丝毫没有减弱它们的速度，细长的骨头带着黑雾击破了几个节点，并射向人群！

骨燃的反手一抓并未阻止长骨，两根直接命中诵·阿努拉的右肩和左手！疼呼声中，她左手松动了，而右侧的倾斜，让骨纹阵出现了一道缺口，黑雾立刻从中挤了出来！

“我的天哪！”疯虎脸色煞白，惊声尖叫中，向后退去！

“混蛋！不要再增加恐惧的分量！”苏利安一把拉住他，厉声呵斥道：“你像个男人吧！人类！”她迟钝了下，猛地抓起疯虎的右手，两人都看着抖动的半只手，它和黑雾一样，癫狂颤动。“你！”

瞬息中，甲虫群变得更加迅速，它们席卷而来。亚藤巴的灰藤如吹散的灰烬，弯曲的形状是甲虫吞噬的路径，并攀爬而至，钻入他施展的左肩。细长的比湿踮着脚向外跑，刚钻出肩甲的披毛，就化为了乌有！亚藤巴急往后闪，黑甲虫已经攀上左手，半只手臂顿时成为碎片！

“闪开！退！”骨燃右手握拳，骨板向内收缩，旋转的肌肉组织和筋脉重塑，将右臂变成中空炮筒般的结构。他大声怒喝，头部和肩部骨刺激起，而闪亮的骨纹从颈部覆盖至手臂，猛力一挥，劲射出数组旋转燃烧的火焰团！

强化的火焰轰开一个口子，甲虫群暂时离开了亚藤巴，却毫不犹豫向苏利安玛维而去，气势汹涌，且速度极快！骨燃正一手抱住诵，帮她远离蜂拥而出的甲虫群，疯虎左右环视，他来不及继续考虑，一咬牙，身体向右一撞！

苏利安被胖子向另一边撞开，而第一波的甲虫群完全扑向疯虎，他上半身像覆盖了一条漆黑的毯子，随着他左右颠簸。疯虎感觉呼吸在远离自己，他只有本能的摆动手臂，左手的感觉正在消失。但此时，他却觉得一直恍惚的右手却刺痛自己，并格外有力，他仅凭感觉猛地一挥！

像擦除污垢一般，影化的右臂混合着甲虫群，居然粘合在了一起！越多的甲虫，被他的右臂如海绵般，吸收进去，化为更加雾化的右手！

“这！这是什么！”他发出大叫，又突然狂笑起来，跌撞地向另一团虫群扑去！而更多的甲虫群已突破骨纹阵，成堆扑向人群！

在黑潮之中，希琪哈努力向后退着，甲虫群毫不留情地吞噬周围的景象。她看着周围在粉碎，老师挥舞中消逝的右臂，惊慌爬上她的心头。她想起长人的教诲，右手自然地摸到腰间的面具，一个，两个，三个，四个……

“对，戴上它……与力量重合……”随着触摸，熟悉的声音再次响起，希琪哈慢慢地拿起其中一个，灰色的表面闪着一些莫名的光，它诱惑着她，让她觉得面具本来就是自己的一部分。

黑甲虫已经爬上腰间，身体消失的感觉并不可怕，希琪哈反而放松了起来。她深呼吸了几下，戴上了面具。一种静滞的感觉随之而来，她的意识便已不在那里了。

苏利安玛维就在希琪哈附近，她看着少女的动作，接着就那样完全消失了。这和黑甲虫吞噬他们的存在不同，更像是“忽”就离开了此处。她捏着锤子的手更紧了，黑甲虫群在逼近大腿，自己的部分正呈现一格格碎裂的效果。

这一幕她见过，在一个雪地的战斗中，自己化为了无数的分身，与敌战斗的场景。透过疯狂的甲虫群，还是那片烟雾般的帷幕，她看到米亚模糊的声影。她贴着帷幕，双手敲打这片孤独的小窗口，似乎想和苏利安说些什么。

米亚细小的嘴唇张合着，苏利安努力看着，她在重复一个词语，一个她们都呼吸的单词。最终，在甲虫吞噬到腰部时，她解读明白了。米亚是在说，“锤子，用那个锤子。”

不管你还有什么秘密，赶紧给我起点作用，苏利安心中吼叫着，她尽力甩着锤子，像在那场战斗中一样，敲碎那个污言秽语家伙的脑门。接着，它发出了耀眼的白光。

在光芒中，苏利安玛维手中的锤子发生了变化。寒冬战锤的冰冻外壳像是逐层瓦解一般，沿着半透的边缘变化着，它在变成另一种材质。平整白皙的外壳沿着发亮的边线，重新勾勒出新形状，它，不再破旧沉重，而是多块陌生金属构成的流线武器。

“快用锤子！”又是米亚的声音，她从苏利安心中再次涌现。她又想起曾经，老首领柳木挥舞锤子的每个瞬间，对，就是这样砸下去，想着它能击破一切。

“轰！”

战锤敲击的巨波，震破了所有的黑甲虫，连同它们吞噬的景象，黑水与灵魂匣，都随着波浪，消失了。

周围的一切像破碎的虫巢一般，沿着裂片般的脉络，一丝一丝地扩散，带着影像成为乌有。周围的一切如同退潮的空房间一般，死寂，并且一无所有。“又是这些甲虫。”苏利安玛维甩了甩右手，“寒冬战锤”引发的震荡，这并不是它的实体，但不知原因，锤子作为一种“符号”，跟随到了界内，还如此乘手，并发挥了作用。

从诵将战锤归还之后，它一直处于沉睡状态，并不是熟识的冰坨子，如同它从来不是，或者寒冷只是一种“形象”的伪装。而进入幻梦界，它开始悸动，从粗略的手感并逐渐清晰，变成现在这样。

骨燃四望周围，众人完好无损，一切像是回到初始一般，静止的黑水，矗立的浮屠，没有阴影，没有甲虫。不一样的是，此时，他们在水的另一边，这次终于根须在下，主干在上了。

然而，希琪哈不见了，她并没有被甲虫吞噬，而是不知去向。

疯虎呆立着，只是盯着自己的右臂，不知为何，在奋力接下一群甲虫的吞噬后，他半只手的影化居然暂时稳定了。他喘了口气，看着众人，说道："她……应该没事……我看到她戴上了一个面具，突然消失了。"

"面具……"骨燃和诵对视了一下，他摸了摸下巴，回溯了方才的细节。的确，在希琪哈腿侧，挂着一排风格迥异的面具，颜色各不相同，也完全不是萨兰教的风格……

他看着库玛利，说道："看来你的学生，另有自己的安排。"对方保持了沉默，但在库玛利的内心，确实产生了波动。她也清楚感受到，进入深界，希琪哈逐渐发生了变化……从另种角度讲，阿西卡和幻梦界都在指引希琪哈去做一些他们目前，无法知晓的事情……其影响已如岩层下的暗渠一样，渗透直至表面……

"不管如何……总之脱离陷阱了。"苏利安玛维轻声说着，她还在摆弄着锤子。

"如果它曾经是个法器，这就是他在幻梦界的样子吧？"骨燃说道，眼前的变化前所未见，像是有人快速完成了清洁战锤的工作，同时削去了所有多余的棱角细节，变成只有功能的东西。"这造型也绝不是骸族的风格，简单的令人发指，嗯……让我想起克蕊的一个说法。"他笑着点了点锤子。

"什么？"诵微微皱了皱眉，问着。

"相当简约，人类范。"骨燃说道，同时挑着眉。他只有在卡纳维的图纸上，见到过类似的造型……那些不属于这片土地的东西……名为科技的产物。

"除了破开界膜，共振感受，它还有什么其他的能力？"诵看着这完全变形的战锤，曾让父亲费劲心机得到的此物，还有多少他们不得而知的秘密呢。

苏利安玛维盯着锤子，它变得更轻便了，中央闪亮的符文与寄螺族龟裂的头冠格外相称，让她不禁开始喜欢这锤子了。与老首领柳木曾经使用的不同，它也该做些不同的事情。她攒紧了眉头，似乎是因为锤子的原因，自己和米亚在某种状态下，连接到了一起。她清楚透过烟雾般的界膜，看着妹妹的感觉，同时也有着被其他人窥视的不舒适，仿佛背后一直被盯着，那还有谁呢？而刚才的危机关头，她居然听到了米亚的提示声。

“你们看。”诵的声音，她正看着上方。他们踏破了“假象”，重新回到了浮屠的面前。之前的巨龙阴影也毫无踪影，仿佛随着幻梦陷阱破裂，一同消逝了。光点在浮屠间旋转舞动，它们轻触树干，便有更多的光点闪烁而出，形成更多的光团，并一起向上而去！

更多的声音传来，与刚才不同，众人听到的是轻柔的女声。“往上，寻找……”“一切在心……深处”

亚藤巴皱着眉，显然，刚才的龙影是被分割的阿西卡的一部分，但却只是个模仿的假梦，为的是让他们陷入“死亡的灵魂匣”假梦里。而现在的又是什么？他一言不发，灰藤在双肩游动着，卡利古拉们也突然失去了声音。

光点敲击着倒立的根须，它们开始向外长出纤细的枝条，并随着光团的轨迹，越来越长，弯曲缠绕在一起。诵看着枝条群螺旋，搭着增生的分支，形成了一条蜿蜒而上的通路。她想了下，毅然踩了上去。

沿着通路，即将走向浮屠的顶端，也就是根须的另一面。倒着走已经显得不奇怪了，此时整个都已颠倒了过来。

“诵？”骨燃还在沉思方才的事件，只见诵几步就走上了新生的植物阶梯。她停步回头，脸色带着一些喜悦。“卡利古拉也说了，这里的浮屠和外面是对应的，那对应外面的心之密室，这里又是什么呢？”

骨燃挑了下眉，轻笑了几下，说道：“你觉得会是一个奇点么？”

“不管如何，上去看看吧。”苏利安玛维猛拍了一下疯虎的背，大声说：“精神起来，人类。”她反手将暗淡下来的锤子塞进肩背处的束带中，右脚一跨，抓住几条粗藤，就跳上了中间的蜿蜒之梯。疯虎晃了晃头，方才的一切还让他惊魂未定，而右手突然稳定，却使他心中稍微安定。“快点。“苏利安伸来右手，她看着眼前的胖子，点了点头。的确，刚才是这个懦弱的家伙，撞开了自己，才有挥舞锤子的契机。她这么想着，使劲拉了疯虎一把，帮助他稳定颤抖的大腿，跨上了摇晃的藤梯。

行走的时间仿佛比在泊泊桑的阶梯更漫长，直至弧顶的眩光开始让人头痛。在诵·阿努拉计数到达二十一时，他们转了足够的弯道，踏上浮屠之顶。与界外不同，没有丰饶的萨兰教装饰，只有一株枯萎的植物。它整体紫黑，主干弯曲干涸，中央的球茎散发着死亡的气息。

“这……又是什么破烂东西？”苏利安玛维稍微有些失望，但在深界，也许一切不能草率下结论。她轻轻指了指球茎，说道：“或者，那个球？”

“像镜面一样的对应，却是生机和死亡的两面，很有趣的谜面。”骨燃笑了，他将手伸向球茎，并轻轻敲击表面。

“忽”声中，球茎快速向内翻卷，被黑色本身吞噬，留在植物茎杆上的是一片闪着幽光的裂隙。骨燃看了看众人，打了个响指。

“去迎接谜底吧。”

第九章
何处的“快照”

1

在“穿过”中央的心脏投影时，骨燃几人感受到一阵炫目的辉光，众人像是被挤压一般，通过了抵达深层的最后一段隔断界膜。

“让人感觉想吐……头晕目眩。”诵·阿努拉抚着额头，努力让自己站稳。

“我靠，这是什么景象？”疯虎的声音拉高了数倍，第二个通过隔断界膜的他，直接跌倒在地上。他任何一次其他的经历，即使在大坑，都比不上眼前的一切，给与他心中真正的震撼。“我靠，我靠啊！我傻了，才是要和你们一起过什么界！”疯虎在地上摊着，又努力向后挪了几下，还在大喊着。

几条粗壮的藤条迅速缠住了疯虎的脖子，又捂住了他的嘴，一种湿透的泥巴味打断了疯虎的恐惧，他回过神来了。一只粗糙的手按在他右肩上，传来微微压力。“你这个样子，回去不怕库兹诺克笑话么？”

亚藤巴和骨燃也穿过了隔断界膜，是他的藤蔓阻止了疯虎被深界的影响。但他们几人也驻足停在原地，惊叹于此处的景象。

眼前是一片非常庞大的区域，浓雾密布四处，高度达到众人的小腿，却完全无碍视野。从众人眼前一直延伸到深远处，都是残破的高耸建筑群。它们并不是众人熟悉的风格，不属于骸族或者任何人类王国，而是一种未知的建筑结构。虽然破损严重，仍能从部分的大半完整结构看出与这个世界迥异的外观。

视野中所见最高的几座，整体外形如同完美切割的几何物一样简洁，上小下大的矩形，除了横竖的一些凹陷切线外，几乎是几片完整的白色外壳包裹组成。它们反射着天空中的光芒，那是一股暗红色的泛光。

“这和我们的世界不同。”诵·阿努拉点了点天空，众人的目光也都聚焦而去。这里的高空正中，与他们熟悉的被剥幕遮蔽的暗色天幕完全不同。

在眼前林立高耸的白色丰碑建筑顶端，广阔的天空中是一轮血红色的球体，它由中心向周围扩散暗红的气状雾体，越靠近外围越偏向黑色，仿佛在逐渐吸收光芒。并且，它给众人一种诡异的感觉，这高悬的硕大球体，使得整个区域沐在昏暗红色之中。

“一看就是很不妙的东西啊，我像是掉在什么东西的子宫里了啊！”疯虎继续着他掩饰不安的啰嗦。诵瞪了他一眼，轻声说道:“说什么呢，你还要回去退化么？”

“稍安勿躁，不过……更不妙的是整个区域，深层居然是这样的光景。”亚藤巴淡淡地说道。这已经超过了卡利古拉已知的所有信息，在认知超过影浮屠之后，一切皆是从未见过，也未在骸族文献记载的。但亚藤巴唯一清楚的是，这也是某一段记忆，他们正在“阅读”它，最真实的“阅读”。

腥臭，古旧的气体弥漫在这片地区，甚至能闻到潮湿的感觉，那霉烂味超过了萨兰教任何一个存放烂泥发酵，制造影驹材料的仓库。而血腥味细腻的穿插在其中，与整片血光一样突兀。

而在这一整片形状迥异的建筑群，都已变得参差不齐，像是被整片震荡所致，那些建筑的白色外壳都残破不堪，更多的只剩下半截。在龟裂多边形组成的外壳内部，是整齐排列的蜂巢结构，但那些类似墙体或者隔断的板层，也都缺左少右，断裂的柱体们勉强支撑剩余的结构。

骨燃仔细审视着，这是他从未见过的建筑风格，冰冷而整齐，没有任何可以追寻的文明痕迹。众多残破的白色丰碑，外围的线条更像是一种无情的生命所造，这也不是骸族人记忆中的任何东西。

这到底是什么？他望向亚藤巴，对方摇摇头。亚藤巴双肩的绿藤和比湿搅在一起，僵硬地甩动着，这与他的焦虑略有关系：在幻梦界的最深层，他们看到这样迥异的光景，这逼真的压迫感，庞大的废墟，此等密集的程度，**是个结构还原很精密的"记忆样本"。**

"但，这是谁的记忆呢？被阿西卡隐藏在一切的深处。"亚藤巴叉着双臂，声音轻的仿佛在自言自语。

"我们不如深入看看吧。"诵说道，她望了眼骨燃，对方点了点头。至此，除了进入深界后失踪的希琪哈，库玛利外，亚藤巴，骨燃，诵以及不情愿的疯虎·汉谟拉比决定进入这片被血红色包裹的建筑废墟群中。

2 堆积的过去

脚下是瓦砾的声音，众人在层层堆砌的废墟残块堆中行走着，真实的阻力和疼痛感，让他们步履缓慢。然而，除了头顶那血红的球体发出的呼啸声外，四周没有其他声响，一切格外的平静。

苏利安玛维走在队伍的最前面，身材高挑健美的她比其他人更快穿过几块庞大的断层，爬上更高处的她到处寻伺着。"哎，大长腿就是好啊，速度惊人。"疯虎小声嘟囔着，尽管嘴上如此，他却紧跟着这个高挑寄螺族女人，随着她探出的道路方便的前行。除了注意脚下，疯虎的眼神一刻没离开过她修长的腿和具有弹性的臀部，她实在是个迟到的尤物。他叹了口气，真受不了自己，在这样恐怖的深界还忘不了乱七八糟的念头。

“你别走那么快啊，呼……”他朝着她喊道，苏利安玛维并没有回应他，似乎未知的一切让她兴致盎然。

疯虎站定在一处突出的平台，他稍微踱了几步，并用力踩脚，确认稳固，才停下四处张望。这个废墟群，到处是四方的区域，残壁支撑着一间间单独的空间。

留下的建筑结构上充满了六边形的框架和空洞，红光透过，在地面留下诡异的交叉几何图案。地板上的大洞让他能清楚看到后面的人，骨燃和那个金瞳女子在下层的一处停留。突出这栋建筑宽度太多的长条走廊，大半段横亘在空中，外表包裹着那些蜂巢形的半透材质，映射出无数的暗红大球。

“好平静的世界。”诵·阿努拉努力伸展了上臂，呼出一口长气，她眼神中带着忧伤。“只有死亡的气息，没有任何旋律为这个世界送行。”骨燃一直在四处观察残留的任何信息，蜂巢结构的材质，断墙上模糊的图案和这突兀漫长的长廊，悬在废墟高楼的中心，都让他无法拼凑深界的一切。“是啊……平静到想在这里坐一会，感受停滞。”骨燃看着诵，说道：“话说，你是怎么说服她的，放下你们部族的漫长仇恨？”他向上指了指，两个手指又岔开，晃动着。“那个彪悍的女人。”

“哈。”诵一下子笑开了，她垂着腿，任它们在平台边晃着。“这是，女人的秘密。”停顿了下，诵脸上的笑容消失了，只有骨燃熟悉的伤感。“而且，仇恨的源头早已结束，枯槔已成废土，父亲也化为乌有了，连同他的野心。最终，什么都是灰烬，包括你我，不是么？”

“不……将成为灰烬的，只有我。诵，只有我。”两人对视着，骨燃反复说着。“他与我同在，一定不会放过我。”

诵捂住了骨燃的嘴，轻轻地说：“嘘，他不在这里，你也不要反复挂念了。”

“你们听，是什么声音？”苏利安玛维在上层突然大声说，她指着这幢建筑对面某处，同时而来的，是刺耳的巨大声响！

“轰……轰……“声音更加剧烈，沉闷中带着振聋发聩，还层层撞击众人的耳膜。诵立刻捂住了耳朵，她向前挪了一步，尝试看清声音的来源。骨燃低头看向脚下，残破的断壁和脚底的平台都在震动。多边形的碎块在上下有序跳动着。在停留的瞬间，骨燃看到，它们的切面全是完整的。它们不可知的材料，表面光滑，却又都被切割得如此粉碎。

声音还在继续，震动变得更加强烈。苏利安玛维在大声警告后，并没有停留在那条断梁上，她灵活并小心地沿着几条交叉的残留结构，向建筑的更上方而去。“我熟悉那样的声响，在本则，只有它曾发出如此骇人的声音。“她在上方吼道，右手的锤子捏的更紧了，一切毁灭寄螺族的过去，总在这里反复袭来，为什么？

几条黑藤围绕在一起，粗壮而有力的拉扯住断壁间的结构，它们牵引着亚藤巴快速跳跃上来，两人同时到达这幢震动的残骸顶部。

只有几根直立的金属结构树在顶端平台，其余早已碎裂，三边都能清晰看见远方的一切。空中的球体显得更红了，一切如血幕覆盖而下，还晃得几人要微遮双眼，才不会刺痛。但此时，两人都呆立在此，双眼瞪大。

“它来临时，大地震撼，万物崩塌……”亚藤巴大声念着，他眼前所见巨物，正从视线所及的极限，缓慢而来。所到之处，都被它巨大的身躯踩踏和碾压，碎裂的建筑互相压塌，形成连锁反应，如骨牌阵般向众人处倒来。看的出这里也曾是个盛大的城市，而即使隔着好多个街区，都能感觉出声音源头的庞大。

它像一尊漆黑的堡垒，驱动着六条粗壮的腿缓慢移动着，每条腿都接近几幢建筑那么粗，而它的高度更是比建筑群最高者数倍，宽度更甚。从废墟间徐徐走过，直接撞碎了数幢残破但直立的，那些“白色丰碑”。

亚藤巴向后看了眼，骨燃和诵也到达了顶层，同样把所有的惊讶抛向了血红幕布下的巨物。“好大……这超出任何降临者的体积，简直……”诵说道，她不禁想起，这样的东西从过去的枯橥走过，所有的白塔都会和河边堆的“魂塔石碓”那样四散而飞。太大了……

“简直和过去的雾骸一样巨大，骆风族最辉耀之时，制造的那个傀儡。”骨燃说着：“上万只巨摩凝聚混合而成的巨人兵器，横扫人类边界。”

“我只在传说里听过。”苏利安玛维单手叉腰，看着巨物继续缓慢走来。它摧毁这一切如此平静，轻松，像是一场盛宴结束后清扫场地的工人般，驾轻就熟，就推倒了那些“丰碑”。无论是谁的丰碑，终究在落寞的时刻，只是一推就倒的残骸……她心里那么想着，又再浮现过一些往日的片段。想毁灭寄螺族的人都消失了，而她却还活着，作为种族曾经的异类，最终还成为了领袖。柳木的选择，到底是给予，还是诅咒呢……

“这和雾骸还不一样，它表面看上去更像剥幕那样的东西，漆黑沉重组成了它，部件又互相连接。”亚藤巴站在平台的最边缘，黑藤已爬满了半个断梁，四处抓附，让他在震动中毫无影响。

该说雾骸才是它的复制品吧……诵心里默默想着。

“肉眼无法企及之处，在它的中心，有充分的能源，驱动着它。你们看组成身体的部件间缓慢地变化了么？”骨燃抬起右手，用尖锐的猩红手指点了远处几下。它头部很小，更像是一堆降临者拼接起来，聚合在中心的连接点。“上半身的外壳上，我能隐约看到密集的纹样。还有那六条腿，与躯壳运动间的关联。”骨燃又说道，他身体向前倾了一点，眉头紧皱，似乎在尽力捕捉巨物每个细节。

“轰……吼！……”巨物转动着头部，但幅度很小，并发出更刺耳的轰鸣声。它继续推动庞大身躯碾压城市，而它的头部此时，如同裂开的果实般，从中间像两边分开，并向外翻出内部繁复的结构。

诵抽了下鼻子，厌恶之情浮上轻柔的面容。这看起来和剥幕处于一种“东西”，它也不能算作“生物”，虽和卡帝沼泽里那些巨摩一样行走，却只是个不知来源的恶毒兵器。

头部分开向外翻转后，几个部件还扭转着，像是从一个矩阵里变出多个连接的多边形环一样。它们前后翻动完，很快对齐了位置。所有多边形的交叉轴心，对到了一起，形成一个开在巨物头部的菱形空洞。又一阵轰鸣，空洞中闪出一道光。

巨物并没有像熟悉的生物武器或降临者那样移动头部，那道光离开空洞后，平静地打在一幢丰碑之上。它立刻又自然弹射，在几处不同的"丰碑"表面上，多次弹跳，形成数条白得发亮的光线。同时它们在丰碑间编织成了整片光网。

这……”骨燃楞了一下，毫无动机，未曾见过的技巧。它比起剥幕的月变，显得那样冷淡，却又……他正在沉思与赞叹中徘徊。

光网炸裂了，成为无数白点，而笼罩中的那些丰碑全部爆炸了，和突然被点燃的球一样，蹦啪炸裂。碎块辐射状旋转飞舞，在空中甩着曲线化为灰烬。有几块甚至飞溅到了几人脚边，从弹射速度来判断距离，巨物很快将到达它们在的丰碑密集区。

骨燃走近残片，它还在平台地面滚动着，直至碰到他脚尖才停下。“强大的威力，而且不动声色，真的和剥幕一样。”

“和剥幕一样？”疯虎摸摸头，他更关心的是靠近巨物的危险性，虽然也许……这只是一段记忆，但过于逼真的压迫感，让他无法正常思维，导致心跳过快，双脚抖动。

诵笑了笑，说道："进来前，说过吧，过于当真，你的身体很快会判定为死亡哦。"周围继续震动，轰鸣声还在继续。疯虎深吸一口气，他弯下腰，强行按住膝盖，好不容易止住了抖动。他都已经感到力竭，一下子坐了下来。

"剥幕的可怕不仅是降临者，它的月变会对大地带来冲击，平静，洁白但致命。和这巨物一样，毫无情感的清扫生命而已。"骨燃走了几步，站在疯虎面前，他高大的阴影也遮挡住上空的红光，这让胖子觉得自己混乱的内心好转了一些。

疯虎抬起头，牙齿依然不停打颤，咬住舌头只是时间问题。他努力说清晰一句话："月变，一年十......斯（次），还是可以预测躲避的......这......"他摸了摸脸，汗渍感还是布满整个脸颊，无法忽视的难受。

"你面对这样的景象，怎么如此平静？骨燃。"疯虎咽了口水，看着他。

骨燃的眉毛又跳了一下，似乎在考虑是否要做出答复。苏利安玛维和亚藤巴也望向他，的确，所有进入深层的人都感受到了压迫感，无论是熟手还是生手，感觉和全方位的"真实"都让身躯镜像产生多少的反应。

即使是亚藤巴，也能感受到黑藤与浑身比湿的躁动。而苏利安此刻也发觉，握着战锤的右手在微微发颤，她额头，还有丰满的胸部侧面都充满了汗水浸透感。诵是比较平静地，她只是呼吸稍微加速了。只有骨燃，面对如此"真实"，他整个人从神色到躯体毫无变化。这是何等的意志力，或是......

"你到底经历了什么？"苏利安玛维看了眼瘫坐的胖子，问骨燃。

诵笑了笑，她看了眼骨燃，两人有短暂的眼神交流，仿佛几秒内回溯了大段时光。

骨燃还是那副淡然的表情，他回答道："黑格，如果你们经过它的考验，就明白了。"我清楚我的恐惧，源自何处，又走向何处。

3 盖亚

"有时候，只是阅读，比沉浸更可怕。"一个声音说着话，内容让众人如坠冰窟。"因为，你不知道你是谁，在那一刻。还是你从未存在过？"周围开始响起一些诡异的音乐，在场的骸族人都皱起了眉头，这仿佛在听一种古神拉肚子，却又充满节奏感的声音。

"咚，呛，擦，擦。"声音延续着，骨燃抚着额头，表示强烈的无奈。只有疯虎·汉谟拉比甩着他的小胖手，有点高兴的说道："我听过类似的，在首领的收藏里，好像是人类古代的一种音乐流派。"

"虫眼爱收藏这些？"诵挤了挤眼睛，这比金图人祭神的调子还奇怪。人类确实在适应这里的环境之后，开始疯狂挖掘过去带来的乱七八糟的东西，类似遗产那样的，以此来怀念对毫无记忆的过往的一点点痕迹。不过，为什么这里，幻梦界的深处，会响起如此……的东西呢？

拉肚子般的节奏继续响着，还伴随着低音的震动。疯虎突然想到了什么，打了个响指。"啊，我想起来了，达巴有那样的乐器，一种古代的遗物。什么来着，啊，管风琴！"

亚藤巴四处张望，黑藤早被他派出去到处探查了，但丝毫没有找到声音的源头。他和骨燃对视了一下，对准空中大喊起来："出来吧？到底发生了什么？”

“时间不多了。”骨燃接着说，他声音不高，但让奇异的音乐停止了。“是你自己说的。”

他们所处的平台震动了一下，一切律动的痕迹都结束了，除了闯入者，其余所有的景象完全成为了背景，而且退的远远的。速度，像扔掉一个废纸团一样迅速，再次推到他们眼前的，是彻底的残骸！让人熟悉的，还是空中那个球体。而四周，除了平坦的碎渣残骸外，只有猛烈刮动的风，或者该说是发狂的砂土，它给予众人一种悲伤的感受。

疯虎说不出话来，真实的狂风，几乎将他推倒。他指了指面前，众人的中间，有一团毫无变化，静止的火堆。旁边坐着一个蓝黑色的影子，不高，许久，它似乎看向这里。“很久不见，本则的英雄们。”她站了起来，影子抖动着，能看出是个小型，女性的形象。

“你们阅读的，是我的记忆。”黑影说道：“关于这片土地的记忆。”

“她的名字曾经叫盖亚，可怜的，盖亚妈妈。”她停顿了下，影像由此变得更加清晰，这是个年轻，皮肤白皙甚至发亮的少女，年龄在十几岁左右，典型人类的五官，却有着骸族人的褐色瞳孔。她的下一句话震撼了所有人。

“我就是阿西卡，幻梦界的主人，深层记忆的管理者。”

骨燃挑了下眉，他和亚藤巴互点了下头，果然如他预料一样，终于接近中心了。疯虎·汉谟拉比不敢相信自己的耳朵，他把中指插进微肥的耳孔里，使劲抠了抠，妄图洗清一切虚假的信息。“在浮屠树看到的……巨龙，也是你么？”

“那只是一些小玩意儿，怎么说呢，工作装？”她指了指疯虎，说道：“龙的造型来自一个你们曾经的远古灵魂。”说着，少女的脸又笑了起来，一副你们明白的，那样的表情。“那时候，骸族就叫我烛阴，在你们人类认知我之前。”

“ZuYin，烛阴。”库玛利凝重地复述着她的名字，内心却想着，我怎么早没有想到，这微妙的关键……

“烛火熄灭，黑暗之阴。所有光芒无法照射，产生倒影之处，皆是它的土地。拉柯耶夫那家伙的诗写的很明了，他见过你这样子么？”骨燃问道。

“嘻嘻。”阿西卡又笑起来，细巧的手指在空中滑动，众人背景的影像继续变化着。“说得很对，说得很对啊。我特别喜欢这个话多的诗人，咯咯。”

周围的背景中灯火明亮，他们刚到时的那些废墟景象在快速地展现一个重建的效果……不，应该说是倒转的拆毁，一切的碎块向剩余的废墟构架上重组，缓慢回归它们本来的样子。

“盖亚妈妈，是最好的妈妈。
孩子们需要什么，就会给什么，
无论是血液，还是筋骨，甚至是，
她的心脏。
最终，盖亚妈妈，被，被掏空了。
整个心都成为了大洞。
黑乎乎的，七个大洞。
咕咚，咕咚，向外吹着狂风，
一切，
都被吸了进去。”

在她有规律的舞蹈中，少女和着世界背景的变化，以及“管风琴”的音乐，欢快地唱着歌。伴随着舞姿和歌声，她的影像随着韵律还徐徐抖动着。

歌曲唱完，她打了个响指，音乐戛然而止。

“影神，阿西卡，怎么是个疯丫头……”疯虎小声吐槽着。

少女瞥了他一眼，摆了摆手，说道。“还是以前有盖亚妈妈的时候好，我目前残存的力量只能维持这样了，你们凑合看吧。”她无奈般地笑了笑，浮在了半空中，周围重建的影像也停止了。

“你，留下那么多记号，引导我们来这里，也是大费周章。目的是什么？赶紧恢复幻梦界的秩序吧。”疯虎急忙说，他一想到自己黑化的手指和那个惊悚的梦，就变得心急火燎，时间紧迫啊。神是这样的丫头，他内心更是忽上忽下的不安。

“你还真是蠢啊，胖子，我一路看着，你基本没什么长进。”阿西卡的残影说道，声音又突然变得成熟了一些，她模仿苏利安玛维的音调说:“你只会盯着女人的身材看，嘟！嘟！废柴。”说完，她摊了摊手，又回到了少女的俏皮状态。

“不……阿西卡显然自身难保。”骨燃倒是笑了，比起露特拉，阿西卡显然有趣和友好的多。当然，可能是暂时的。在这个狂风四起的空间里，他缓缓坐了下来，正好与少女影像面对面。

“来，你还有什么要展示的，姑娘。”他笑着说。确实没有时间了，但对于双方，都是一样的，骨燃看着阿西卡抖动的残像，内心那么想着。

“诚然，我陷入了很糟糕的窘境。”阿西卡搔了搔脸颊，手指的尖端穿过腮帮，划出几条扭曲的抖线。“嗯，简而言之，我被困在一个很麻烦的东西里。”

“托你的福，我们来这里可是惊心动魄啊。”骨燃笑着说，他摆了摆手。“何止是个那条龙的影子，还被夹了私货，糟糕的陷阱。”

“啊，那家伙……烛阴是我的一部分，看守浮屠是他的职责。代言人也是我的一部分，便于我行走在人群中，获取更多的记忆残片。”阿西卡摊了摊手，露出俏皮的表情。片刻又摆出过去老成的表情，甚至十二岁的身影上又变出三十岁般成熟的五官。她苦笑着说:“但是上一届代言人是个笨蛋，于是完完全全的被捕获。”

骨燃耸了耸肩，他望了下疯虎，说道：“在达巴边境么？丰收节总是会发生很多事。”阿西卡笑着说：“你的眼睛果然很多啊。”

骨燃双手架在膝盖上，摆出一个三角形的姿态，看着众人。“库兹诺克调查了很久，将弃子与阿西卡事件连接在一起的所有线索，包括……嗯，锡兰王以及图拉真，最终聚焦到达巴的一场交易。”阿西卡的图形抖动了几下。“哦？”她露出少女的疑惑表情，双手托腮，甩着双腿。

“只是我们赶到还是晚了一步，无论是'人质'还是你的一部分，都被转移走了。”诵接着说，她也坐了下来，直视阿西卡。

“好久不见，圣女，哦……不，容器大人。”阿西卡继续咯咯笑着，她又朝亚藤巴挥了挥手。“老家伙们，还活着啊，找了个好寄主啊。”

4 幻？真？

再分散后，希琪哈并没有和其他人出现在一个地区。

尽管她清楚，他们并不远，只是在幻梦界的其他，某个地方。如果相隔一层浓雾般的幕墙，都是无论如何无法捅破的那种。

她又看见了黑色的蝴蝶，在面前飞舞而过，有大有小。小的黑蝶聚在一起向前飞舞，而最大的有希琪哈的手掌那么大，它带着黑雾从希琪哈面前飞过，翅膀掠过她的鼻尖，使她感到一阵寒意。

“记得这一刻……”她突然心中浮现出这句话，在上一次界内，黑蝴蝶化成的自己，在那面刻满符文的门前，对希琪哈说的话。而这一刻，希琪哈又站在白色阶梯的顶端，那个刻满骨纹的平台上，她的面前即是曾经见过的那面大门。

“我确实记得这一刻，这些骨纹，按照特定的顺序将它们排列……起来。”希琪哈微俯着身，她用右手轻扶着门框上的符文，每个图形仿佛具有生命。在她指尖触过时，它们凹陷下去，希琪哈能感觉到它们的生命，脉冲，还有传递给她的情感，一种极致的悲伤。

“这一刻，即将重演么？而之后，会是什么？”黑蝴蝶带着晃动的雾气，在空中划着拖尾，在门框表面的骨纹字符上闪现，跳跃着，似乎在指引着希琪哈。她跟着蝴蝶的轨迹，手指抚摸过那些冰冷的骨纹，这次每一个碰到后，都凸了起来，还发出一阵微热。它们就这样按着次序发出紫光，亮了起来。

希琪哈从未想象过有这样的变化，门框震动着，似乎随时要解体一般，难道弄错了？希琪哈向后退了几步，所有表面上的骨纹却被激活了，伴随着它们发出的蓝光互相呼应到达最大时，门框的震动停止了。这些脉动的蓝色都离开了骨纹，向门框中间聚集。光芒本身胶合在一起，并形成了一张深蓝色水体般的薄膜，包裹在门框中间。

它静止又柔软，表面油亮，泛着微弱的环状蓝光，这让希琪哈想起影木林的溪水，但这不能映射出自己的脸。

“记住这一刻。”她又想起那一幕，那个黑影蝴蝶组成的自己，是如何进入这薄膜之中的景象。

希琪哈抿着嘴唇，左右环绕着，身边即没有老师库玛利，也没有任何共同尝试这一刻的人。她小心翼翼地伸出右手，靠近这层油亮的薄膜。让她意外的触感，手指探入薄膜之中，没有阻力，更像是沉入泥坑的效果，一旦陷入，很难结束，却又给希琪哈一种安宁的感觉。

她并不惧怕自己整只手臂浸入这薄膜中的感觉，或者更像是洗个泥浆浴一样？希琪哈轻咬着下嘴唇，晶泽的表面泛起了一些紫色，她咽了口水，身体向前一倾，籍由右手，向薄膜中慢慢进入。

与薄膜相连的部分变得无法感知，这感觉逐渐扩大，但并没有让希琪哈内心产生恐惧。一种平静舒畅的感觉，传达到各处皮肤，直至她的半个身体，肩膀都沉没了进去。接着，是另一边，眼睛直视泛光的薄膜边界，直至都进入这片恍惚之中。

并不像以往过界进入深层的炫彩夺目，一阵白光之后，周围的一切暗淡下来，只有少量的紫色光晕在闪动着。

希琪哈感受到了呼吸，扑面而来的风，中间还夹杂着潮湿，霉烂以及血腥味。希琪哈睁开了眼睛，逐渐适应这昏暗光线的她上下张望。可见之处，充满划痕和血迹的地板，看不到头的穹顶，两旁的墙体的铁环上插着火把，正是它们持续燃烧，提供紫色的光照。希琪哈向前迈了一步，右脚重重地踩在地上，潮湿的地面溅起了少许水花。而天顶还在向前滴水，一两滴打在她肩上，溅到脸颊，冰凉感直透肌肤之下。她打了个冷战，而疑惑也顿上心头。

“这并不是幻梦界的感觉，又或者，这真实的让人心中生寒。”

希琪哈甩了甩头，天顶四处淌水，空间中没有其他声音，只有乱节奏的滴答声，和火把的噼啪响。眼下，她可视范围内只有两个火把的照明范围，更远处都是无法捕捉的黑暗。

希琪哈右手支撑了下侧边的墙面，滑腻的感觉立刻让她抽回了手，接着火光一看，满手黏糊的墨绿色胶质，看厚度已经在墙上沉积很久了。“真是恶心！”她猛地甩手，大叫道，声音在这个空间回荡了很久。张口的瞬间，她的舌头察觉到一片潮湿的东西在口腔中，希琪哈小心翼翼地吐了出来。她当场就震惊了，这不是过界前每个人预先压在舌头下的药草么！

她向后退了一步，再次审视这个灰暗的地方，这不是界内！而是一个陌生的实处！冰冷感从希琪哈脊背直上脑门！希琪哈用左手捂住了嘴，她也不顾墙面的恶心，扶着向后退着。她差点就持续大声吼叫下去，但这里并不知道会吸引来什么东西。希琪哈就这样半蹲在墙边，半天才缓过劲来，尽管她年纪不大，但作为阿西卡女巫也算经验丰富。这样的情况她是第一次遇到，通过过界直接来到了另一个陌生的地方！

目前的状况完全超乎所有库玛利对她的训练，无论是在界内的适应性，过界的速度，面对幻梦的定力，这些希琪哈都驾轻就熟或是个中翘楚。哪怕是这次过界事故，她也没有让老师失望。但这一次，除了进入界就失散之外，居然直接到达这个奇怪，黑暗潮湿又恶心腻味的地方。

而且希琪哈一直随身带的权杖，那根具有哈马杰精华的绿玉精粹法杖没有跟随她来到此处，失去老头的唠叨声，也没有了庇护。而且没有这乘手武器，希琪哈非常的紧张。她站直起来，左手拍了几下胸口，让自己平缓下来。希琪哈撇了撇嘴，嘴唇已经被她咬的发紫了。

5 走下去

“我可是最有潜力的阿西卡女巫。”希琪哈自言自语道。她点了点头，给自己鼓了下劲。不管如何，目前自己需要明白的是两个问题，一，在哪儿；二，怎么和他们汇合。

希琪哈从侧墙拿了一个火把下来，她从口袋中取出一块磁石，在火把柄头划上“B′ca”的符号，这是一种火炎骨纹。立刻，某种生物油脂长期燃烧的火把“熊”地被催化到了更大，火束和光照都增加了数倍。

眼前明亮了许多，她开始更仔细观察起周围。她处在的这个地方，比在黑暗中感受的空间要大太多。两边的墙壁垂直向上，穹顶呈半弧形向中间聚拢，希琪哈从下面看，模糊中感觉轮廓如同巨摩的胸骨。它们从顶部向两边，直至地面，形成分割墙面的一道道立柱，上面还布满了潮湿而生的苔藓和寄生比湿形成的菌墙。菌丝上除了从顶上一直滴下的水渍外，表面结俯了半凝固的红黑色浓浆状的厚黏液层。在火光中，浑浊之下透着血丝状的细微结构在其中，类似一些组织液的残渣。

希琪哈紧皱眉头，又恨恨地甩了甩右手，这就是刚才她抓一手的东西。那种触感，现在看的清晰，更加觉得腻味恶心，直上心头。

“这是个多么让人瞬间生厌的地方。”希琪哈自言自语道，此刻，如果权杖里的哈马杰在就好了。她长叹了口气，小心地向前探索着。两边恶心的高墙继续延伸，冻结的血脂似乎在开始融化，散发出让她此生难忘的冲鼻气味。希琪哈努力憋着呼吸，快速向前走着，换气时，也只小口呼一点。

她缓慢向前走着，长廊并没有和想象中那样没有尽头，在压抑的一整段时间后，希琪哈的眼前出现了向下的阶梯。台阶的间距并不宽，每一节之间呈斜角排列，这让希琪哈只能侧身缓慢而下。她听着火把燃烧声，水滴和自己的呼吸声，调整着节奏。她胸口的脸形挂件，上下轻微摆动着，和，胸前的金属饰边碰撞，发出清脆的声响。

这不像在幻梦界中那么美好，有着精巧细致的装饰，这些台阶老旧肮脏，从两边高墙流淌下的红色腐液也布满了台阶，让希琪哈走向更慢了。她向下小心张望着，台阶向下方的深层延展而去，如同沉睡海怪的触手，交缠着深渊的核心。

她开始能听见一些奇异的响声，低吟声，呼啸声，混合在一起。感觉下方的黑暗中，是大量影驹和什么凶摩在互相撕咬，非常热闹。

撕咬和吼叫的声音异常嘈杂，并此起彼伏，回声透过黑暗的旋梯，在希琪哈耳边反复回荡。

“我真的要往下走么？”希琪哈紧握着火把，陪伴她的只有烧灼的爆裂声，火光即使被骨纹强化了，也无法看清脚下无尽的旋梯之下，到底有着什么。

眼前，只有一团光晕范围中勉强可见的区域，她发现旋梯的开头是高大的古怪雕像。它们漆黑的表面显得湿漉漉，每一尊都弓着身，整体细长，这让头部看起来更为硕大，而最显眼的还是脸部延伸出的那些触须。希琪哈想起前几次过界看到的那些东西，在恶心水塘中，白色石柱上。它们的头部结构，脸部细节，佝偻的身躯如出一辙，工艺似乎出自同一建筑师之手。然而，骸族哪有人能雕出如此诡异，难看让人背后发凉的造型！

“我相信，正常人是不会走下去的！”希琪哈嘴里嘟囔着，但她还是左手紧抓着旋梯的扶手，缓慢谨慎地向下走去。

整个黑暗，所有的线条都带着呼吸，对她有着必须走下去的致命吸引。

第十章

虫眼·杰西

1 信和狂

时间已经接近黄昏，窗外的黯光开始剧烈增加，今晚剥幕的活动也是非常剧烈。在剥幕纳尔附近的一处高地，有一座孤零零的建筑，被隐藏在密集的乔木林中。这座建筑充满着人族的风格，外表看似因为战火有所破损，整体充满孤寂冷清的氛围。而从建筑所在的高坡，能看见远处，在紫色黯光和雾气笼罩中的剥幕纳尔建筑群，以及图拉真大帝的噩梦宫殿的结构阴影。

在楼顶，已经点起了照明的灯火。一盏带着三只眼睛图案的铁艺灯，摆放在黑色木质的大桌子上。桌上散落着一些书籍，摘抄的纸张，拆掉火漆封印的信笺。杰西，正在拆看这些刚收到的卷宗。

“Mr.J：

很久没有收到来自你的探子的信息了，我这里有一些其他的进展，先献为上。

从新巴拉卡城重建以后，我们就开始着手收集那些骸族的资料。

作为贸易商会，获取情报的渠道就是更多一些。索诺恩的探子从边境采购的书籍中有这样一些秘密，剥幕纳尔的变化越来越疯狂，很难预料图拉真接下来会做怎样的举动。

有些东西在附件中，请仔细查阅。”

以下摘自《剥幕之光》

扎德不是我认识的第一个骨纹师，但肯定是最优秀的一个。

见他的第一面，是在一次降临者大战之后的死人堆里。

骨纹师们是一群很隐秘的职业，他们佩戴着比湿皮肤制作成的蓑帽，只露一眼，那代表太阳被遮蔽，只有剥幕。蓑帽以套的方式包裹着头部，背后用骨桥固定，那是一种用巨摩骨骼制作的架构。大部分骸族人都很少见过他们完整的面貌，骨纹师留给世人的，只有超凡的技艺，和那些被装饰过的虫师的身躯。

骨纹师们除了为骸族制作强化的装束，很多还精通艺术，医理，天文等等，暗影·扎德是其中翘楚。在我们通过其他渠道获得的落日教首领莱扎的疯狂书籍里，有关于他的大量记载。而更多的是其中夹带的扎德笔录。

当中，扎德绘制了不少骸族和虫族的图录，其中一些隐藏的奥秘，叹为观止！

然而，最需要注意的重点是，骨燃·炎嗣身边出现的新骨纹师。

她并不在记载档案中，需要特别注意！

最后，你隐藏在图拉真那里的“Key”，该行动了吧。克努尔·穆里德

于巴拉卡城商会

“啧……克努尔这个蠢蛋，还是搞不清楚状况么。”他看完卷宗，手拧紧了这一页。“我的关键人物，早就从大坑出发，上路了。”

虫眼·杰西觉得自己是个好青年，只是略带一些无赖和懒惰。他在骸族和人族之间游走，交换情报，游刃有余。这一切得益于他一种特殊的天赋，和虫族能无障碍的交流。他总是会遮住自己

的右眼，因为那是天然的琥珀色，虫眼的色彩。有很多达巴的走婚女子和那些贵族少女非常痴迷于他，这个人能读懂虫的心，也能读懂她们的心。

这个破损后又重新使用的小藏身处，即是他监视剥幕纳尔的地方，同时也便于杰西在这附近出没的一些幽会活动。

一只管装骨鹤从金属装饰的窗户飞了进来，它细长的身躯通体半透明，六组翎翅发出嗡嗡嗡的声响。杰西看了一眼骨鹤，慢慢抚平了刚才绞皱的卷宗，细致地将纸卷重新卷好，塞进一个木制的细长管子里。他将这个管子放进了自己桌子右侧书架上的第一排第一组金属栅格之中。

骨鹤在房间里盘旋了一圈，就停在了书架最上方，收拢翅膀之后，它对着杰西发出“滑，骨瓜”这样摩擦骨头那样的声响。杰西拨开挡住自己右眼的眼罩，用自己琥珀色的眼珠看着骨鹤。这种特殊的似鸟科飞虫，以头部外骨骼酷似缩小的鸟喙著称，飞行速度极快，是第三眼组织专用的送信工具。

“骨，滑骨，瓜滑，瓜瓜……恩……”杰西用虫语和骨鹤简单交流着，“又是商会的消息么？”他侧过身，左手把之前整理好的几页书信又在桌面上散开了。

他从骨鹤爪子上取下了装着密信的管子，用一把小拆信刀撬开封口，小心取出了折合在里面的东西。从管子里掉出来的是一卷泛黄的纸，还有一块边缘有烧焦痕迹的“第三眼”组织徽章，这是疯虎·汉莫拉比的。杰西都能想到那家伙是怎么鬼祟地从自己衣服上撕下来的，缠绕纸卷和徽章的是一条紫黑色，泛着水光的藤条。它被绕了好几圈，就为了让这些东西在密信管里，稳固地抱在一起。

是疯虎的风格，外表粗狂，带点色情狂的特质，在处理情报事务上，充满细腻和整理狂。杰西笑了，看来这家伙，已经离开图拉真的“大坑”，并且安然无恙了。他凑近藤条，轻轻闻了下。恩，这带着腥味和比湿味的感觉，必然是来自影木林的黑藤上砍下来的。徽章是为了证明疯虎亲自封装，而这个纸卷，想必是近日他最重要的情报了。

萨兰教的秘密，或者是图拉真弃子线的任何细节，都是杰西需要的，可以高价卖给商会，换取上等的灵核，以更昂贵的价格，卖给那些可怕的阿奢丹人。也许还能有其他情报，可以返回去，卖给图拉真。图拉真那个变态皇帝，收藏的残骸，和关于降临者的一切，都能天价卖给同样疯狂的穆利德兄弟。

杰西越想越得意，他摸摸裂开的嘴角，黄眼中泛着光芒。他打开了纸卷，期待看到那些需要的内容。但他愣住了，纸卷上只有一行字，字迹清晰有力，是疯虎·汉莫拉比亲笔。

上面写着：“骨燃要见你，重要交易。我们在泊泊桑，速来。疯虎·汉莫拉比。”

那么，终于，这些大人物都在我的贸易线上，齐聚一堂了。图拉真大帝，骨燃，青髓女王，穆利德兄弟，还有阿奢丹人。一想到这个，虫眼内心一种油然的满足感。啊，一群英雄，豪杰们还是要依仗我啊。

2 阿奢丹熟客

数月前。

虫眼·杰西瞪着那只橙黄色的假眼，以表示自己当前的态度。显然，这个交易在此时，生命安全变得比价钱更为重要了。

他端坐着，右手压着对方需要的文件，双脚却不停地在桌子下激烈抖动着。对方用右手压住了桌子，微仰着头，看着杰西。许久，虫眼先按捺不住了，说道：“好吧，好吧。按照清单，一车剥幕钢，以及两份情报，换你这个设计图。”他停顿了一下，又加重了语气，点了点两人面前纸张上最后一行，那里有红色颜料加粗的划线痕迹。“加上我需要的药材，双份的。”

杰西一口气说完后，对方还是没有立刻回答。坐在两人中间负责翻译的家伙正缓慢地讲述这些事项，时不时还用手比划，最后用手指着那张纸上的痕迹。

对方快速说了几句话，就看着杰西。他身体轻微向前倾，苍白的长发挂在两边，同色的眉毛边缘发硬向外刺着，和这一样，他的毛发都显得比杰西坚硬太多。他的眼睛被隐藏在一块剥幕钢铸制的护目镜下，镜面是雾月水晶制成。

杰西听不懂他们的语言，他只知道这个和自己交易多次的阿奢丹人，叫做“丹增”。目前从对方微露的笑意看，这次买卖大概成功了。的确，没有疯虎这个语言百事通在，这些雇佣翻译太菜鸡了，又过了会儿，翻译终于不紧不慢地说道：“他说没问题，现在易货吧。”

杰西看着组织的手下搬运着交易完的货物，长叹了口气，他总算完成了这个关键的交易。阿奢丹人比图拉真危险多了，他悄悄地再次端详这个收拾东西，即将离开的阿奢丹掮客。

“牙狼部族”，是好战的阿奢丹人中最为骁勇的。这是苦足大陆的传闻，然而，杰西从未见过这十年来，什么战争与阿奢丹人有关。杰西在一次偶然机会了解到了阿奢丹人对两边大陆信息了解的需求，而他们所处的苦足大陆，西部大部分区域，是剥幕钢盛产之处，这类资源是图拉真，锡兰王这样的军事狂热分子稀缺之物。

“各取所需”，这是虫眼的哲学，即使是和虫神合作，也未尝不可。这个阿奢丹人套上了外套，灰色的毛领高耸着，反衬着外套本身充满几何感的裁剪。阿奢丹人的服装中充斥着三角和六边形的组合，结合凌厉的剪裁。他的肩上，眉骨，唇边，耳朵都戴着虫骨制成的饰物，与骸族人不同，他们更像是“平静的高贵与疯狂的战利品”这样的结合。

那个阿奢丹人骑在特殊的巨摩之上，他转过头，透过护目镜看了眼杰西，说道：“Ca'La,Au'vandu。”

这不是会说骸族语么？杰西摸了摸后脑，也回应了声：“Au'vandu。”骸族并不爱说再见，人类假情假意之话，如果觉得还能见到此人，便会说“祝，安好。”看来，这趟生意做得不错啊。

虫眼·杰西大笑起来，他摸摸头，跨上凋日兽。接着，就是把药高价卖给图拉真和锡兰王的事儿了。

3 旧缘

疯虎初见杰西的女人，是在一场达巴“自由邦”的化妆舞会上。

达巴城与其他人类领土不同，常年的战乱让他们放弃了地面建筑，地表除了战乱后的废墟，就是失去了行动能力，与比湿共生在一起，表面已经风化的巨型傀儡。那些都是人骸大战中，骆风族制造的产物，如今部族衰落，只是历史的寂寞见证了。而地底，才是如今达巴城的主体。

深紫色的拜枷树贯穿整个地底世界，这样的巨树在本则大陆有数十棵左右，达巴的“顶天塔树浮屠”是最高的，它的树冠生长到达地表，而地底的顶部被藤蔓类植物覆盖，延伸包住了顶部整个岩层，并向下长出蜿蜒曲折的气根。眼前的景象被它们分割成一块一块的彩色画面，达巴城此时即将迎来新的丰收祭。骸族和人类的商团都聚集与此，其中包括最大的穆利德商会，这也是“第三眼”这一次最主要的贸易对象。

这是三个月前，他们最重要的一次交易。

疯虎与虫眼·杰西坐在凋日兽之上，它一边向前小跑，一边呼着粗气，这是一种骸族使用的运输型生物。做为草食生物，凋日兽有着与犀摩一样庞大的体型，皮糙肉厚，四肢粗壮，成年体更是接近 240 骸尺。

“凋日兽这种笨重的家伙就是耐力好，这几天的路程完全不用休息，事儿办完还能一起托货回去。”虫眼·杰西得意地对疯虎说道：“正好赶上达巴节日，我们去找点乐子吧！”他从侧面轻拍着凋日兽脖子附近一排凹陷的部位，那是它的气孔，通过拍击可以传达骑手的指令。

“去，去蓝菱皇宫。”虫眼笑着说道，他看了看疯虎，这胖子正到处张望，窥视着街上穿行的达巴女人。“达巴最好的哦，疯虎。”

蓝菱是一种合成的晶体，它并不是骸族人的产物，而是人类传播到这片土地的，伴随着呼吸燃烧晶体产生的烟雾，他们仿佛能忘却身体的伤痛乃至一切，只有那和蓝色光芒融为一体的快乐。

虽然，烟雾烧尽后，一切又被撕碎的景象带走，人类始终沉醉于此。凋日兽速度很快，杰西他们很快到达了皇宫，位于达巴中心，浮屠树的西侧。疯虎拉高了保护脖子的护具，让边缘的布料能更好的遮挡口鼻，他看着眼前蓝色迷雾中的人群，有男有女，他们互相搂抱着，身躯微微颤动，最后都瘫软在那些柔软的亮丝之上，产丝虫怎么也不会想到，自己耗尽精力产出的闪亮金丝，由巨骸一流工匠，最终编织成的高级绸缎，此刻躺满了流着体液的大汉，绸缎深层浸透了汗液和烟雾的气味。疯虎心里这么想着，他并不喜欢杰西的这个喜好，当然，在达巴舞女进来的时候，笑容就重新回到他的脸上了。

这些火辣，风骚的达巴女人啊！！

鼓点和着音乐，她们扭动着身躯，拉开帘子，从炫目的光芒中走进了蓝菱皇宫，杰西的包间里。虫眼·杰西的黄色瞳孔闪烁着，蓝色烟雾从他的口中喷吐而出，绕过他的指间，在达巴舞女们浑圆的胸部上盘旋着，绕过脖子和脸颊，向上飘去，和她们白银色的眼影相互映射，闪着贝壳般的光。杰西挥手让她们过来，而其中一名紫发女子顺着他的手，直接倒进了他的怀里。

南塔，是她的名字。疯虎看了一眼，他知道这是虫眼心仪的女人，不然不会每次来达巴办事，必来蓝菱皇宫。疯虎呆了几秒，把眼神从南塔黑色长裙衣摆中间的缝隙，那片起伏泛光的白色中移开，她柔软的眼睛，眼角都精心装饰，白银色影子勾到了两边，高高翘起，线条与她的身体一样完美。几人吞吐着蓝菱晶体时，疯虎问道："老大，这次不光是欢娱这么简单吧？"

虫眼正搂着南塔，他眯着眼，透过蓝色的烟层说道："自然了，今天是来等待贵宾的。"疯虎摸了摸头，嬉笑道："那我还要去办那件事么？"说着，疯虎瞟了一眼南塔，首领的女人在他怀里花枝乱颤中，此时丝毫看不出这个达巴女人是个病患。当然，如果不是因为这个，虫眼·杰西也不会如此着急地出手那些危险的货物。越来越长的睡眠，还有苏醒时说的那些"疯话"。

杰西握着手中正在缩小的蓝菱晶体，咧嘴笑着说："胖子，别瞟了，都给你安排姑娘了，总是改不了爱偷看的毛病。很快客户就来了，这次可是本则一霸哦。"

疯虎尴尬地笑了笑，他匆忙地转向身边默不作声的女人，寒暄了起来。这样平缓了一阵，耐不住的他忍不住突然问道："老大，是谁呢？难道还是卡纳维不成？" 杰西一听，带笑地咳嗽了一下，他吐出一大团蓝色烟雾，轻声说道："图拉真·哈赫特大帝。"

尾章 不是终结

"时间本身，并无前后，左右，上下。只在某处，交汇变换，静止。"

节选自《落日经》

图拉真睁开了双眼，他平躺在一片毫无边界的水面上，头顶是缤纷幻变的颜色。他转头看看周围，努力支撑起半身，水面是静止的。那些水滴，停留在被图拉真身躯撞击后，弹射，飞舞，溅射，混合的一瞬间。光芒折射在这些变形的液体中，产生多种美妙的色彩。

图拉真笑了，他用右手调整中心，慢慢站了起来。

他环视周围，不远处有几处，凝固静止的水坑。猛烈溅起的水花中，是呐喊着的阿西卡女巫，希琪哈，她手中的法杖上还带着正在变换的植物。上一刻，她正要召唤更多的比湿，困住图拉真。另一边，是骨燃的刺客，奇藏目的库兹诺克，这个棘手的快刀手，砍断了图拉真的左手，外骨骼以及脸颊侧面的一个重大切口。他的右脚，因为快速移动，溅起了一排水花。水花在高速中，向一边倾斜，液体的侧面被破坏，逐渐倒塌，散落在脚边。

更远处，是萨兰教主，神奇的亚藤巴与图拉真的弃子们，缠斗在一起。他的身躯，化成的植物巨人，将不惧疼痛的弃子，深深地碾压入水面以下。那些液体触碰到藤蔓绿色潮湿的表面，瞬间的吸收，弃子们坚毅的表情和被扭曲的身体，都被图拉真看的一清二楚。

他笑了。卡纳维，你真他娘是个天才。

图拉真望向前方，他的脚下，扇形汇聚的液体，都在这面大门前静止。

大门通体洁白，触感是略带粗糙但冰凉的。大门只有两边，高耸而上的框体，它们的结构像是精密裁剪的翅膀，却有充满不可知的几何简约感。门框的中间，是远处明亮的天幕，这是完全不同于黯光的光亮。

他伸出手，在这无缝的画布前，看着自己的手消失于画面里。

“哈哈哈哈！”图拉真狂笑着，他戴上最爱的面具，“杀戮”，伸出左脚，跨入门框中，那美丽的天幕景象之中。

真正的光，我爱光，不是这些黯光。

之后，他消失在画面之中，无影无踪。

“此间，若有梦，如露如电亦如幻。

最后，我将喝下那金浆玉酿。”

www.ingramcontent.com/pod-product-compliance
Lightning Source LLC
Chambersburg PA
CBHW020246030826
48979CB00030B/2636/J

* 9 7 8 1 9 5 7 1 4 4 5 5 9 *